심연
1

DARKER by E L James

DARKER

Fifty Shades Darker
~ as told by Christian

심연 1

E L 제임스 지음 | 황소연 옮김

시공사

나의 독자들을 위해.
나를 위해 애써준 여러분들, 고마워요.
이 책은 여러분 것입니다.

감사의 말

다음 분들에게 감사를 드립니다.

헌신과 프로 정신을 발휘해준 빈티지의 전 직원들. 여러분의 전문 지식, 훌륭한 유머, 그리고 글에 대한 사랑은 내게 끊임없는 영감을 주었어요.

앤 머싯, 나를 믿어줘서 고마워요. 당신에게 영영 갚지 못할 빚을 졌어요.

소중한 지원을 아끼지 않은 토니 커리코, 러셀 페로, 폴 보가즈.

이 프로젝트를 함께 이끈 뛰어난 제작부, 편집부, 디자인팀의 메건 윌슨, 리디아 뷔클러, 캐서린 하우리건, 앤디 휴즈, 크리스 주커, 에이미 브로지.

라일 레너드, 당신의 사랑과 지원, 지도, 고마워요. 불평을 덜 해준 것도요.

내 에이전트, 밸러리 호스킨스, 매일매일 다 고마웠어요.

원고를 미리 읽어주고 인터넷 작업을 도와준 캐서린 브랜디노.

브라이언 브루네티, 헬리콥터 사고에 대한 값진 의견 고마워요.

로라 에드먼스턴, 태평양 연안 북서부에 대한 지식을 공유해준 것 고마워요.

토양학에 관해 가르쳐주신 크리스 콜린스 교수님.

루스, 데브라, 헬레나, 리브, 격려와 어려운 용어 설명 고마워요. 이 책을 끝낼 수 있게 도와준 것도.

돈과 데이지, 그대들의 우정과 충고 고마워요.

안드레아, 비지, 베카, 비, 브릿, 캐서린, 제이다, 질, 켈리(Kellie), 켈리(Kelly), 레이스, 리즈, 노라, 레이지, 큐티, 수지……. 시간이 얼마나 흘렀지요? 그런데도 우리는 아직 강건해요. 미국의 정신을 발휘해준 것 감사해요.

그리고 나의 모든 독자들과 책을 읽는 온 세상의 친구들, 자기가 어떤 사람인지 잘 아는 여러분, 여러분은 날마다 내게 영감을 줍니다.

마지막으로 내 아이들에게 감사를. 너희들을 조건 없이 사랑한다. 엄마는 멋진 젊은이로 자라날 너희들을 언제나 자랑스러워할 거야. 너희들은 내게 기쁨이란다.

소중한 존재로 남기를. 너희 둘 다.

2011년 6월 9일 목요일

나는 앉아서 기다렸다. 심장이 쿵쿵 뛰었다. 지금 시각 5시 36분. 그녀가 있는 건물 앞에 내 아우디를 세우고 짙은 차창 밖을 멍하니 내다보는 중이다. 너무 일찍 와버렸다. 어쩌겠나, 하루 종일 이 순간만을 기다렸다.

그녀를 만나는 거야.

차 뒷좌석에서 몸을 꿈지럭거렸다. 차 안 공기가 갑갑했다. 침착하려고 노력했지만 기대감과 불안감이 위장을 휘젓고 가슴을 짓눌렀다. 테일러는 운전석에 앉아 있다. 아무 말 없이 멍하니 앞만 바라보는 그의 모습은 평소와 다를 바 없는데 나는 숨쉬기가 버겁다. 짜증이 난다.

빌어먹을. 대체 그녀는 어디 있는 걸까?

그녀는 저 안에 있다. 시애틀 독립 출판사(SIP) 건물 안에. 널찍하고 탁 트인 보도 너머 저 안쪽에 있는 그 건물은 허름해 개조 공사가 필요해 보였다. 회사명이 유리에 되는대로 박혀 있고, 젖빛 유리창은 표면이 벗겨져 있었다. 저 닫힌 문들 뒤에 보험회사나 회계사 사무실이 있다고 해도 뭐가 다를까. 회사를 특정할 만한 물건이 눈에 띄지 않으니 말이다. 그건 내가 SIP를 손에 넣는 날 바로잡을 수 있을 것이다. 거의 다 됐다. 계약 체결

9

의향서 수정본에 서명했으니까.

테일러가 헛기침을 했다. 그의 시선이 백미러 안에서 내 눈으로 쓱 날아왔다. "저는 밖에서 기다리겠습니다, 사장님." 놀랍게도 그는 말릴 새도 없이 차에서 내렸다.

내가 긴장하니 그도 더 신경이 쓰이나보다. 그렇게 티가 났나? 테일러도 긴장한 모양이다. 하지만 왜? 아마도 지난주 내내 변덕스러웠던 내 감정의 변화에 시달렸던 탓이겠지. 쉽지 않았을 것이다.

하지만 오늘은 다르다. 희망적이다. 그녀가 나를 떠난 후 처음 맞는 생산적인 날이다. 적어도 느낌상으론. 여기 오기 전 낙관론에 힘입어 열정적으로 회의에 임했다. 그녀를 보기까지 10시간. 9시간. 8시간. 7시간…… 시곗바늘이 아나스타샤 스틸 양과의 재회를 향해 똑딱똑딱 달려가며 내 인내심을 끊임없이 시험했다.

이제 여기 이러고 앉아 기다리고 있자니 하루 종일 의지했던 패기와 자신감이 점차 시들어간다.

그녀가 마음을 바꾸면 어쩌지.

재회다운 재회가 될까? 아니면 포틀랜드까지 헛걸음?

나는 다시 시계를 확인했다.

5시 38분.

빌어먹을. 어째서 시간은 이리 느려터진 걸까?

그녀에게 이메일을 보내 밖에 와 있다고 알릴까 생각했지만, 휴대폰을 만지작거리다 문득 깨달았다. 건물 정문에서 한시도 눈을 떼고 싶지 않다는 걸. 몸을 뒤로 기대고 그녀의 최근 이메일들을 하나하나 곱씹었다. 모두 외우고 있었다. 내용은 하나같이 다정하고 간결했지만, 그녀가 나를 그리워한다는 힌트는 어디에도 없었다.

그냥 헛걸음한 걸까?

나는 그 생각을 떨쳐내고 건물 문간을 응시하며 그녀가 나타나기를 고대했다.

아나스타샤 스틸, 널 기다려.

문이 열렸다. 순간 내 심장은 폭발적으로 질주했지만 곧 실망감으로 느림보 걸음을 했다. 그녀가 아니었다.

망할.

그녀는 항상 나를 기다리게 한다. 전혀 안 웃기는데 입술이 당겨 올라가며 저절로 미소가 지어졌다. 클레이튼 공구점에서도 기다렸고, 사진 촬영 후 히스먼 호텔에서도 기다렸다. 토머스 하디의 책들을 그녀에게 보낼 때도.

《테스》…….

그녀가 아직 그것들을 가지고 있을지 궁금했다. 그녀는 그것들을 내게 돌려주려고 했고, 기부하려고도 했다.

당신을 생각나게 만드는 건 아무것도 갖고 싶지 않아요.

떠나가는 아나의 모습이 내 마음의 눈 속에 떠올랐다. 상처와 혼란으로 얼룩진 그녀의 슬픈 잿빛 얼굴. 그런 기억은 불청객이다. 고통이다.

그녀를 그렇게 비참하게 만든 건 바로 나다. 나는 모든 걸 너무 지나치게, 너무 빨리 받아들인다. 그녀가 떠난 후 나는 절망에 절다 못해 익숙해져버렸다.

나는 눈을 감고 마음을 다잡으려 애썼지만 가장 깊고 가장 어두운 두려움에 맞닥뜨렸다. 그녀가 다른 사람을 만날지 모른다는 공포감. 작고 하얀 그녀의 침대와 아름다운 그녀의 육체를 어떤 빌어먹을 놈팡이와 공유한다는.

집어치워, 그레이. 긍정적인 마음가짐 유지해.

그런 생각은 하지 말자. 아직 끝난 게 아냐. 곧 그녀를 만나게 된다. 계획도 세워뒀고. 그녀를 되찾게 될 것이다. 나는 눈을 뜨고 차창 너머 건물 정문을 바라보았다. 지금 내 기분은 아우디의 색유리만큼이나 암울하다. 더 많은 사람들이 건물을 빠져나갔지만 아나는 여전히 보이지 않았다.

대체 어디 있는 거야?

테일러는 밖에서 서성이며 건물 정문 쪽을 흘끔거렸다. 휴, 나만큼이나 초조해 보이는군. 테일러는 또 왜 저러는 거야?

손목시계가 5시 43분을 가리켰다. 그녀는 곧 나올 것이다. 나는 크게 숨을 들이마시고는 소맷부리를 당겼다. 타이를 고쳐 매려고 보니 타이를 매고 있지 않았다. 이런. 머리카락을 쓸어넘기며 불안감을 떨치려 했지만 불안감이 온몸으로 퍼져 나갔다. 나 헛걸음한 걸까? 그녀는 나를 그리워했을까? 나를 보고 싶어 할까? 다른 사람과 만나고 있지는 않을까? 모르겠다. 이건 마블 바(혹독하게 더운 날씨로 악명 높은 호주의 북서부 지역-옮긴이)에서 그녀를 기다리는 것보다 더 고약하다. 아이러니한 상황이었다. 그녀와의 크나큰 거래를 성사시켰다고 생각했는데, 상황은 내 예상과 딴판으로 흘러갔다. 아나스타샤 스틸 양과 관련된 것은 모두 엉뚱하게 흘러갔다. 공포감이 또다시 위장을 휘저었다. 오늘은 더 큰 거래에 나서야 한다.

그녀를 되찾고 싶다.

그녀는 나를 사랑한다고 말했다…….

심장이 온몸을 유영하는 아드레날린에 반응해 함께 질주했다.

안 돼. 안 돼. 그 생각은 하지 말자. 이제 그녀는 나를 그렇게 느낄 리 없다.

진정해, 그레이. 집중해.

나는 시애틀 독립 출판사의 입구를 다시 한 번 쳐다보았다. 그녀가 나를 향해 걸어오고 있었다.

망했다.

아나.

명치를 한 방 얻어맞은 듯한 충격에 호흡이 몸에서 싹 빠져나갔다. 그녀는 검은 재킷 밑에 내가 좋아하는 보라색 드레스를 입고 있었고 검은색 하이힐 부츠 차림이었다. 그녀의 머리카락이 초저녁 햇살에 반짝거리며 산들바람에 살랑거렸다. 하지만 내 눈길을 사로잡은 건 그녀의 옷도, 머리카락도 아니었다. 그녀의 얼굴이 창백했다. 거의 투명할 만큼. 눈 밑에는 다크서클이 있었고 더 야위어 있었다.

더 야위었다.

죄책감이 나를 갈가리 찢었다.

젠장.

그녀도 마음고생을 한 것이다.

그녀의 외양에 대한 내 걱정은 분노로 바뀌었다.

아니, 분통이 터졌다.

그녀는 통 먹지 못한 모양이다. 며칠 동안 살이 빠진 것 같았다. 한 2, 3킬로그램? 그녀는 뒤쪽의 어떤 남자를 흘끔거렸고, 남자는 그녀에게 활짝 웃어 보였다. 잘생긴 개새끼, 저 잘난 맛에 사는. 등신. 그들이 주고받는 태평한 시선은 내 분노의 불길에 기름을 끼얹었다. 그녀가 자동차를 향해 걸어오는 동안, 놈은 사내의 노골적인 시선으로 그녀를 감상했고, 내 분노의 불길은 그녀가 내딛는 걸음걸이마다 높이높이 치솟았다.

테일러는 차 문을 열고 그녀에게 손을 내밀어 그녀가 차 안으로 오르도록 도왔다. 별안간 내 옆에 그녀가 앉아 있었다.

"마지막으로 식사한 게 언제야?" 나는 화를 누르며 딱딱거렸다. 그녀의 파란 눈이 나를 빤히 올려다보았다. 처음 만났을 때처럼 나를 발가벗기고 날것으로 만드는 그 눈.

"안녕, 크리스천. 네. 나도 만나서 반가워요."

이. 게. 아. 닌. 데.

"똑똑한 말대꾸 따위 듣고 싶지 않아. 내 질문에 대답이나 해."

그녀가 무릎에 놓인 자기 손을 내려다보는 바람에 나는 그녀가 무슨 생각을 하는지 알 수 없었다. 그녀는 요거트와 바나나를 하나씩 먹었다는 말을 변명이랍시고 내놓았다.

그게 무슨 식사야!

나는 날뛰는 성질머리를 진정시키려고 용을 썼다.

"제대로 된 식사를 마지막으로 한 게 언제냐고?" 나는 다그쳤지만 그녀는 나를 무시하고 창밖을 내다보았다. 테일러는 차를 길가에서 빼냈고, 아나는 건물에서 그녀를 따라 나온 놈팡이한테 손을 흔들었다.

"저건 누구야?"

"상사예요."

그렇다면 저건 잭 하이드로군. 오늘 아침 훑어본 직원 신상명세서가 기억났다. 디트로이트 출신. 프린스턴에서 학위를 땄고, 뉴욕의 한 출판사에서 일하다 몇 년마다 이리저리 옮겨 다니며 전국을 누볐다나. 그의 밑에는 비서가 오래 붙어 있질 못했다. 3개월을 못 넘겼다. 요주의 인물 중 하나. 보안 자문 웰치를 시켜 뒤를 더 캐봐야겠다.

눈앞의 문제에 집중해, 그레이.

"그래? 마지막으로 식사한 게 언제라고?"

"크리스천, 당신이 상관할 바 아니에요." 그녀가 나지막이 말했다.

"네가 무얼 하든 내겐 다 상관있어. 말해." 나를 밀어내지 마, 아나스타샤. 제발.

헛걸음했군.

그녀는 짜증이 섞인 한숨을 내쉬고는 내게 눈을 흘겼다. 그때 그것이 보였다. 한쪽 입꼬리가 씩 올라가며 번지는 그녀의 희미한 미소. 그녀는 웃음을 참고 있었다. 나를 보고 웃지 않으려 애쓰고 있었다. 그리 지독한 가슴앓이를 해놓고 그녀의 미소 하나에 분노가 부서지기 시작하다니, 참으로 후련했다. 참 아나다웠다. 나는 나도 모르게 그녀를 따라 웃으려다 미소를 억눌렀다.

"응?" 내 목소리는 한결 부드러워졌다.

"지난 금요일에 먹은 알라 봉골레 파스타." 그녀는 가라앉은 목소리로 대답했다.

오, 하느님. 지난번 함께 식사한 이후 아무것도 먹지 않은 것이다! 그녀를 내 무릎 위에 앉히고 싶었다. 지금 당장, 이 SUV 안에서. 하지만 나는 이제 그녀를 그런 식으로 만질 수 없다.

이 여자를 어떻게 해야 하지?

그녀는 고개를 숙이고 자기 손만 뜯어보았다. 얼굴은 전보다 더 창백하고 슬퍼 보였다. 나는 그녀를 넋 놓고 바라보며 어떻게 할까 궁리했다. 달갑지 않은 감정이 가슴속에서 부풀어 올라 나를 삼키려고 위협했지만, 나는 그것을 옆으로 밀쳐냈다. 그녀를 찬찬히 뜯어보자 씁쓸한 진실이 드러났다. 그간 내가 쓸데없는 걱정을 했다는 것을. 그녀는 술독에 빠지지도, 다른 남자를 만나지도 않았다. 눈앞의 그녀를 보니 알 것 같았다. 그녀는 계속 혼자였다는 걸. 혼자 침대에 웅크리고 누워 가슴이 터져라 울었다는 걸. 그런 생각이 들자 위안이 되면서도 괴로웠다. 내 잘못으로 그녀가 불행해졌다.

나 때문에.

내 탓이다. 내가 그녀를 이렇게 만들었다. 어떻게 그녀를 되찾을 수 있을까?

"그렇군." 엉뚱한 말이 튀어나왔다. 별안간 이 임무가 벅차게 느껴졌다. 그녀는 나를 되찾고 싶지 않은 것 같았다.

버텨, 그레이.

나는 두려움을 억누르고 애원했다. "적어도 2킬로그램은 빠진 것 같군. 더 빠진 것도 같고. 부탁인데, 잘 좀 챙겨 먹어, 아나스타샤." 난 구제 불능이다. 달리 뭐라 할 말이 없다.

그녀는 가만히 앉아 앞만 바라보며 생각에 잠겼다. 나는 그녀의 옆모습을 바라보았다. 그녀는 요정 같고, 사랑스럽고, 아름다웠다. 기억한 그대로. 손을 내밀어 그녀의 뺨을 어루만지고 싶었다. 그 보드라운 피부를 느끼고 싶었…… 그녀가 정말 내 옆에 있다는 걸 확인하고 싶었다. 나는 그녀를 만지고 싶은 충동에 몸을 그녀 쪽으로 돌렸다.

"어떻게 지냈어?" 그녀의 목소리가 듣고 싶어 물었다.

"잘 지냈다고 말하면 거짓말이겠죠."

죽겠군. 내 생각이 맞았어. 마음고생을 했던 거야. 모든 게 내 잘못이다. 하지만 그녀의 말에서 희망의 빛이 보였다. 어쩌면 내가 그리웠는지도 몰라. 어쩌면? 나는 용기가 나서 그 생각에 매달렸다. "나도 그래. 보고 싶었어." 나는 그녀에게 손을 내밀었다. 그녀를 만지지 않고서는 단 한순간도 살 수가 없었다. 내 손의 온기가 작고 얼음처럼 차가운 그녀의 손을 감쌌다.

"크리스천, 난⋯⋯." 그녀는 말을 멈추었다. 목소리가 갈라졌지만 손을 내 손에서 빼지는 않았다.

"아나, 제발. 얘기로 풀자."

"크리스천, 난⋯⋯ 부탁인데⋯⋯ 그동안 많이 울었어요." 그녀는 속삭였다. 그녀의 말, 눈물을 참고 있는 그녀의 모습이 그나마 남아 있던 내 가슴을 완전히 찢어놓았다.

"아, 안 되지. 그러면 안 돼." 나는 그녀의 손을 잡아당기고는 반항할 틈을 주지 않고 그녀를 내 무릎에 앉히며 두 팔로 감싸 안았다.

아, 그녀의 감촉.

"네가 너무 보고 싶었어, 아나스타샤." 그녀는 너무 가볍고 너무 애처로웠다. 좌절감에 비명을 지르고 싶었다. 하지만 나는 그녀의 머리카락에 코를 묻고 그녀의 아찔한 향기에 흠뻑 취했다. 그러자 더 행복했던 시절이 떠올랐다. 가을의 과수원. 웃음소리가 맴도는 집. 유머와 장난기가 가득한 반짝이는 눈들⋯⋯. 그리고 욕망. 사랑스럽고 사랑스러운 나의 아나.

내 여자.

그녀는 뻣뻣하게 굳으며 저항하다 곧 내 품에서 힘을 빼고 머리를 내 어깨에 기댔다. 대담해진 나는 용기를 내 눈을 감았다. 그녀는 내 품에서 벗어나려 하지 않았다. 다행이었다. 그토록 갈망했던 여자. 하지만 조심해야 한다. 다시는 그녀가 달아나게 해선 안 된다. 나는 내 품에 안긴 그녀의 감촉을, 이 평온하고 단순한 순간을 즐겼다.

하지만 얼마 후 휴식 시간은 끝이 났다. 차가 시애틀 시내 헬기장에 도착한 것이다.

"자." 나는 머뭇거리다 그녀를 내 무릎에서 내렸다. "다 왔어."

당황한 그녀의 눈이 내 눈을 탐색했다.

"헬리콥터 이착륙장이야. 이 건물 꼭대기." 그녀는 우리가 어떻게 포틀랜드로 갈 거라고 생각한 거지? 자동차로는 적어도 3시간은 걸린다. 테일러가 문을 열어주었고 나는 차에서 내렸다.

"손수건 돌려드렸어야 하는 건데." 그녀는 수줍은 미소를 지으며 테일러에게 말했다.

"그냥 두십시오, 스틸 양. 제 성의니 돌려주지 않으셔도 됩니다."

저 두 사람, 대체 뭐지?

"9시?" 나는 끼어들어 테일러에게 우리를 포틀랜드로 데리러 올 시각을 알려주었다. 그가 아나와 말하는 것도 끊을 겸.

"네, 사장님." 그가 나지막이 말했다.

아무렴. 그녀는 내 여자다. 손수건은 내 소관이지, 그의 소관은 아니다.

문득 그녀가 땅에 토하고 내가 그녀의 머리카락을 뒤로 넘겨주었던 기억이 머릿속을 스쳤다. 그때 내 손수건을 그녀에게 주었는데. 그건 되돌려 받지 못했다. 그날 밤 나는 내 옆에서 잠든 그녀를 지켜봤었지. 그녀는 그 손수건을 아직 간직하고 있지 않을까. 어쩌면 그걸 아직 쓰고 있지 않을까.

그만. 당장 그만둬. 그레이.

나는 그녀의 손을 잡았다. 전율이 일었지만, 그녀의 손은 여전히 차가웠다. 나는 그녀를 건물 안으로 이끌었다. 엘리베이터에 도달했을 때 우리가 히스먼 호텔에서 만났던 기억이 떠올랐다. 그날의 첫 키스.

그래. 그날의 첫 키스.

그 생각이 내 몸을 일깨웠다.

하지만 문이 열리는 바람에 주의가 분산됐다. 나는 머뭇거리며 그녀를 놓아주고 엘리베이터 안으로 이끌었다.

엘리베이터는 작았다. 우리의 몸은 닿아 있지 않았지만, 나는 그녀를 느낄 수 있었다.

그녀의 모든 것을.

지금. 당장.

망할. 나는 마른침을 삼켰다.

그녀가 바로 옆에 있어서 그런가? 어두워진 눈이 내 눈을 올려다보았다.

오, 아나.

그녀와 더 가까이 붙었다. 그녀는 숨을 들이켜고는 바닥을 내려다보았다.

"나도 느껴." 나는 다시 그녀의 손을 찾아 잡고는 엄지손가락으로 그녀의 손가락 관절들을 쓰다듬었다. 그녀가 나를 올려다보았다. 헤아릴 수 없는 그녀의 눈 속에 욕망이 어려 있었다.

망할. 그녀를 원해.

그녀는 입술을 깨물었다.

"입술 깨물지 마, 아나스타샤." 내 나지막한 목소리에 갈망이 가득했다. 그녀를 원하는 이 마음이 언제까지나 계속될까? 그녀에게 키스하고 싶었다. 처음 키스했을 때처럼 그녀를 엘리베이터 벽에 밀어붙이고 싶었다. 여기서 그녀와 섹스하고 싶었다. 다시 그녀를 내 것으로 만들고 싶었다. 그녀는 눈을 깜빡였다. 그녀의 입술이 살짝 열렸고, 나는 터져 나오는 신음을 삼켰다. 이 여자 대체 뭘까? 눈길 한 번으로 내 정신을 쏙 빼놓다니. 통제에 능한 내가 그녀가 입술을 깨물자 말 그대로 그녀에게 군침을 흘리고 있다. "네가 그러면 내가 어떻게 되는지 알잖아." 아가씨, 널 이 엘리베이터 안에서 갖고 싶지만, 네가 날 받아줄지 의문이군.

　문이 열렸다. 시원한 바람에 정신이 번쩍 들었다. 우리는 옥상에 있었다. 날은 따뜻했지만 바람은 거셌다. 아나스타샤는 내 옆에서 몸을 바르르 떨었다. 나는 팔로 그녀를 감쌌고, 그녀는 움츠리며 내 쪽으로 붙었다. 가냘픈 그녀의 몸이 느껴졌다. 그녀의 아담한 몸은 내 팔 밑에 쏙 들어왔다.

　봤지? 우리 정말 잘 맞아, 아나.

　우리는 헬기의 이착륙장으로 나아갔다. 찰리 탱고를 향해. 헬기 날개가 천천히 돌아가고 있었다. 이륙 준비 완료. 내 헬기 조종사 스테판이 우리를 향해 달려왔다. 우리는 악수를 나누었다. 나는 팔 밑으로 아나스타샤를 끌어안았다.

　"준비 다 됐습니다, 사장님. 타셔도 됩니다!" 그는 헬기 엔진 소음보다 크게 고함을 질렀다.

　"점검은 다 했나?"

　"네."

　"8시 30분에 헬기 가지러 올 건가?"

　"네."

　"테일러가 앞에서 기다리고 있네."

　"고맙습니다, 사장님. 포틀랜드까지 안전 비행하십시오. 아가씨도 안녕히 가십시오." 그는 아나스타샤에게 인사를 하고 나서 대기 중인 엘리베이터로 갔다. 우리는 몸을 숙여 헬기 날개 밑을 지났다. 나는 헬기 문을 열고 그녀의 손을 잡아 그녀가 헬기에 오르도록 도왔다.

내가 그녀의 좌석벨트를 매줄 때 그녀의 호흡이 거칠어졌다. 그녀의 숨소리가 내 사타구니 쪽으로 직행했다. 나는 그녀를 향한 내 몸의 반응을 무시하며 안전벨트를 특별히 단단히 맸다.

"이렇게 하면 네가 자리에서 움직이지 않겠지." 머릿속을 휘젓는 생각이 나도 모르게 입 밖으로 튀어나왔다. "네 안전띠 매어주는 일은 즐거워. 아무것도 만지지 마."

그녀는 얼굴을 붉혔다. 마침내 그녀의 얼굴이 물들었다. 그러니 내가 불가항력일 수밖에. 나는 집게손가락의 바깥쪽으로 그녀의 뺨에 떠오른 홍조를 쭉 훑었다.

하느님, 이 여자를 원해요.

그녀는 얼굴을 찡그렸다. 꼼짝할 수 없으니 그럴 만도 했다. 나는 그녀에게 헤드폰을 건네고는 내 자리에 앉아 벨트를 맸다.

나는 비행 전 점검을 했다. 모든 기기가 초록빛이었고 켜진 경보등은 없었다. 나는 스로틀을 '비행'에 맞추고 무선응답기 코드를 맞추고는 충돌 방지등이 켜져 있는지 확인했다. 다 괜찮아 보였다. 나는 헤드폰을 끼고 무전기를 켠 뒤 날개 회전수를 확인했다.

아나에게 고개를 돌리니 그녀는 나를 열띤 눈으로 쳐다보고 있었다. "준비됐어?"

"네." 그녀는 설레는지 눈이 커져 있다. 나는 음흉한 웃음을 터뜨리며 관제탑 사람들이 깨어 듣고 있는지 관제탑에 무전을 보냈다.

이륙 허가가 떨어지자 나는 유온계와 나머지 계기판을 확인했다. 모두 정상 작동 범위에 있어서 나는 컬렉티브 조종간을 당겼다. 우아한 새, 찰리 탱고가 하늘로 매끄럽게 상승했다.

아, 참 좋군.

고도가 올라갈수록 자신감이 조금씩 붙어 옆의 스틸 양을 흘끔거렸다.

이제 그녀에게 황홀감을 선사할 차례다.

쇼타임, 그레이.

"저번엔 새벽을 쫓아갔었는데 이젠 황혼을 쫓아가는군, 아나스타샤." 나는 씩 웃었다. 그녀의 얼굴을 은은히 밝히는 수줍은 미소가 내게 돌아왔다. 희망이 내 가슴을 들쑤셨다. 모든 걸 잃었다고 생각했는데 지금 내 옆에 그녀가 있다. 그녀는 아까 사무실을 걸어 나올 때보다 지금이 더 행복해 보였다. 헛걸음한 걸로 끝날 수도 있지만, 한번 도전해볼 생각이다. 그리고 그녀와 함께하는 이 비행의 매 순간을 즐길 것이다.

플린 박사가 자랑스러워하겠군.

나는 지금 이 순간 안에 있다. 게다가 긍정적이다.

해낼 수 있다. 그녀를 되찾을 수 있다.

한 걸음, 한 걸음씩, 그레이. 너무 앞서가지 말고.

"저녁 해는 물론, 이번엔 볼 게 더 많을 거야." 나는 침묵을 깨며 말했다. "에스칼라가 저기 있군. 저기 위를 지나면 스페이스 니들(시애틀의 명물인 전망대—옮긴이)이 보일 거야."

그녀는 둘러보려고 언제나처럼 가녀린 목을 쭉 뺐다. "한 번도 못 가봤는데." 그녀가 말했다.

"내가 데려가줄게. 저기서 식사도 할 수 있어."

"크리스천, 우린 헤어진 사이예요." 나는 그녀의 목소리에서 실망감을 감지했다.

듣기 싫은 소리였지만 과민하게 반응하지 않으려 애썼다. "알아. 그래도 널 저기 데려가 밥 정도는 사줄 수 있지." 나는 그녀를 못마땅하게 쳐다보았다.

"여기 위는 참 아름답네요. 고마워요." 그녀는 화제를 돌렸다.

"인상적이지 않아?" 나는 아랑곳하지 않았다. 그녀 말이 맞다. 여기 위에서 보는 경치는 싫증 나는 법이 없다.

"당신이 이렇게 할 수 있다는 게 인상적이죠."

나는 그녀의 칭찬에 깜짝 놀랐다. "스틸 양이 웬일로 아부를 다? 하지만 나야 다재다능하니까."

"저도 익히 알고 있는 바예요, 그레이 씨." 그녀는 뾰족하게 대꾸했다. 그녀가 무슨 말을 하는지 알 것 같아 웃음이 나오려 해 꾹 참았다. 그래, 그동안 그리웠다, 모든 면에서 나를 무장해제시키는 그녀의 이 신랄함.

계속 말을 시키자. "새 직장은 어때?"

"좋아요. 재미있어요."

"상사는 어떤데?"

"아, 괜찮은 사람이에요." 그녀는 좀 시큰둥하게 잭 하이드에 대해 말했다. 놈이 무슨 짓을 한 걸까?

"뭐, 문제 있어?" 궁금하다, 혹시 그 작자가 수작을 부린 건 아닌지. 그랬다면 그놈은 해고다.

"뻔한 문제 말고는, 별로 없어요."

"뻔한 문제?"

"아, 크리스천. 당신은 가끔 너무 둔하다니까요." 그녀는 놀리듯 정색을 하며 말했다.

"둔하다고? 내가? 게다가 그 말투는 별로 마음에 들지 않는데, 스틸 양."

"뭐, 그럼 계속 그러시든가요." 그녀는 만족한 듯 비꼬았다. 나는 그녀가 나를 조롱하고 놀리는 게 좋다. 그녀는 나를 키

60센티미터 난쟁이로 만들기도 하고 3미터 거인으로도 만든다. 그녀는 그런 능력을 가졌다. 신선하다. 내가 아는 그 어떤 것과도 같지 않다.

"말대꾸 잘하는 그 똑똑한 입도 그리웠어, 아나스타샤." 내 앞에 엎드려 있는 그녀의 모습이 눈앞에 떠올라 나는 자리에서 움직거렸다.

제기랄. 집중해, 그레이. 그녀는 미소를 숨기려 고개를 돌리고는 밑으로 지나가는 교외 풍경을 내려다보았다. 그동안 나는 비행 경로를 점검했다. 이상 무. 우리는 포틀랜드를 향해 나아갔다.

그녀는 말이 없었고, 나는 때때로 그녀를 훔쳐보았다. 그녀는 호기심과 궁금증으로 달아오른 얼굴로 발아래 풍경과 오팔색 하늘을 바라보았다. 저녁놀에 그녀의 부드러운 뺨이 은은히 물들었다. 창백한 낯빛과 눈 밑의 다크서클―내가 야기해 그녀가 겪은 고통의 증거―에도 불구하고 그녀는 눈부시게 아름다웠다. 어쩌다가 이런 여자를 내 삶 밖으로 걸어 나가게 놔두었을까?

대체 난 무슨 생각을 했던 걸까?

함께 투명한 막에 싸여 구름 위를 날아가는 동안, 나의 낙관론은 자라났고, 지난주의 소용돌이는 물러갔다. 점차 긴장이 풀리면서 그녀가 떠난 이후 빼앗겼던 평온을 만끽했다. 이런 날만 있으면 좋으련만. 그녀와 함께할 때 내가 얼마나 만족했는지 잊고 있었다. 게다가 그녀의 눈을 통해 내 세상을 바라보는 것도 신선했다.

하지만 목적지가 가까워질수록 내 자신감은 흔들렸다. 신이시여, 제발 계획대로 되게 해주소서. 그녀를 은밀한 곳으로 데려가야 한다. 저녁 식사라든가. 젠장. 식당 예약을 했어야 했는데. 그녀에게 뭘 좀 먹여야 한다. 그녀를 저녁 식사에 데려가려면 뭔가 그럴듯한 구실을 대야 할 것이다. 지난 며칠을 겪고 나서 분명해진 것은, 나는 누군가가, 그녀가 필요하다는 점이었다. 나는 그녀를 원하지만 그녀는 나를 가지려 할까? 그녀를 설득해 한 번 더 기회를 얻을 수 있을까?

시간이 말해주겠지, 그레이. 느긋하게 천천히. 다시는 그녀를 겁먹게 하지 말고.

15분 후 우리는 포틀랜드 시내 헬기장에 착륙했다. 찰리 탱고의 엔진을 끄고 트랜스폰더, 연료, 무전기 스위치를 끌 때, 그녀를 되찾기로 결심한 이후 내내 시달렸던 불안감이 다시금 고개를 들었다. 솔직한 내 기분을 그녀에게 말해야 했다. 쉽지 않을 것이다. 그녀를 향한 내 감정이 무엇인지 헷갈리는 지금으로썬. 내가 아는 거라고는, 그동안 그녀가 그리웠고 그녀 없이 불행했다는 것, 그래서 그녀가 원하는 대로 관계를 이어가고 싶다는 것뿐이었다. 하지만 그것만으로 그녀에게 충분할까? 내게 충분할까?

그녀에게 말을 해, 그레이.

나는 내 안전벨트를 풀고 나서 그녀의 벨트를 풀어주려고 그녀 쪽으로 몸을 기울였다. 그녀에게서 달콤한 향기가 났다. 언제나 그렇듯 그녀에게선 좋은 냄새가 난다. 은밀한 시선의 움직임 속에서 그녀의 눈이 내 눈과 마주쳤다. 내 엉큼한 생각, 들켰을까? 그녀는 무슨 생각을 하고 있을까? 나는 평소처럼 궁금했지만 알 수는 없었다.

"여행 즐거웠어, 스틸 양?"

"네. 고마워요, 그레이 씨."

"자, 이제 그 친구의 사진을 보러 가볼까." 나는 문을 열고 뛰어내린 후 그녀에게 손을 내밀었다.

헬기장 책임자 조가 우리를 기다리고 있었다. 믿음직한 사람이다. 전쟁 참전용사인 조는 50대치고 여전히 원기왕성하고 영민했다. 아무것도 그의 눈을 피해 갈 순 없었다. 그는 눈을 반짝이며 내게 거친 사내의 미소를 지어 보였다.

"조, 스테판이 가지러 올 때까지 이놈 좀 잘 부탁해요. 8시나 9시쯤 가지러 올 겁니다."

"그러죠, 그레이 씨. 아가씨. 차가 아래층에 대기하고 있습니다. 아, 참. 엘리베이터가 고장 났어요. 계단을 이용하셔야 할 겁니다."

"고마워요, 조."

비상계단으로 향할 때 아나스타샤의 하이힐 부츠가 눈에 띄었다. 그녀가 내 사무실에서 우스꽝스럽게 넘어진 일이 기억났다.

"그나마 여기가 3층이라 다행이군. 그런 굽 높은 신발을 신었으니." 나는 터지는 웃음을 숨겼다.

"이 부츠 마음에 안 들어요?" 그녀는 발을 내려다보며 물었다. 그 부츠가 내 어깨에 걸쳐진 즐거운 장면이 머릿속에 떠올랐다.

"사실 아주 마음에 들어, 아나스타샤." 내 머릿속의 음탕한 생각이 표정에 드러나지 않기를 바랐다. "가자. 천천히 내려가야지. 네가 넘어져서 목이 부러지면 안 되잖아." 엘리베이터가 고장 난 것이 고마웠다. 그녀를 안을 그럴듯한 구실을 만들어주니 말이다. 나는 팔을 그녀의 허리에 두르고 그녀를 내 옆으로 끌어당겼다. 우리는 계단을 내려갔다.

화랑으로 향하는 자동차 안에서, 내 걱정은 배가 되었다. 우리가 참석할 전시회 오프닝 행사의 주인공은 이른바 그녀 친구였다. 저번에 보니, 이 작자는 혀를 그녀의 입안으로 밀어넣으려고 시도했었다. 어쩌면 지난 며칠 동안 두 사람은 연락을 했을 수도 있다. 어쩌면 두 사람이 오랫동안 고대했던 랑데부였을 수도.

망할, 왜 이 생각을 미처 못 했을까. 아니기를 바랄 수밖에.

"호세는 그냥 친구일 뿐이에요." 아나가 설명했다.

뭐? 내 마음을 읽기라도 한 거야? 내가 너무 티를 냈나? 언제부터?

그녀가 내 갑옷을 벗긴 순간, 그녀가 필요하다는 걸 내가 깨달은 순간부터.

나를 빤히 바라보는 그녀의 눈길에 내 속이 탔다. "예쁜 눈이 퀭하군, 아나스타샤. 부탁인데, 앞으로는 잘 챙겨 먹겠다고 해."

"그럴게요, 크리스천. 잘 먹고 다닐게요." 별로 진심처럼 들리지 않았다.

"난 진심인데."

"지금도 그래요?" 그녀의 목소리가 냉소적이라 나는 두 손을 깔고 앉아 있어야 했다.

환장하겠군, 정말.

그만 속마음을 털어놓을 때가 왔다.

"너랑 싸우고 싶지 않아, 아나스타샤. 널 되찾고 싶어. 네가 건강했으면 좋겠어." 영광스럽게도, 충격을 받은 그녀의 온전한 시선이 내게 쏟아졌다.

"하지만 아무것도 변한 게 없잖아요." 그녀가 얼굴을 찌푸렸다.

아, 아나, 변했어. 내 안에서 지각변동이 일어났거든.

우리는 화랑 앞에 차를 세웠다. 곧 행사가 시작될 터라 지금은 설명할 시간이 없었다. "돌아가는 길에 얘기하자. 도착했어."

행여 그녀가 관심이 없다는 말을 할까봐 나는 얼른 차에서 내려 그녀가 탄 쪽으로 돌아가서 문을 열었다. 차에서 내리는 그녀는 화가 나 보였다.

"왜 그러는 거예요?" 그녀는 발끈해서 소리쳤다.

"왜 그러냐니, 뭘?" 빌어먹을. 이건 뭐지?

"왜 말을 하다가 마냐고요."

그거였어. 그래서 화난 거였구나?

"아나스타샤. 도착했어. 네가 오고 싶어 한 데야. 이것부터 해치우고 나서 이야기하자. 게다가 난 길에서 소란 피우는 거 질색이야."

그녀는 뚱하게 입술을 꾹 다물고는 마지못해 "알았어요" 하고 말했다.

나는 그녀의 손을 잡고 화랑 안으로 성큼성큼 들어갔고, 그녀는 내 뒤를 따라왔다.

안은 아주 밝고 널찍했다. 창고를 유행에 맞게 개조한 곳이었는데, 바닥은 모두 나무였고 벽은 벽돌이었다. 포틀랜드의 전문가들이 싸구려 와인을 홀짝거리고 소곤소곤 이야기를 나누며 전시회를 감상했다.

한 젊은 여자가 우리를 맞이했다. "호세 로드리게스의 전시회에 와주신 손님 여러분, 환영합니다." 그녀는 나를 빤히 쳐다보았다.

외모는 껍데기일 뿐이오, 아가씨. 다른 곳을 봐요.

그녀는 당황했지만 아나스타샤를 알아보고 퍼뜩 정신을 차리는 것 같았다. "아, 당신이었네요, 아나. 이 전시에 대한 당신의 의견도 듣고 싶군요." 그녀는 브로슈어를 하나 건네고는 우리에게 음료수와 다과가 마련된 바를 가리켰다. 아나는 눈살을 찌푸렸다. 내가 사랑해 마지않는 그 작은 v자가 그녀의 미간에 나타났다. 그 위에 키스하고 싶었다. 예전에 그랬던 것처럼.

"아는 여자야?" 나는 물었다. 그녀는 고개를 저었다. 이마의 문양이 더 진해졌다. 나는 어깨를 으쓱거렸다. 뭐, 여긴 포틀랜드니까. "뭐 마실까?"

"화이트와인 한 잔 마실게요. 고마워요."

바를 향해 가는데 반가워 외치는 목소리가 들렸다. "아나!"

돌아보니 그 꼬맹이가 내 여자를 부둥켜안는 것이 눈에 들어왔다.

젠장.

사람들이 뭐라뭐라 말했지만 내 귀엔 들리지 않았다. 아나가 눈을 감았다. 문득 그녀가 눈물을 터뜨릴지 모른다는 생각이 들어 소름이 돋았다.

하지만 그녀는 침착함을 유지했고, 그동안 그는 팔을 뻗으면 닿을 거리에서 그녀를 뜯어보았다.

맞아, 그녀는 야위었어, 나 때문에.

나는 죄책감과 싸웠다. 그녀는 그를 안심시키려 애쓰는 것 같았다. 그로 말하자면, 그녀에게 관심이 많다 못해 아주 지대하신 것 같았다. 적개심이 내 가슴속에서 부풀어 올랐다. 그녀는 그가 그냥 친구라고 말했지만 그는 단순한 친구가 아닌 게 분명했다. 더 많은 걸 원했다.

떨어져, 이 친구야, 내 여자라고.

"여기 작품들 인상적이네요, 그렇죠?" 대머리가 되어가는 한 젊은 남자가 내 주의를 끌었다. 입은 셔츠가 참으로 요란했다.

"아직 둘러보지를 못해서요." 나는 그렇게 대답하고는 바텐더에게 돌아섰다. "여기 있는 게 답니까?"

"넵. 레드로 드릴까요, 화이트로 드릴까요?" 그는 무심한 투로 말했다.

"화이트와인 두 잔." 나는 무뚝뚝하게 내뱉었다.

"댁 마음에 들 겁니다. 로드리게스는 독특한 안목을 지녔거든요." 짜증 나는 셔츠의 짜증 유발자가 내게 말했다. 나는 그를 무시하고 아나 쪽을 흘끔거렸다. 그녀는 나를 바라보고 있었다. 커다랗고 반짝거리는 눈으로. 피가 끓었다. 고개를 돌릴 수가 없었다. 그녀는 군중 속의 신호등이었고, 나는 그녀의 시선 속에서 길을 잃었다. 그녀는 환상 같았다. 그녀의 머리카락이 얼굴을 감싸며 폭포수처럼 아래로 떨어져 가슴께에서 고불거렸고, 드레스는 생각보다 헐렁했지만 굴곡진 몸을 감싸주었다. 일부러 그것을 입었는지도 몰랐다. 내가 좋아하는 드레스라는 거 아닐까. 아닐까? 섹시한 드레스, 섹시한 부츠……

망할. 자제해, 그레이.

로드리게스가 아나에게 뭔가를 물었고, 그녀는 할 수 없이 내게서 마주한 시선을 뗐다. 마지못해 시선을 돌리는 그녀의 모습이 만족스러웠다. 하지만, 거슬려, 저 꼬맹이. 완벽한 치아, 널찍한 어깨, 말끔한 슈트. 마리화나 피우는 놈치곤 잘생긴 개새끼였다. 그건 인정해주지. 그녀는 그의 말에 고개를 끄덕이고는 그에게 따뜻하고 천진한 미소를 지어 보였다.

내게도 저런 미소를 지어주었으면. 그는 몸을 숙여 그녀의 뺨에 키스했다. 저 자식이.

나는 바텐더를 노려보았다.

이봐, 서둘러. 와인 하나 따르는 데 평생 걸리겠어, 멍청이 같으니.

마침내 바텐더가 와인을 다 따랐다. 나는 와인 잔을 들고, 옆에서 사진작가인지 쓰레기인지에 대해 주절거리는 그 애송이를 따돌리고 아나에게 돌아갔다.

로드리게스는 그녀 옆에 없었고, 아나는 혼자 그의 사진 한 점을 감상하며 생각에 잠겨 있었다. 호수가 있는 풍경이었는데, 아주 형편없진 않았다. 내가 잔을 건네자 그녀는 조심스러운 표정으로 나를 올려다보았다. 나는 내 것을 홀짝 삼켰다. 맙소사, 맛대가리 없기는. 샤도네이가 미지근한 데다 오크 냄새가 너무 진했다.

"눈에 차는 게 있던가요?" 그녀의 목소리는 명랑했지만, 나는 그녀가 무얼 말하는지 알 수 없었다. 전시회 말인가? 이 건물? "와인 말이에요." 그녀가 말했다.

"아니, 보통 이런 행사에선 기대하기 힘들지." 나는 화제를 바꿨다. "이 친구 꽤 재능 있는데, 그렇지 않아?"

"내가 괜히 얘한테 당신 사진을 찍어달라고 부탁했겠어요?" 그의 작품을 자랑스러워하는 기색이 역력했다. 거슬려. 그녀는 그를 존경했다. 그리고 그를 아끼는 마음으로 그의 성공에 관심을 보였다. 아껴도 너무 아꼈다. 가슴속에서 추악한 감정이 씁쓸한 통증을 동반한 채 일어났다. 이건 질투심이다. 새로운 감정. 그녀 옆에서만 느껴지는 못마땅한 감정.

"크리스천 그레이 씨?" 부랑자처럼 입은 남자가 내 얼굴에 카메라를 디밀며 내 어두운 상념을 방해했다. "사진 한 장 찍어도 되겠습니까?"

빌어먹을 파파라치. 꺼지라고 호통치고 싶었지만 예의를 차리기로 했다. 홍보 담당 샘이 언론의 항의에 시달리게 하고 싶지 않았다.

"그러시죠." 나는 손을 내밀어 아나를 옆으로 끌어당겼다. 그녀가 내 여자라는 걸 모두에게 알리고 싶었다. 그녀가 나를 소유해준다면.

너무 앞서가지 마, 그레이.

사진기자는 사진을 몇 장 찍었다. "그레이 씨, 고맙습니다." 적어도 기자의 말투는 호의적이었다. "아가씨, 성함이……?" 그녀의 이름을 알고 싶은지 그가 물었다.

"아나 스틸이에요." 그녀가 수줍게 대답했다.

"고맙습니다, 스틸 양." 그는 서둘러 가버렸고, 아나스타샤는 내 손아귀에서 벗어났다. 그녀를 놓쳐 실망스러웠다. 그녀를 다시 만지고 싶은 충동을 억누르느라 주먹을 쥐었다.

그녀는 나를 빤히 쳐다보았다. "나, 당신이 데이트 상대와 함께 있는 사진을 찾아본 적 있어요. 하나도 없더군요. 그래서 케이트는 당신을 동성애자라고 생각했죠."

"그래서 그렇게 부적절한 질문을 했던 거로군." 처음 만났을 때 그녀의 서투른 모습이 기억나 나도 모르게 웃음이 나왔다. 서투른 인터뷰 요령하며, 던진 질문하며. 동성애자세요, 그레이 씨? 그리고 내 분노.

아주 오래전의 일처럼 느껴졌다. 나는 고개를 젓고 말을 이었다. "아니, 난 데이트 안 해, 아나스타샤. 너만 빼고. 너도 그건 알잖아."

너랑은 많이, 많이 하고 싶어.

"그럼 이전에는 한 번도 그……." 그녀는 목소리를 낮추고 듣는 사람이 없나 살폈다. "서브들과 외출한 적 없나요?" 그 말을 하고는 당황해 얼굴이 하얘졌다.

"가끔은 했지. 하지만 데이트는 아니었어. 쇼핑은 갔지." 가끔 외출을 하긴 했지만 그냥 기분전환용이었고, 훌륭한 서브미시브 행동에 대한 보상이기도 했다. 더 많은 걸 나누고 싶은 여자는 단 하나, 오로지 아나였다. "너뿐이야, 아나스타샤." 나는 속삭였다. 내 입장을 변호하고, 내 제안에 대해 그녀의 의중을 묻고 싶었다. 그녀가 어떻게 생각하는지, 나를 다시 갖고 싶은지 묻고 싶었다.

하지만 그 화랑은 사람들이 너무 많은 공개된 장소였다. 그녀의 뺨은 내가 사랑해 마지않는 달콤한 분홍빛으로 물들었다. 그녀는 두 손을 내려다보았다. 내가 한 말이 좋아 그런 거라고 믿고 싶었지만 확신할 수 없었다. 그녀를 여기서 데리고 나가 단둘이 있어야 했다. 그래야 진지하게 이야기를 나누고 식사도 할 수 있을 테니까. 이 꼬맹이의 작품을 다 감상하는 대로 되도록 빨리 여기를 떠나야 했다.

"네 친구는 인물보다는 주로 풍경을 찍나보군. 돌아보자." 나는 손을 내밀었고, 짜릿하게도 그녀가 내 손을 잡았다.

우리는 화랑 안을 슬슬 돌면서 각각의 사진 앞에 잠시 멈춰 섰다. 나로서는 이 청년에게 화가 나 있는 데다 그가 아나에게 흑심을 품고 있음이 분명했지만, 그가 꽤 괜찮은 작가라는 걸 인정할 수밖에 없었다. 우리는 모퉁이를 돌고 나서 걸음을 멈추었다.

거기 그녀가 있었다. 거대한 크기의 아나스타샤 스틸의 사진 일곱 점. 그녀는 입이 헤벌어질 만큼 아름답고, 자연스럽고, 여유로웠다. 웃고, 찡그리고, 입을 비쭉거리고, 생각에 잠기고, 즐거워했다. 그중 하나는 뭔가 아쉬운 듯 슬퍼 보였다. 사진들을 하나하나 살펴보면서 이자가 그녀를 친구 이상으로 생각한다는 확신이 더 강해졌다. 이제 거기엔 한 치의 의심도 없었다. "나만이 아니었던 것 같군." 나는 중얼거렸다. 이 사진들은 그녀에게 바치는 헌사이자 러브레터였고, 화랑 벽 여기저기에 걸린 채 머저리들에게 추파를 던졌다.

아나는 그 사진들을 보고 나만큼이나 압도되어 아무 말 못 하고 그 사진들을 멍하니 바라보았다. 이것들을 남의 손에 넘겨줄 순 없어. 이 사진들은 내가 다 가져야 한다. 판매가 가능하기만 바랄 뿐.

"실례." 나는 잠시 아나를 떠나 안내 데스크로 갔다.

"어떻게 도와드릴까요?" 여기 도착했을 때 우리에게 인사한 여자 안내원이 물었다.

나는 바르르 떠는 그녀의 눈꺼풀과 지나치게 빨간 미소를 무시하며 물었다. "뒤편에 걸린 사진 일곱 점, 판매합니까?"

실망하는 표정이 그녀의 얼굴을 스쳤지만 활짝 웃는 미소가 피어났다. "아나스타샤 컬렉션이요? 멋진 작품이죠."

멋진 모델이지.

"물론, 판매합니다. 가격을 확인해보죠." 그녀가 재잘거렸다.

"전부 주세요." 나는 지갑을 꺼냈다.

"전부 다요?" 놀란 기색이었다.

"네." 짜증 나는 여자로군.

"그 컬렉션은 1만 4천 달러입니다."

"최대한 빨리 배달해줬으면 좋겠는데."

"하지만 전시 기간엔 여기 걸려 있어야 하는데요." 그녀가 말했다.

그건 용납 못 하지.

나는 그녀에게 전력을 다해 끌어낸 비장의 미소를 날렸다. 그녀는 허둥거리며 덧붙였다. "하지만 그렇게 조치를 취할 수 있긴 해요." 그녀는 내 신용카드를 만지작거리며 긁었다.

아나에게 돌아와보니 어떤 금발 녀석이 그녀와 이야기를 하며 운을 시험하는 중이었다. "이 사진들 정말 죽이는데요." 그가 말했다. 나는 '내 거'라는 듯한 손길로 그녀의 팔꿈치에 손을 대고는 그에게 '당장 꺼져' 하는 비장의 노려보기를 시전했다. "정말 운도 좋으십니다." 금발 남자가 한발 물러나며 덧붙였다.

"좋고말고요." 나는 그렇게 대답하고는 그를 몰아내며 아나를 벽 쪽으로 데려갔다.

"저 사진 한 점 산 거예요?" 아나는 고갯짓으로 사진들을 가리켰다.

"한 점?" 나는 코웃음이 났다. 한 점? 지금 농담해?

"더 샀어요?"

"모두 샀지, 아나스타샤." 분명 잘난 척하는 말로 들리겠지만, 누군가가 이 사진들을 소유하고 감상한다고 생각하니 견딜 수 없었다. 그녀의 입술이 놀라움에 벌어졌고, 나는 그것에 정신을 빼앗기지 않으려고 노력했다. "어떤 인간이 집에 널 두고 네게 침을 흘리는 건 용납 못 해."

"그게 당신이면 괜찮고요?" 그녀가 맞받아쳤다.

예상치 못한 그녀의 반응에 기분이 좋아졌다. 그녀는 나를 꾸짖고 있었다. "솔직히 말하자면, 맞아." 나는 상냥하게 대답했다.

"변태 같으니." 그녀는 입술을 깨물었다. 터지는 웃음을 참는 듯했다.

와, 이렇게 도전적이고, 재밌고, 똑바른 여자라니. "그 평가를 딱히 반박할 순 없겠어, 아나스타샤."

"더 따져보고 싶긴 하지만, 비공개 합의서에 서명을 했으니 어쩔 수 없죠." 그녀는 당돌한 얼굴로 사진들을 한 번 더 감상하기 위해 돌아섰다.

이 여자 또 시작이다. 나를 비웃질 않나, 내 삶의 방식을 하찮게 여기질 않나. 이런, 그녀를 원래의 자리로 되돌려놓고 싶었다. 내 밑에 있거나 엎드린 자세라면 더 좋겠지. 나는 가까이 몸을 기울여 그녀의 귀에 대고 속삭였다. "그 똑똑한 입을 내가 어떻게 하고 싶은지 맞혀봐."

"어쩜 그런 무례한 말을." 그녀는 발끈해서 쏘아붙였다. 귀 끝이 예쁜 분홍색으로 변했다.

아, 자기야, 너무 빤하잖아.

나는 뒤의 사진들을 훑어보았다. "이 사진 속의 넌 참 편안해 보여, 아나스타샤. 이런 모습을 자주 보진 못한 것 같은데."

그녀는 손가락을 내려다보았다. 할 말을 고르느라 멈칫거리는 듯했다. 나는 그녀가 무슨 생각을 하는지 알 수 없어서 몸을 앞으로 내밀어 그녀의 얼굴을 위로 들어올렸다. 내 손가락이 그녀의 턱에 닿는 순간, 그녀는 숨을 흡 들이켰다.

또다시, 그 소리에 내 사타구니가 요동쳤다.

"나와 함께 있을 때도 이처럼 편안하면 좋을 텐데." 나는 희망을 담아 말했다.

빌어먹을, 너무 희망적으로 말했나.

"그러길 바란다면 날 겁주지 마요." 그녀는 쏘아붙였다. 그 감정의 깊이에 나는 깜짝 놀랐다.

"넌 의사소통하는 법부터 배워. 네 기분을 솔직하게 말하라고." 나는 맞받아쳤다.

젠장, 우리 여기서 이러고 있는 거야? 둘만 있는 데서 하고 싶은데. 그녀는 헛기침을 하고 똑바로 서서 몸을 쭉 폈다.

"크리스천, 당신은 내가 서브가 되어주길 바라잖아요. 거기에 문제가 있는 거예요. 서브미시브라는 말의 정의에. 한번 내게 그런 이메일을 보낸 적도 있었어요." 그녀는 말을 멈추고 나를 바라보았다. "동의어로 이런 말들이 있지 않았나요. 옮겨보면, '유순한, 순응하는, 복종하는, 승순하는, 수동적인, 체념한, 인내심 있는, 온순한, 길들여진, 정복된'이었죠. 난 당신을 쳐다봐서도 안 되고요. 허락받기 전엔 당신에게 말을 걸어서도 안 돼요. 그런데 뭘 바라죠?"

이런 말은 단둘이 해야 하는데! 왜 여기서 이런 말을 하는 거지?

"당신과 같이 있으면 아주 혼란스러워요." 그녀는 전력을 다해 몰아붙였다. "당신은 내가 당신을 거역하지 않길 바라지만, '말대꾸 잘하는 내 똑똑한 입'을 좋아하죠. 당신은 복종을 원하지만 그렇지 않을 때도 있어요. 그래야 나를 벌줄 수 있을 테니까. 당신과 있을 때는 어느 쪽을 택해야 할지 모르겠어요."

그래, 혼란스러울 수 있지. 하지만 여기서 얘기하긴 싫다. 여길 떠야 했다.

"좋은 지적이야, 언제나 그렇듯, 스틸 양." 내 목소리는 차가웠다. "가자, 뭣 좀 먹게."

"여기 온 지 30분밖에 안 됐어요."

"사진은 다 봤잖아. 저 친구랑 얘기도 했고."

"호세라는 이름이 버젓이 있어요." 그녀는 더 큰 목소리로 주장했다.

"호세와도 얘기했잖아. 지난번 보니까, 그 자식이 거부하는 네 입에 억지로 혀를 넣으려고 하더군. 그것도 네가 취해서 정신이 없을 때 말이야." 나는 으르렁거렸다.

"그렇다고 날 때린 적은 없어요." 그녀는 분노가 이글거리는 눈으로 응수했다.

이거 뭐야? 지금 한번 해보자는 거로군.

믿을 수가 없었다. 그녀는 갈 데까지 가보자는 식이었다! 내 가슴속에서 분노가 세인트 헬렌스 화산처럼 폭발했다. "그건 반칙이야, 아나스타샤." 나는 펄펄 끓고 있었다. 그녀의 얼굴은 빨갛게 달아올랐는데, 당황해서인지 화가 나서인지 가늠이 되지 않았다. 나는 양손으로 머리카락을 쓸어 넘겼다. 그러지 않으면 그녀를 움켜잡아 밖으로, 둘이서 이야기할 수 있는 곳으로 그녀를 끌고 나갈 것만 같았다. 나는 숨을 크게 들이마셨다.

"뭘 좀 먹을 만한 게 있는 곳으로 데려가줄게. 너 지금 내 앞에서 쓰러지기 직전이야. 그 친구 찾아, 인사하고 와." 나는 말이 뚝뚝하게 끊어질 정도로 꾹꾹 참고 있었지만, 그녀는 움직이지 않았다.

"부탁인데, 좀 더 있다 가면 안 돼요?"

"아니, 갈 거야. 지금. 작별 인사하고 와." 나는 고함을 지르지 않기 위해 갖은 애를 써야 했다. 내 말은 그녀가 입에 담기에는 완고하고 고집스러운 말이었다. 그녀는 화가 머리끝까지 났다. 지난 며칠 동안 생지옥을 체험해놓고 나란 인간은 이리 막무가내다. 가는 거야, 내가 그녀를 안아 들고 가는 한이 있어도. 그녀는 나를 무시무시한 눈초리로 쏘아보고는 휙 돌아섰다. 그녀의 머리카락이 출렁이며 내 어깨를 쳤다. 그녀는 그자를 찾으러 가버렸다.

그녀가 없는 동안 나는 평정심을 회복하려고 애썼다. 그녀의 어떤 면이 나를 이토록 자극하는 걸까? 그녀를 꾸짖고, 때리고, 그녀와 섹스하고 싶다. 여기서. 지금. 순서대로.

나는 전시장을 훑어보았다. 그 꼬맹이, 아니 로드리게스가 여성 찬미자 무리와 함께 서 있었다. 그는 아나를 포착하는 순간, 팬들을 싹 잊고 그녀가 빌어먹을 온 우주의 중심이라도 되는 양 그녀를 맞이했다. 그러고는 그녀의 말을 하나하나 열심히 듣고 나서 그녀를 두 팔로 쓱 쓰다듬고는 그녀를 돌려세웠다.

내 여자한테서 그 뒤룩뒤룩한 앞발 치우시지.

그녀는 나를 흘끔 보더니 그의 머리카락 속에 손을 넣고 뺨을 그의 뺨에 대고는 그의 귀에 뭐라 속삭였다. 그들은 계속 이야기를 나누었다. 끝. 그의 두 팔이 그녀를 감쌌다. 그는 그녀의 빛을 누리고 있었다.

나도 모르게 내 발이 그쪽으로 움직였다. 저놈의 사지를 하나하나 뜯어버릴 기세로. 내가 다가가는 중에 놈이 그녀를 놓아주었다. 놈에게는 다행이었다.

"서먹하게 굴지 마, 아나. 아, 그레이 씨. 안녕하십니까." 꼬맹이는 소심하고 다소 겁먹은 투로 중얼거렸다.

"로드리게스 씨, 아주 인상적이군요. 오래 있지 못해 유감입니다. 이제 그만 시애틀로 돌아가야 해서. 아나스타샤?" 나는 그녀의 손을 잡았다.

"안녕, 호세. 다시 한 번 축하해." 그녀는 내게서 몸을 떼고 붉어진 로드리게스의 뺨에 다정하게 입 맞추었다. 이러다 나 혈전증 생기겠군. 자제력을 짜내 그녀를 내 품 안으로 홱 끌어당기고 싶은 충동을 간신히 억눌렀다. 대신 그녀의 손을 잡고 그녀를 정문 쪽으로 데려가 거리로 나갔다. 그녀는 휘청거리며 나를 따라왔다. 그녀가 넘어질 뻔했지만 상관하지 않았다.

지금. 하고 싶어…….

골목이 하나 있었다. 나는 그녀를 데리고 골목 안으로 들어가 벽에 와락 밀어붙였다. 두 손으로 그녀의 얼굴을 감싸 쥐고 몸으로 그녀의 몸을 찍어 누르자 분노와 욕망이 뒤섞여 알싸하고 격정적인 화합물이 만들어졌다. 입술로 그녀의 입술을 붙잡았다. 서로의 치아가 충돌했지만, 내 혀는 그녀의 입안에 있었다. 그녀는 싸구려 와인 맛이 났다. 맛있고, 달콤한, 달콤한 아나.

아, 이 입.

이 입이 그리웠어.

그녀는 내 안에 불을 당겼다. 그녀의 손가락이 내 머리카락 속으로 들어와 세게 움켜쥐었다. 그녀는 내 입안에서 신음하며 청신호를 보냈다. 그녀가 반응하며 내게 키스했다. 그녀의 열정이 풀려났다. 그녀의 혀가 내 혀와 뒤엉켰다. 시음. 먹기. 먹여주기.

생각했던 대로 그녀는 굶주려 있었다. 폭발한 욕망이 마른 장작을 휘감고 핥는 불길처럼 내 몸을 질주했다. 흥분해 미칠 것 같았다. 그녀를 원했다. 지금 당장. 여기서. '너는 내 거'라는 처벌 선고의 키스는 다른 무언가로 변했다.

그녀도 이걸 원한다.

그녀도 이걸 그리워했다.

이건 단순한 흥분이 아니다. 그 이상이다.

나는 고삐가 풀려 신음으로 응답했다.

나는 한 손으로 그녀의 목덜미를 움켜쥐었고, 우리는 키스했다. 다른 손이 그녀의 몸을 탐험했다. 익숙한 굴곡이다. 그녀의 젖가슴, 그녀의 허리, 그녀의 엉덩이, 그녀의 허벅지. 내 손가락이 드레스 끝자락을 찾아 위로 끌어올리기 시작하자 그녀가 신음을 토해냈다. 내 목적은 모든 걸 멈추고 여기서 그녀와 섹스하는 것. 그녀를 다시 내 것으로 만드는 것이다.

그녀의 감촉.

아찔했다. 이토록 그녀를 원한 적이 있던가.

욕망의 안개 저편에서 경찰 사이렌의 비명이 들려왔다.

안 돼! 안 돼! 그레이!

이건 아니야. 정신 차려.

나는 몸을 빼고 그녀를 내려다보았다. 숨이 가빴고, 지독히 화가 났다.

"넌. 내. 거. 야." 나는 으르렁거리고 나서 억지로 그녀에게서 몸을 뗐다. 그동안 내 이성이 돌아왔다. "무슨 일이 있어도 말이지, 아나." 나는 몸을 숙여 두 손으로 양 무릎을 짚고 숨을 고르며 들끓는 몸을 진정시키려 노력했다. 지금 나는 그녀에게 고통스럽고 벅찬 상대다.

이 세상 어느 누가 이토록 나를 쥐고 흔들었던가? 그런 적이 있었나?

맙소사! 뒷골목에서 그녀를 범할 뻔했다.

이건 질투다. 지금 내 감정은. 내 마음은 처참하고 쓰라리다. 자제력은 실종됐다. 이건 좋지 않다. 조금도 좋지 않다.

"미안해요." 그녀가 쉰 목소리로 말했다.

"당연히 미안해야지. 네가 왜 그랬는지는 나도 알아. 그 사진작가랑 잘해보고 싶은 거야, 아나? 그 친구는 분명 너에게 감정이 있어."

"아니에요." 숨은 가빴지만 그녀의 목소리는 상냥했다. "호세는 그냥 친구예요." 후회하는 투였지만 그녀의 말은 나를 진정시켰다.

"난 어른이 된 후로 줄곧 극단적인 감정은 피하면서 살았어. 그런데 너…… 넌 내 안에서 완전히 낯선 감정을 끌어내. 그건 너무나……." 말을 이을 수가 없다. 지금 내 기분을 표현할 적당한 말이 떠오르지 않는다. 나는 통제력도 잃고 길도 잃었다. '불안정하다'는 말이 가장 나으려나. "난 통제를 좋아해, 아나. 하지만 네 옆에 있으면 그건……." 나는 일어서서 그녀를 내려다보았다. "증발해버려."

그녀의 눈은 성적 기대감으로 커다래져 있었고, 머리카락은 흐트러져 가슴께에 섹시하게 떨어져 있었다. 나는 목덜미를 문지르며 자제력을 일부 회복한 것에 감사했다.

내가 얼마나 너와 잘 맞는지 알겠지, 아나. 봤지?

나는 손으로 머리를 쓸어 넘기고 정신을 차리려 심호흡을 했다. 나는 그녀의 손을 잡았다. "가자. 얘기 좀 해야 하니까." 섹스하기 전에. "그리고 너 뭘 좀 먹어야 해."

골목 근처에 식당이 하나 있었다. 재회 장소로 탐탁지 않았지만 그럭저럭 괜찮았다. 시간이 별로 없었다. 테일러가 곧 도착할 것이다.

나는 그녀에게 문을 열어주었다. "이 정도면 되겠지. 시간이 별로 없으니." 그 골목을 지나는 행인이나 학생들을 대상으로 하는 식당 같았다. 아이러니하게도 식당 벽의 색깔이 내 오락실 벽 색깔과 같았지만, 그 생각은 떨쳐버렸다.

알랑대는 웨이터가 우리를 구석 자리로 안내했다. 그는 아나스타샤에게 내내 웃음을 흘렸다. 나는 벽에 걸린 메뉴판을 보고는 웨이터에게 시간이 없다는 신호를 주기 위해 그가 물러가기 전에 주문을 했다. "미디엄으로 익힌 서로인 스테이크 하나 줘요. 있으면 베어네이즈 소스를 뿌려서. 감자튀김과 녹색 야채, 여기 있는 것 아무거나 줘요. 와인 리스트도 봅시다."

"알겠습니다, 손님." 그는 물러갔다.

아나는 화가 나서 입을 꾹 다물고 있었다.

이제 어떡한다?

"만약 내가 스테이크 싫다면요?"

"말싸움 시작하지 마, 아나스타샤."

"난 어린애가 아니에요, 크리스천."

"그럼 그렇게 행동하지 말아야지."

"스테이크를 좋아하지 않으면 어린애가 되는 건가요?" 그녀는 토라진 걸 숨기지 않았다.

아니!

"일부러 내 질투심을 유발하는 행동 말이야. 그건 정말 유치한 짓이었어. 친구를 그렇게 오해하도록 만들면서 그쪽 감정이 어떨지는 생각해보지 않았어?"

그녀는 뺨이 발그레 달아올라 손만 내려다보았다.

그래, 부끄러운 게 정상이지. 나를 혼란스럽게 만들었으니까. 내 눈에는 훤히 다 보여.

그녀는 이걸 노린 걸까? 나를 유혹하는 거?

헤어져 있는 동안 그녀는 자신의 힘을 확인했을지도 모른다. 나를 좌지우지하는 힘.

웨이터가 와인 리스트를 가지고 돌아왔을 때 나는 그 틈을 타 냉정을 되찾았다. 와인은 평범했다. 메뉴에 마실 만한 와인은 딱 하나 있었다. 아나스타샤를 흘끔 쳐다보니 그녀는 부루퉁해 보였다. 그 표정, 내 잘 알지. 먹고 싶은 걸 직접 고르고 싶겠지. 그녀가 와인에 대한 지식이 거의 없다는 걸 아는 나로서는,

그녀를 놀려주고 싶은 충동에 굴복했다. "와인 골라보겠어?" 나는 물었다. 말이 비꼬는 투로 나왔다.

"당신이 골라요." 그녀는 입술을 앙다물었다.

그러니까 나랑 게임하려 들지 말라고, 자기야.

"바로사 밸리 시라즈 두 잔 줘요." 나는 옆에서 얼쩡거리는 웨이터에게 말했다.

"음, 저희 가게는 병으로만 나갑니다, 손님."

"그럼 한 병 줘요." 이 아둔한 작자.

"알겠습니다, 손님." 그가 물러갔다.

"너무 무뚝뚝하잖아요." 웨이터가 안돼 보였는지 그녀가 말했다.

"글쎄, 내가 왜 그랬을까?" 표정을 드러내지 않으려고 노력했지만, 내가 생각해도 나는 너무 유치하게 굴고 있다.

"미래에 대한 친밀하고 솔직한 토론을 위해선 먼저 적당한 말투부터 정하는 게 좋겠어요. 그렇지 않아요?" 그녀는 내게 달콤한 미소를 지어 보였다.

아하, 복수에 나섰군요, 스틸 양. 내게 대결을 신청하다니. 그 용기가 가상하군. 하지만 언쟁해봤자 아무런 득도 없을 것이다.

나는 머저리가 되어간다.

이번 거래 날려먹지 마, 그레이.

"미안하군." 그녀의 말이 옳긴 하니까.

"사과는 받겠어요. 지난번 만난 이후 난 채식주의자가 되진 않았어요, 다행히."

"제대로 먹은 건 그때가 마지막이니까 그건 논쟁의 여지가 있지. 명목일 뿐이야."

"그 말을 또 쓰네요. '명목'이라는."

"명목." 나는 소리 내지 않고 입 모양으로 따라했다. 그래, 그 말. 토요일 아침 우리의 계약에 대해 의논하다가 그 말을 마지막으로 썼었지. 내 세상이 산산조각 난 그날.

망할. 그 생각은 집어치워. 남자답게 행동해, 그레이. 그녀에게 네가 원하는 걸 말해.

"아나, 마지막으로 이야기를 나누었을 땐 네가 나를 떠났잖아. 나 지금 좀 초조해. 나는 너에게 다시 돌아와달라고 말했는데, 네가…… 아무런 대답도 하지 않아서." 그녀의 얼굴에서 핏기가 사라지면서 그녀는 입술을 깨물었다.

아, 안 돼.

"당신이 그리웠어요……. 정말 그리웠어요, 크리스천." 그녀가 나지막이 말했다. "지난 며칠 동안…… 힘들었어요."

힘들다는 말로는 부족하다.

그녀는 침을 삼켰고, 규칙적으로 숨을 쉬었다. 이건 좋지 않다. 지난 몇 시간 동안 내 행동이 그녀를 밀쳐낸 걸지도. 나는 긴장했다. 무슨 생각인 거지?

"바뀐 건 아무것도 없어요. 난 당신이 원하는 대로 될 수 없어요." 그녀의 얼굴은 창백했다.

안 돼. 안 돼. 안 돼.

"내가 원하는 건 지금의 너야." 지금의 너, 이대로의 너를 원해.

"아니에요, 크리스천. 난 안 돼요."

아, 제발 내 말을 믿어봐. "지난번 일 때문에 화가 났을 거야. 내가 어리석게 행동했어. 넌…… 너도 그랬고. 어째서 안전신호를 주지 않았어, 아나스타샤?"

그녀는 놀란 듯 보였다. 이런 말을 듣게 될 줄 몰랐던 모양이다.

"대답해." 나는 재촉했다.

그동안 쭉 머릿속을 떠나지 않던 의문이다. 어째서 안전신호를 주지 않았어, 아나스타샤?

그녀는 앉은자리에서 풀이 죽었다. 슬프구나. 패배해서.

"모르겠어요." 그녀가 중얼거렸다.

뭐?

뭐라고?

말문이 막힌다. 그녀가 안전신호를 주지 않아 그동안 나는 지옥을 체험했다. 내가 뭐라 말하기 전에 그녀의 입에서 말들이 굴러 나왔다. 고백하듯, 창피한 듯, 나긋하고 나지막하게. "주체할 수가 없었어요. 당신이 원하는 모습이 되어보려고 했고, 고통을 감당하려고 했어요. 그랬더니 정신이 나가버렸어요." 그녀는 상처받은 표정으로 사과하듯 어깨를 살짝 으쓱거렸다. "그게…… 잊어버려서 그랬어요."

뭐야, 이거?

"잊어버렸다니!" 황당하다. 우리가 이 난리를 겪은 게, 그냥 잊어버려서라고?

믿을 수가 없다. 나는 이 순간에 머물기 위해 탁자를 움켜잡고 이 놀라운 정보를 받아들였다.

내가 안전신호를 그녀에게 알려줬던가? 맙소사. 기억이 나지 않는다. 내가 처음 그녀의 엉덩이를 때렸을 때 그녀가 보낸 이메일이 떠올랐다.

그때 그녀는 나를 제지하지 않았다.

내가 멍청이였다.

그녀에게 그걸 상기시켰어야 했는데.

잠깐. 그녀는 안전신호를 알고 있었다. 그녀에게 한 번 이상 알려준 기억이 났다.

"아직 서명한 합의서는 없어, 아나스타샤. 하지만 한계에 대해
서는 논의했었지. 다시 말하지만, 우리에겐 안전신호가 있어, 알겠
지?"

그녀는 눈을 두어 번 깜빡였으나 말이 없었다.

"그게 뭐지?" 나는 재촉했다.

그녀는 망설였다.

"안전신호가 뭐지, 아나스타샤?"

"황색."

"그리고?"

"적색."

"그걸 기억해."

그녀는 혐오스럽다는 듯 눈썹을 추켜세우더니 뭐라 대꾸하려 했
다.

"그 똑똑한 입 놀릴 생각 마, 스틸 양. 아니면 엎드리게 해놓고 널
가질 테니까. 내 말 알겠어?"

"이래서야 내가 어떻게 너를 신뢰하지? 응?" 그녀가 내게 정
직하지 않다면 우리에게 희망이 있을까? 나는 그녀의 생각을
듣고 싶은데, 그녀는 내게 터놓고 말하지 못한다면. 이건 무슨
관계일까? 내 영혼은 침전했다. 삶의 방식이 같지 않은 사람을
상대할 때 이런 문제가 생긴다. 그녀가 이해하지를 못하니.

그녀를 쫓지 말았어야 했다.

웨이터가 와인을 가지고 왔지만 우리는 의심하는 눈초리로
서로를 쏘아보았다.

그녀에게 더 잘 설명했어야 했는데.

제기랄, 그레이. 부정적인 생각은 집어치워.

그래. 이제 그건 아무래도 좋다. 앞으론 그녀의 방식대로 관계를 맺을 거니까. 그녀가 나를 받아주기만 한다면.

짜증 나는 작자가 와인 병을 따는 데 너무 꾸물거렸다. 참나. 지금 장난하는 거야, 뭐야? 아니면 아나에게 잘 보이려고? 그는 마침내 코르크 마개를 따고 내게 시음할 와인을 따랐다. 나는 재빨리 한 모금 마셨다. 원래는 공기에 노출을 시킨 뒤에 마셔야 하는데, 뭐 그런대로 괜찮았다.

"괜찮군." 이제 가봐. 제발 좀. 그는 우리의 잔에 와인을 따르고 나서 가버렸다.

아나와 나는 내내 서로에게서 눈을 떼지 않았다. 서로의 생각을 탐색했다. 그녀가 먼저 눈길을 돌려 와인을 한 모금 마시고는 생각을 정리하려는 듯 눈을 감았다. 그녀가 눈을 떴을 때 나는 그녀에게서 절망을 보았다. "미안해요." 그녀가 속삭였다.

"뭐가 미안하지?" 이런. 나랑 끝낼 셈인가? 영 희망이 없는 거야?

"안전신호를 사용하지 않은 거."

하느님, 감사합니다. 끝난 줄 알았어.

"우린 이 모든 고통을 피할 수도 있었어." 나는 중얼거렸다. 대답이기도 했고, 안도감을 숨기기 위한 말이기도 했다.

"당신은 괜찮아 보이는데요." 그녀의 목소리가 바르르 떨렸다.

"사람 겉모습만 봐선 모르지. 난 전혀 괜찮지 않아. 태양이 졌다가 닷새 동안 뜨지 않은 기분이야, 아나. 난 여기 끝나지 않는 밤에 갇혀 있어."

그녀가 숨을 들이켜는 소리가 들렸다.

내 기분이 어떨 거라고 생각한 거야? 내가 가지 말라고 애원했는데 나를 떠났으면서. "넌 절대 떠나지 않겠다고 말해놓고 힘들어지니까 떠나버렸어."

"내가 언제 절대 떠나지 않겠다고 말했다는 거죠?"

"자면서." 우리 사이가 어긋나기 전. "그렇게 위안이 되는 말을 들은 건 참으로 오랜만이었어, 아나스타샤. 그 말에 안심이 됐었는데."

그녀는 훅 숨을 들이켰다. 와인 잔을 드는 그녀의 사랑스러운 얼굴에 연민이 가득했다. 드디어 기회가 왔다.

그녀에게 물어봐, 그레이.

감히 묻지 못했던 그걸 물어봐. 그녀가 뭐라 대답할까 두려워 차마 묻지 못했던 것, 나는 그것이 궁금했다. 알아야 했다.

"날 사랑한다고 말했잖아." 나는 숨이 막혀 속삭였다. 그녀가 더 이상 나와 같은 감정일 리 없지만. 그래도 혹시? "그 말은 이제 과거형이야?"

"아니, 크리스천, 그렇지 않아요." 그녀는 또다시 고백하듯 말했다. 뜻밖의 안도감이 내 몸을 휘감았다. 하지만 안도감은 두려움을 동반했다. 그녀가 괴물을 사랑할 리 없으니 혼란스럽기도 했다.

"잘됐군." 나는 웅얼거렸다. 그건 지금 생각하고 싶지 않았다. 때마침 용케도 웨이터가 식사를 가지고 돌아왔다.

"먹어." 나는 명령했다. 이 여자는 뭘 먹어야 한다.

그녀는 못마땅한 듯 접시에 담긴 음식을 살폈다.

"부디 도와줘, 아나스타샤. 네가 먹지 않으면, 널 여기 이 식당에서 내 무릎 위에 눕혀버릴 테니까. 내 성적 만족감과는 별개로. 먹어!"

"좋아요. 먹을게요. 근질거리는 손바닥은 거둬요." 그녀는 농
담을 시도했다. 하지만 나는 웃지 않았다. 그녀는 농담을 그만
두고 고집스럽게 주저하다 포크와 나이프를 집었다. 하지만 한
입 먹고는 눈을 감고 만족감에 입술을 핥았다. 혀의 출현은 내
몸에서 반응을 끌어내기 충분했다. 그렇지 않아도 골목에서 나
눈 키스 때문에 내 몸은 이미 흥분한 상태였다.

이런, 또. 안 돼! 나는 몸의 반응을 차단했다. 다음번으로 미
뤄두자. 그녀만 승낙한다면. 그녀는 한 입 더 먹고 나서 다시 한
입 더 먹었다. 계속 먹겠구나 싶었다. 음식 덕분에 다행히 분위
기가 전환됐다. 나는 스테이크를 잘라 한 입 먹었다. 나쁘지 않
았다.

우리는 계속 먹고 서로를 바라보았지만 말은 하지 않았다.

그녀가 내게 꺼지라고 말하지 않았으니 일단 된 거다. 그녀를
찬찬히 뜯어보는데 그녀와 같이 있는 게 정말 즐겁구나 하는 생
각이 들었다. 나는 온갖 종류의 상충하는 감정들에 묶여 있었
다……. 그래도 그녀는 여기 있다. 내 옆에서 밥을 먹고 있다.
내 제안이 통하면 좋으련만. 골목에서 키스했을 때 그녀는……
본능적으로 반응했다. 여전히 나를 원했다. 거기서 섹스할 수도
있었다. 그녀는 나를 저지하지 않았을 것이다.

그녀가 나의 몽상을 방해했다. "이 노래 누가 부르는 줄 알아
요?" 식당 오디오에서 젊은 여자의 부드럽고 리드미컬한 목소
리가 흘러나왔다. 나는 가수가 누구인지 몰랐지만, 우리 둘 다
그녀가 훌륭하다는 데 동의했다.

가수의 노래를 들으니 문득 아나에게 줄 아이패드가 생각났
다. 그녀가 그것을 받아주면 좋으련만. 좋아해주었으면. 어제

음악을 업로드했고, 오늘 아침에는 몇 가지를 추가했다. 내 책상 위 글라이더 사진과 그녀의 졸업식에서 찍은 우리 둘의 사진도. 앱 몇 개도 추가했다. 그것은 사과의 의미였다. 뒤편에 새겨진 짧은 메시지가 내 감정을 전해줄 것으로 믿는다. 너무 저급하게 들리지 않아야 할 텐데. 어떻게든 그녀에게 그것을 주고 싶었지만 거기까지 얘기가 이어질지 모르겠다. 나는 터지는 한숨을 삼켰다. 그녀는 언제나 내 선물을 잘 받으려 하지 않기 때문이다.

"뭐예요?" 그녀가 물었다. 내가 할 말이 있다는 걸 눈치챈 모양이다. 다시 한 번 느끼지만, 그녀는 정말 내 마음을 읽을 수 있다.

나는 고개를 저었다. "다 먹어."

새파란 눈동자가 나를 보았다. "더는 못 먹겠네요. 이 정도 먹었으면 선생님도 만족하시지 않나요?"

나를 들들 볶을 생각일까? 그녀의 얼굴을 살폈지만 다른 의도는 없어 보였다. 그녀는 접시에 있던 음식을 반 이상 먹었다. 며칠 동안 아무것도 먹지 않은 걸 감안하면 오늘 저녁에는 충분히 먹은 셈이다.

"정말 배가 불러요." 그녀는 반복했다.

때마침 재킷 주머니 안에서 전화기가 부르르 진동하며 메시지 도착을 알렸다. 테일러일 것이다. 지금쯤 화랑 근처에 있을 테지. 나는 손목시계를 보았다.

"곧 가야 해. 테일러가 와 있어. 너도 내일 아침에 출근해야 하니 일찍 일어나야 할 거고." 예전에는 이런 배려를 한 적이 없었다. 이제 그녀는 직장인이라 잠을 자야 한다. 내 계획을 수정하고 내 몸의 기대감을 조정해야 할지도 모른다. 욕망을 억제

해야 한다고 생각하자 김이 샜다.

아나는 나도 일을 해야 한다는 사실을 일깨웠다.

"난 너보다 훨씬 덜 자고도 활동할 수 있어, 아나스타샤. 그래도 네가 뭘 먹었으니 됐어."

"그럼 찰리 탱고로 돌아가는 게 아닌가요?"

"아니. 술을 마실 것 같았거든. 테일러가 우리를 태우러 올 거야. 그래야 너를 차 안에서 독차지할 수도 있고. 몇 시간뿐이지만. 이야기 말고 뭘 할 수 있겠어?"

나는 의자 안에서 불편해 움직거렸다. 작전 3단계는 기대만큼 그리 순조롭게 진행되지 않았다.

그녀는 나를 질투하게 만들었다.

나는 통제력을 잃었다.

그래. 평소처럼 그녀는 나를 탈선시켰다. 하지만 나는 상황을 반전시켜 차 안에서 거래를 마무리 지을 생각이다.

포기하지 마, 그레이.

나는 웨이터를 불러 계산서를 가져오라고 한 후 테일러에게 전화를 걸었다. 그는 두 번째 연결음에 전화를 받았다.

"우리 르 피코탱에 있어. 사우스웨스트 서드 애비뉴." 나는 그에게 위치를 알리고 전화를 끊었다.

"여전히 테일러에게 너무 퉁명스럽네요……. 뭐, 대부분의 사람들에게 그러지만요."

"나는 용건만 빨리 전할 뿐이야, 아나스타샤."

"아직 오늘 밤의 용건은 안 꺼냈잖아요. 아무것도 변하지 않았어요, 크리스천."

정곡을 찔렀군, 스틸 양.

말해, 말해, 그레이.

"너에게 제안을 할까 해."

"애초에 우리 관계도 제안서로 시작되었죠."

"다른 제안이야." 나는 바로잡았다.

그녀는 좀 시큰둥했다. 흥미가 있는 것도 같았다. 웨이터가 돌아왔고, 나는 웨이터에게 신용카드를 건넸다. 눈은 아나에게서 떼지 않았다. 그래도 그녀의 관심은 끌었다.

됐어.

심박수가 치솟는다. 이게 부디 그녀에게 통해야 할 텐데…….아니면 나는 끝내 길을 잃을 것이다. 웨이터는 서명하라고 내게 신용카드 전표를 건넸다. 나는 팁을 두둑이 넣어 전표에 내 이름을 휘갈겨 썼다. 웨이터는 지나치게 좋아하는 티를 냈다. 그것도 거슬렸다.

전화기가 진동해 문자를 확인했다. 테일러가 도착했다. 웨이터는 내게 신용카드를 돌려주고는 사라졌다.

"가자, 테일러가 밖에 와 있어."

우리는 일어섰고, 나는 그녀의 손을 잡았다. "널 잃고 싶지 않아, 아나스타샤." 나는 중얼거리고는 그녀의 손을 들어 내 입술로 그녀의 손가락 관절을 쓰다듬었다. 그녀의 숨이 거칠어졌다.

아, 이 소리.

나는 그녀의 얼굴을 쳐다보았다. 살짝 벌어진 그녀의 입술, 발그레한 뺨, 커다래진 눈. 그 모습에 나는 희망과 욕망으로 채워졌다. 나는 충동을 억누르고 그녀를 데리고 식당을 나왔다. 밖에 테일러가 Q7을 길가에 세우고 대기하고 있었다. 테일러가 있으면 아나가 마음 놓고 얘기를 못 할 거라는 생각이 들었다.

그렇다면 방법이 있지. 나는 뒷문을 열고 그녀를 태운 후 운전석 쪽으로 돌아갔다. 테일러는 내게 문을 열어주려고 차에서 내렸다.

"안녕, 테일러. 헤드폰을 끼고 아이팟을 들어주겠나?"

"네, 사장님. 출근할 때 꼭 그걸 가지고 나옵니다."

"좋아. 돌아가는 길에 그렇게 해주게."

"그러죠, 사장님."

"무얼 들을 건가?"

"푸치니요, 사장님."

"토스카?"

"라보엠이요."

"잘 골랐군." 나는 미소를 지었다. 이번에도 테일러는 나를 놀래킨다. 그의 음악 취향은 컨트리나 록 음악일 줄 알았는데. 나는 숨을 크게 들이켜고 나서 차에 올라탔다. 일생의 거래에 임하는 순간이다.

그녀를 되찾고 싶다.

테일러가 카오디오 시스템을 작동시키자 라흐마니노프의 격정적 선율이 조용히 배경에 깔렸다. 그는 잠시 거울로 나를 보고는 차를 빼 원활한 차량의 흐름 속으로 들어갔다.

고개를 돌려 아나스타샤를 마주하니 그녀는 나를 보고 있었다. "아나스타샤, 말한 대로 네게 제안을 할까 해."

그녀는 불편한 눈초리로 테일러를 쳐다보았다.

"테일러한테는 안 들려."

"왜요?" 그녀는 어리둥절한 표정을 지었다.

"테일러." 내가 불렀다. 테일러는 대답하지 않았다. 나는 다시 부르고는 몸을 내밀어 테일러의 어깨를 톡톡 두드렸다. 테일러가 이어폰을 빼고 돌아보았다.

"네, 사장님?"

"고마워, 테일러. 됐어. 계속 음악 들어."

"네."

"됐지? 테일러는 자기 아이팟을 듣고 있어. 푸치니. 테일러는 여기 없다고 생각해. 나도 그럴 거야."

"그렇게 해달라고 일부러 부탁했어요?"

"응."

그녀는 놀라 눈을 깜빡였다. "좋아요……. 당신 제안은요?" 그녀는 머뭇거리며 불안한 투로 말했다.

나도 초조해, 자기야. 시작해보자. 망치지 마, 그레이.

어떻게 시작한다?

나는 크게 숨을 들이켰다. "먼저 뭐 하나 물어볼게. 넌 변태 섹스가 전혀 없는 보통의 바닐라 관계를 원하는 거야?"

"변태 섹스?" 그녀가 귀를 의심하듯 외쳤다.

"변태 섹스."

"그런 말을 하다니 믿을 수가 없네요." 그녀는 다시 테일러를 불안한 눈초리로 쳐다보았다.

"내가 물었어. 대답을 해."

"난 당신의 변태 섹스도 좋았어요." 그녀가 속삭였다.

아, 자기야, 나도 좋았어.

한시름 놨다. 한 걸음 더……. 좋아. 냉철함을 유지하자, 그레이.

"그럴 줄 알았어. 그러면 싫은 게 뭐야?"

그녀는 잠시 침묵을 지켰다. 그리고 드문드문한 거리의 불빛이 만들어낸 빛과 그림자 속에서 나를 살폈다. "잔인하고 특이한 벌을 주겠다는 협박요."

"그게 무슨 소리야?"

"음, 그거 말이에요……." 그녀는 말을 멈추고 다시 테일러를 흘끔거리고는 목소리를 낮췄다. "당신 오락실에 있는 거요. 매, 채찍 같은 거. 그것만 보면 눈앞이 캄캄해질 정도로 겁이 나요. 당신이 그런 걸 내게 쓰는 게 싫어요."

이건 내가 해결할 수 있지.

"알았어. 그럼 채찍도 막대도 치우도록 하지. 그런 문제라면 허리띠도." 나도 모르게 냉소적인 말투가 나왔다.

"고정 한계를 새로이 정의하겠다는 거예요?" 그녀가 물었다.

"그런 건 아니야. 그저 널 이해하려고 하는 거지. 네가 뭘 좋아하고 좋아하지 않는지 더 명확히 이해하려는 거야."

"근본적으로 말이에요, 크리스천. 내가 정말로 감당하기 어려운 건 나를 괴롭히면서 당신이 쾌감을 얻는다는 사실이에요. 내가 내 임의로 선을 넘으면 당신이 그렇게 할 거라는 것도 그렇고요."

젠장. 그녀는 나를 안다. 그 괴물을 본 것이다. 이제는 거기까지 가지 않겠다. 그렇지 않으면 이 거래는 날아갈 것이다. 나는 그녀가 언급한 첫 부분을 무시하고 두 번째 부분에 집중했다. "하지만 그건 임의적인 게 아냐. 규칙은 서면으로 작성되어 있으니까."

"그 규칙들이 싫어요."

"전부?"

망할. 이 여자 날 만지려 들지 몰라. 그럼 나를 어떻게 보호하지? 이 여자가 멍청한 짓을 해서 위험을 자초할 수도 있잖아?

"아예 규칙이 없었으면 좋겠어요." 그녀는 강조하려고 고개를 저으며 말했다.

좋아, 이제 핵심 질문.

"그렇지만 내가 엉덩이를 때렸을 때는 싫어하지 않았잖아?"

"뭐로 때렸을 때요?"

"이걸로." 나는 한 손을 들었다.

그녀는 아무 말 없이 앉은자리에서 꼼지락거렸다. 몸속 깊은 곳에서 달콤한 환희가 퍼져 나왔다. 아, 자기, 난 네가 꼼지락거리는 거 좋아.

"네, 그건 괜찮았어요. 특히 그 은구슬을 이용했을 때는……."

그 생각에 내 물건이 요동쳤다. 젠장. 나는 다리를 꼬았다. "그래, 그건 재미있었지."

"재미 이상이었어요." 그녀가 거들었다.

"그럼 어떤 고통은 감당할 수 있단 말이잖아." 어쩔 수 없이 목소리에 희망이 실렸다.

"네, 그럴 수도 있을 것 같아요." 그녀가 어깨를 으쓱했다.

좋아. 그렇다면 이걸 기반으로 관계를 구축하면 되겠어.

심호흡하고, 그레이, 그녀에게 조건을 제시해.

"아나스타샤, 난 다시 시작하고 싶어. 바닐라부터 하자. 그런 다음에 네가 나를 좀 더 신뢰하게 되면, 또 네가 솔직하게 터놓고 이야기한다는 걸 내가 믿을 수 있게 되면, 더 나아가서 내가 하고 싶은 걸 할 수 있을지도 모르지."

바로 이거야.

망할. 내 심박수가 치솟았다. 그녀의 반응을 기다리는 동안, 온몸의 피가 요동치며 귀청을 쿵쿵 때렸다. 나는 행복과 불행의 갈림길에 있다. 그런데 그녀는…… 아무 말이 없다! 한 가로등 밑을 지날 때 그녀가 나를 바라보았고, 나는 그런 그녀를 보았다. 그녀는 나를 탐색하고 있다. 더 야위었고 더 슬퍼진 그녀의 아름다운 얼굴 안에서 그녀의 두 눈은 어이없이 커다랗다.

아, 아냐.

"그럼 처벌은요?" 마침내 그녀가 말했다.

나는 눈을 감았다. 거절은 아니로군. "처벌은 없을 거야. 하나도."

"그럼 그 규칙은요?"

"규칙도 없을 거야."

"전혀요? 하지만 당신에게는 욕구가 있잖아요……." 그녀는 말끝을 흐렸다.

"내겐 그것보다 네가 더 필요해, 아나스타샤. 지난 며칠은 지옥이었어. 내 모든 본능은 너를 떠나보내라고 했지. 난 네게 어울리는 남자가 아니라고 말이야. 하지만 그 친구가 찍은 네 사진을 보니까…… 그 자식이 너를 어떻게 보는지 알 수 있겠더군. 넌 정말 천진하고 아름다워 보였어. 지금 아름답지 않다는 건 아니지만, 지금 여기 앉아 있는 너는 고통스러워 보여. 나 때문에 이렇게 되었다는 걸 아니까 힘들어."

정말 죽겠어, 아나.

"그렇지만 난 이기적인 남자야. 네가 사무실에 온 이후 줄곧 너를 원했어. 넌 정말 아름답고, 정직하고, 따뜻하고, 강인하고, 재치 있고, 묘하게 순수해. 늘어놓자면 끝도 없어. 넌 경이로워. 난 널 원해. 다른 사람이 너를 가진다는 생각만 해도 칼이 내 어두운 영혼을 휘젓는 것 같아."

집어치워. 미사여구가 많아, 그레이! 미사여구가 너무 많아.

집착하는 남자 같잖아. 그녀가 겁을 먹겠어.

"크리스천, 어째서 당신 영혼이 어둡다고 생각하는 거예요?" 그녀가 언성을 높이는 바람에 나는 깜짝 놀랐다. "나라면 절대 그런 말 하지 않을 거예요. 좀 슬픈 사람일지도 모르죠. 하지만 당신은 좋은 사람이에요. 나는 알 수 있어요……. 당신은 너그럽고 친절하고, 내게 거짓말을 하지 않았어요. 그런데도 나는 열심히 노력하지 않았죠. 지난 토요일에 난 큰 충격을 받았어요. 그 일은 잠에서 깨어나라는 알람과 같았죠. 그동안 당신이 나를 배려해주었는데도 나는 당신이 원하는 사람이 될 수 없다는 걸 깨달은 거죠. 그 후에 당신을 떠나고 보니, 당신이 내게 준 신체적 고통은 당신을 잃는 고통에 비하면 아무것도 아니라는 걸 알았어요. 당신을 기쁘게 해주고 싶은데, 그게 어려워요."

"넌 줄곧 나를 기쁘게 했어." 그녀는 언제쯤 이걸 이해할까? "그 말을 몇 번이나 해야 해?"

"당신이 무슨 생각하는지 전혀 모르겠어요."

내 생각을 모르겠다고? 내 마음을 책 읽듯 잘만 읽으면서. 내가 주인공은 아니지만. 나는 결코 주인공이 되지 못하겠지.

"가끔 당신은 아주 닫혀버려요. 마치 섬처럼……." 그녀는 말을 이었다. "그리고 위협적이에요. 그러니 내가 아무 말 못할 수밖에요. 당신 기분이 어디로 튈지 모르니까. 북쪽에서 남쪽으로 갔다가 순식간에 다시 되돌아와요. 그것만도 혼란스러운데, 당신은 몸에 손도 대지 못하게 하죠. 내가 얼마나 당신을 사랑하는지 꼭 보여주고 싶은데."

불안감이 가슴속에서 폭발했고, 심장이 질주하기 시작했다. 그녀가 그걸 또 언급했다. 그 강력한 세 마디의 말, 도저히 견딜 수 없는 그 말. 게다가 손으로 만지는 것까지. 안 돼. 안 돼. 안 돼. 그녀가 날 만지는 건 안 돼. 하지만 내가 뭐라 대꾸할 새도 없이, 어둠이 미처 힘을 쓰기 전에 그녀가 안전벨트를 풀고 좌석을 이동해 내 무릎으로 올라와 나를 습격했다. 그녀는 두 손으로 내 머리를 감싸고는 내 눈을 들여다보았다. 나는 숨을 쉴 수 없었다.

"나 당신 사랑해요, 크리스천 그레이." 그녀가 말했다. "당신은 나를 위해 이 모든 걸 준비했어요. 나야말로 자격이 없어요. 당신이 원하는 걸 해줄 수 없어서 미안할 뿐이에요. 어쩌면 시간이 해결해줄까요…… 모르겠어요……. 하지만 좋아요. 당신 제안을 받아들일게요. 어디에 서명하면 되죠?" 그녀는 두 팔을 내 목에 두르고 나를 끌어안았다. 그녀의 따스한 뺨이 내 뺨에 닿았다.

믿을 수가 없었다. 내 귀가 의심스러웠다.

불안감이 환희로 바뀌었다. 환희가 가슴속을 퍼져 나가며 머리에서부터 발끝까지 나란 존재를 환히 밝혔고, 온기를 퍼뜨렸다. 그녀는 노력할 것이다. 나는 그녀를 되찾았다. 그녀를 가질 자격이 없는데도 그녀를 되찾았다. 나는 두 팔로 그녀를 감싸고 꼭 끌어안고는 향기로운 그녀의 머리카락에 코를 묻었다. 안도감과 함께 만화경 같은 온갖 감정들이 그녀가 떠난 후 줄곧 공허했던 마음을 채웠다.

"오, 아나." 나는 속삭이며 그녀를 안았다. 너무나 아찔하고 너무나…… 충만해서 다른 말이 필요하지 않았다. 그녀는 내 품을 파고들며 머리를 내 어깨에 얹었다. 우리는 라흐마니노프를 들었다. 나는 그녀가 한 말들을 곱씹었다.

나 당신 사랑해요.

나는 머릿속의 그 문장과 가슴에 남은 감정을 견주고는 목구멍 안에 도사린 두려움 덩어리를 삼켜버렸다. 그녀의 말들이 나를 감싸주었으므로.

나는 할 수 있어.

감당할 수 있어.

그래야만 한다. 그녀와 그녀의 여린 마음을 지켜줘야 한다.

나는 숨을 크게 들이마셨다.

할 수 있어.

손으로 날 만지는 것만 빼고. 그건 감당 못 해. 그녀를 납득시켜야 해, 기대치를 조정하도록. 나는 그녀의 등을 톡톡 어루만졌다. "만지는 건 내게는 고정 한계야, 아나스타샤."

"알아요. 다만 이유를 알았으면 좋겠어요." 그녀의 숨결이 내 목을 간지럽혔다.

"난 끔찍한 어린 시절을 보냈어. 약쟁이 창녀의 포주 중 한 명이……."

"여기 있었구나, 요 꼬마 새끼."

안 돼. 안 돼. 안 돼. 담뱃불은 싫어.

"엄마! 엄마!"

"네 엄마는 네 말 못 들어, 요 망할 애벌레야." 그는 내 머리끄덩이를 움켜잡고 나를 부엌 식탁 밑에서 끌어낸다.

"으악. 으악. 으악."

그는 담배를 피운다. 냄새. 담배. 고약한 냄새다. 오래되고 불결한. 그는 지저분하다. 쓰레기처럼. 하수구처럼. 그는 갈색 액체를 마신다. 병에 든.

"네 엄마가 들을 수 있다고 해도, 눈 하나 깜짝 안 할걸." 그가 소리친다. 그는 항상 소리를 지른다.

그의 손이 내 얼굴을 때린다. 한 번 더. 한 번 더. 안 돼. 안 돼.

나는 그에게 대든다. 하지만 그는 웃는다. 그리고 담배를 빨아들인다. 담배 끝이 밝은 빨강과 주황색으로 빛난다.

"담뱃불." 그가 말한다.

안 돼. 안 돼.

고통. 고통. 고통. 냄새.

담뱃불. 담뱃불. 담뱃불.

나는 비명을 지른다.

비명.

"엄마! 엄마!"

그는 웃고 또 웃는다. 그는 치아가 두 개 없다.

나는 진저리를 쳤다. 그 기억과 악몽이 그가 버린 담배꽁초 연기처럼 스멀스멀 살아나 내 두뇌를 흐리고 나를 공포와 무능의 시절로 끌고 갔기 때문이다.

나는 아나에게 그 기억이 떠올랐다고 말했다. 그녀는 나를 더 꼭 끌어안았다. 그녀의 뺨과 내 뺨이 닿았다. 그녀의 부드럽고 따스한 피부 감촉이 나를 다시 현재로 데려왔다.

"어머니가 학대했나요?" 그녀의 목소리는 허스키했다.

"그런 기억은 없어. 그저 방기했던 거지. 그 포주로부터 나를 지키지 않았던 거야."

그 여자는 슬픈 변명이었고, 그 작자는 미치광이 말종이었다.

"그 여자를 돌봐야 했던 쪽은 나였어. 결국 그 여자가 자살했을 때, 나흘이 지나서야 누군가가 위급한 상황을 눈치채고 우리를 찾아냈지……. 그건 기억나." 눈을 감으니 아련하고 고요한 장면이 떠올랐다. 바닥에 쓰러진 그 여자와 그 여자에게 담요를 덮어주고 그 옆에 누워 웅크린 나.

아나스타샤는 숨을 들이켰다. "정말 엉망진창인 상황이네요."

"50가지 빛깔로 다양하게."

그녀는 내 목에 키스했다. 내 피부에 보드랍고 연약한 그녀의 입술이 닿았다. 그녀가 내게 주는 것은 동정이 아니었다. 위안이었다. 어쩌면 이해일지도. 착하고 인정이 많은 아나.

나는 그녀를 더 꼭 끌어안고 내 품에 안긴 그녀의 머리카락에 키스했다.

자기야, 그건 아주 오래전 일이야.

나는 맥이 풀렸다. 며칠 동안 잠을 못 자고 악몽에 시달린 터라 타격이 컸다. 피곤했다. 생각은 그만하고 싶었다. 그녀는 나의 꿈자리를 지키는 부적이다. 그녀가 옆에서 잘 때는 악몽을 꾼 적이 없다. 나는 몸을 뒤로 기대며 눈을 감고 아무 말도 하지 않았다. 할 말이 없었기 때문이다. 그저 음악에 귀 기울이다가 음악이 멈추자 그녀의 보드랍고 고른 숨소리를 들었다. 그녀는 잠들어 있었다. 지쳤을 거야. 나처럼. 그녀와 밤을 보내서는 안 될 것이다. 내가 잠을 못 자면 그녀도 잠을 못 잘 테니. 나는 그녀를 안고 내 몸을 누르는 그녀의 무게를 즐겼다. 그녀가 내 위에서 잠이 들다니 영광이지 뭔가. 나도 모르게 자족적인 웃음이 나왔다. 내가 해낸 것이다. 그녀를 되찾았다. 이제 해야 할 일은 그녀를 지키는 것이다. 그것만으로도 만만치 않은 일이다.

나의 첫 바닐라 관계. 이럴 줄 누가 알았나? 나는 눈을 감고 엘레나가 내 말을 듣고 지을 표정을 상상해보았다. 그녀는 할 말이 많을 것이다. 늘 그렇듯이…….

그렇게 서 있는 걸 보니 내게 할 말이 있는 모양이구나.

나는 새빨간 입술이 휘어지면서 생겨난 그녀의 미소를 슬쩍 훔쳐본다. 그녀는 플로거를 손에 든 채 팔짱을 낀다.

네, 마님.

말해보렴.

저 하버드에 합격했어요.

그녀의 눈꺼풀이 바르르 떨린다.

마님, 하고 나는 얼른 덧붙이고는 내 발가락을 내려다본다.

그랬구나. 나는 그녀의 집 지하실에 발가벗고 서 있고, 그녀는 내 주위를 걸어 다닌다.

봄철 공기가 쌀쌀했지만, 내 머리카락이 곤두선 것은 앞으로 다가올 일에 대한 기대감 때문이다. 그녀의 값비싼 향수 냄새 때문이기도 했고. 내 몸이 반응하기 시작한다.

그녀가 웃음을 터뜨린다. 자제해! 그녀가 다그친다. 플로거가 내 허벅지를 물어뜯는다. 나는 내 몸을 통제하려고 온 힘을 기울인다.

착하게 굴면 상을 받게 될 거야.

그녀가 만족스러운 듯 웅얼거린다. 그러고는 다시 나를 때린다. 이번에는 내 가슴이다. 하지만 이번 매질은 모질지 않고 더 장난스럽다. 하버드에 입학하다니 대단하구나, 요 귀염둥이 애완동물. 플로거가 다시 날아와 내 엉덩이를 찌른다. 그 바람에 내 다리가 후들거린다.

가만히 있어. 그녀가 경고한다. 나는 똑바로 서서 다음 매질을 기다린다. 나를 떠나겠다는 소리구나, 하고 그녀가 속삭인다. 플로거가 내 등을 후려친다.

나는 눈을 번쩍 뜨고 놀란 눈빛으로 그녀를 흘끔거린다.

안 돼. 절대.

눈 깔아, 하고 그녀가 명령한다.

나는 내 발을 내려다본다. 공포가 나를 엄습한다.

넌 나를 떠나 젊은 여대생을 찾겠구나.

아뇨. 아뇨.

그녀는 내 얼굴을 움켜쥔다. 그녀의 손톱이 내 피부를 파고든다.

그럴 거야. 그녀의 연청색 눈동자가 내 눈을 태우고, 새빨간 입술이 뒤틀리며 냉소한다.

절대 아니에요, 마님.

그녀는 웃음을 터뜨리고는 나를 밀치고 손을 치켜든다.

하지만 매질은 이어지지 않는다.

눈을 뜨니 내 앞에 아나가 서 있다. 그녀는 내 뺨을 어루만지며 미소를 짓는다. 당신을 사랑해요, 하고 그녀는 말한다.

나는 잠에서 깨 잠시 멍하니 있었다. 심장이 경적처럼 쿵쿵거렸다. 이것이 공포인지 흥분인지 헷갈렸다. 나는 Q7 뒷좌석에 있었고, 내 무릎에는 아나가 웅크리고 잠들어 있었다.

아나.

그녀는 다시 내 것이 되었다. 잠시 황홀경에 취했다. 바보처럼 입이 헤벌어지며 웃음이 나서 고개를 흔들었다. 이런 기분 느낀 적 있던가? 미래가 있어서 신이 난다. 우리의 관계가 어디로 흘러갈지 궁금해 신이 난다. 우리가 시도할 새로운 것들에 대해서도. 가능성은 무궁무진했다.

나는 그녀의 머리카락에 키스하고 턱을 그녀의 머리에 얹었다. 차창 밖을 내다보니 시애틀에 도착해 있었다. 테일러의 눈이 백미러 안에서 내 눈과 마주쳤다.

"에스칼라로 갈까요, 사장님?"

"아니, 스틸 양의 집으로."

그의 눈가에 잔주름이 잡혔다. "5분 뒤에 도착합니다." 그가 말했다.

후아. 집에 거의 다 왔다.

"고마워, 테일러." 자동차 뒷좌석에서 이렇게 오래 잠이 들 줄이야. 지금 몇 시일까 궁금했지만 손목시계를 보려고 그녀를 안은 팔을 움직이고 싶지 않았다. 그저 잠이 든 미녀를 내려다볼 뿐. 그녀의 입술은 살짝 벌어져 있고, 검은 속눈썹이 날개를 펼쳐 얼굴에 그늘을 드리웠다. 히스먼 호텔에서 잠이 든 그녀를 바라본 기억이 났다. 그때가 처음이었지. 그때 그녀는 참으로 평화롭게 보였다. 지금도 그녀는 평화로워 보인다. 나는 마지못해 그녀를 깨웠다.

"일어나, 자기." 나는 그녀의 머리카락에 키스했다. 그녀의 속눈썹이 떨리더니 그녀가 눈을 떴다. "어이." 나는 나지막이 인사했다.

"미안해요." 그녀는 중얼거리며 일어나 앉았다.

"네가 자는 모습은 영원히 봐도 질리지 않아, 아나." 그러니 사과할 필요 없어.

"내가 잠꼬대했어요?" 그녀는 걱정스런 표정을 지었다.

"아니." 나는 그녀를 안심시켰다. "네 집에 거의 다 왔어."

"당신 집에 가는 것 아니었어요?" 놀란 모양이다.

"아니야."

그녀는 똑바로 앉아 나를 쳐다보았다. "왜요?"

"너 내일 출근해야 하니까."

"아." 그녀의 부루퉁한 입이 실망한 마음을 대변했다. 나는 소리 내어 하하 웃고 싶었다.

"왜, 무슨 다른 생각이라도 했었어?" 나는 그녀를 놀렸다.

그녀는 내 무릎 위에서 꼼지락거렸다.

아윽.

나는 두 손으로 아직 그녀를 안고 있었다.

"뭐, 어쩌면요." 그녀는 다른 곳이 아닌 나를 바라보며 좀 수줍게 말했다. 나는 웃음이 터졌다. 그녀는 여러 가지 면에서 용감한데, 또 어떤 면에서는 부끄럼을 탄다. 그녀를 가만히 바라보자니 그녀가 섹스에 대해 솔직하도록 만들어야겠다는 생각이 들었다. 우리가 서로에게 정직하려면, 그녀는 자신의 솔직한 감정을 이야기해야 한다. 무얼 원하는지 내게 말해야 한다. 나는 그녀가 자신감을 갖고 본인의 욕망을 말하길 바랐다. 모든 욕망을.

"아나스타샤. 내가 네게 다시 손대는 일은 없을 거야. 네가 해달라고 빌기 전에는."

"뭐라고요!" 그녀는 좀 화가 난 듯했다.

"그래야 네가 다시 나와 의사소통을 시작할 테니까. 다음에 사랑을 나눌 때는 뭘 원하는지 세세하고 정확히 말하도록 해."

그러려면 곰곰이 생각 좀 해야 할 거야, 스틸 양.

내가 그녀를 무릎에서 내려놓을 때 테일러가 그녀의 아파트 옆 길가에 차를 세웠다. 나는 차에서 내린 다음 그녀의 문 쪽으로 돌아가 문을 열어주었다. 그녀는 나른하고 사랑스러운 모습으로 차에서 내렸다.

"널 위해 준비한 게 있어."

자, 행동 개시. 그녀가 내 선물을 받을까? 이제 그녀를 되찾기 위한 작전의 마지막 단계다. 나는 트렁크를 열고 그녀의 맥북과 휴대폰, 그리고 아이패드가 든 선물 상자를 집어 들었다. 어리둥절한 그녀의 시선이 상자에서 내게 향했다. "안에 들어가면 열어."

"당신은 안 들어올 거예요?"

"응, 안 들어갈 거야. 아나스타샤." 들어가고 싶었다. 우리 둘다 잠이 모자랐다.

"그럼 언제 다시 만날 수 있어요?"

"내일."

"직장 상사가 내일 같이 술 한잔하자고 했는데."

그 작자 대체 무슨 꿍꿍이지? 웰치에게 하이드에 대한 뒷조사 보고서를 재촉해야겠다. 그자에게는 이력서에는 나타나지 않은 뭔가 미심쩍은 점이 있다. 눈곱만큼도 믿을 수 없는 작자다. "이제는 한잔하재?" 나는 애써 아무렇지 않은 척 말했다.

"출근 첫 주가 무사히 끝나는 걸 축하하자고." 그녀가 재빨리 덧붙였다.

"어디에서?"

"모르죠."

"그럼 거기로 데리러 갈게."

"좋아요. 이메일이나 문자 보낼게요."

"좋아."

우리는 함께 로비 문으로 걸어갔다. 그녀가 열쇠를 찾으려고 가방 안을 뒤적이는 동안 난 그것을 즐겁게 바라보았다. 그녀는 잠긴 문을 열고 나서 작별 인사를 하려고 돌아섰다. 내가 어떻게 그녀를 거부하겠나. 나는 몸을 숙여 손가락으로 그녀의 턱을 쥐었다. 그녀에게 열렬히 키스하고 싶었지만 자제하고 그녀의 관자놀이에서 입술까지 선을 그리며 가볍게 키스했다. 그녀가 신음했다. 그 달콤한 소리는 내 아랫도리로 직행했다.

"내일까지." 나는 욕망을 숨기는 데 실패한 목소리로 말했다.

"잘 가요, 크리스천." 그녀가 속삭였다. 그녀의 갈망이 내 갈망을 대변했다.

아, 예쁜이. 내일. 지금 말고.

"들어가." 나는 명령했다. 이렇게 힘든 명령을 내린 적이 있던가. 내 것이 된 그녀를, 손에 넣은 그녀를 놓아주다니. 내 몸이 고상한 몸짓을 거부하고 기대감에 뻣뻣해졌다. 아나를 향한 욕정에 깜짝 놀라 나는 고개를 흔들었다.

"나중에 봐, 자기." 나는 그녀의 뒤에 대고 소리치고는 거리 쪽으로 돌아서서 돌아보지 말자고 단단히 마음먹고 차로 향했다. 차에 올라타고 나서야 그쪽을 쳐다보았다. 그녀는 아직 거기 있었다. 계단에 서서 나를 바라보고 있었다.

좋았어.

이제 침대로 가, 아나, 하고 나는 명령했다. 그녀는 내 말을 들은 것처럼 문을 닫았고, 테일러는 출발해 내 집 에스칼라로 향했다.

나는 뒤로 몸을 기댔다.

하루 만에 이리 달라지다니.

씩 웃음이 났다. 그녀는 다시 내 것이다.

나는 그녀가 아파트 안에서 선물 상자를 여는 것을 상상했다. 화를 낼까? 아니면 기뻐할까?

아마 화를 낼 테지.

그녀는 선물을 순순히 받은 적이 없다.

제기랄. 무리수였나?

테일러는 에스칼라의 주차장으로 들어갔다. 우리는 아나의 A3 옆 빈자리에 차를 세웠다. "테일러, 내일 스틸 양의 아우디를 그녀의 집으로 가져다주겠나?" 그녀가 차도 받아주면 좋으련만.

"그러죠, 그레이 사장님."

나는 테일러가 주차장에서 볼일을 보도록 두고 엘리베이터로 향했다. 엘리베이터에 타고 나서 그녀가 선물에 대해 메시지를

보냈나 싶어 전화기를 확인했다. 엘리베이터 문이 열리고 아파
트 안으로 막 들어섰을 때 이메일이 도착했다.

보낸 사람: 아나스타샤 스틸
제목: 아이패드
날짜: 2011년 6월 9일 23:56
받는 사람: 크리스천 그레이

당신이 나를 또 울리네요.
아이패드 참 좋아요.
노래들이 참 좋아요.
대영도서관 앱이 참 좋아요.
당신이 참 좋아요.
고마워요.
잘 자요.

아나 xx

나는 화면에 대고 활짝 웃었다. 행복한 눈물이라니, 좋았어!
그녀가 그걸 좋아한다.
그녀는 나를 사랑한다.

그녀는 나를 사랑한다.

차를 타고 세 시간을 달리고 나서야 그것이 실감 났다. 하지만 어떤 면에서 그녀는 나를 잘 모르고 있다. 내가 무얼 할 수 있는지, 왜 그런 짓을 하는지 모른다. 그 누구도 괴물을 사랑할 순 없다. 아무리 연민이 많은 사람이라도.

나는 그 생각을 떨쳐버렸다. 부정적인 생각에 허우적거리고 싶지 않았기 때문이다.

플린이 알면 자랑스러워할 것이다.

나는 그녀의 이메일에 즉시 답장을 썼다.

보낸 사람: 크리스천 그레이

제목: 아이패드

날짜: 2011년 6월 10일 00:03

받는 사람: 아나스타샤 스틸

네가 좋아해줘서 기쁘군. 내 몫으로도 하나 더 샀어.

지금 내가 거기 있다면 키스로 네 눈물을 닦아줄 텐데.

하지만 옆에 있지 못하니…… 그러니 잠자리에 들어.

크리스천 그레이

CEO, 그레이 엔터프라이즈 홀딩스 Inc.

그녀가 내일을 위해 푹 잠들었으면. 나는 생소한 만족감을 느끼며 몸을 쭉 펴고 나서 침실로 들어갔다. 침대에 그대로 쓰러질 생각으로 휴대폰을 침대 옆 탁자에 놓을 때 보니 그녀의 또 다른 이메일이 와 있었다.

보낸 사람: 아나스타샤 스틸

제목: 투덜 씨

날짜: 2011년 6월 10일 00:07

받는 사람: 크리스천 그레이

평소처럼 고압적이고 긴장한 것처럼 들리는데요. 평소처럼 투덜거리는 것도 똑같네요, 그레이 씨.

그 기분을 달래줄 만한 걸 알긴 아는데, 당신이 여기에 없으니…….

그만 잠자리에 들지 않으면 당신은 용납하지 않겠죠, 내가 애원하길 바라면서…….

계속 꿈꾸시기를.

아나 xx

추신: 그러고 보니 스토커들의 주제가 〈당신 숨결마다〉도 넣어놓았던데. 나야 당신 유머 감각이 재미있었지만, 플린 박사님도 알고 계세요?

이렇게 나온다 이거지. 아나스타샤 스틸의 위트. 미처 몰랐군. 나는 침대에 걸터앉아 답장을 썼다.

보낸 사람: 크리스천 그레이
제목: 도인 같은 침착함
날짜: 2011년 6월 10일 00:10
받는 사람: 아나스타샤 스틸

친애해 마지않는 스틸 양,
바닐라 관계에서도 엉덩이를 때릴 수 있다는 걸 알아둬. 보통 서로 합의하에서, 성적인 맥락에선 가능하지……. 하지만 예외를 만들 수 있다면 내 기꺼이 그렇게 하지.
플린 박사도 내 유머 감각을 재미있어한다는 걸 알면 안심이 되려나. 자, 이제 잠자리에 들어. 내일은 별로 자지 못할 테니까.
그건 그렇고, 넌 애원하게 될 거야. 장담하지. 기대되는군.

크리스천 그레이
긴장한 CEO, 그레이 엔터프라이즈 홀딩스 Inc.

나는 휴대폰을 바라보며 답장을 기다렸다. 분명 그녀는 이걸 놓치지 않을 것이다. 아니나 다를까, 그녀의 답장이 등장했다.

보낸 사람: 아나스타샤 스틸
제목: 좋은 꿈 꾸고 잘 자요
날짜: 2011년 6월 10일 00:12
받는 사람: 크리스천 그레이

음, 당신이 그렇게 정중히 부탁하신다면, 또 당신의 달콤한 협박이 마음에 드니 당신이 친절히 선물한 아이패드를 껴안고 대영도서관 책들을 훑어보며 당신 대신 말을 거는 음악에 귀를 기울이다가 잠들겠어요.

A xxx

내 협박이 마음에 든다고? 와하, 오해를 하셨군. 차 안에서 엉덩이를 때리는 이야기를 할 때 그녀가 꿈틀거리던 게 기억이 나네.

아, 자기야, 이건 협박 아니야. 약속이지.

나는 일어나 재킷을 벗으려고 옷방으로 돌아가며 할 말을 궁리했다.

그녀는 좀 더 다정한 접근을 원한다. 물론, 나는 그런 말도 할 수 있다.

그러자 적당한 말이 떠올랐다.

보낸 사람: 크리스천 그레이
제목: 요청 한 가지 더
날짜: 2011년 6월 10일 00:15
받는 사람: 아나스타샤 스틸

내 꿈 꿔.

x

크리스천 그레이

CEO, 그레이 엔터프라이즈 홀딩스 Inc.

그래. 내 꿈 꿔. 그녀의 머릿속에는 단 한 사람, 나만 있어야 한다. 그 사진작가 말고. 그녀의 상사도 말고. 바로 나. 나는 재빨리 파자마 바지로 갈아입고 양치질을 했다.

침대에 들면서 다시 휴대폰을 확인했지만 스틸 양에게서는 소식이 없었다. 눈을 감았을 때 오늘 저녁 내내 레일라를 까맣게 잊고 있었다는 생각이 들었다. 아나스타샤는 참으로 활달하고, 아름답고, 재미있었다…….

라디오 알람에 잠에서 깼다. 그녀가 떠난 후 처음으로. 꿈도 꾸지 않고 단잠을 자고 나니 개운했다. 잠에서 깨자마자 아나 생각이 났다. 오늘 아침 그녀는 어떤 기분일까? 마음이 바뀐 건 아닐까?

아냐. 긍정적으로 생각하자.

좋아.

그녀의 오전 일정이 어떻게 될까?

더 좋아.

오늘 저녁에 그녀를 만난다. 나는 침대에서 벌떡 일어나 운동복으로 갈아입었다. 그녀의 건물을 보려면 평소 달리던 코스로 가야겠지. 하지만 이번에는 서성거리지 않을 생각이다. 나는 더 이상 스토커가 아니니까.

내 발이 포장도로를 때렸다. 건물들 사이로 비치는 햇살을 맞으며 아나가 사는 거리로 향했다. 아직 사방이 고요했지만 나는

'푸 피이터스'를 크게 틀고 당당하게 달렸다. 지금 내 기분에 더 잘 맞는 것을 들어야 할까. 〈필링 굿〉이라든가. 니나 시몬이 부른 곡으로.

너무 감상적이야, 그레이. 계속 달려.

나는 아나의 건물을 그대로 지나쳤다. 멈출 필요는 없다. 오늘 이따가 그녀를 만날 것이다. 온전한 그녀를. 충족감이 들었지만 혹시 오늘 밤이 마지막은 아닐까 하는 생각도 들었다.

우리가 어떻게 되든 그것은 전적으로 아나에게 달렸다. 그녀의 방식대로 갈 테니까.

나는 월스트리트로 올라갔다가 하루를 시작하기 위해 집으로 돌아왔다.

"좋은 아침, 게일." 내가 들어도 내 말투는 유달리 다정했다. 게일은 스토브 앞에서 동작을 멈추고 나를 머리 세 개 달린 인간처럼 빤히 쳐다보았다. "오늘 아침엔 스크램블드에그와 토스트로 하죠." 나는 덧붙이고는 그녀에게 윙크를 던지며 서재로 향했다. 그녀는 입을 딱 벌리고 아무 말도 하지 못했다.

그래, 말문이 막힐 만도 하지, 존스 부인. 신기한 풍경일 테니.

나는 서재에서 컴퓨터로 이메일을 확인했다. 사무실에 나가기 전에 해결해야 할 급한 용건은 없었다. 내 생각은 아나에게로 흘러갔다. 그녀가 아침을 먹었을지 궁금했다.

보낸 사람: 크리스천 그레이
제목: 그러니 날 좀 도와줘
날짜: 2011년 6월 10일 08:05

받는 사람: 아나스타샤 스틸

아침은 먹었기를. 간밤에 네가 어찌나 그립던지.

크리스천 그레이
CEO, 그레이 엔터프라이즈 홀딩스 Inc.

사무실로 나가는 차 안에서 답장을 받았다.

보낸 사람: 아나스타샤 스틸
제목: 옛날 책들……
날짜: 2011년 6월 10일 08:33
받는 사람: 크리스천 그레이

키보드 치면서 바나나 먹고 있어요. 며칠 동안 아침을 전혀 먹지 않았으니 이만하면 한 발짝 전진한 셈이에요. 대영도서관 앱 정말 좋아요! 《로빈슨 크루소》를 읽기 시작했어요……. 그리고 맞아요, 나 당신 사랑해요.
　자, 이제 나 좀 내버려둬요. 일하려던 참이거든요.

아나스타샤 스틸
편집자 잭 하이드의 비서, SIP

로빈슨 크루소? 홀로 무인도에 갇힌 남자 말이군. 내게 뭔가를 암시하려는 건가?
　그리고 나를 사랑한대.

사랑한대. 나를. 그런 말들이 점점 자연스럽게 들리다니 놀랍
군……. 하지만 아주 자연스럽진 않아.

그래서 나는 그녀의 이메일에서 가장 거슬리는 점으로 초점
을 옮겼다.

보낸 사람: 크리스천 그레이
제목: 먹은 게 그게 다야?
날짜: 2011년 6월 10일 08:36
받는 사람: 아나스타샤 스틸

좀 더 든든히 챙겨 먹어야지. 나중에 애원할 기운은 비축해둬야
하잖아.

크리스천 그레이
CEO, 그레이 엔터프라이즈 홀딩스 Inc.

테일러는 그레이 하우스 앞 길가에 차를 댔다.

"사장님, 그 아우디는 오늘 오전에 스틸 양 댁에 가져다두겠
습니다."

"그래. 나중에 보자고, 테일러. 고마워."

"좋은 하루 되십시오, 사장님."

그레이 하우스 엘리베이터 안에서 나는 그녀의 답장을 읽었다.

보낸 사람: 아나스타샤 스틸
제목: 민폐
날짜: 2011년 6월 10일 08:39

받는 사람: 크리스천 그레이

그레이 씨, 난 생계를 유지하기 위해 일할 거예요. 그리고 애원해
야 할 사람은 당신이라고요.

아나스타샤 스틸
편집자 잭 하이드의 비서, SIP

하! 천만에.

"좋은 아침, 안드레아." 나는 그녀에게 다정하게 고개를 끄덕
이며 성큼성큼 그녀의 책상을 지나갔다.

"어……." 그녀는 말을 잇지 못했지만 재빨리 정신을 차렸
다. 그녀는 유능한 비서니 말이다. "좋은 아침입니다, 그레이
사장님. 커피 드릴까요?"

"좋지. 블랙으로." 나는 내 방문을 닫고 책상 앞에 앉아 아나
에게 답장을 썼다.

보낸 사람: 크리스천 그레이
제목: 덤벼보시지!
날짜: 2011년 6월 10일 08:46
받는 사람: 아나스타샤 스틸

어이, 스틸 양, 난 도전을 좋아해…….

크리스천 그레이
CEO, 그레이 엔터프라이즈 홀딩스 Inc.

그녀의 저돌적인 이메일 공세가 마음에 쏙 든다. 아나와 함께 하는 인생은 지루하지 않다. 나는 의자에 기대고 두 손으로 머리를 받치고는 지금 이 펄펄 날뛰는 활력에 대해 생각했다. 내가 이렇게 쾌활했던 적이 있던가? 두려운 일이다. 그녀는 내게 희망을 줄 힘도, 나를 절망의 구렁텅이로 빠뜨릴 힘도 지녔다. 내가 어느 쪽을 선호하는지는 분명하다. 사무실 벽에 빈 공간이 있다. 그 공간에 그녀의 사진을 하나 걸어도 좋을 것이다. 그 생각을 본격적으로 하려는데 노크 소리가 들렸다. 안드레아가 커피를 가지고 들어왔다.

"그레이 사장님, 잠깐 이야기 좀 나눠도 될까요?"

"물론."

그녀는 반대편 의자에 앉았다. 초조해 보였다. "오늘 오후에 제가 사무실을 비우는 거 기억하시죠? 월요일에 출근 안 하는 것도요?"

나는 멍하니 그녀를 바라보았다. 이거 뭐지? 기억에 전혀 없는 얘기다. 나는 그녀가 사무실에 없는 걸 싫어한다.

"사장님께 말씀드린 걸로 아는데요." 그녀가 덧붙였다.

"대신할 사람 있나?"

"네. 인사부에서 다른 부서 사람을 보낼 거예요. 몬태나 브룩스."

"됐군."

"고작 하루 하고 반나절입니다, 사장님."

나는 웃음을 터뜨렸다. "내가 그렇게 걱정하는 걸로 보이나?"

안드레아가 웬일로 내게 미소를 지었다. "네, 사장님, 그래 보입니다."

"무슨 일인지 몰라도, 즐거운 시간 갖기를 바라네."

그녀가 일어섰다. "고맙습니다, 사장님."

"이번 주말 내 일정이 어떻게 되지?"

"내일 바스티유 씨와 골프 약속이 있으십니다."

"취소해." 차라리 아나와 노는 게 좋겠어.

"그러죠. 그리고 부모님 댁에서 열리는 '함께 대처하기' 가면 무도회에 참석하셔야 합니다."

"아. 이런."

"몇 달 전에 잡힌 일정입니다."

"그래. 알아. 그건 그냥 둬."

아나가 내 파트너로 가줄까 궁금했다.

"알겠습니다, 사장님."

"블란디노 상원의원의 따님 후임 구했나?"

"네, 사장님. 새러 헌터라는 여자입니다. 제가 출근하는 화요일부터 일하기로 했습니다."

"됐군."

"베일리 양과 9시에 약속 있으십니다."

"고마워, 안드레아. 웰치 연결해줘."

"네, 사장님."

로스는 다푸르 공중 투하 작업에 관한 보고를 마무리하는 중이었다. "모든 게 예정대로 진행되고 있어요. NGO 현장 직원들의 초기 보고에 따르면 투하 작업은 정확한 시간, 정확한 장소에서 이루어졌다는군요." 로스가 말했다. "솔직히 대성공이라 할 만해요. 우리가 수많은 사람들을 돕게 될 겁니다."

"좋아. 필요하다면 매년 하도록 하지."

"비용이 너무 들어요, 크리스천."

"알아. 하지만 이건 옳은 일이잖아. 게다가 돈만 쓰면 되는 일이고."

그녀는 언짢은 표정으로 나를 보았다.

"할 얘기 더 없어?" 내가 물었다.

"없습니다, 당장은."

"됐군."

그녀는 호기심 어린 눈으로 나를 계속 보았다.

뭐야?

"제정신으로 돌아와줘서 고마워요." 그녀가 말했다.

"무슨 소리야?"

"무슨 소리인지 아시면서." 그녀는 일어서서 서류를 챙겼다. "그동안 생각이 딴 데 가 있었잖아요." 그녀가 실눈을 떴다.

"생각이 가긴 어딜 가."

"아뇨, 여기 없었다니까요. 사장님이 제정신을 차리고 집중하고 더 행복해 보여서 다행이에요." 그녀는 내게 활짝 웃어 보이고는 문으로 향했다.

그렇게 티가 났나?

"오늘 아침 신문에 난 사진 봤어요."

"사진?"

"네. 사진 전시회에서 찍은 사장님과 어떤 젊은 아가씨."

"아, 그거." 나는 미소를 숨길 수 없었다.

로스가 고개를 끄덕였다. "오늘 오후 마르코와의 회의 때 뵙죠."

"그러지."

그녀는 나갔고, 나는 남아서 오늘 다른 직원들이 나를 어떻게 대할까 생각했다.

기술 전문가이자 수석 엔지니어 바니가 태양광 전지 태블릿의 세 가지 시제품을 만들었다. 나는 이 제품을 고가로 전 세계에 팔 생각인데, 개발도상국에는 인도적 차원에서 가격을 인하할 계획이다. 기술의 민주화는 내 염원 중 하나다. 가난한 나라들에 싸고 기능적이며 손쉽게 구할 수 있는 상품을 제공해 그 나라들을 가난에서 끌어내는 것.

오전에 우리는 실험실에 모여 시제품에 대해 의논했다. 시제품들이 작업대 여기저기에 흩어져 있었다. 이동통신 사업 분사장 프레드는 태양광 전지를 각 기기의 뒤쪽 커버 안에 장착하려고 노력하는 중이었다.

"태양광 전지를 태블릿의 전체 커버 안에 넣으면 안 되나? 스크린 뒤에까지 넣는다면?" 나는 물었다.

일곱 개의 머리가 동시에 나를 향했다.

"스크린 뒤엔 어렵지만, 커버는…… 어쩌면?" 프레드가 말했다.

"비용은?" 바니가 동시에 지껄였다.

"그건 문제가 아니지, 제군들. 경제적 문제로 힘 빼지 맙시다." 내가 대답했다. "여기서 비싸게 팔고 제3세계에만 싼값에 풀 거니까. 그게 핵심이야."

여기저기서 창의적인 의견들이 나왔다. 두 시간 후 우리는 어떻게 기기에 태양광 전지를 장착하고 커버를 씌울지 세 가지 의견을 얻었다.

"……물론 가정에서도 사용해야 하니까 와이맥스 기반으로 만들자고." 프레드가 말했다.

"아프리카와 인도 용으로 위성 인터넷 접속 기능을 추가하죠." 바니가 거들었다. "접속 기술을 얻는 게 가능하다면." 그는 짓궂은 표정으로 나를 보았다.

"그건 좀 나중 문제야. 유럽의 GPS 시스템 갈릴레오를 이용할 수 있다면 좋겠지." 이것은 성사하는 데 시간이 좀 걸리는 문제지만 아직 시간적 여유는 있었다. "마르코 팀이 해결책을 찾도록 하지."

"미래의 기술이 어느새 성큼 눈앞에 와 있네요." 바니가 자랑스레 발언했다.

"훌륭해." 나는 고개를 끄덕여 동의했다. 그러고는 구매부 분사장에게 돌아섰다. "버네사, 분쟁 광물 문제는 어떻게 되고 있지? 어떻게 진행되고 있나?"

그날 우리는 이사회실 탁자에 둘러앉았다. 마르코는 수정된 SIP 사업 계획서와 어제 서명한 계약 체결 의향서 수정본에 따라 작성된 계약 조항문을 보고했다.

"그쪽에서 합병 발표를 한 달간 미루자고 합니다." 그가 말했다. "저자들이 놀랄까 걱정하나봅니다."

"그래? 출판사 저자들이 신경 쓸까?" 나는 물었다.

"이 바닥이 창의적 작업을 하는 데라서요." 로스가 상냥하게 말했다.

"그러든 말든." 눈이라도 흘기고 싶군.

"오늘 4시 30분에 저와 함께 출판사 소유주 제레미 로치랑 전화통화가 예정돼 있습니다."

"됐군. 남은 세부사항은 그때 정리하도록 하지." 내 마음은 아나스타샤에게 흘러갔다. 오늘 하루 어떻게 보내고 있을까?

오늘은 누구한테 눈을 안 흘겼을까? 그녀의 동료들은 어떤 사람들일까? 그녀의 상사는? 잭 하이드의 뒷조사는 웰치에게 시켜두었다. 하이드의 인사 파일을 읽어본 바로는 그의 이력에 뭔가 이상한 구석이 있다. 그는 뉴욕에서 시작해 여기까지 왔다. 뭔가 앞뒤가 맞지 않는다. 그에 대해 더 알아야 한다. 특히 아나가 그의 밑에서 일한다면.

레일라에 대한 보고도 기다리는 중이다. 웰치는 그녀의 행방에 관해 새로운 보고 사항이 없다고 했지만. 그녀는 연기처럼 사라졌다. 그녀가 어디 있든 더 나은 곳에 있기를 바랄 뿐이다.

"그들의 이메일 모니터링은 우리만큼이나 엄격해요." 로스가 내 몽상을 방해했다.

"그게 왜?" 내가 물었다. "투자할 가치가 있는 회사라면 이메일 정책이 엄격할 수밖에."

"그렇게 작은 회사까지 그러니 놀란 거죠. 인사부가 모든 이메일을 점검하고 있어요."

나는 어깨를 으쓱거렸다. "내 보기엔 별문제 아니야." 아나에게는 경고해줘야겠지만. "이제 부채 문제를 살펴보자고."

SIP 문제를 다룬 후 우리는 다음 안건으로 넘어갔다. "대만 조선소에 관해 임시 조사를 실시할 겁니다." 마르코가 말했다.

"손해 볼 건 없을 것 같네요." 로스가 동의했다.

"손해라면, 내 셔츠랑 우리 노동자들의 호의 정도?"

"크리스천, 그거 꼭 할 필요는 없어요." 로스가 한숨을 쉬며 말했다.

"재정적 측면에서 필요해. 당신도 알잖아. 나도 알고. 어디까지 갈 수 있나 해보자고."

내 전화기에 불이 들어오며 아나의 이메일이 도착했음을 알렸다.

드디어!

오늘 아침에는 너무 바빠 그녀와 연락할 짬이 없었지만, 그녀는 수호천사처럼 하루 종일 내 의식의 언저리를 배회했다. 나의 수호천사. 상주하지만 거슬리지 않는.

내 것.

그레이, 정신 바짝 차려.

로스가 대만 프로젝트의 다음 단계들을 열거할 때 나는 아나의 이메일을 읽었다.

보낸 사람: 아나스타샤 스틸
제목: 심심해요……
제목: 2011년 6월 10일 16:05
받는 사람: 크리스천 그레이

손가락만 빨며 빈둥대고 있어요.
당신은요? 뭐 해요?

아나스타샤 스틸
편집자 잭 하이드의 비서, SIP

손가락을 빤다고? 그녀가 나를 인터뷰하려고 찾아왔을 때 녹음기를 만지작거리던 모습이 생각나 웃음이 씩 나왔다.

동성애자세요, 그레이 씨?

아, 귀여워, 순진한 아나.

아니, 동성애자 아닌데.

그녀가 내 생각을 하고 있고 짬을 내 내게 연락을 했다는 것이 좋았다. 덕분에…… 집중은 안 되지만. 생소한 훈훈함이 뱃속을 파고든다. 그래서 불편하다. 나는 그것을 무시하며 재빨리 답장을 썼다.

보낸 사람: 크리스천 그레이
제목: 네 손가락
날짜: 2011년 6월 10일 16:15
받는 사람: 아나스타샤 스틸

네가 내 밑에서 일했어야 하는데.
그랬다면 네가 손가락이나 빨면서 빈둥대는 일은 없었을걸.
나라면 그걸 더 좋은 용도에 쓸 텐데.
사실 몇 가지 선택 사항을 생각해낼 수도 있어…….

망할. 지금은 안 돼, 그레이.
내 눈이 로스의 눈과 마주쳤다. 그녀는 못마땅한 기색이다.
"급하게 답장해야 할 건이야." 나는 그녀에게 말했다. 그녀는 마르코와 시선을 교환했다.

난 평소처럼 따분한 인수합병 회의 중이야.
아주 건조하기 짝이 없어.
SIP에서 네가 보내는 이메일은 다 검열당하고 있어.

크리스천 그레이

정신이 딴 데 팔린 CEO, 그레이 엔터프라이즈 홀딩스 Inc.

저녁까지 그녀를 기다릴 자신이 없다. 게다가 어디에서 만날지 알리는 그녀의 메일은 아직 오지 않았다. 난감하다. 하지만 우리는 그녀의 방식대로 우리의 관계를 이어가기로 합의했다. 그래서 나는 전화기를 내려놓고 관심을 다시 회의로 돌렸다.

인내심을 가져, 그레이. 인내심.

우리는 다음 주 시애틀 시장이 그레이 하우스를 방문하는 문제로 넘어갔다. 이번 달 초 내가 그를 만났을 때 해둔 약속이었다.

"샘이 담당이죠?" 로스가 물었다.

"동작 한번 빠르군." 내가 대꾸했다. 샘은 자기를 홍보할 기회는 놓치는 법이 없다.

"됐군. 준비됐으면 이제 SIP의 제레미 로치를 연결해 구체적인 것들을 마무리하지."

"그러죠."

내 방 대기실로 돌아오니 안드레아 대타가 그렇지 않아도 새빨간 입술에 립스틱을 덧바르고 있었다. 마음에 안 들어. 입술 색깔이 엘레나를 생각나게 했다. 이것이 내가 아나를 좋아하는 이유 중 하나다. 아나는 립스틱이나 색조 화장품을 덕지덕지 바르지 않는다. 나는 혐오감을 숨긴 채 새 여자를 싹 무시하고 내 방으로 들어갔다. 저 여자 이름조차 기억나지 않았다.

프레드가 보낸 캐버너 미디어 수정 보고서를 데스크톱 화면에 띄웠지만 집중하기가 힘들었다. 지금쯤 나가야 할 시간인데 아직 아나에게선 소식이 없다. 언제나 그렇듯 스틸 양을 기다린다. 나는 다시 이메일을 확인했다.

아무것도.

전화기의 문자 메시지를 확인했다.

아무것도.

왜 연락이 없을까? 상사 때문은 아니기를.

문을 두드리는 소리가 났다.

또 뭐지?

"들어와요."

안드레아의 대타가 문 뒤에서 고개를 쑥 내미는 순간, 핑 하고 이메일이 도착했다. 하지만 아나의 이메일은 아니었다.

"뭐지?" 나는 이 여자의 이름이 뭔지 기억을 더듬으며 버럭 소리쳤다.

그녀는 개의치 않는 투로 말했다. "그만 퇴근하려고요, 그레이 사장님. 테일러 씨가 이걸 전해드리랍니다." 그녀는 봉투를 하나 내밀었다.

"거기 탁자 위에 둬요."

"다른 거 시키실 일은 없으세요?"

"없어. 가봐요. 고마워요." 나는 그녀에게 희미한 미소를 지었다.

"주말 잘 보내세요, 사장님." 그녀가 히죽거리며 말했다.

아, 그렇지 않아도 그러려 해.

그만 가보라고 했는데도 그녀는 미적거렸다. 내게서 뭔가를 바라는지 잠시 머뭇거렸다.

뭐지?

"그럼 월요일에 봬요." 그녀는 긴장한 빛으로 킬킬거렸다. 사람 짜증 나게.

"그래요. 월요일에. 문 꼭 닫고 나가요."

그녀는 풀이 좀 죽어서 시키는 대로 문을 닫고 나갔다.

대체 왜 저러는 거야?

나는 탁자에서 봉투를 집었다. 아나의 자동차 키가 들어 있고, 테일러의 단정한 글씨가 적혀 있었다. '아파트 건물 뒤편 주차장 지정된 곳에 주차해두었습니다.'

책상으로 돌아와 이메일을 확인하니 마침내 아나의 이메일이 도착해 있었다. 얼굴에 웃음꽃이 피었다. 체스터 고양이처럼 활짝.

보낸 사람: 아나스타샤 스틸

제목: 당신에게 딱 어울리는 곳

날짜: 2011년 6월 10일 17:36

받는 사람: 크리스천 그레이

피프티(50's)라는 술집에 갈 거예요.

농담이 캐도 캐도 나올 듯한 농담의 금맥을 발견한 것만 같아요.

거기서 만나기를 기대할게요, 그레이 씨.

A. x

피프티라니, 50가지 빛깔을 가리키는 걸까?

이상하군. 이 여자가 나를 놀리는 건가?

좋아. 잠시 같이 놀아보자고.

보낸 사람: 크리스천 그레이

제목: 위험

날짜: 2011년 6월 10일 17:38

받는사람: 아나스타샤 스틸

광부는 아주, 아주 위험한 직업이야.

크리스천 그레이
CEO, 그레이 엔터프라이즈 홀딩스 Inc.

어떻게 나오나 어디 보자고.

보낸 사람: 아나스타샤 스틸
제목: 위험?
날짜: 2011년 6월 10일 17:40
받는 사람: 크리스천 그레이

그래서 요점이 뭐죠?

이리 둔해서야 되겠어, 아나스타샤? 당신답지 않군. 하지만
싸우긴 싫어.

보낸 사람: 크리스천 그레이
제목: 그냥……
날짜: 2011년 6월 10일 17:42
받는 사람: 아나스타샤 스틸

내 의견이 그렇다는 거지.
곧 만나.

이따기 말고 금방 보지고, 지기.

크리스천 그레이
CEO, 그레이 엔터프라이즈 홀딩스 Inc.

그녀와 연락이 되자 긴장이 좀 풀렸다. 나는 캐버너 제안서에 집중했다. 괜찮군. 나는 그것을 프레드에게 돌려보내고 그것을 캐버너에 보내라고 지시했다. 캐버너 미디어 인수가 수익성이 있을지 찬찬히 계산해보았다. 심사숙고하자. 로스와 마르코가 뭐라 할지 궁금했다. 나는 그 건을 당분간 보류하고 로비로 나가며 테일러에게 문자를 보내 아나를 만나러 갈 거라고 알렸다.

피프티는 스포츠바였다. 친숙한 느낌이 들어 생각해보니 예전에 엘리엇과 온 적이 있는 곳이다. 당시 엘리엇은 상남자, 남자 중의 남자, 파티의 주인공이었다. 여기는 형에게 딱 어울리는 곳, 여럿이 어울리기에 더할 나위 없는 성지다. 학창 시절 나는 팀 스포츠를 하기엔 너무 다혈질이었다. 그래서 조정 경기처럼 좀 더 조용한 스포츠나 킥복싱 같은 접촉이 많은 경기를 선호했다. 킥복싱을 하면 누군가를 곤죽이 되도록 팰 수 있었다……. 아니면 곤죽이 되도록 얻어맞거나.
술집 안은 주말을 맞아 간단히 한잔하려는 젊은 직장인들로 붐볐다. 나는 2초 만에 바 옆에 있는 그녀를 포착했다.
아나.
그놈도 거기 있었다. 하이드. 그녀에게 바짝 붙어서.
등신.
그녀의 어깨에 힘이 들어가 있었다. 불편한 게 분명했다.

저 새끼가.

나는 온 힘을 다해 자연스러운 걸음걸이와 냉정함을 유지했다. 그녀 옆으로 갔을 때 팔을 그녀의 어깨에 두르고는 그녀를 내 쪽으로 끌어당겨 놈의 달갑지 않은 접근을 차단했다.

나는 그녀에게 키스했다. 귀 바로 뒤쪽에.

"안녕, 자기." 나는 그녀의 머리카락에 대고 속삭였다. 그 등신 자식이 똑바로 섰고 그녀는 내게 살갑게 매달리며 나를 살펴보았다. 나는 놈의 다부지고 의기양양한 얼굴에서 '젠장' 하는 표정을 벗겨내고 싶었지만 내 여자에게 집중하기 위해 일부러 놈을 무시했다.

어이, 자기야, 이 작자가 자기를 귀찮게 한 거야?

그녀는 나를 향해 활짝 웃었다. 초롱초롱한 눈, 촉촉한 입술, 폭포수처럼 어깨 위로 늘어진 머리채. 그녀는 테일러가 사다준 파란색 블라우스를 입고 있었다. 셔츠에 그녀의 눈과 피부가 돋보였다. 나는 몸을 기울여 그녀에게 키스했다. 그녀는 뺨을 붉히면서도 그 등신을 향해 몸을 돌렸다. 놈은 눈치를 챘는지 약간 물러났다.

"잭, 이쪽은 크리스천이에요. 크리스천, 여기는 잭." 그녀는 두 남자 사이에서 손짓을 했다.

"남자 친굽니다." 나는 선언했다. 이제 헷갈리는 일 없겠지. 나는 하이드에게 손을 내밀었다.

봤냐? 난 페어플레이한다고.

"직장 상사입니다." 악수를 나눌 때 잭이 대답했다. 그가 손을 꽉 쥐길래 나도 손에 힘을 주었다.

내 여자한테서 손 떼.

"아나가 옛 남자 친구 얘기를 하긴 하던데." 그가 거만하게 느릿느릿 말했다.

"뭐, 이젠 옛 남자 친구가 아니죠." 나는 그에게 살짝 '씨팔, 꺼져' 하는 미소를 날렸다. "자, 자기야. 갈 시간이야."

"왜 이러실까. 잠깐 우리랑 술 한잔하시죠." 하이드가 '우리'라는 단어에 힘주어 말했다.

"우린 계획이 있어서. 다음에 하죠."

꿈 깨.

믿을 수 없는 작자였다. 아나를 그에게서 떼어내고 싶었다. "가자." 나는 그녀의 손을 잡으며 말했다.

"월요일에 뵐게요." 그녀는 말하면서 내 손을 잡은 손가락에 힘을 주었다. 그러고는 하이드와 동료가 분명한 매력적인 여자에게 말을 걸었다. 아나가 놈과 단둘이 일하는 게 아니라 다행이었다. 그 여자가 아나에게 따뜻한 미소를 짓는 동안 하이드는 우리 둘을 향해 인상을 썼다. 우리가 그곳을 뜰 때 등 뒤로 놈의 따가운 눈초리가 느껴졌다. 내 알 바 아니고.

밖에 테일러가 Q7 안에서 기다리고 있었다. 나는 아나에게 뒷문을 열어주었다.

"어째 기 싸움 한판 하고 온 듯한 기분이 드는 건 왜일까요?" 그녀는 차에 타면서 물었다.

역시나 눈치가 빨라, 스틸 양.

"맞아, 했어." 나는 인정하고 차 문을 닫았다.

나는 차에 탄 후 그녀를 만지고 싶어 손을 뻗었다. 손을 올려 그녀의 입술에 댔다. "안녕." 나는 속삭였다. 그녀는 좋아 보였다. 눈 밑의 다크서클도 사라졌다. 잠을 잔 모양이다. 식사도 했고. 건강한 빛이 돌아와 있었다.

그녀의 찬란한 미소에서 그녀를 가득 채운 행복감이 느껴졌다. 그 행복감이 내게로 범람했다.

"안녕" 하고 그녀가 말했다. 숨소리가 들려 도발적이었다. 망할, 당장 그녀를 덮치고 싶었다. 그러면 테일러가 좋아하지 않겠지만. 나는 테일러를 흘끔 보았다. 그의 눈이 백미러 안에서 내 눈과 마주쳤다. 그는 지시를 기다리고 있었다.

아나의 방식으로 할 것이다.

"오늘 밤에 뭘 하고 싶어?" 나는 물었다.

"계획이 있다고 당신이 말했잖아요."

"아, 나야 뭘 하고 싶은지 알지, 아나스타샤. 그래도 네가 뭘 하고 싶은지 묻는 거야."

그녀의 미소가 음란한 웃음으로 번져 나와 내 물건에 곧장 말을 걸었다.

죽겠군, 정말.

"알았어. 그럼…… 빌고 싶다는 거지? 내 집에서 빌고 싶어, 아니면 네 집에서?" 내가 놀렸다.

그녀의 얼굴에서 장난기가 반짝였다. "아주 뻔뻔하게 구시네요, 그레이 씨. 하지만 기분 전환 삼아 내 아파트로 가는 게 좋겠어요." 그녀는 통통한 아랫입술을 깨물고는 짙은 속눈썹 사이로 나를 빤히 바라보았다.

미치겠군.

"테일러, 스틸 양의 집으로 가지." 서둘러!

"알겠습니다." 테일러는 대답하고 나서 차량의 흐름 속으로 들어갔다.

"그래, 오늘 하루는 어땠나?" 나는 묻고는 엄지손가락으로 그녀의 손가락 관절을 쓰다듬었다. 그녀의 호흡이 거칠어졌다.

"좋았어요. 당신은요?"

"좋았지. 고맙군." 그래. 정말 좋았어. 오늘은 지난 일주일 내내 한 일보다 더 많은 일을 했다. 나는 그녀의 손에 키스했다. 그녀를 소유하는 것은 그녀에게 감사하기 위해서니까. "오늘 아주 예뻐."

"당신도 멋져요."

아, 자기야, 얼굴만 반반해서 뭐에 쓰게.

반반한 얼굴 얘기가 나와서 말인데. "네 상사, 잭 하이드 말이야. 일은 잘하나?"

그녀는 얼굴을 찡그렸다. 내가 즐겨 키스하는 v자가 미간에 나타났다. "왜요? 단순한 기 싸움이 아닌 거예요?"

"그 자식은 네 팬티 속으로 기어들고 싶어 해." 나는 최대한 덤덤한 말투로 그녀에게 경고했다. 그녀는 충격을 받은 듯했다. 세상에, 이런 순진한 아가씨를 봤나. 나뿐 아니라 그 술집에서 주목한 사람이면 누가 봐도 뻔한 것을.

"뭐, 그 사람도 자기가 좋아하는 걸 원할 자유가 있죠." 그녀가 고지식하게 말했다. "우리 왜 이런 대화를 하는 거예요? 내가 그 사람에게 아무 관심 없다는 거 알잖아요. 그 사람은 그냥 상사일 뿐이에요."

"그게 핵심이야. 그 자식이 내 걸 탐내잖아. 그 사람이 일은 잘하는지 알아야겠어." 일마저 못 하면 놈의 엉덩이를 걷어차 내쫓아야 하거든.

그녀는 어깨를 으쓱거렸지만 무릎을 내려다보았다.

뭐야? 놈이 벌써 무슨 짓을 한 거야?

그녀는 그가 일을 잘하는 것 같다고 말했지만 스스로를 설득하는 것처럼 들렸다.

"그 작자 널 가만 놔두는 편이 좋을 거야. 그렇지 않았다간 길거리에 나앉게 될 테니까."

"아, 크리스천. 무슨 얘기를 하는 거예요? 그 사람 잘못한 것
도 없는데."

이 여자 왜 얼굴을 찡그리지? 놈이 널 불편하게 하는 거야?
내게 말해, 안나. 제발. "그자가 수작을 부리면 내게 말해. 그런
건 파렴치한 짓이나 성희롱이니까."

"그냥 퇴근 후 한잔한 거예요."

"난 진심이야. 한 번만 더 수작 부리면 그 친구는 나가는 거
야."

"당신이 그럴 힘이 어디 있어요." 그녀는 풉 코웃음을 터뜨리
며 즐거워했다. 하지만 그녀의 미소는 사그라들었고, 그녀는 설
마 하는 눈빛으로 나를 바라보았다. "설마 있는 거예요?"

있지. 나는 그녀에게 미소를 지었다.

"회사를 살 거군요." 그녀는 속삭였다. 깜짝 놀란 것 같았다.

"꼭 그런 건 아니야." 이건 내가 기대했던 반응도 아니었고
내가 생각했던 대화도 아니었다.

"회사를 샀군요. SIP를. 벌써." 그녀의 얼굴이 창백해졌다.

맙소사! 이 여자 열 받았군.

"그런 셈이야." 나는 조심스럽게 대답했다.

"샀다는 거예요, 안 샀다는 거예요?" 그녀가 다그쳤다.

쇼타임, 그레이. 그녀에게 말해.

"샀어."

"왜요?" 그녀의 목소리가 날카로웠다.

"살 능력이 돼서 산 거야, 아나스타샤. 네 안전을 지켜야 할
필요가 있으니까."

"하지만 내 직업에는 관여하지 않기로 했잖아요!"

"안 할 거야."

그녀는 손을 잡아 뺐다. "크리스천!"

제기랄. "나한테 화났어?"

"그래요. 내가 화 안 나게 생겼어요?" 그녀가 소리쳤다. "내 말은, 어떤 책임감 있는 경영자가 섹스하는 상대 때문에 사업상 결정을 내리냐는 말이에요." 그녀는 불안한 듯 테일러를 흘끔 거리고는 비난이 가득한 얼굴로 나를 쳐다보았다.

거칠게 입을 놀리고 과민하게 반응한 그녀를 꾸짖고 싶었다. 처음에는 그렇게 말문을 열었다가 좋은 생각이 아니라는 결론에 다다랐다. 그녀의 입술은 내가 너무 잘 아는 쇠고집 스틸의 모드 로 굳게 다물려 비쭉 튀어나와 있었다……. 이것도 그리웠어.

그녀가 역겹다는 듯 팔짱을 꼈다.

망할.

단단히 화가 나셨군.

나는 그녀를 바라보았다. 그녀를 내 무릎 위로 끌어당기고 싶 은 생각뿐이었다. 하지만 슬프게도 그것은 선택의 범주 안에 있 지 않았다.

이런, 난 최선이라고 생각한 일을 한 것뿐인데.

테일러가 그녀의 아파트 밖에 차를 세웠다. 차가 멈추기도 전 에 그녀는 이미 차에서 내린 듯했다.

젠장! "여기서 기다려." 나는 테일러에게 말하고 나서 그녀를 쫓아 허둥지둥 내렸다. 어째 오늘 저녁은 계획과는 전혀 딴판으 로 흘러가는 듯하다. 어쩌면 내가 이미 망쳤는지도 모르지.

내가 로비 문에서 그녀를 따라잡았을 때 그녀는 가방을 뒤져 열쇠를 찾고 있었다. 나는 속절없이 그녀의 뒤에 섰다.

어떡하지?

"아나스타샤." 나는 애써 마음을 다잡고 그녀에게 애원했다. 그녀는 요란하게 한숨을 푹 내쉬고는 몸을 돌려 나를 바라보았다. 입술은 굳게 다물려 일자를 그렸다.

나는 그녀가 차 안에서 한 말을 살려 농담을 던졌다. "첫째, 난 너랑 섹스한 지 좀 됐어. 기분상으론 오래된 것 같지만. 둘째, 난 출판 사업에 진출하고 싶었어. SIP는 시애틀 내 4위 업체로서 가장 수지타산이 좋았어." 나는 그 회사에 대해 계속 이야기했지만 정작 하고 싶은 말은…… 제발 나랑 싸우려 들지 마.

"그럼, 이제 당신이 내 상사로군요." 그녀가 쏘아붙였다.

"원칙적으로는, 상사의 상사의 상사지."

"그렇다면 원칙적으로 파렴치한 짓보다 더 구역질이 나네요. 내가 내 상사의 상사의 상사랑 섹스하고 있다는 사실이."

"지금 넌 그 사람과 말싸움을 벌이고 있는 거야." 내 언성이 높아졌다.

"그 사람이 엄청 머저리니까요."

머저리. 머저리래!

그녀가 내게 욕을 했다! 그럴 수 있는 사람은 미아와 엘리엇뿐인데.

"머저리?" 그래. 그럴지도 몰라. 웃음이 와락 터지려 했다. 아나스타샤가 나를 머저리라고 했다. 엘리엇은 동의할 테지.

"그래요."

그녀는 내게 계속 화를 내려고 했지만 입꼬리가 올라가고 있었다.

"머저리?" 나는 되뇌었다. 미소가 터져 나왔다.

"내가 화를 내고 있는데 웃기지 말아요!" 그녀는 소리치며 화를 내려고 했지만 심각함을 계속 유지하는 데 실패했다. 내가 그녀에게 '천 와트짜리' 비장의 미소를 날리자 그녀는 웃음보를 터뜨렸다. 진심에서 우러나오는 거침없는 그 웃음에 나는 키가 3미터쯤 커진 듯 우쭐해졌다.

성공!

"내가 바보같이 히죽거린다고 해서 화가 다 풀렸다고 생각하지 마요." 그녀는 깔깔거리는 사이사이에 말했다. 나는 그녀의 머리에 코를 비비며 숨을 훅 들이마셨다. 그녀의 체취와 그녀가 옆에 있다는 사실이 내 리비도를 뒤흔들었다. 나는 그녀를 원했다.

"언제나 그렇지만, 스틸 양, 참 예측불허라니까." 나는 소중한 그녀의 발그레한 얼굴과 초롱초롱한 눈을 내려다보았다. 그녀는 아름다웠다. "이제 나를 안으로 초대할 건가? 아니면 미국 시민이자 사업가, 소비자로서 원하는 걸 살 권리를 행사했다는 이유로 나를 문전박대할 건가?"

"이에 대해서 플린 박사와 이야기를 나눠봤어요?"

나는 웃었다. 아직은. 그러다가 조종당하기 십상이지.

"나를 들여보낼 거야, 말 거야? 아나스타샤?"

그녀는 잠시 망설였고, 그동안 내 심장은 널뛰었다. 그녀는 입술을 깨물다가 미소를 짓고는 내게 문을 열어주었다. 나는 테일러에게 가라고 손짓한 후 아나를 따라 위층으로 올라갔다. 그녀의 환상적인 엉덩이를 실컷 감상하며. 계단을 오를 때마다 살랑거리는 엉덩이는 유혹, 그 이상이었다. 본인이 얼마나 매혹적인지 전혀 의식하지 못하니 그럴 수밖에. 그녀의 타고난 관능은 그녀의 천진함에서 나왔다. 도전하려는 의지와 신뢰하는 힘에서도.

망할. 아직 나에 대한 그녀의 신뢰가 온전하기를. 나는 그녀를 밀어낸 적이 있다. 신뢰를 다시 구축하려면 열심히 노력해야 할 것이다. 다시 그녀를 잃고 싶지 않다.

그녀의 아파트는 깔끔하고 단정했다. 내 예상대로. 하지만 사람이 살지 않는 분위기가 났다. 그 화랑이 생각났다. 벽돌과 나무로 지은 오래된 집이었는데, 부엌의 콘크리트 아일랜드가 삭막하면서도 신선한 디자인 효과를 냈다. 그건 마음에 들었다.

"좋은 곳이네." 나는 좋게 평가했다.

"케이트 부모님께서 딸에게 사주신 거예요."

에이먼 캐버너는 딸을 아끼는 모양이다. 세련된 집이다. 아버지가 집을 잘 골랐군. 캐서린이 고마운 줄 알아야 할 텐데. 나는 돌아서서 아일랜드 옆에 서 있는 아나를 바라보았다. 부유한 친구와 함께 사는 기분이 어떨지 궁금했다. 분명 그녀는 스스로의 힘으로 살아가고 있을 것이다……. 하지만 캐서린 캐버너의 들러리 역할은 힘들 테지. 좋아할 수도 있고, 힘겨워할 수도 있고. 옷에 돈을 펑펑 쓰는 것 같진 않다. 그건 내가 바로잡아야 할 것이다. 에스칼라에 그녀의 옷이 한가득인데. 궁금하다. 그녀는 그걸 알면 어떻게 생각할까? 틀림없이 그 문제로 내 속을 태우겠지.

그건 지금 생각하지 마, 그레이.

아나는 나를 뜯어보았다. 그녀의 눈은 어두웠다. 그녀는 아랫입술을 깨물었고, 내 몸은 폭죽처럼 타올랐다.

"저기…… 뭐라도 마실래요?" 그녀가 물었다.

"아니, 괜찮아, 아나스타샤." 나는 널 원해.

그녀는 난감하다는 듯 두 손을 맞잡았다. 조금 불안해 보였다. 내가 여전히 그녀를 초조하게 만드나? 나를 무릎 꿇릴 수도 있는 여자가 초조해하다니?

"이제 뭐 하고 싶어, 아나스타샤?" 나는 눈을 그녀에게 고정하고 더 가까이 다가갔다. "난 하고 싶은 거 있는데."

이제 할 수 있잖아. 네 침실에서, 네 욕실에서. 어디든 상관없다. 그냥 너를 원할 뿐. 지금.

그녀의 입술이 벌어졌다. 그녀는 숨을 삼켰고, 호흡이 가빠졌다.

아, 저 소리, 매력 있어.

너도 나를 원하잖아, 자기.

나도 알아.

그걸 느껴.

그녀는 더 물러날 데가 없어 아일랜드에 몸을 기댔다.

"나 아직 화 안 풀렸어요." 그녀는 주장했지만 목소리는 떨리고 나긋했다. 전혀 화난 목소리가 아니었다. 도발하는 건가. 어쩌면. 하지만 화는 안 났어.

"알아." 나는 동의하고 그녀에게 음탕한 미소를 지었다. 그녀의 눈이 커다래졌다.

아, 자기.

"뭐 먹을래요?" 그녀가 속삭였다.

나는 천천히 고개를 끄덕였다. "응, 너."

그녀를 굽어보며 욕망으로 그늘진 그녀의 눈을 바라보니 그녀의 몸이 발산하는 열기가 느껴졌다. 나를 태울 기세다. 그 열기에 휩싸이고 싶다. 그 안에서 헤엄치고 싶다. 그녀가 교성을 지르고, 신음하고, 내 이름을 외치게 만들고 싶다. 그녀를 되찾고 그녀의 마음에서 결별의 기억을 싹 지우고 싶다.

나는 그녀를 내 것으로 만들고 싶었다. 다시.

하지만 다 순서가 있는 법.

"오늘 뭐 먹었어?" 알아야겠어.

"점심으로 샌드위치 먹었어요."

그 정도면 됐다. "잘 챙겨 먹어야지." 나는 그녀를 나무랐다.

"지금은 별로 당기지 않아요……. 음식은."

"그럼 뭐가 당겨, 스틸 양?" 나는 고개를 숙였고 서로의 입술이 닿을락 말락 했다.

"당신도 알잖아요, 그레이 씨."

옳은 말씀. 나는 터지는 신음을 삼키며 자제력을 힘껏 발휘해 그녀를 붙잡아 콘크리트 아일랜드 위에 눕히고 싶은 충동을 억눌렀다. 하지만 내가 그녀에게 한 말, 애원해야 한다고 한 말은 진심이었다. 그녀는 원하는 것을 내게 말해야 한다. 자신의 감정, 요구, 욕망을 표현해야 한다. 무엇이 그녀를 행복하게 만드는지 배우고 싶었다. 나는 키스할 듯 고개를 숙였다가 그녀의 기대를 저버리고 그녀의 귀에 속삭였다.

"내가 키스해주길 바라나, 아나스타샤?"

그녀는 숨을 흡 들이켰다. "네."

"어디에?"

"전부 다."

"좀 더 구체적으로 말해야지. 네가 나한테 뭘 해달라고 애원하지 않으면 너에게 손대지 않을 거라고 했잖아."

"제발요." 그녀가 애원했다.

아, 안 되지, 자기야. 그냥 얼렁뚱땅 넘어갈 순 없어. "제발, 뭐?"

"날 만져줘요."

"어딜, 아가씨?"

그녀가 내게 손을 뻗었다.

안 돼.

내 안에서 어둠이 분출해 발톱으로 내 목을 그러쥐었다. 나는 본능적으로 물러났다. 공포가 몸 안을 질주하면서 심장이 쿵쿵

뛰었다.

날 만지지 마. 날 만지지 마.

망할.

"안 돼. 안 돼." 나는 중얼거렸다.

"뭐가요?" 그녀는 어리둥절해했다.

"안 돼." 나는 고개를 저었다. 그녀는 알고 있다. 어제 내 입으로 그녀에게 말했으니. 나를 만지면 안 된다는 걸 그녀에게 납득시켜야 한다.

"살짝도 안 돼요?" 그녀가 내게 다가왔다. 무슨 의도일까? 어둠이 내 옆구리를 찌르는 바람에 나는 한 걸음 더 물러나 두 손을 들어 그녀를 막았다.

나는 웃는 얼굴로 그녀에게 간청했다. "저기, 아나……." 하지만 적당한 말이 떠오르지 않았다.

제발. 나를 만지지 마. 그건 견딜 수가 없어.

제길, 이것 참 난감하군.

"신경 쓰지 않을 때도 있잖아요." 그녀는 항의했다. "매직펜을 가져와서 만지지 말 곳을 표시하면 어때요."

생각지 못한 접근법이다. "나쁜 생각은 아니군. 침실은 어디지?" 화제를 바꿔 그녀의 관심을 돌려야 한다.

그녀는 고갯짓으로 가리켰다.

"피임약은 먹고 있어?"

그녀의 표정이 어두워졌다. "아니요."

뭐!

그녀에게 그 빌어먹을 피임약을 먹이려고 얼마나 애를 썼는데! 그녀가 피임약 복용을 중단했다니 믿을 수가 없다.

"알겠군."

이건 재앙이다. 이 여자를 어떻게 해야 한다? 죽겠군, 정말. 콘돔이 필요해. "뭐든 좀 먹자." 나가서 식사를 할 때 보급품 챙기지, 뭐.

"침대로 갈 줄 알았는데요! 난 당신과 침대에 들고 싶어요." 그녀가 시무룩하게 말했다.

"알아."

이로써 우리는 두 걸음 전진 후 한 걸음 후퇴하게 됐다.

오늘 저녁은 계획대로 흘러가지 않는다. 기대가 너무 컸나보다. 과연 그녀가 상대의 손길을 견디지 못하는 망가진 머저리와 계속 함께하려 할까? 나 또한 피임약 먹는 걸 잊어버린 상대와 계속 함께할 수 있을까? 난 콘돔 싫은데.

젠장. 어쩌면 우리는 서로에게 양립할 수 없는 상대일지도.

부정적인 생각은 이제 그만해, 그레이. 그만!

그녀는 시무룩해 보였다. 그런 그녀의 모습에 어이없게도 기쁨이 내 마음 한 켠을 채웠다. 적어도 그녀는 나를 원한다. 나는 앞으로 돌진해 그녀의 손목을 움켜잡아 그녀의 두 손을 등 뒤로 돌린 후 그녀를 내 품으로 끌어당겼다. 내 몸에 위아래로 닿는 그녀의 날씬한 감촉이 참 좋았다. 그녀는 날씬하다. 너무 날씬하다. "너 뭐 좀 먹어야 해. 나도 그렇고." 나를 만지려 하다니, 너 나한테 한방 먹인 거야. 평정심을 회복할 시간이 필요해, 자기. "게다가…… 기대감은 유혹의 열쇠지. 난 만족을 미루면서 즐기는 걸 좋아해." 특히 지금처럼 피임이 안 된 상황에선 더더욱.

그녀는 못마땅한 듯 보였다.

그래, 나도 알아. 내가 의도한 바야.

"난 유혹당했고, 지금 만족을 원해요. 이렇게 빌게요. 부탁이에요." 그녀는 매달렸다.

그녀는 이브, 그 자체다. 유혹의 화신. 나는 팔에 힘을 더 넣었다. 이건 분명 그녀답지 않다. 당황스럽다. 비난받아야 할 사람은 나인데 말이다. "먹어. 너 너무 말랐어." 나는 그녀의 이마에 키스하고는 그녀를 놓아주며 어디서 식사할까 궁리했다.

"당신이 SIP를 인수한 것 때문에 나 아직 화 안 풀렸어요. 게다가 나를 기다리게 하는 것도 화가 나고요." 그녀가 입을 꾹 다물었다.

"어린 아씨가 단단히 화가 나셨군?" 나는 말했다. 그녀는 이 말을 칭찬으로 받아들이지 않겠지만. "밥 잘 먹고 나면 기분 풀릴 거야."

"무얼 하고 나면 기분이 더 좋을지도 알아요."

"아나스타샤 스틸, 충격인데." 나는 분개하는 척 손바닥을 가슴에 댔다.

"그만 놀려요. 당신 지금 반칙이에요." 그녀의 태도가 돌변했다. "아무거나 요리하죠, 뭐. 먼저 장을 봐야 하지만."

"장을 본다고?"

"식재료를 사야죠."

"집에 먹을 게 아무것도 없어?" 하느님 맙소사, 이러니 아무것도 안 먹었지! "그럼 장 보러 가자." 나는 아파트 문을 향해 성큼성큼 걸어가 문을 열어젖히고는 그녀에게 나가라고 손짓했다. 이게 나한테 유리해. 약국이나 편의점을 가야 하니까.

"갑니다, 가요." 그녀는 서둘러 문밖으로 나갔다.

우리는 함께 손을 잡고 거리를 걸어갔다. 그녀와 함께 있으면 어찌나 감정이 널뛰듯 변하는지 놀라울 뿐이다. 분노에서 관능으로, 다시 공포로, 다시 즐거움으로. 아나를 만나기 전에 나는 차분하고 안정적이었지만, 하, 그때의 삶은 단조로웠다. 그러다 그녀가 내 사무실로 뚝 떨어진 순간 내 삶은 변했다. 그녀와 함께하는 것은 폭풍우 속에 있는 것과 같아서, 내 감정은 충돌하고, 격돌하고, 밀려왔다가 물러갔다. 어느 쪽으로 기울었는지 잘 모르겠다. 아나와 함께하면 지루하지 않았다. 내 심장이 어디까지 감당할 수 있을지 알 수 있기를 바랄 뿐.

우리는 두 블럭을 걸어 어니 슈퍼마켓으로 갔다. 작은 가게 안에 사람들이 와글와글했다. 장바구니에 든 물건들로 보아 대부분 싱글인 것 같았다. 나로 말할 것 같으면, 더 이상 싱글이 아니다.

그 생각에 기분이 좋아졌다.

나는 철제 바구니를 들고 아나의 뒤를 따르며 청바지 안의 팽팽하고 탄력 있는 그녀의 엉덩이를 감상했다. 특히 그녀가 채소 칸 위로 몸을 숙이고 양파를 집어 들 때. 그녀의 등 쪽 옷이 쫙 펴지고 블라우스가 위로 올라가며 흠 하나 없이 깨끗하고 하얀 그녀의 살결이 조금 드러났다.

아, 저 엉덩이에 하고 싶다.

아나는 어리둥절한 표정으로 나를 쳐다보며 마지막으로 슈퍼마켓에 온 게 언제냐고 내게 물었다. 글쎄, 그건 모르겠다. 그녀는 볶음 요리는 빨리할 수 있다면서 그걸 하겠다고 말했다. 빨리, 응? 나는 히죽히죽 웃고는 그녀를 따라 가게 안을 누볐다. 그녀가 능숙하게 재료를 고르는 모습이 보기에 좋았다. 토마토를 눌러보는가 하면, 고추의 냄새를 킁킁 맡았다. 계산대로 걸어가는데 그녀가 내 직원들에 대해 물었다. 그들이 일한 지 얼마나 됐는지. 이런 건 왜 궁금하실까? "테일러는 4년. 존스 부인도 그 정도 된 것 같군."

이번에는 내가 그녀에게 물었다. "왜 아파트에 먹을 게 하나도 없는 거야?"

그녀의 표정이 어두워졌다. "왠지 알잖아요."

"날 떠난 건 너였어." 나는 지적했다. 네가 떠나지 않았다면 우린 함께 어떻게든 헤쳐 나가면서 불행한 사태를 피할 수 있었을 텐데.

"알아요." 그녀는 뉘우치는 목소리로 말했다.

나는 그녀의 뒤에 줄을 섰다. 우리 앞에 선 어떤 여자가 아이 둘과 아웅다웅했는데, 한 아이는 끊임없이 징징거렸다.

맙소사. 사람들은 어찌 이러고 살지?

차라리 외식을 할 걸 그랬나? 주변에 식당 천지인데. "마실 건 있어?" 이렇게 현실 세계를 체험하고 나니 묻지 않을 수 없었다. 알코올이 필요했다.

"맥주는 있을걸요."

"내가 와인을 좀 사지."

나는 비명을 질러대는 사내아이와 최대한 멀찍이 떨어져 가게 안을 휙 둘러보았지만 여긴 알코올이나 콘돔을 팔지 않았다.

망했군.

"옆에 괜찮은 주류점이 있어요." 내가 계산 줄로 돌아왔을 때 아나스타샤가 말했다. 줄은 줄어들 기미가 없었고 질질 짜는 아이의 존재감은 여전히 뚜렷했다.

"거기 뭐가 있는지 보고 올게."

생지옥 같은 어니 슈퍼마켓을 빠져나오자 안도감이 들었다. 주류점 '리커 로커' 옆에 작은 편의점이 하나 있었다. 편의점에 들어가 남은 콘돔 두 갑을 찾았다.

살았다. 두 개들이 두 갑.

네 번 할 수 있겠어, 운이 좋으면.

웃음이 터져 나왔다. 만족을 모르는 스틸 양도 이 정도면 되겠지.

나는 두 갑을 집어 카운터 뒤 늙은 남자에게 값을 치르고 그곳을 나왔다. 주류점에서도 운이 따라주었다. 훌륭한 와인들이 즐비해서 냉장고에서 고급 화이트와인 '피노 그리지오'를 하나 발견했다.

내가 돌아갔을 때 아나스타샤는 슈퍼마켓에서 막 나오고 있었다.

"이리 줘, 내가 들게." 나는 봉지 두 개를 받아 들었고, 우리는 그녀의 아파트로 돌아왔다.

그녀는 내게 이번 주에 겪은 이런저런 일에 대해 이야기했다. 새 일이 재밌는 모양이었다. 그래도 내가 SIP 인수한 것을 언급하지 않아 고마웠다. 나도 그녀의 등신 같은 상사 이야기를 하지 않았다.

"당신 아주…… 가정적으로 보이네요." 부엌으로 돌아왔을 때 그녀는 즐거운 기색을 숨기지 못하고 말했다.

그녀는 나를 비웃고 있다. 또. "이제껏 이렇게 날 비난한 사람은 없었어."

나는 부엌 아일랜드에 봉지를 내려놓았고, 그녀는 짐을 풀기 시작했다. 나는 와인을 집었다. 오늘 현실 체험은 그 슈퍼마켓으로 족하다. 자, 그녀가 와인따개를 어디 두었을까나?

"나도 아직 이 집이 낯설어요. 와인따개는 저기 서랍 속에 있을 거예요." 그녀는 턱으로 가리켰다. 나는 멀티태스킹 중인 그녀에게 미소를 짓고 나서 와인따개를 찾았다. 헤어진 동안 그녀가 슬픔에 익사하지 않은 것이 다행이었다. 그녀가 술에 취하면 어떤 일이 벌어지는지 직접 목격한 터라.

내가 돌아서서 그녀를 바라보자 그녀가 얼굴을 붉혔다.

"무슨 생각해?" 나는 어깨를 꿈지럭거려 재킷을 벗은 후 소파로 던지면서 물었다. 그러고는 대기 중인 와인 쪽으로 돌아갔다.

"내가 당신을 정말 모르는구나 하는 생각."

"넌 누구보다 나를 잘 알아." 그녀는 누구보다 내 마음을 훤히 읽는다. 그래서 불안하다. 나는 병을 따고 포틀랜드 웨이터의 가식적이고 요란한 동작을 흉내 냈다.

"그건 사실이 아닌 것 같은데요." 그녀는 봉지에서 물건을 계속 꺼내면서 대답했다.

"사실이야, 아나스타샤. 난 아주, 아주 은밀한 사람이야." 불가피한 일이야, 내가 이러는 거. 내가 한 짓들도.

나는 유리잔을 두 개 채워 하나를 그녀에게 건넸다.

"건배." 나는 잔을 들었다.

"건배." 그녀는 한 모금 홀짝이고는 부엌에서 요리를 하기 시작했다. 솜씨를 발휘하는 중이었다. 그녀가 아버지를 위해 요리를 하곤 했다고 한 말이 기억났다.

"내가 뭐 도와줘?" 나는 물었다.

그녀는 옆으로 '알아서 할게요' 하는 표정을 지었다. "아뇨, 괜찮아요. 그냥 앉아 있어요."

"난 도와주고 싶은데."

그녀는 놀란 기색을 숨기지 못했다. "채소나 썰어주든가요." 통 크게 양보라도 하는 듯한 투였다. 그녀가 옳겠지. 조심하는 편이 좋다. 나는 요리에 대해 아무것도 모르니까. 이제까지 요리는 어머니와 존스 부인, 그리고 내 서브미시브들이—누구는 누구보다 더 솜씨가 좋았지—모두 도맡아 해주었다.

"난 요리는 안 해."

나는 그녀가 건넨 날카로운 칼을 살피며 말했다.

"그럴 필요가 없었겠죠." 그녀는 내 앞에 도마와 빨간 피망을 놔주었다.

이걸 나더러 어쩌라는 거지? 참 이상하게도 생겼군.

"채소 썰어본 적 없어요?" 아나스타샤는 어이없다는 듯 물었다.

"없어."

별안간 그녀는 의기양양해졌다.

"지금 비웃는 거야?"

"나는 하는데 당신은 못 하는 게 있는 것 같아서요. 현실을 인정해요, 크리스천. 이제 처음 해보면 되겠네요. 자, 내가 시범을 보이죠."

그녀는 나를 스치며 지나갔다. 그녀의 팔이 내 팔을 스쳤고, 내 몸이 벌떡 일어났다.

맙소사.

나는 자리를 비켜주었다.

"이렇게요." 그녀는 시범을 보였다. 빨간 피망을 채 썰고 칼을 한번 슬쩍 틀어 속에서 씨들을 모두 빼냈다.

"아주 간단해 보이는데."

"어련히 알아서 잘하시려고요." 장난기와 비꼬는 빛이 역력한 말투다. 내가 채소 하나 못 쓰는 인간일까봐? 나는 신중하고 정확하게 채 썰기 시작했다.

망할, 씨가 사방에 흩어졌다. 생각보다 어려웠다. 아나는 쉽게 쉽게 하던데. 그녀는 흩어진 걸 주우려고 나를 밀고 지나갔고, 그 와중에 그녀의 허벅지가 내 허벅지를 스쳤다. 일부러 그

111

러는군. 하지만 나는 그녀가 내 리비도에 일으킨 효과를 애써 무시하고 조심스럽게 채 썰기를 계속했다. 이 칼은 사악하다. 그녀가 다시 나를 스쳐 지나갔다. 이번에는 엉덩이로 내 몸을 스쳤다. 그러고는 또다시 내 허리 아래와 다시 접촉했다. 내 물건이 대찬성에 나섰다. "네가 지금 뭐 하는지 다 알아, 아나스타샤."

"요리하지 뭐 하겠어요." 그녀의 말은 진지했지만 거짓이었다.

아하. 장난꾸러기 아나스타샤. 드디어 나를 지배하는 자신의 힘을 깨달은 걸까?

그녀는 다른 칼을 들고 도마에 합세해 마늘과 샬롯, 프랑스 콩을 까고 잘랐다. 그 와중에 내 몸에 부딪치는 기회는 매번 놓치지 않았다. 너무 노골적이야.

"아주 능숙하군." 나는 인정하고 두 번째 빨간 피망을 썰기 시작했다.

"채 썰기요?" 그녀는 속눈썹을 파닥거렸다. "수년간 연습한 결과죠." 그녀의 뒷몸이 다시 나를 스쳤다.

그만해. 충분해.

그녀는 채 썬 것을 가져다 연기가 슬금슬금 피어오르는 웍 옆에 놓았다.

"아나스타샤, 한 번만 더 그러면 널 부엌 바닥에 눕혀버릴 거야."

"먼저 나한테 빌어야 할걸요."

"도전하는 거야?"

"어쩌면요?"

아, 스틸 양. 덤벼보시지.

나는 칼을 내려놓고 그녀에게 시선을 고정한 채 천천히 그녀가 서 있는 곳으로 다가갔다. 그녀의 입술이 벌어질 때, 나는 몸을 기울여 그녀를 스치면서 그대로 조금 지나갔다. 그녀를 건드리지 않고. 그러고는 윅을 데우는 가스 불의 스위치를 틀어 껐다. "식사는 나중에." 지금은 네가 넋이 나가도록 너랑 섹스할 거니까. "닭고기는 냉장고에 넣어."

그녀는 침을 꼴깍 삼키더니 저민 닭고기 그릇을 들고는 서툴게 접시를 그릇 위에 덮고 나서 한꺼번에 냉장고 안에 넣었다. 나는 조용히 그녀의 뒤로 다가갔다. 그녀가 돌아섰을 때 나는 바로 앞에 서 있었다.

"이제 애원할 건가요?" 그녀가 속삭였다.

"아니, 아나스타샤." 나는 고개를 저었다. "애원하진 않아." 나는 그녀를 내려다보았다. 욕정과 요구로 내 피는 끈적해졌다.

젠장, 그녀 안에 묻히고 싶어.

그녀의 동공이 커지고 뺨은 욕망으로 달아올랐다. 나를 원하는군. 나도 그녀를 원한다. 그녀가 입술을 깨물었다. 더 이상 참을 수 없었다. 나는 그녀의 엉덩이를 움켜쥐고 점점 일어서는 아랫도리로 그녀를 끌어당겼다. 그녀의 두 손이 내 머리카락 속으로 파고들어 나를 그녀의 입으로 끌어 내렸다. 나는 그녀를 냉장고로 밀어붙여 거세게 키스했다.

그녀는 정말 맛있었다. 아주 달콤했다.

그녀는 내 입에 대고 신음을 토해냈다. 그것은 나를 깨워 더 단단하게 만드는 신호였다. 나는 손을 그녀의 머리카락 속으로 넣고 혀를 그녀의 입안으로 더 깊숙이 넣으려 그녀의 머리를 젖혔다. 그녀의 혀와 내 혀가 뒤엉켰다.

망할. 에로틱하고, 노골적이고, 강렬했다. 나는 몸을 뺐다.

"무얼 원해, 아나스타샤?"

"당신."

"어디서?"

"침대에서."

설득은 더 이상 필요 없었다. 나는 그녀를 안아 들고 침실로 데려갔다. 그녀가 벌거벗고 내 밑에서 갈망하길 원했다. 나는 그녀를 바닥에 살짝 내려놓고는 침대 옆 램프를 켜고 커튼을 쳤다. 창밖의 거리를 내려다볼 때 여기가 바로 그 방이로구나, 숨어 스토커 짓을 하며 밤새 지켜보던 그 방이로구나 하는 생각이 들었다.

그때 그녀는 여기 홀로 침대에 웅크리고 누워 있었겠지.

돌아서니 그녀가 나를 바라보고 있었다. 커다래진 눈으로. 기다리며. 욕망하며.

"이제는?" 나는 물었다.

그녀는 얼굴을 붉혔다.

나는 꼼짝하지 않았다.

"나를 사랑해줘요." 그녀는 한 박자 머뭇거리다 말했다.

"어떻게? 내게 말해줘야 해."

그녀는 입술을 핥았다. 초조한 몸짓이다. 욕정이 나를 후려쳤다.

젠장, 집중해, 그레이.

"내 옷을 벗겨요." 그녀가 말했다.

그녀의 보드라운 피부를 건드리지 않도록 내 집게손가락을 그녀의 블라우스 위쪽에 살짝 걸고 조심스럽게 내 쪽으로 당기자 그녀가 내게 끌려왔다. "착하지."

젖가슴이 상승과 하강을 반복하며 그녀의 호흡이 거칠어졌다. 짙어진 그녀의 눈 속에 관능의 약속이 들어찼다. 나처럼. 나는 민첩하게 그녀의 블라우스 단추를 풀었다. 그녀는 두 손을 내 팔에 얹고는—몸을 지탱하려는 것이겠지—나를 바라보았다.

응, 그건 괜찮아, 자기. 내 가슴엔 손대지 마.

나는 마지막 단추를 풀고 블라우스를 그녀의 어깨 밖으로 밀어 바닥에 떨어지도록 했다. 그러고 나서 그녀의 아름다운 젖가슴을 건드리지 않도록 조심조심하며 그녀의 청바지 허리춤으로 손을 내렸다. 위 단추를 풀고 나서 지퍼를 내렸다.

그녀를 침대로 던지고 싶은 충동이 들었지만 억제했다. 기다리게 해야 했다. 그녀가 내게 말을 하게. "뭘 원하는지 말해, 아나스타샤."

"여기서부터 여기까지 키스해줘요." 그녀는 손을 귀밑부터 목 아래로 훑어 내려갔다.

기꺼이 그러지, 스틸 양.

그녀의 머리카락을 살며시 쓸어 넘겨 손안에 머리채를 쥐고서 옆으로 살짝 당기자 그녀의 머리가 기울어지며 미끈한 목덜미가 드러났다. 나는 고개를 숙여 그녀의 귀에 얼굴을 비볐다. 내가 그녀의 손가락이 더듬은 자리를 왕복하며 부드럽게 키스하자 그녀가 꿈틀거렸다. 그녀의 목구멍 뒤쪽에서 가녀린 신음이 흘러나왔다.

그것이 일어섰다.

아, 그녀 안에서 헤매고 싶다. 그녀를 다시 발견하는 거야.

"청바지…… 팬티도." 그녀가 달아오른 얼굴로 숨을 몰아쉬며 말했고, 나는 그녀의 목에 대고 빙그레 웃었다. 이제 뭘 좀 아는군.

내게 말을 해, 아나.

나는 그녀의 목에 마지막으로 키스하고 나서 그녀 앞에 무릎

올 끓이 그녀를 놀래켰다. 그러고는 양 엄지손가락을 그녀의 청바지와 팬티에 걸고 부드럽게 끌어 내렸다. 그녀가 신발과 팬티를 벗을 때 나는 무릎을 꿇은 채 앉아 그녀의 긴 다리와 먹음직한 엉덩이를 감상했다. 그녀의 눈이 내 눈과 마주쳤고, 나는 명령이 떨어지기를 기다렸다.

"이제는, 아나스타샤?"

"키스해요." 그녀가 대답했다. 간신히 알아들을 만한 목소리로.

"어디에?"

"어딘지 알잖아요."

나는 웃음을 참았다. 아직도 그 말을 입에 담지 못하다니.

"어디?" 나는 구슬렸다.

그녀는 다시 얼굴을 붉혔지만 단호하면서도 굴욕을 당한 듯한 표정으로 자신의 허벅지 맨 위쪽을 가리켰다.

"아, 기꺼이 그러지." 나는 쿡쿡 웃었다. 그녀가 당황한 모습이 재밌었다. 나는 그녀의 다리 위쪽으로 천천히 손가락을 올렸다. 손가락이 그녀의 엉덩이에 닿았을 때 그녀를 끌어당기자 그녀가 내 입에 닿았다.

젠장. 그녀가 흥분한 냄새.

벌써부터 청바지가 불편했지만 별안간 서너 사이즈나 작게 느껴졌다. 나는 그녀의 치골 털 속으로 혀를 밀어넣었다. 그녀가 이걸 제모하게 설득할 수 있을까 궁금했지만, 목표점을 찾아내 그녀를 맛보기 시작했다.

하느님, 이 여자 너무 맛있군요. 지독하게 달콤해요.

그녀는 신음하며 내 머리카락을 움켜쥐었고, 나는 멈추지 않았다. 혀를 돌렸다. 둥글게, 둥글게. 그녀를 놀리고 시험했다.

"크리스천, 제발요." 그녀가 애원했다.

나는 멈추었다.

"제발 뭐, 아나스타샤?"

"날 사랑해줘요."

"하고 있잖아." 나는 클리토리스에 입김을 훅 불었다.

"아니요. 내 안에 들어와줘요."

"정말이야?"

"부탁이에요."

안 돼. 이거 너무 재밌단 말이야. 나는 아름답고 소중한 내 여자에게 느릿하고 음탕한 고문을 계속했다.

"크리스천…… 제발." 그녀는 신음을 토해냈다. 나는 그녀를 놓아주고 일어섰다. 그녀의 흥분이 내 입을 촉촉이 적셨다. 나는 게슴츠레한 눈으로 그녀를 내려다보았다.

"응?" 내가 물었다.

"응이라니, 뭐가요?" 그녀가 헐떡였다.

"난 아직도 옷을 입고 있잖아."

그녀는 당황한 듯 보였다. 그녀가 이해를 못 하길래 나는 두 팔을 내밀어 항복을 표시했다.

나를 가져. 난 네 거야.

그녀가 내 셔츠로 손을 뻗었다.

젠장. 안 돼. 나는 물러섰다.

내가 도를 넘었다.

"아, 안 돼." 나는 항의했다. 내 청바지를 말한 거야, 자기. 그녀는 눈을 깜빡이며 내 말을 깨닫고는 별안간 무릎을 꿇었다.

후아! 아나. 뭐 하려고?

좀 서투른 손짓으로—잘 쓰는 손가락과 엄지손가락으로—그녀는 내 바지 단추와 지퍼를 열고 청바지를 아래로 끌어 내렸다.

아! 내 물건에 공간이 생겼다.

나는 바지와 양말을 벗었고, 그동안 그녀는 바닥에 서브미시브 자세를 취했다. 내게 무얼 하려는 걸까? 내가 바지를 벗자 그녀는 손을 올려 일어선 내 물건을 잡고는 내가 시범을 보인 대로 나를 꽉 쥐었다.

젠장.

그녀가 손을 뒤로 뺐다. 아! 너무 멀어졌어. 고통에 가까울 만큼. 나는 신음을 토해내며 팽팽해져 눈을 감았다. 엎드린 그녀의 모습과 나를 감싼 그녀의 감촉은 극단으로 치달았다. 느닷없이 그녀의 따스하고 촉촉한 입이 나를 둘러쌌다. 그녀가 세게 빨았다. "아아. 아나. 후우. 살살." 내가 그녀의 머리를 감싸 줄 때 그녀는 나를 더 깊숙이 밀어넣고 치아와 입술로 나를 내리눌렀다.

"제기랄." 나는 감탄하고는 엉덩이를 움츠려 그녀의 입안으로 더 깊숙이 들어갔다. 이렇게 좋을 수가 있나. 그녀는 하고 또 했다. 흥분이 한계를 넘어섰다. 그녀의 혀가 끝을 휘감고 또 휘감으며 나를 놀렸다. 오늘 그녀는 복수를 연발한다. 나는 신음을 토해내며 그녀의 민첩한 입과 혀 놀림의 감촉을 만끽했다.

맙소사. 그녀는 잘해도 정말 잘한다. 그녀가 나를 또다시 그녀의 입안으로 깊이 데려갔다. "아나, 이만하면 충분해. 그만." 나는 이를 악문 채 주장했다. 그녀는 내 자제력을 해체하고 있었다. 지금은 사정하고 싶지 않았다. 그녀 안에서 폭발하고 싶었지만, 그녀는 내 말을 무시하며 하고 또 했다.

망할, 그만 놀리라고.

"아나, 이만하면 됐어. 네 입안에 사정하고 싶지 않아." 내가 툴툴댔다. 그런데도 그녀는 내 말을 거역했다.

그만해, 아가씨.

나는 그녀의 어깨를 붙잡아 일으킨 후 그녀를 휙 들어 침대로 던졌다. 그러고는 청바지로 손을 뻗어 바지 뒷주머니에서 콘돔을 꺼낸 다음 셔츠를 머리 위로 벗어 청바지 옆에 두었다. 그녀는 침대에 음탕하게 널브러져 있었다.

"브라 벗어." 그녀는 일어나 앉아 서둘러 시키는 대로 했다. 다시 한 번.

"누워봐. 널 보고 싶으니까."

그녀는 시트 위에 등을 대고 누워 나를 바라보았다. 머리카락이 멋대로 흐트러지며 베개 위로 감미로운 갈색 후광이 퍼져 나갔다. 몸은 흥분으로 달아올라 우아한 분홍색을 띠었다. 단단해진 젖꼭지는 나를 불렀고, 긴 다리는 벌어져 있었다.

그녀는 숨 막히게 아름다웠다.

나는 포일 포장지를 찢어 벗기고 콘돔을 씌웠다. 그녀는 여전히 숨을 몰아쉬며 내 동작 하나하나를 지켜보았다. 나를 기다렸다.

"넌 멋진 그림 같아, 아나스타샤 스틸."

그리고 내 거야. 다시.

나는 침대 위로 기어올라가 그녀에게 키스했다. 그녀의 발목, 무릎, 허벅지, 엉덩이, 보드라운 배에. 내 혀가 그녀의 배꼽 주변을 맴돌자 그녀가 큰 신음으로 보답했다. 나는 젖가슴 아래를 핥고 나서 다른 젖가슴으로 옮겨갔다. 그리고 그녀의 젖꼭지를 입안에 넣고 놀리고 늘리자 그것이 내 입술 사이에서 딱딱해졌다. 내가 세게 당기자 그녀는 내 밑에서 몸을 뒤틀고 소리를 내질렀다.

참아, 우리 아기.

나는 그 젖꼭지를 놓고 다른 쌍둥이에게 넘어갔다.

"크리스천, 제발."

"제발 뭐?" 나는 그녀의 젖가슴 사이에서 웅얼거렸다. 욕망하는 그녀를 즐겼다.

"내 안으로 들어와줘요."

"그래? 지금?"

"제발." 그녀가 숨을 헐떡이며 필사적으로 외쳤다. 내가 딱 좋아하는 모습으로. 나는 무릎으로 그녀의 두 다리를 벌렸다. 아, 나도 너를 원해, 자기야. 나는 그녀 위에 엎드려 자세를 취하고 준비했다. 이 순간을 즐기고 싶었다. 그녀의 아름다운 육체를 되찾은 이 순간, 아름다운 내 여자를 되찾은 이 순간을. 그녀의 짙어진 눈이 내 눈과 만났다. 나는 천천히, 천천히 그녀 안으로 침전했다.

젠장. 그녀의 감촉, 너무 좋았다. 꽉 조였다. 죽여주게.

그녀는 골반을 들어 나를 맞이했고, 고개를 뒤로 젖혔다. 그녀의 턱이 공중으로 치솟고, 입은 소리 없는 칭송 속에 열렸다. 그녀는 내 위팔을 움켜잡고 거침없이 신음을 토해냈다. 얼마나 멋들어진 음악인가. 나는 두 손으로 그녀의 머리를 잡고 그녀를 제 위치에 고정한 다음 그녀에게서 빠져나온 후 다시 그녀 안으로 미끄러져 들어갔다. 그녀의 손가락이 내 머리카락을 찾아 당기고 뒤틀었고, 나는 천천히 움직였다. 나를 둘러싼 팽팽하고 촉촉한 그녀를 느끼며 그녀의 몸 구석구석을 탐닉했다.

짙어진 눈, 벌어진 입으로 그녀는 내 밑에서 헐떡거렸다. 그런 그녀는 근사했다.

"더 빨리요, 크리스천, 더 빨리. 제발."

분부대로 하죠, 아씨.

내 입이 그녀의 입을 찾아 요구했다. 나는 움직이기 시작했다. 움직이고, 밀고, 밀었다. 그녀는 지독하게 아름다웠다. 이게 얼마나 그리웠는지. 그녀의 모든 것이 그리웠다. 그녀가 집처럼 느껴졌다. 그녀는 집이었다. 그녀는 모든 것이었다. 나는 나 자신을 놓고 그녀 안에서 나를 묻고 묻고 또 묻었다.

그녀는 나를 감쌀 채 고조되기 시작했다. 절정을 향해 달려갔다.

아, 자기야, 이거야. 그녀의 다리가 뻣뻣해졌다. 그녀는 절정 직전에 다다랐고, 나 역시 그랬다.

"어서, 자기야. 내게 보여줘." 나는 이를 악문 채 속삭였다. 그녀는 나를 감싼 채 자지러지며 폭발하고, 쥐어짜고, 나를 자기 안으로 깊숙이 끌어당겼다. 나는 내 생명과 영혼을 그녀 안에 쏟아내며 사정했다.

"아나! 아, 젠장…… 아나!"

나는 그녀 위로 무너져 그녀를 매트리스로 내리눌렀다. 그녀의 목에 얼굴을 묻고는 맛나고 아찔한 아나의 체취를 들이마셨다.

그녀는 다시 내 것이 되었다.

내 것.

아무도 그녀를 내게서 빼앗지 못한다. 그녀를 지키기 위해서라면 온 힘을 다해 무엇이든 할 것이다.

나는 숨을 고르고 나서 몸을 일으켰다. 그녀의 손을 잡았을 때 그녀가 눈을 바르르 떨다가 떴다. 그녀의 눈은 새파랗고, 청명하고, 충만했다. 그녀는 내게 수줍은 미소를 지었고, 나는 코를 내려 코끝으로 그녀의 코를 훑으며 무슨 말로 이 고마운 마음을 전할까 생각했다. 하지만 말 대신 가벼운 키스를 그녀에게 선사하고 머뭇머뭇 그녀에게서 빠져나왔다. "정말 그리웠어."

"나도요." 그녀가 말했다.

고마워, 고마워, 고마워. 내게 두 번째 기회를 줘서.

"다신 날 떠나지 마." 나는 속삭였다. 다시는. 지금 나는 어두운 비밀을 고백하고 드러내는 중이다. 내겐 그녀가 필요하다는 비밀.

"알겠어요."

그녀가 다정한 미소를 지으며 대답하자 내 심장이 벌떡 일어나 질주했다. 그녀는 한마디 말로 찢긴 내 영혼을 감쪽같이 꿰매버린다. 기분 참 좋다.

내 운명은 네 손안에 있어, 아나. 너를 만난 이후 줄곧 네 손안에 있었어.

"아이패드 고마워요." 그녀의 말이 내 달콤한 상상을 방해했다. 그녀가 순순히 받아준 첫 번째 선물이다.

"천만의 말씀, 아나스타샤."

"거기 노래 중에 가장 좋아하는 곡이 뭐예요?"

"그 질문에 대해선 지금은 대답할 수 없군." 나는 그녀를 놀렸다. 아마도 '콜드 플레이'겠지. 내 취향에 가장 맞거든.

위장이 으르렁댔다. 배가 고팠다. 내가 잘 인내하는 상황이 아니었다. "이제 요리를 마저 해주시죠, 아씨. 아, 배고파 죽겠어." 나는 일어나 앉아 그녀를 내 무릎 위로 끌어당겼다.

"아씨요?" 그녀가 킥킥 웃었다.

"아씨. 먹을 것 좀. 당장. 제발." 나는 그녀의 머리카락에 코를 묻고 동굴 원시인처럼 명령했다.

"그렇게 정중하게 부탁하시니, 나리, 바로 대령하지요."

그녀는 내 무릎 위에서 꼼지락거리며 일어났다.

아야!

그녀가 침대를 벗어날 때 베개가 움직였다. 베개 밑에서 바람이 빠져 납작해진 헬리콥터 풍선이 나왔다. 나는 그걸 집어 들고 그녀를 쳐다보았다. 이건 어디서 난 걸까?

"그거 내 풍선이에요." 그녀가 말했다.

아, 알겠군. 아나와 캐서린이 이 아파트로 이사할 때 안드레아가 꽃과 함께 풍선을 보낸 거야. 그런데 이걸 여기에 왜 두었지? "이걸 네 침대에?"

"네. 줄곧 내 동무가 되어줬어요."

"우리 찰리 탱고는 운도 좋군."

그녀는 웃는 내게 미소로 화답하며 아름다운 몸을 가운으로 감쌌다.

"내 풍선이에요." 그녀는 경고하고는 의기양양하게 침실을 나갔다.

소유권을 주장하시는군, 스틸 양!

그녀가 나가자 나는 콘돔을 빼서 묶은 다음, 침대 옆 쓰레기통에 던졌다. 그러고는 베개를 베고 드러누워 그 풍선을 관찰했다. 그녀가 이걸 간직하고 함께 잠을 잤다니. 내가 그녀에게 붙들려 그녀의 아파트 밖에 서 있을 때, 그녀는 내게 붙들려 이걸 안고 이 침대에 웅크리고 있었구나.

그녀는 나를 사랑한다.

별안간 복잡하고 혼란스러운 감정의 물결이 나를 덮쳤고, 목구멍에서 두려움이 솟구쳤다.

어찌 이것이 가능할까?

왜냐하면 그녀는 너를 모르니까, 그레이.

제기랄.

부정적인 생각에 머물지 말아요. 플린의 말에 내 머릿속이 안 갯속이 됐다. 긍정적인 생각에 집중하세요.

어쨌든 그녀는 다시 내 것이 됐다. 이젠 그녀를 지키기만 하면 돼. 주말 내내 함께하면서 서로를 알게 되기를 바랐다.

망할. 내일 '함께 대처하기' 가면무도회에 가야 한다.

그냥 제칠 수도 있지만, 그러면 어머니가 날 용서하지 않을 것이다.

아나가 같이 가줄까?

그녀의 가면이 필요하겠군, 그녀가 동의해준다면.

나는 바닥에서 휴대폰을 찾아 테일러에게 문자를 보냈다. 오늘 아침 그는 딸을 만나고 있을 테지만 그가 가면을 하나 수배해주길 바랐다.

내일 행사에서 아나스타샤가 쓸 가면이 하나 필요해.
하나 수배해주겠나?

테일러
그러죠, 사장님.
어디 가야 하는지 압니다.

잘됐군.

테일러
어떤 색깔로 할까요?

은색이나 감색으로.

그때 한 가지 생각이 떠올랐다. 통할지, 안 통할지 모르겠지만.

립스틱도 하나 구해주겠나?

테일러
원하는 색깔 있으세요?

아니. 그건 알아서 해.

아나는 요리를 꽤 했다. 볶음 요리가 맛있었다. 먹을 게 있으니 마음이 더 차분해졌다. 그녀와 이렇게 자연스럽고 느긋하게 시간을 보내는 것은 이번이 처음인 것 같다. 둘이 같이 바닥에 앉아 내 아이팟의 음악을 듣고, 먹고, 차게 식힌 피노 그리지오를 마셨다. 무엇이 더 필요할까. 그녀가 먹는 모습을 볼 수 있다는 것만으로 감사할 따름이다. 그녀는 나만큼이나 허기진 모양이다.

"이거 맛있는데." 나는 매번 감탄했다.

그녀는 내 칭찬에 얼굴이 환해졌고, 귀 뒤의 흐트러진 머리카락을 당겼다. "요리는 대개 내가 하거든요. 케이트는 요리에 별로 소질이 없어서." 그녀는 내 옆에 책상다리를 하고 앉아 있다. 다리를 보란 듯이. 그녀의 가운은 좀 낡았지만 멋진 크림 빛이 돈다. 그녀가 몸을 앞으로 내밀 때 가운 자락이 벌어지고, 나는 그녀의 부푼 보드라운 젖가슴을 훔쳐본다.

그레이, 예의를 지켜.

"어머니한테 배웠나?"

"그건 아니에요." 그녀는 웃음을 터뜨렸다. "요리에 관심이 생길 무렵 엄마는 남편 3호와 텍사스 맨스필드에 살고 있었어요. 그리고 레이 아빠는, 뭐, 내가 아니면 토스트나 사 온 음식으로 연명했을 분이라서요."

"어째서 엄마랑 텍사스에서 살지 않았어?"

"엄마 남편 스티브와 난……." 그녀는 말을 멈추었다. 그녀의 얼굴이 어두워지는 걸로 보아 좋지 않은 기억인 듯했다. 괜히 물었구나 싶어 화제를 바꾸려는데 그녀가 말을 이었다. "우린 사이가 별로 좋지 않았어요. 레이 아빠가 보고 싶기도 했고. 엄마와 스티브의 결혼은 그리 오래가지 않았어요. 엄마도 정신을 차린 거겠죠. 그 뒤로 스티브 이야기는 다시 하지 않아요." 그녀는 조용히 덧붙였다.

"그래서 의붓아버지와 워싱턴 주에 남았군."

"텍사스에 잠깐 살았어요. 그러다 다시 레이 아빠에게 간 거죠."

"네가 아버지를 돌본 것처럼 들리는데."

"그런 셈이죠."

"사람들 돌보는 데 익숙하구나."

그 반대로 됐어야 하는데 말이지.

그녀는 고개를 돌려 내 얼굴을 살폈다. "왜 그래요?" 그녀가 걱정스럽게 물었다.

"난 너를 돌봐주고 싶어." 모든 면에서. 단순한 표현이었지만 내 마음을 대변하는 말이었다. 그녀는 깜짝 놀랐다.

"그런 것 같네요." 그녀가 찌푸린 얼굴로 말했다. "방식이 좀 이상해서 그렇지."

"나는 그런 방식밖에 몰라." 나는 이 관계 안에서 내 방식을 이해하고 있다. 내겐 처음 있는 일이다. 규칙은 모르겠다. 지금 당장은 아나를 돌보고 싶고 그녀에게 세상을 선사하고 싶을 뿐이다.

"당신이 SIP 산 것, 나 아직 화 안 풀렸어요."

"알아. 하지만 네가 화를 낸다고 해서 나를 막을 순 없어."

"동료들에게 뭐라고 말하죠? 잭에게는?" 그녀는 짜증이 섞인 목소리로 말했다. 하지만 술집에서 그녀를 굽어보고, 음흉하게 그녀를 훑고, 그녀에게 들러붙은 잭의 이미지가 머릿속에 떠올랐다.

"그 자식은 제 앞가림이나 잘하라고 해." 나는 툴툴거렸다.

"크리스천. 그 사람은 제 상사예요."

내가 관련된 이상 그렇겐 안 되지.

그녀는 내게 인상을 썼다. 그녀를 화나게 만들고 싶진 않았다. 곧 함께 느긋하게 즐기는 시간을 보낼 테니까. 어떻게 푸세요? 그녀는 인터뷰 중 내게 그렇게 물은 적 있었다. 아나, 지금처럼 풀어. 너랑 같이 바닥에 앉아 닭고기 볶음을 먹으면서. 그녀는 아직도 직장 생각에 사로잡혀 언짢은 기색이다. GEP가 SIP를 인수한 것에 대해 그녀는 사람들에게 뭐라 말해야 할까?

나는 해결책을 제시했다. "그 사람들에게 말 안 하면 되잖아."

"뭘 말 안 해요?"

"내가 소유주라는 것. 협의서는 어제 체결됐어. SIP 경영진이 적응하는 4주 동안 언론엔 보도되지 않을 거야."

"어머." 그녀는 놀란 표정을 지었다. "나 해고되는 거예요?"

"글쎄, 그건 여간해선 힘들지 않을까." 네가 계속 다니고 싶다면.

그녀는 실눈을 떴다. "내가 여기 그만두고 다른 직장을 찾는다면 그 회사도 살 건가요?"

"그만둘 생각 없잖아, 아니야?" 맙소사, 이 회사를 사느라 거금이 들었는데, 이 여자는 그만두니 뭐니 말하는군!

"어쩌면요. 당신이 여러 선택권을 줄 것 같진 않지만."

"응, 그 회사도 사버릴 거야."

돈이 왕창 들겠지.

"약간 과보호라는 생각 안 들어요?" 비꼬는 투다.

그럴지도…….

그녀 말이 옳다.

"그래. 어떻게 보일지는 잘 알고 있지." 나는 인정했다.

"플린 박사에게 연락해봐요." 그녀는 눈을 흘기며 말했다. 그걸 나무라려는데 그녀가 발딱 일어나더니 빈 내 그릇을 달라고 손을 내밀었다. "디저트 먹을래요?"

"듣던 중 반가운 소리군!" 나는 그녀의 태도에 아랑곳하지 않고 활짝 웃어 보였다.

디저트로 널 먹으면 어떨까, 자기야.

"나 말고요." 그녀는 내 마음을 읽은 것처럼 재빨리 말했다.

"아이스크림 있어요. 바닐라." 그녀는 덧붙이고는 우리끼리 아는 농담을 공유한 듯이 씩 웃었다.

오호, 이나. 실력이 일취월장하는군.

"정말? 그걸로 뭔가 할 수 있을 것 같은데." 이거 점점 재밌어지는걸. 나는 앞으로 일어날 일, 그걸 함께할 사람에 대한 기대감을 품고 일어섰다.

그녀.

나.

우리 둘.

"있어도 돼?" 내가 물었다.

"무슨 말이에요?"

"여기서 밤을 보내도 되냐고."

"당연히 그럴 거라고 생각했는데요."

"잘됐군. 아이스크림은 어디 있지?"

"오븐에요." 그녀가 또 히죽 웃었다.

오호, 아나스타샤 스틸, 손바닥이 근질거리는군.

"냉소는 가장 저급한 농담이야, 스틸 양. 무릎 위에 엎어놓고 때려줄까보다."

그녀는 눈썹을 쓱 추켜세웠다. "그 은구슬 가지고 있어요?"

하하, 웃고 싶다. 이것 참 희소식이다. 가끔씩 그녀의 엉덩이를 팡팡 때려 버릇을 고칠 수 있다는 뜻이니까. 하지만 그건 다음 기회에. 나는 셔츠와 청바지 주머니를 톡톡 두드리며 케겔 구슬을 찾는 시늉을 했다. "웃기게도 여분의 세트를 가지고 다니진 않아. 사무실에선 별로 쓸 일이 없거든."

그녀는 숨을 홉 들이마시며 분개하는 척했다. "그것참 반가운 소리네요, 그레이 씨. 냉소는 가장 저급한 농담이라면서요."

"뭐, 아나스타샤. 내 새로운 모토는 말이지, '이길 수 없다면 한 팀이 돼라'야."

그녀는 입을 딱 벌렸다. 할 말을 잃었다는 듯.

좋았어!

그녀와 투닥거리면 왜 이리 재밌는지.

나는 바보처럼 실실 웃으며 냉장고로 가서 냉장고 문을 열고는 1파인트짜리 바닐라 아이스크림을 꺼냈다. "이거면 딱 되겠어." 나는 아이스크림 통을 들었다. "벤과 제리스(아이스크림 브랜드-옮긴이). 그리고 아나." 나는 커틀러리 서랍에서 숟가락을 하나 꺼냈다.

내가 고개를 들자 아나가 굶주린 표정을 지었다. 뭘 먹고 싶은 걸까? 나? 아니면 아이스크림? 둘의 조합이라면, 더할 나위 없겠지.

놀이 시간이야, 자기.

"네 몸이 뜨거웠으면 좋겠어. 이걸로 널 식혀줄 생각이거든. 가자."

나는 손을 내밀었다. 그녀가 내 손을 잡을 때 전율이 일었다. 그녀도 놀고 싶어 했다.

침대 옆 램프 불빛은 단조로웠고, 침실은 조금 어두웠다. 그녀는 한때 이런 분위기를 선호했을지 몰라도, 오늘 저녁 그녀의 태도로 보건대, 벌거벗는 것을 그다지 부끄러워하지도 않을뿐더러 더 편안해하는 듯했다. 나는 아이스크림을 침대 옆 탁자에 놓고 이불과 베개를 침대에서 바닥으로 끌어냈다. "갈아 끼울 시트는 있지?"

그녀는 문턱에서 나를 바라보며 고개를 끄덕였다. 주글주글한 찰리 탱고가 침대 위에 널브러져 있었다. "내 풍선 가지고 장난치지 마요." 내가 그걸 집어 들자 그녀가 경고했다. 내가 그걸 놓자 그것이 바닥의 이불 위로 날아가 앉았다.

"그런 생각은 하지도 않아, 자기야. 난 너랑 이 시트 가지고 장난칠 거야." 우리는 끈적해질 거고, 그녀의 침대도 끈적해질 것이다.

이제 중요한 질문을 할 차례다. 그녀가 허락할까, 하지 않을까? "널 묶고 싶어." 나는 속삭였다. 우리 사이에 놓인 침묵 속에서 그녀가 숨을 훅 들이마시는 소리가 들렸다.

아, 저 소리.

"좋아요." 그녀가 말했다.

"네 손만. 침대에. 네가 가만히 있어야 하니까."

"좋아요." 그녀가 반복했다.

나는 마주친 시선을 떼지 않고 그녀에게 성큼성큼 걸어갔다. "이거 쓸 거야." 나는 그녀의 가운 허리끈을 잡아 쭉 당겼다. 가운이 벌어지며 아나의 알몸이 드러났다. 더 당기자 허리끈이 완전히 풀렸다. 가운을 그녀의 어깨너머로 살짝 밀자 가운이 바닥으로 주르륵 흘러내렸다. 그녀는 내 눈에서 눈을 떼지 않은 채 몸을 가리려고 하지도 않았다.

잘했어, 아나.

내 손가락 관절이 그녀의 뺨을 훑었다. 내 손길 아래 그녀의 얼굴은 비단결처럼 매끄러웠다. 나는 그녀의 입술에 쪽 하고 입맞추었다. "침대에 누워, 위를 보고."

놀이 시간이야, 자기.

그녀가 기대감을 발산했다. 그녀는 시키는 대로 나를 위해 침대에 누웠다. 나는 서서 그녀를 굽어보며 잠시 그녀를 찬미했다.

내 여자.

아찔하게 아름다운 내 여자. 긴 다리, 잘록한 허리, 완벽한 가슴. 흠잡을 데 없는 피부가 어스름 속에서 은은히 빛났고, 짙어진 두 눈은 관능을 예감하며 번뜩였다.

나는 행운아야.

내 몸이 단단해지며 동의했다.

"너라면 하루 종일 바라봐도 질리지 않아, 아나스타샤."

내가 침대 위로 기어오르자 매트리스가 푹 꺼졌다. 나는 그녀

위에 올라탔다. "두 팔 머리 위로 올려." 나는 명령했다. 그녀는 즉시 복종했고, 나는 허리끈으로 그녀의 두 손목을 묶고 나서 그것을 침대 머리판 쇠창살에 연결했다.

거기.

그녀는 참으로 멋진 풍경이다…….

나는 그녀의 입술에 쪽 하고 감사의 키스를 하고는 침대에서 내려왔다. 일어서서 셔츠와 청바지를 벗고 콘돔을 침대 옆 탁자 위에 두었다.

이제, 무얼 하지?

침대 가장자리에서 그녀의 두 발목을 잡고 아래로 끌어 내리자 그녀의 두 팔이 쭉 펴졌다. 몸을 움직이지 못할수록 흥분은 더욱 강렬해질 것이다.

"이게 낫군." 나는 중얼거렸다.

나는 아이스크림 통과 숟가락을 들고 그녀 위에 다시 올라탔다. 그녀가 입술을 깨물 때 나는 뚜껑을 열고 아이스크림을 숟가락 가득 폈다. "흠, 아직도 꽤 딱딱한데." 아이스크림을 내 몸에 바르고 그녀의 입안에 나를 넣으면 어떨까. 하지만 아이스크림을 떠서 맛을 보니 너무 차가워 오히려 내 몸이 수축될 것 같았다. 역효과가 날 것이다.

그럼 곤란하지.

"맛있군." 아이스크림이 입안에서 스르르 녹을 때 나는 보란 듯이 입술을 핥았다. "평범하고 진부한 바닐라 아이스크림이 이렇게 맛있다니 놀라운걸."

나는 그녀를 바라보았고, 그녀는 나를 향해 활짝 웃었다. 그녀의 표정은 명백했다. "좀 줄까?"

그녀가 고개를 끄덕였다. 약간 망설이는 몸짓으로.

내가 한 숟가락 가득 퍼서 그녀에게 내밀자 그녀는 입을 벌렸다. 아기에게서 사탕 뺏는 것처럼 해야지. "이건 나눠 먹기엔 너무 맛있는데." 내가 그녀를 놀렸다.

"이봐요." 그녀가 입을 열었다.

"왜, 스틸 양. 바닐라 좋아하나?"

"그럼요." 그녀는 버럭 외치더니 나를 떨어뜨리려고 덤볐지만, 내 무게는 그녀에게 상대가 되지 않았다.

나는 웃음을 터뜨렸다. "점점 난폭해지는데, 응? 나라면 그러지 않겠어."

그녀는 움직이지 않고 입을 비쭉대며 징징거렸다. "아이스크림."

"뭐, 오늘 네가 나를 꽤 기쁘게 해줬으니까, 스틸 양." 나는 아이스크림을 더 퍼서 그녀에게 내밀었다. 그녀는 즐겁지만 못 믿겠다는 눈초리로 입술을 벌렸고, 나는 그녀의 입안에 바닐라 아이스크림을 넣었다. 그녀의 입술에 포위된 나를 상상하니 발기한 내 몸이 더 단단해졌다.

다 때가 있는 법이야, 그레이.

나는 살며시 숟가락을 그녀의 입에서 빼내고는 다시 아이스크림을 펐다. 그녀는 게걸스럽게 두 번째 숟가락을 받아들였다. 이번에는 아이스크림이 좀 묽었다. 통을 쥔 내 손의 체온에 아이스크림이 녹기 시작했기 때문이다. 나는 천천히 그녀에게 아이스크림을 먹였다.

"흠, 이런 식이면 확실히 널 먹일 수 있겠어. 강제 급식. 이거 훈련해야겠는걸."

내가 숟가락을 또 내밀자 그녀는 입을 꾹 다물었다. 고개를 뒤흔드는 그녀의 눈빛에 반항기가 번뜩였다. 배부르다 이거지.

나는 숟가락을 기울여 녹아 흐물흐물한 아이스크림을 그녀의 목 위에 뚝뚝 떨어뜨렸다. 그러고는 숟가락을 움직여 흐르는 아이스크림이 그녀의 흉골 위로 뚝뚝 떨어지도록 했다. 그녀의 입이 활짝 열렸다.

좋아, 자기야.

나는 고개를 숙여 혀로 그녀를 핥으면서 아이스크림을 먹었다.

"음. 네 몸에서 먹으니 더 맛이 좋군, 스틸 양."

그녀는 팔을 굽히려고 가운 끈을 당겼지만 끈이 버티며 그녀를 제자리에 묶어두었다. 나는 다시 아이스크림을 그녀의 젖가슴과 젖꼭지에 세심하게 떨어뜨리면서 젖꼭지가 차가운 습격에 단단해지는 매혹적인 모습을 보았다. 숟가락 등으로 올록볼록한 유륜에 바닐라 아이스크림을 바르자 그녀가 내 아래에서 꿈틀거렸다.

"차가워?" 나는 대답을 기다리지 않고 탐식했다. 아이스크림 개울물이 흐르는 곳마다 핥아 마셨고, 그녀의 젖가슴을 빨고 젖꼭지를 물어 당겼다. 그녀는 눈을 감고 신음했다.

"더 줄까?" 나는 입안에 아이스크림을 한가득 넣고 약간 삼킨 후 그녀에게 키스했다. 내 혀와 아이스크림이 기다리는 그녀의 입속으로 돌진했다.

벤과. 제리. 그리고. 아나.

끝내주는군.

나는 상체를 일으켜 그녀의 허벅지에 올라타고는 숟가락의 녹은 아이스크림을 그녀의 흉골 밑에서 복부 가운데로 뚝뚝 떨어뜨렸다. 그리고 큰 아이스크림 덩어리를 그녀의 배꼽에 놓았다. 그녀가 화들짝 놀라 눈을 번쩍 떴다.

"이전에도 한 번 해봤잖아." 나는 경고했다. "가만히 있어야할 거야. 아니면 침대가 온통 아이스크림 범벅이 될 테니까." 나는 아이스크림을 숟가락에 가득 퍼서 입에 넣고 그녀의 젖가슴으로 돌아갔다. 차가운 입술과 혀로 양쪽 젖꼭지를 번갈아 빨았다. 그러고는 그녀의 몸 위를 기어 다니며 녹은 아이스크림을 수색해 핥아 먹었다. 내 밑에서 그녀의 몸이 뒤틀렸고, 엉덩이는 익숙한 리듬으로 요동쳤다.

아, 자기야, 좀 가만히 있으면 내 기분이 훨씬 더 좋을 텐데.

나는 혀로 그녀의 배꼽에 남은 아이스크림을 마저 삼켰다.

그녀는 끈적했다. 하지만 아닌 곳도 있었다.

아직 멀었어.

나는 그녀의 허벅지 사이에 엎드려 숟가락의 아이스크림을 그녀의 배부터 아래로 차츰차츰 떨어뜨렸다. 배에서 그녀의 음모 속으로, 나의 최종 목적지로. 그리고 남은 바닐라 아이스크림을 부푼 클리토리스에 주르륵 떨어뜨렸다. 그녀가 교성을 내지르고 두 다리에 힘을 주었다.

"쉿, 조용히 해야지." 나는 몸을 숙여 천천히 그녀와 아이스크림을 핥고 빨아 먹었다.

"아. 제발. 크리스천."

"알아, 아가씨. 알아." 나는 그녀의 민감한 피부에 대고 그렇게 속삭였지만 음탕한 침공을 멈추지 않았다. 그녀의 다리에 다시 힘이 들어갔다. 그녀는 정상 턱밑에 있었다.

나는 아이스크림 통을 바닥에 버리고 한 손가락을 그녀 안에 천천히 넣었다. 한 손가락 더. 촉촉하고 따스한, 나를 반기는 육체의 감촉을 즐겼다. 그녀의 달콤하디 달콤한 지점에 집중하며 그녀를 어루만졌다. 그녀를 느꼈다. 그녀는 그곳에 다다르기 직전이었다. 그녀의 클라이맥스가 임박했다.

"바로 여기." 나는 중얼거렸다. 내 손가락이 천천히 그녀에게 들어갔다가 빠져나왔다.

숨넘어가는 교성이 터져 나오며 그녀의 몸이 내 손가락을 감싸고 경련을 일으켰다.

좋았어.

나는 손을 빼고 은박 포장물로 손을 뻗었다. 썩 내키지 않았지만 순식간에 그걸 썼다. 그리고 그녀 위에 엎드려 아직 오르가즘의 격랑 속에 있는 그녀의 안으로 밀고 들어갔다. "아, 좋아!" 나는 신음을 토해냈다.

그녀는 천국이다.

나의 천국.

하지만 그녀는 끈적거렸다. 온몸이. 내 피부가 그녀의 피부에 들러붙는 건 거북했다. 나는 몸을 빼고 그녀를 뒤집어 팔꿈치와 무릎을 대고 엎드리게 했다. "이쪽으로." 나는 중얼거리고는 손을 뻗어 그녀의 손을 묶은 끈을 풀었다. 손이 풀렸을 때 그녀를 일으켜 두 다리를 넓게 벌리고 나를 등진 채 내 위에 앉게 했다. 내가 손바닥으로 그녀의 젖가슴을 감싸 쥐고 젖꼭지를 꼬집자 그녀가 신음하며 고개를 뒤로 젖혀 내 어깨에 얹었다. 나는 코를 그녀의 목에 묻고 엉덩이를 수축시켜 그녀 안으로 더 깊이 돌진했다. 그녀에게서 사과와 바닐라, 아나의 냄새가 났다.

내가 좋아하는 향기.

"네가 내게 얼마나 큰 의미인지 알기나 해?" 내가 그녀의 귀에 대고 속삭이자 그녀가 황홀감에 취해 고개를 뒤로 휙 젖혔다.

"아니요." 그녀가 헐떡였다.

나는 살그머니 두 손으로 그녀의 턱과 목을 감싸 쥐고 그녀를 고정했다. "아니, 알면서. 다신 널 보내지 않을 거야."

절대.

사랑해.

"넌 내 거야, 아나스타샤."

"네, 당신 거예요."

"내 거니까 내가 잘 돌볼게." 나는 속삭이고는 그녀의 귓불을 깨물었다.

그녀가 탄성을 내질렀다.

"잘했어, 자기야. 네 목소리 듣고 싶어."

너를 돌보고 싶어.

나는 한 손으로 그녀의 허리를 감아 몸을 밀착시키면서 다른 손으로는 그녀의 엉덩이를 움켜쥐었다. 그러면서 계속 그녀를 찌르고 또 찔렀다.

그녀는 나와 함께 상승하고, 하락하고, 울부짖고, 신음하고, 끙끙거렸다. 내 등에 땀방울이 맺혔다. 이마에도, 가슴에도. 우리는 서로의 몸에서 미끄러졌고, 내내 그녀는 나를 타고 내달렸다. 그녀가 양손을 꽉 쥐더니 움직임을 멈추고 두 다리로 나를 감았다. 그리고 눈을 질끈 감으며 조용한 비명을 내질렀다.

"자, 느껴봐." 나는 이를 악물고 으르렁댔고, 그녀는 구겨진 내 이름을 토해내며 사정했다. 나는 분출했다. 그녀 안에서 사정하며 무아지경으로 빠졌다.

우리는 침대로 침전했다. 나는 두 팔로 그녀를 감쌌고, 우리는 끈적이고 달달하고 헐떡이는 몸으로 한데 뒤엉켜 누워 있었다. 숨을 들이켤 때마다 그녀의 머리카락이 내 입술을 쓸었다.

언제까지나 이럴 수 있을까?

감당할 수 없을 만큼 황홀했다.

나는 눈을 감고 평화가 깃든 이 또렷하고 고요한 순간을 즐겼다.

얼마 후 그녀가 움직였다. "당신에게 느끼는 감정 때문에 겁이 나요." 그녀가 허스키한 목소리로 말했다.

"나도 그래." 네가 상상하는 것 이상으로.

"당신이 나를 떠나면 어쩌죠?"

뭐? 내가 널 떠나면 어떡하냐고? 그녀가 없는 동안 나는 길을 잃었다. "난 아무 데도 안 가. 넌 가져도 가져도 또 갖고 싶어, 아나스타샤."

그녀는 내 품에서 돌아누워 나를 살폈다. 그녀의 눈은 짙고 강렬해서 그녀가 무슨 생각을 하는지 알 수 없었다. 그녀가 고개를 들어 내게 키스했다. 보드랍고 다정하게.

지금 무슨 생각하고 있어?

나는 그녀의 머리카락을 한 줌 쥐어 귀 뒤로 넘겼다. 내가 오래오래 옆에 있을 거라고, 그녀가 나를 소유하는 한 나는 언제까지나 옆에 있을 거라는 믿음을 그녀에게 심어줘야 했다. "네가 떠났을 때, 그런 기분은 처음이었어, 아나스타샤. 그런 기분은 하늘과 땅을 움직여서라도 피하고 싶어."

그 악몽. 그 죄책감. 나를 심연으로 빨아들여 익사시켜려던 절망.

제기랄. 그런 기분은 두 번 다시 느끼고 싶지 않았다.

그 생각은 하지 마, 그레이. 다른 걸 생각해.

부모님의 여름 무도회가 기억났다. "내일 우리 아버지가 여는 여름 파티에 같이 가지 않겠어? 매년 열리는 자선 행사야. 나는 가겠다고 말씀드렸는데." 나는 숨을 죽였다.

이건 데이트다.

진짜 데이트.

"당연히 가야죠." 아나의 얼굴이 밝아졌다가 곧 어두워졌다.

"왜 그래?"

"아무것도 아니에요."

"말해봐." 나는 물고 늘어졌다.

"딱히 입을 만한 옷이 없어서요."

없긴 왜 없어. "화내지 마. 집에 네 옷들이 아직 있어. 거기에 드레스도 두어 벌 있을 거야."

"그래요?" 그녀는 입술을 꾹 다물었다.

"버릴 수가 없었어."

"왜요?"

왜인지 알잖아, 아나. 나는 그녀의 머리카락을 만지작거리면서 그녀가 이해해주길 바랐다. 네가 돌아오길 바라면서 널 위해 간직했다는 걸.

그녀는 체념한 듯 고개를 절레절레 흔들었다. "정말 한결같이 사람 힘들게 하는군요, 그레이 씨."

나는 웃음을 터뜨렸다. 부인할 수 없는 사실이기도 했고, 내가 그녀라도 그렇게 말했을 테니까. 그녀의 표정이 밝아졌다. "몸이 끈끈해요. 샤워해야겠어요."

"같이 하자."

"안타깝지만 두 사람이 들어갈 데가 없어요. 당신 먼저 해요, 나는 침대보를 바꿀게요."

그녀의 집 욕실은 내 집 샤워 부스만 했다. 이렇게 작은 샤워 부스는 처음이었다. 들어가니 샤워 꼭지가 눈높이에 있었다. 나는 그녀의 향기로운 머리 냄새의 원천을 찾았다. 청사과 향 샴푸. 물방울이 내 몸 위로 떨어질 때 나는 뚜껑을 열고 눈을 감은 채 그 냄새를 길게 들이마셨다.

아나.

존스 부인의 장보기 목록에 이걸 추가할까. 눈을 떴을 때 아나가 두 손을 양 허리에 올린 채 나를 쳐다보고 있었다. 가운을 걸치고 있어 좀 실망이었지만.

"샤워 부스가 작군." 나는 불평했다.

"말했잖아요. 근데 내 샴푸 냄새 맡은 거예요?"

"그랬을걸." 내가 씩 웃었다.

그녀는 깔깔 웃으며 내게 수건을 건넸다. 고서들의 책등 무늬가 있는 수건이었다. 아나는 못 말리는 애서가다. 나는 허리에 수건을 두르고 그녀에게 쪽 하고 키스했다. "너무 오래 걸리면 안 돼. 이건 부탁이 아니야."

나는 침대에 누워 그녀가 돌아오기를 기다렸다. 방을 둘러보니 어쩐지 사람이 사는 방 같지 않았다. 벽 세 곳은 벽돌이 드러나 삭막했고 나머지 벽은 매끄러운 콘크리트였는데, 아무것도 걸려 있지 않았다. 아나는 이곳을 집답게 꾸밀 시간이 없는 모양이다. 그간 불행의 구렁텅이에서 허우적대느라 짐도 풀지 못했다. 내 잘못이다.

나는 눈을 감았다.

내가 원하는 것은 그녀의 행복이다.

행복한 아나.

웃음이 나왔다.

아나는 내 옆에 있다. 찬란하다. 사랑스럽다. 내 것. 그녀는 하얀 새틴 드레스 차림이다. 우리는 찰리 탱고를 타고 새벽을 쫓는 중이다. 황혼을 쫓는 중이다. 새벽을 쫓는 중이다. 황혼. 우리는 구름 위를 날아간다. 위쪽은 깜깜한 장막 같은 밤이다. 넘어가는 해에 아나의 머리카락이 반들반들하고 붉은 황금색으로 빛난다. 세상이 우리 발밑에 있다. 그녀에게 세상을 주고 싶다. 그녀는 환희에 젖어 있다. 나는 고도를 높인다. 우리는 내 글라이더 안에 있다. 세상을 봐, 아나. 네게 세상을 보여주고 싶어. 그녀가 웃는다. 깔깔. 행복해한다. 그녀가 뒤집어지며 그녀의 땋아 내린 머리끝이 땅을 가리킨다. 한 번 더, 하고 그녀가 소리친다. 나는 복종한다. 우리는 돌고, 돌고, 돈다. 그런데 그녀가 비명을 지르기 시작한다. 공포에 질려 나를 쳐다본다. 일그러진 얼굴로. 충격을 받은, 혐오스러운 얼굴로 나를 본다.

나?

아니야.

아니야.

그녀가 비명을 지른다.

잠에서 깼다. 심장이 쿵쿵거렸다. 아나가 내 옆에서 뒤척이며 으스스한 소리를 내고 있다. 그 기괴한 소리에 나는 온몸의 털이 곤두섰다. 가로등 불빛에 보니 그녀는 잠들어 있었다. 나는 일어나 앉아 그녀를 살짝 흔들어 깨웠다.

"맙소사, 아나."

그녀가 화들짝 잠에서 깼다. 숨을 몰아쉬었다. 광기 어린 눈. 공포에 질려 있다.

"아나, 괜찮아? 악몽을 꿨나보군."

"하아." 그녀는 내게 집중했다. 속눈썹이 벌새의 날개처럼 퍼덕거렸다. 나는 그녀 너머로 손을 뻗어 램프를 켰다. 그녀는 으스름 속에서 실눈을 떴다. "그 여자." 그녀가 말했다. 그녀의 눈이 내 눈을 찾았다.

"무슨 말이야? 어떤 여자?" 그녀를 품에 안고 키스로 악몽을 쫓아주고 싶었지만 그 충동을 억눌렀다.

그녀는 다시 눈을 깜빡이고 나서 더 또렷하고 두려움은 좀 누그러진 목소리로 말했다. "오늘 저녁에 퇴근하는데, 어떤 여자가 SIP 밖에 서 있었어요. 나랑 비슷하게 생긴 것도 같고, 아닌 것도 같고."

머리카락이 곤두섰다.

레일라.

"그게 언제였지?" 나는 똑바로 앉으며 물었다.

"오늘 저녁에 퇴근할 때." 그녀가 몸을 덜덜 떨었다. "그 여자 누군지 알아요?"

"응." 레일라는 아나를 만나 뭘 하려던 것일까?

"누군데요?" 아나가 물었다.

웰치에게 전화해야겠다. 오늘 아침에는 레일라의 행방에 관해 보고할 만한 사항이 없다고 했었는데. 그의 팀은 아직 그녀를 찾는 중이다.

"누구냐니까요?" 아나가 다그쳤다.

망할. 대답을 얻기 전까지 멈추지 않을 기세다. 어째서 진작 묻지 않은 거야?

"레일라."

아나가 얼굴을 더 찌푸렸다. "당신 아이팟에 〈톡식〉 넣은 여자요?"

"그래. 그 여자가 별말 안 했나?"

"그 여자가 그랬어요. '당신은 있는데 내겐 없는 게 뭐지?' 내가 누구냐고 물으니 아무도 아니라고 했어요."

맙소사, 레일라, 대체 무슨 속셈이야? 웰치에게 전화해야 한다.

나는 침대에서 벗어나 청바지를 입었다.

거실에 나가 재킷 주머니에서 전화기를 꺼냈다. 웰치가 두 번째 연결음에 전화를 받았다. 아침 5시에 전화하는 거라 망설였던 마음이 단숨에 날아갔다. 깨어 있었던 게 분명했다.

"그레이 씨." 그의 목소리는 평소처럼 걸걸했다.

"너무 이른 시간에 미안하게 됐군." 나는 부엌을 이리저리 서성이기 시작했다.

"제가 잠이 좀 없는 편입니다, 그레이 씨."

"그랬군. 레일라 문제야. 그 여자가 내 여자 친구 아나스타샤 스틸에게 말을 걸었어."

"여자 친구분 사무실 앞에서요? 아니면 아파트 앞? 언제 그랬습니까?"

"SIP 밖에서. 어제. 초저녁에." 나는 몸을 돌렸다. 아나는 내 셔츠만 걸친 채 부엌 아일랜드 옆에 서서 나를 바라보고 있었

143

다. 나는 그녀를 살피며 통화를 계속했다. 호기심과 두려움이
뒤섞인 얼굴이 아름다워 보였다.

"정확히 몇 시쯤이죠?" 웰치가 물었다.

나는 아나에게 그 질문을 반복했다.

"대략 6시 10분 전쯤?"

"그럼 스틸 양의 뒤를 밟아 직장까지 간 거군요."

"어떻게 된 건지 알아봐."

"두 분이 함께 찍은 사진이 기사에 났어요."

"맞아."

아나는 고개를 한쪽으로 기울이고 머리채를 어깨 뒤로 넘기
며 내 대화에 귀를 기울였다.

"스틸 양의 안전을 걱정해야 할 상황이라고 보세요?"

"예전이라면 아니라고 했겠지. 그땐 그 여자가 이런 짓을 하
리라곤 생각 못 했으니까."

"스틸 양의 안전을 위해 추가 조치를 취하셔야 할 듯합니다,
사장님."

"그게 어떤 반응을 끌어낼지 모르겠군." 나는 아나를 쳐다보
았다. 그녀는 팔짱을 끼고 있어 하얀 면 셔츠에 붙은 젖가슴의
윤곽이 도드라져 보였다.

"사장님의 경호도 강화하고 싶습니다. 아나스타샤 양에게 말
씀하실 거죠? 위험에 처할 수도 있다고?"

"응, 말할 거야."

아나는 입술을 깨물었다. 그만 좀 깨물었으면. 집중할 수가
없었다.

웰치가 말을 이었다. "테일러 씨와 존스 부인에게는 제가 적
당한 시간에 알리도록 하죠."

"그래."

"그리고 현장에 투입할 인원이 더 필요합니다."

"알아." 나는 한숨을 쉬었다.

"SIP 인근 가게들부터 파보죠. 뭐든 본 사람이 있는지. 오히려 그간 기다리던 단서가 될 수도 있어요."

"계속 수고하고 내게 보고해. 그 여자 꼭 찾아, 웰치. 곤경에 처한 여자니까. 꼭 찾아." 나는 전화를 끊고 아나를 쳐다보았다. 헝클어진 머리카락이 어깨 위에서 물결쳤고, 긴 다리는 복도에서 들어오는 희미한 불빛에 은은히 빛났다. 그것이 나를 휘감은 모습이 떠올랐다.

"차 한잔 마실래요?" 그녀가 물었다.

"난 그냥 침대로 돌아가고 싶은데." 그리고 이 소동과 레일라를 싹 잊고 싶었다.

"나는 차 한잔 마셔야겠어요. 당신도 나랑 같이 한잔하죠?" 그녀는 스토브로 가서 주전자를 집어 물을 받았다.

빌어먹을 차는 무슨. 네 안에 나를 묻고 레일라는 잊고 싶어.

아나는 내게 뾰족한 시선을 던졌다. 그녀는 차를 마실지 대답을 기다렸다.

"그래, 부탁해." 내 귀에도 시큰둥한 목소리였다.

레일라는 아나에게 무얼 원하는 걸까?

그나저나 웰치는 왜 그리 그 여자를 못 찾는 거지?

"무슨 일이죠?" 몇 분 후 아나가 물었다. 낯익은 찻잔을 들고.

아나. 제발. 난 네가 이 일로 걱정하는 거 싫어.

"나한테 말 안 해줄 거예요?" 그녀가 고집을 부렸다.

"안 해."

"어째서요?"

"너랑은 상관없는 일이니까. 난 네가 얽히는 것 원치 않아."

"상관이 없는 게 맞지만, 이제 상관이 있죠. 그 여자는 날 찾아와서 내 직장 앞에서 내게 말을 걸었어요. 그 여자가 나를 어떻게 알고? 내가 어디서 일하는지 어떻게 알고? 이게 다 무슨 일인지 나도 알 권리가 있다고 생각해요."

하는 족족 맞는 말만 한다.

"부탁해요." 그녀가 압박했다.

아, 아나. 아나. 아나. 나한테 왜 이러는 거야?

그녀의 연파란 눈동자가 내게 애원했다.

망할. 저런 표정을 지으면 안 된다는 말을 할 수가 없다.

"좋아." 네가 이겼어. "그 여자가 어떻게 너를 찾아냈는진 전혀 모르겠어. 어쩌면 포틀랜드에서 찍은 우리 사진 때문일 수도 있고." 나는 잠시 뜸을 들이다 말을 이었다. "내가 너와 조지아에 있는 동안 레일라가 내 아파트에 말도 없이 나타나 게일 앞에서 작은 소동을 부린 모양이야."

"게일?"

"존스 부인."

"무슨 뜻이에요? 소동을 부리다니?"

나는 고개를 저었다.

"말해요." 그녀는 두 손을 입에 댔다. "당신 뭔가 숨기고 있군요."

"아나, 난……." 이 여자 왜 이렇게 화를 낼까? 나는 그녀를 이 일에 끌어들이고 싶지 않을 뿐인데. 레일라의 수치는 내 수치라는 걸 이해를 못 하는 모양이다. 레일라는 내 아파트에서 자살을 기도했고, 거기에 없었던 나는 그녀를 도와주지 못했다.

어떤 이유에서든 그녀는 내게 도움을 요청한 것이다.

"부탁해요, 네?" 아나는 다시 재촉했다.

그녀는 포기하지 않을 기세였다. 나는 분통이 터져 한숨을 쉬고 나서 레일라가 무모하게 자살을 기도했다고 말해주었다.

"어머나, 세상에!"

"게일이 병원에 데려다줬는데, 내가 도착했을 때 레일라는 이미 퇴원하고 없었어. 레일라를 진찰한 정신과 의사 말로는 전형적인 도움 요청이라는군. 레일라가 정말 위험하다고는 판단하지 않았어. 이른바 자살성 사고(자살에 대해 심사숙고하거나 자신을 죽음으로 이끄는 유형—옮긴이)와는 좀 거리가 있다고. 하지만 안심할 수가 없어서 그 이후 도와주려고 그 여자를 쭉 추적하고 있어."

"그 여자, 존스 부인에게 무슨 말 안 했대요?"

"별로."

"그 여자를 못 찾은 거예요? 가족은요?"

"가족들도 그녀의 행방을 모른다는군. 남편도."

"남편요?" 그녀가 외쳤다.

"그래." 그 거짓말쟁이 개자식. "결혼한 지 2년 되었어."

"그럼 결혼했는데도 당신과 만났던 거예요?"

"아니야! 맙소사, 아니라고. 레일라가 나와 만났던 건 3년 전 일이야. 그녀는 나를 떠났고, 얼마 후에 그 남자와 결혼한 거야." 내가 말했을 텐데, 난 공유하지 않는다고. 결혼한 여자와 얽힌 적은 딱 한 번뿐인데, 그 끝이 좋지 않았다.

"그럼 그 여자는 왜 이제 와 당신 관심을 끌려는 거죠?"

"나도 모르겠어. 우리가 알아낸 건 그 여자가 넉 달 전 남편을 버리고 달아났다는 것뿐이야."

아나는 티스푼을 집어 흔들면서 말했다. "이건 짚고 넘어갈 게요. 그럼 마지막으로 당신 서브였던 게 3년 전이었단 말이죠?"

"2년 반 정도."

"그 여자는 좀 더 원했고요."

"그래."

"하지만 당신은 원하지 않았죠?"

"너도 알잖아."

"그래서 당신을 떠났군요."

"그래."

"그런데 어째서 당신에게 돌아왔을까요?"

"모르겠어." 그녀는 더 원했지만 나는 그녀가 원하는 걸 들어줄 수 없었다. 혹시 내가 너와 함께 있는 걸 본 게 아닐까?

"어쩌면……."

"어쩌면 너랑 관련이 있는 게 아닌가 의심하고 있어." 내가 틀린 것일 수도 있지만.

이제 그만 침대로 돌아가자고, 응?

아나는 나를 물끄러미 바라보며 내 가슴을 응시했다. 하지만 나는 그녀의 노골적인 시선을 무시하고 그녀가 레일라를 만났다고 말한 이후 줄곧 마음이 쓰였던 것을 물었다. "어째서 어제 말하지 않았지?"

죄책감을 느끼는 아나의 모습이 사랑스러웠다. "잊어버렸어요. 알다시피, 퇴근 후 한잔한 데다, 출근한 첫 주이기도 했고요. 게다가 당신이 술집에 나타나 잭과 테스토스테론을 분출하는 바람에." 그녀는 내게 수줍은 미소를 지었다. "그리고 나서 여기 왔고요. 그러다 깜빡한 거예요. 당신 때문에 툭하면 뭘 잊어버린다니까요."

"테스토스테론 분출?" 나는 즐거워 반문했다.

"그래요. 그 기 싸움."

"테스토스테론 분출이 뭔지 내가 보여주지." 내 목소리는 착 깔렸다.

"차 먼저 마시는 게 좋지 않겠어요?"

"아니, 아나스타샤. 난 됐어." 나는 너를 원해. 지금. "그 여자는 잊어버려, 가자." 나는 손을 내밀고, 그녀는 찻잔을 아일랜드에 올려놓고 내 손에 그녀의 손을 올렸다.

나는 침실로 돌아와 셔츠를 머리 위로 벗었다. "네가 내 옷 입고 있는 거 좋아." 나는 속삭였다.

"나도 당신 옷 입으면 좋아요. 당신 냄새도 좋고."

나는 두 손으로 그녀의 머리를 감싸 쥐고 그녀에게 키스했다. 레일라를 싹 잊게 해주고 싶었다.

나도 레일라를 잊고 싶었다.

나는 그녀를 안아 들고 콘크리트 벽으로 데려갔다.

"다리로 내 몸을 감아, 자기." 내가 명령했다.

눈을 떠보니 방에 햇살이 가득했다. 아나는 잠에서 깨어 내 팔 밑에 들어와 바짝 붙어 있었다. "안녕." 그녀는 장난을 칠 기세로 씩 웃으며 말했다.

"안녕." 나는 조심스레 대답했다. 뭔가 어색하다. "뭘 하고 있었어?"

"당신을 보고 있었어요." 그녀는 손을 내리며 내 배를 쓰다듬었다. 내 몸이 벌떡 살아났다.

후아!

나는 그녀의 손을 잡았다.

어제 그녀는 분명 골이 나 있었는데.

그녀는 입술을 핥았고, 죄책감이 어린 미소는 관대한 관능적 미소로 바뀌어 있었다.

화난 게 아니었나.

아나스타샤 스틸 옆에서 잠에서 깨니 분명 장점이 있었다. 나는 몸을 굴려 그녀를 덮쳤다. 그녀의 두 손을 잡아 침대 머리 쪽에 고정할 때 그녀가 내 밑에서 꿈틀거렸다.

"너무 쓸데없는 일에 매진하는 것 같아, 스틸 양."

"당신 곁이라면 쓸데없는 일에 매진하는 것도 좋아요."

이럴 거면 차라리 내 사타구니에 대고 직접 이야기하지그래.

"그래?" 나는 그녀의 입술에 쪽 하고 키스했다. 그녀가 고개를 끄덕였다.

오, 이 아름다운 여인. "섹스, 아니면 아침 식사?"

그녀는 골반을 들어 나를 맞이했다. 나는 그녀의 제안을 덥석 받고 싶었지만 자제력을 총동원했다.

안 돼. 기다리게 만들어야 해.

"좋은 선택이야." 나는 그녀의 목에, 쇄골에, 흉골, 젖가슴에 키스했다.

"아." 그녀가 숨을 몰아쉬었다.

우리는 달콤한 여운 속에 누워 있었다.

아나를 만나기 전에 이런 적이 있었던가. 내 기억엔 없다. 이렇게 침대에 누워…… 아무것도 안 하기는. 나는 그녀의 머리카락에 코를 묻었다. 모든 게 변해버렸다.

그녀가 눈을 떴다.

"안녕."

"안녕."

"화났어?" 내가 물었다.

그녀의 뺨이 분홍빛으로 물들었다. "아뇨. 그냥 피곤해요."

나는 그녀의 뺨을 어루만졌다. "너 간밤에 많이 못 잤잖아."

"당신도 못 잤잖아요." 스틸 양다운 수줍은 미소였지만 그녀의 눈은 어두웠다. "나 요새 잠을 통 못 잤어요."

뱃속에서 고약한 후회의 불길이 순식간에 활활 타올랐다. "미안해." 내가 대꾸했다.

"사과하지 마요. 나도 뭐……."

나는 손가락을 그녀의 입술에 댔다. "쉿."

그녀는 입술을 다물어 내 손가락에 키스했다.

"나도 이번 주 내내 못 잤다고 하면 위안이 좀 되려나." 나는 털어놓았다.

"아, 크리스천." 그녀는 내 두 손을 잡고 손가락 관절에 차례로 키스했다. 애정이 담긴 겸허한 몸짓. 목구멍이 조여오고 심장이 팽창했다. 나는 미지의 땅 경계선에 있었다. 지평선이 사라진 평원, 가본 적 없는 새로운 영토.

두려웠다.

혼란스러웠다.

신이 났다.

내게 무얼 하려는 거야, 아나?

나를 어디로 데려가려는 거야?

나는 숨을 크게 들이마시고 옆의 여자에게 집중했다. 그녀는 내게 섹시한 미소를 지었다. 하루 종일 침대에서 같이 뒹굴거리고 싶었지만 배가 고팠다. "아침 먹을까?" 나는 물었다.

"직접 아침상을 차리실 건가요, 그레이 씨? 아니면 먹기만 하실래요?" 그녀가 나를 놀렸다.

"둘 다 아니야. 내가 아침 사지. 난 부엌에선 실력이 영 젬병이라. 어젯밤에 봐서 알 거야."

"다른 실력이 있잖아요." 그녀는 장난 섞인 웃음을 터뜨렸다.

"이런, 스틸 양, 그게 무슨 소리야?"

그녀는 실눈을 떴다. "알면서 그래요." 그녀는 나를 놀리고 있다. 천천히 일어나 앉더니 두 다리를 침대 밖으로 휙 내렸다. "원하면 케이트의 욕실에서 샤워해도 돼요. 내 것보다 더 커요."

물론 그렇겠지.

"네 것 쓸 거야. 난 네 공간에 있는 거 좋아."

"나도 당신이 내 공간에 있는 거 좋아요." 그녀는 윙크를 하고는 일어나서 의기양양하게 침실을 걸어 나갔다.

위풍당당한 아나.

웅크리다시피 샤워를 끝내고 돌아가보니 아나는 상상의 여지가 거의 없는 청바지와 딱 붙는 티셔츠 차림으로 머리카락을 매만지고 있었다.

청바지를 끌어 올려 입을 때 바지 주머니에서 아우디 키가 느껴졌다. 이걸 그녀에게 돌려주면 그녀가 어떤 반응을 보일지 궁금했다. 아이패드는 순순히 받아줬는데.

"얼마나 자주 운동해요?" 그녀가 거울 속의 나를 바라보며 물었다.

"주중엔 매일."

"뭘 하는데요?"

"달리기, 웨이트, 킥복싱." 지난주 내내 네 아파트까지 뛰어 갔다가 돌아오곤 했지.

"킥복싱요?" 그녀가 물었다.

"응, 개인 강사를 두고 있지. 전직 올림픽 국가대표 선수에게 배워. 클로드라고. 실력이 아주 좋아." 그녀도 그 트레이너를 마음에 들어할 거라고 내가 말했다.

"내가 왜 개인 강사가 필요하죠? 내 몸매를 관리해줄 당신이 있는데."

나는 머리카락을 계속 만지작거리는 그녀에게 건너가서 그녀를 끌어안았다. 우리의 눈이 거울 속에서 만났다. "난 네가 몸매를 유지했으면 좋겠어. 염두에 둔 게 있는데, 그것에 맞게. 그러니 계속 운동해." 오락실로 돌아갈 때를 대비해서야.

그녀는 눈썹을 추켜올렸다.

"너도 하고 싶잖아." 나는 그 말을 거울 속의 그녀에게 입 모양으로 말했다. 그녀는 입술을 만지작거렸지만 마주친 우리의 시선은 끊어졌다.

"왜?" 나는 걱정이 돼 물었다.

"아무것도 아니에요." 그녀는 고개를 절레절레 흔들었다. "좋아요, 클로드를 만나볼게요."

"정말이지?"

이렇게 쉽다니!

"그렇다니까요, 참 내. 그래서 당신이 행복해진다면야." 그녀는 웃음을 터뜨렸다.

나는 그녀를 꽉 끌어안고 그녀의 뺨에 쪽 하고 키스했다. "넌 아무것도 몰라." 나는 그녀의 귀 뒤에 키스했다. "그래, 오늘 뭘 하고 싶어?"

"머리 자르고, 또, 수표 예금하고, 차도 한 대 살래요."

"아하."

바로 지금이야.

나는 청바지에서 아우디 키를 꺼냈다. "차는 여기 있어."

그녀는 멍한 표정을 짓다가 이내 뺨이 분홍빛으로 물들었다. 화가 난 것이다.

"무슨 뜻이에요, 여기 있다니?"

"테일러가 어제 가지고 왔어."

그녀는 내 품에서 빠져나갔다. 찌푸린 얼굴로.

망했다. 열 받았군. 왜?

그녀는 청바지 뒷주머니에서 봉투를 하나 꺼냈다. "여기, 이건 당신 거예요." 그것은 내가 그녀의 고물 비틀 값으로 수표를 넣어둔 봉투였다. 나는 두 손을 쳐들고 물러났다. "아, 아니, 그건 네 돈이야."

"아니, 그렇지 않아요. 그 차, 내가 당신한테 살게요."

뭐. 라. 고.

내게 돈을 돌려주려는 거로군. "아니, 아나스타샤. 네 돈이야. 네 차고."

"아니에요, 크리스천. 내 돈이고, 당신 차죠. 내가 그거 당신한테 살게요."

아니. 안 돼. 그럴 순. 없어.

"그 차는 내가 네 졸업 선물로 준 거야." 너도 받겠다고 말했잖아.

"펜 하나를 사줬다면 졸업 선물로 적절했겠죠. 그렇지만 아우디를 줬잖아요."

"정말로 이거 가지고 싸우고 싶어?"

"아뇨."

"좋아. 키 여기 있어." 나는 키를 서랍장 위에 놓았다.

"그런 뜻이 아니잖아요!"

"얘기는 이걸로 끝이야, 아나스타샤. 몰아붙이지 마."

이제 그녀의 얼굴이 그녀의 말을 대변하기 시작했다. 만약 내가 바짝 마른 장작이었다면 그 순간 불이 붙어 활활 타올랐을 것이다. 아주 고약하게. 그녀도 화가 났다. 머리끝까지. 별안간 그녀가 실눈을 뜨고는 내게 사악한 미소를 날렸다. 그리고 봉투를 집어 높이 쳐들더니 보란 듯이 반으로 쭉 찢고 나서 다시 반으로 찢었다. 그러고는 그걸 휴지통에 떨어뜨리고 나서 내게 '웃기시네' 하는 승리의 미소를 지었다.

오호. 게임은 아직 끝나지 않았어, 아나.

"정말 한결같이 사람 힘들게 하는군, 스틸 양." 나는 어제 그녀가 한 말을 그대로 읊고 나서 돌아서서 부엌으로 갔다.

이제는 내가 화가 났다. 아주 돌아버리겠다.

감히 건방지게.

나는 휴대폰을 찾아 안드레아에게 전화했다.

"좋은 아침입니다, 그레이 사장님." 그녀는 좀 헐떡이며 전화를 받았다.

"안녕, 안드레아."

전화기 너머에서 어떤 여자의 고함이 들렸다. "그 남자는 오늘 네가 결혼하는 것도 모른다니, 안드레아?" 안드레아의 목소리가 끼어들었다. "죄송합니다, 그레이 사장님."

결혼한다고!

한풀 무뎌졌지만 더듬는 목소리가 들렸다. "엄마, 조용히 해요. 상사란 말이에요." 둔탁한 소리가 멈추었다. "무슨 일이세요, 그레이 사장님?"

"결혼하나?"

"네, 사장님."

"오늘?"

"네. 뭐 시키실 일이라도?"

"아나스타샤 스틸 양의 은행 계좌에 2만 4천 달러만 입금해 주면 했는데."

"2만 4천요?"

"응, 2만 4천 달러. 곧장."

"제가 처리하죠. 월요일에 그분 계좌로 입금될 겁니다."

"월요일?"

"네, 사장님."

"됐군."

"다른 건요, 사장님?"

"없어, 그것만, 안드레아."

나는 전화를 끊었다. 결혼식 날 안드레아를 귀찮게 한 것에 화가 났고, 그녀가 내게 결혼한다는 말을 하지 않은 것에는 더 화가 치밀었다.

나한테 왜 말을 안 했을까? 임신했나?

새 비서를 구해야 할까?

스틸 양 쪽으로 돌아섰다. 그녀는 문간에서 씩씩거리고 있었다.

"네 은행 계좌에 입금될 거야, 월요일에. 나랑 게임할 생각하지 마."

"2만 4천 달러라니!" 그녀가 소리쳤다. "내 계좌번호는 또 어떻게 알았죠?"

"너에 대해선 뭐든 알고 있어, 아나스타샤." 나는 열을 식히며 말했다.

"내 차가 2만 4천 달러나 나갈 리 없잖아요." 그녀가 맞받아
쳤다.

"그건 동감이야. 하지만 사고팔 때는 시장을 얼마나 아느냐
가 관건이야. 어떤 미친 인간이 그 고철덩이에 반해서 기꺼이
그 돈을 지불했어. 그 차, 클래식이 분명해. 내 말 못 믿겠으면
테일러에게 물어봐."

우리는 서로를 노려보았다.

이 못 말리는 여자야.

못 말려, 못 말려.

그녀의 입술이 벌어졌다. 숨이 가빴고, 동공이 팽창했다. 그
녀가 넋을 놓고 나를 바라보았다. 나를 삼킬 듯이.

아나.

그녀의 혀가 아랫입술을 핥았다.

우리 사이에 그것이 있었다.

서로에 대한 끌림, 살아 꿈틀대는 힘. 커지는. 커지는. 힘. 힘
이 점점 강해졌다.

망할.

나는 그녀를 붙잡아 벽에 밀어붙였다. 내 입술이 그녀의 입술
을 찾았다. 나는 그녀의 입술을 점령해 게걸스럽게 키스했다.
내 손가락이 그녀의 뒷목을 감쌌다. 나는 그녀를 안았다. 그녀
의 손가락이 내 머리카락을 파고들었다. 움켜쥐었다. 나를 이끌
었다. 그녀는 내내 키스로 반응했다. 혀를 내 입안에 넣고 취했
다. 모든 걸. 나는 그녀를 일어선 내 물건으로 바짝 끌어당겼다.
몸을 그녀의 몸에 비볐다. 그녀를 원해. 또다시.

"어째서, 어째서 넌 나를 거역하는 거야?" 나는 소리치며 그

녀의 목선을 따라 키스를 퍼부었다. 그녀는 고개를 젖혀 내게 목구멍까지 온전히 내주었다.

"할 수 있으니까요." 그녀가 속삭였다.

아. 내가 할 말을 그녀가 채갔다.

나는 헐떡이며 이마를 그녀의 이마에 댔다.

"후, 널 당장 갖고 싶은데 콘돔이 떨어졌어. 넌 아무리 가져도 질리지 않아. 넌 정말 사람 돌게 하는 여자야."

"당신도 날 돌게 하는걸요." 그녀는 속삭였다. "모든 면에서."

나는 숨을 크게 들이마시고 나서 온 세상을 줄 듯한 짙고 굶주린 눈을 내려다보다 고개를 절레절레 저었다.

침착해, 그레이.

"가자. 나가서 아침 먹게. 네가 머리 자를 만한 곳도 알아."

"좋아요." 그녀가 웃었다.

그것으로 우리의 싸움은 끝이 났다.

우리는 손을 잡고 바인 스트리트를 올라가 오른편으로 꺾어 퍼스트 애비뉴에 들어섰다. 길을 걷는데 서로에게 분통을 터뜨리다 지금처럼 아무렇지 않게 차분해지는 것이 정상일까 하는 생각이 들었다. 대부분의 커플들도 이렇겠지. 나는 내 옆의 아나를 내려다보았다. "지금 아주 평범한 기분이 들어." 나는 그녀에게 말했다. "마음에 드는군."

"크리스천, 플린 박사님은 당신이 절대 평범하지 않다는 데 동의하실걸요. 오히려 비범하다고 말씀하시겠죠." 그녀는 내 손을 꽉 쥐었다.

비범하대!

"날씨 참 좋네요." 그녀가 덧붙였다.

"그렇군."

그녀는 잠시 눈을 감았다가 아침 해 쪽으로 얼굴을 돌렸다.

"가자, 브런치 먹기에 적당한 곳을 알아."

내가 즐겨 찾는 카페 한 곳이 아나의 집에서 두 블럭 떨어진 퍼스트 애비뉴에 있었다. 도착했을 때 나는 아나에게 문을 열어 주고 잠시 신선한 빵 냄새를 들이켰다.

"참 매력적인 곳이네요." 함께 테이블에 앉을 때 그녀가 말했다. "벽에 걸린 작품들이 멋져요."

"여긴 매달 새 예술가를 후원해. 여기서 트루통도 봤어."

"일상적인 것을 특별한 것으로 끌어올리는 예술가." 아나가 말했다.

"기억하는군."

"당신에 대해 잊어버린 건 거의 없어요, 그레이 씨."

나도 그래, 스틸 양. 넌 특별해.

나는 쿡쿡 웃으며 메뉴를 그녀에게 내밀었다.

"계산은 내가 할게요." 아나가 선수를 쳐 계산서를 먼저 집었다. "여기서는 잽싸게 움직여야 해요, 크리스천."

"맞아, 그래야 하는데." 나는 투덜거렸다. 학자금 대출로 5만 달러 넘게 빚이 있는 사람이 내 아침 밥값을 내서는 안 되지.

"그렇게 언짢은 표정 짓지 마요. 난 어제보다 오늘 아침 2만 4천 달러 더 부자인걸요." 그녀는 계산서를 살폈다. "아침 식사로 22달러 67센트."

그녀에게서 계산서를 빼앗지 않는 이상 내가 할 수 있는 일은 없었다.

"고마워." 나는 툴툴거렸다.

"이제 어디로?" 그녀가 물었다.

"정말 머리 자르고 싶어?"

"네, 이거 봐요."

뒤로 한데 묶은 머리에서 짙고 고불고불한 터럭들이 삐져나와 그녀의 얼굴을 감싸고 있었다. "내 눈엔 예쁘게만 보이는데. 항상 그렇지만."

"오늘 저녁엔 당신 아버님 행사도 있잖아요."

나는 그것이 차려입어야 하는 행사이고 장소는 부모님 집이라고 알려주었다. "거기 천막 칠 거야. 너도 알지? 자선 행사."

"어떤 자선 행사인데요?"

"어린 자식들을 둔 마약중독자 재활 프로그램. '함께 대처하기'라는 운동본부지." 나는 숨을 죽이며 그녀가 이 자선 행사를 그레이에게 연관 지어 질문하지 않기를 바랐다. 이것은 사적인 문제이고 그녀의 동정은 바라지 않았다. 그 시절에 대해 그녀에게 하고 싶은 말은 이미 할 만큼 다 했다.

"취지가 좋은데요." 그녀는 연민이 담긴 말투로 말했고, 고맙게도 더는 묻지 않았다.

"그래, 가자." 나는 일어서서 손을 내밀어 그 대화를 마무리지었다.

"어디 가는 거예요?" 퍼스트 애비뉴를 함께 걸어갈 때 그녀가 물었다.

"알면 놀랄걸."

그곳이 엘레나의 직장이라는 말은 할 수 없었다. 알면 겁을 먹을 테니 말이다. 서배너에서 이야기해보니, 엘레나의 이름만 언급해도 아나는 격분할 게 분명했다. 오늘은 토요일이고, 엘레나는 주말에 일하지 않는다. 일한다고 해도 브레이번 센터의 뷰

티 살롱에서 일했다.

"여기야." 나는 에스클라바의 문을 열어주었고 아나에게 들어가라고 손짓했다. 내가 마지막으로 여기 온 것은 두 달 전이었는데, 그때는 수재너와 함께였다.

"안녕하세요, 그레이 씨." 그레타가 우리를 맞이했다.

"안녕, 그레타."

"평소처럼 해드릴까요?" 그녀가 깍듯하게 물었다.

"아니." 나는 아나에게 초조한 시선을 던졌다. "스틸 양이 원하는 대로."

아나가 알 만하다는 눈초리로 나를 노려보았다. "왜 하필 여기예요?" 그녀가 다그쳤다.

"내가 여기 주인이니까. 이런 지점이 세 군데 더 있어."

"당신이 주인이라고요?"

"응, 부업으로 하고 있어. 여하튼…… 원하는 건 뭐든 해. 무료야." 나는 가능한 마사지 서비스를 쭉 읊었다. "여자들이 하는 것들…… 전부 여기서 할 수 있어."

"왁싱도요?"

잠시 그녀의 음모에 초콜릿 왁싱을 추천할까 하다가 화해 분위기를 망칠까 싶어 그 제안은 접어두기로 했다. "물론 왁싱도 가능해……. 어느 부위든."

한 번에 한 걸음씩, 그레이.

"커트만 좀 해주세요." 그녀가 그레타에게 말했다.

"네, 스틸 양."

그레타는 컴퓨터를 보며 키보드를 두드렸다. "5분 후에 프랑코가 비네요."

"프랑코라면 괜찮아." 나는 동의했다. 하지만 별안간 아나의 태도가 심상치 않아 무슨 일이냐고 물으려는 순간, 언뜻 시선을 돌리니 엘레나가 뒤쪽 사무실에서 걸어 나왔다.

망했다. 엘레나가 여기서 무얼 하는 거지?

엘레나는 직원 한 명과 짧게 이야기를 주고받고 나서 나를 발견하고는 크리스마스를 맞는 사람처럼 반색했다. 사악하면서도 기뻐하는 특유의 표정으로.

제기랄.

"잠깐 실례." 나는 아나에게 말하고 나서 엘레나가 우리 쪽으로 건너오기 전에 그녀를 만나러 서둘러 건너갔다.

"어머, 뜻밖의 반가운 얼굴이네." 엘레나가 내 양쪽 뺨에 키스하며 상냥하게 나를 맞았다.

"안녕하세요, 부인. 여기서 뵙다니 저도 뜻밖입니다."

"미용사 한 명이 병가를 내는 바람에. 그간 나를 잘도 피해 다니더라."

"바빴어요."

"그런 것 같네. 저쪽은 새로 만나는 사람?"

"저쪽은 아나스타샤 스틸이에요."

엘레나는 우리를 열띤 눈으로 바라보는 아나에게 활짝 웃었다. 아나는 우리가 자기 이야기를 하는 줄 눈치챘는지 어정쩡한 미소로 응답했다.

돌겠군.

"그 남부 출신 미녀?" 엘레나가 물었다.

"남부 출신 아니에요."

"너 저 여자 만나러 조지아에 갔었잖아."

"아나의 어머니가 거기 살아요."

"그렇구나. 저 여잔 확실히 네 취향 같다."

"네." 저쪽으로 가진 말아요.

"나 소개 안 시켜줄 거야?"

아나는 그레타와 이야기하고 있었다. 닦달하다시피. 대체 뭘 묻는 걸까?

"그건 좀 그래요."

엘레나는 실망하는 것 같았다. "왜?"

"그녀에게 당신은 로빈슨 부인으로 통하거든요."

"어머, 그래? 재밌네. 저렇게 젊은 사람이 그런 말을 다 알다니 놀라워." 엘레나의 말투에 냉소가 어렸다. "게다가 우리 얘기를 저 여자에게 했다니 정말 놀라운걸. 비밀 유지는 어떻게 된 거야?" 그녀는 새빨간 손톱을 내 입술에 댔다.

"아나는 발설 안 할 거예요."

"그래야 할 텐데. 아유, 걱정 마. 난 뒤로 빠질게." 그녀는 두 손을 들어 항복을 표시했다.

"고마워요."

"하지만 이게 과연 잘하는 짓일까? 저 앤 이미 네게 상처를 줬어." 엘레나의 얼굴이 걱정하는 빛을 띠었다.

"모르겠어요. 나는 그녀가 그리웠고, 그녀도 나를 그리워했어요. 그녀의 방식대로 한번 가보려고요. 그녀도 적극적이에요."

"쟤 방식? 너 할 수 있겠어? 그렇게 하고 싶어?"

아나는 여전히 우리를 빤히 보고 있었다. 놀란 눈으로.

"시간이 말해주겠죠." 나는 대답했다.

"내가 필요하면 말해, 난 여기 있을 거니까. 행운을 빌어." 그녀는 내게 상냥하지만 계산된 미소를 지었다. "너무 모르는 사람처럼 굴진 말고."

"고마워요. 오늘 저녁 우리 부모님 파티에 올 거예요?"

"안 갈 거야."

"그거 잘됐네요."

그녀는 언뜻 놀란 빛을 띠다가 말했다. "이번 주 후반쯤 더 이야기하자, 좀 더 마음 편히 대화할 수 있을 때."

"그러죠."

그녀는 내 팔을 꽉 잡았다. 나는 아나에게 돌아갔다. 아나는 아직 안내 데스크 옆에서 기다리고 있었다. 얼굴은 창백했고, 팔짱을 낀 채 불쾌감을 온몸으로 발산했다.

일이 꼬이는군.

"괜찮아?" 괜찮을 리 없다는 걸 알면서 나는 물었다.

"별로요. 나를 소개해주긴 싫었나보죠?" 그녀가 냉소와 분노가 동시에 어린 말투로 대답했다.

망할. 엘레나인 줄 알고 있어. 어떻게 알았지? "그게 내 생각엔……."

아나가 내 말을 잘랐다. "똑똑한 남자도 가끔은……." 너무 화가 나 말문이 막히는지 그녀가 말을 중간에 멈추었다. "나 갈래요. 그러고 싶어요." 그녀는 발로 대리석 바닥을 톡톡 두드렸다.

"왜?"

"왜인지 잘 알잖아요." 그녀는 딱딱거리고는 일생일대의 멍청이를 보듯 내게 눈을 흘겼다.

넌 그녀에게 일생일대의 멍청이야, 그레이.

그녀가 엘레나를 어떻게 생각할지 뻔했다.

모든 게 술술 풀렸었는데.

바로잡아, 그레이.

"미안해, 아나. 저 여자가 여기 있는지 몰랐어. 원래 여기 오지 않거든. 브레이번 센터에 새 지점을 열었기 때문에 보통 거기 있지. 오늘은 누가 아팠대."

아나는 느닷없이 휙 돌아서서 문을 향해 쿵쾅쿵쾅 걸어갔다.

"프랑코는 필요 없어, 그레타." 나는 접수계원에게 알렸다. 우리의 대화가 접수계원에게 들렸을 것 같아 화가 났다. 나는 서둘러 그녀를 쫓았다.

아나는 방어적으로 두 팔로 몸을 감싸고 고개를 수그린 채 거리를 걸어갔다. 나는 그녀를 따라잡으려고 보폭을 늘려 성큼성큼 걸었다.

아나. 멈춰. 그거 과민반응이야.

그녀는 엘레나와 나의 관계를 이해하지 못했다.

나는 그녀와 나란히 걷게 됐을 때 허둥거렸다. 어떻게 하지? 뭐라 말하지? 어쩌면 엘레나 말이 맞는지도 모른다.

내가 이걸 감당할 수 있을까?

이제껏 나는 서브미시브의 이러한 행태를 용납한 적 없었다. 이리 심통을 부리는 것은 말할 것도 없고.

하지만 나는 그녀가 내게 화를 내는 것도 원치 않았다.

"서브들을 거기 데려가고 그랬나봐요?" 그녀가 물었다. 정말 대답을 듣고 싶은 건지 헷갈렸지만 나는 대답했다.

"응, 몇 명."

"레일라도?"

"그래."

"문 연 지 얼마 안 돼 보이던데요."

"최근에 재단장했어."

"그렇군요. 그럼 로빈슨 부인은 당신 서브들 다 만났겠네요."

165

"그래."

"그들도 로빈슨 부인을 알아요?"

진실은 네가 생각하는 것과 달라. 그들은 우리의 돔-서브 관계에 대해 몰랐어. 그저 친구인 줄 알았지. "아니. 아무도 몰랐어. 너만 알아."

"하지만 난 당신의 서브가 아닌데요."

"그래. 넌 절대로 아니지." 왜냐하면 다른 사람에겐 이런 행동 절대 용납하지 않거든.

그녀는 갑자기 걸음을 멈추고 휙 돌아서서 나를 마주했다. 얼굴에서 찬바람이 쌩 불었다. "이게 얼마나 어처구니없는 일인지 알기나 해요?"

"알아. 미안해." 그 여자가 거기 있을 줄 몰랐어.

"머리나 잘라야겠어요. 가급적이면, 직원이든 손님이든 당신이랑 뒹군 여자들이 없는 데서." 그녀의 목소리가 거칠었다. 눈물이 터지기 직전이었다.

아나.

"이만 가볼게요." 그녀가 가려고 돌아섰다.

"도망가는 건 아니지? 응?" 두려움이 치밀어 올랐다. 난 끝났다. 아직 두 번째 기회를 시도하지도 않았는데 그녀는 기권하려 한다.

그레이, 네가 망쳤어.

"아니에요." 그녀가 버럭 소리쳤다. "이 빌어먹을 머리만 좀 자르겠다고요. 어디가 됐든 눈을 감을 수 있고 내 머리를 감겨주는 데서. 거기서 당신을 따라다니는 짐 덩어리들을 잊고 싶어요."

나를 떠나려는 것은 아니었다. 나는 숨을 들이켰다. "프랑코를 아파트로 오라고 하면 돼. 네 집이나." 내가 제안했다.

"아주 매력적인 여자던데요."

맙소사. 이건 아니야. "그래, 매력적이지." 그게 뭐? 그만 좀 해, 아나.

"그 여자 아직 결혼한 상태예요?"

"아니, 5년 전에 이혼했어."

"두 사람 왜 다시 만나지 않아요?"

아나, 작작해. "우린 이미 끝난 사이니까. 말했잖아." 이 말을 대체 몇 번이나 더 반복해야 할까? 재킷 주머니 안에서 휴대폰이 부르르 진동했다. 나는 손가락을 치켜들어 그녀의 비난 세례를 멈추고 전화를 받았다. 발신자를 보니 웰치였다. 무슨 보고일까 궁금했다.

"그레이 씨."

"웰치."

"보고 사항은 세 가지입니다. 추적 결과 레일라 리드는 스포캔에서 제프리 배리라는 남자와 지냈습니다. 그 남자는 90번 주간도로에서 자동차 사고로 사망했고요."

"교통사고로 죽어? 언제?"

"4주 전에요. 그녀의 남편 러셀 리드는 배리를 알고 있지만 리드 부인이 어디로 갔는지 아직 입을 열지 않고 있습니다."

"이번이 벌써 두 번째야, 그 개자식이 입을 다문 게. 그 자식은 분명 알고 있어. 그 여자에게 마음이 아주 떠난 걸까?" 그녀의 전남편이 하도 무정해 나는 충격을 받았다.

"아직 미련은 남은 것 같은데, 결혼생활은 파탄 난 듯합니다."

"이제야 이해가 되는군."

"그 정신과 의사에게서 다른 얘기 들으신 것 없습니까?" 웰치가 물었다.

"없어."

"그 여자가 정신병을 앓고 있을까요?"

나는 그녀가 정신병을 앓고 있을 가능성이 있다는 웰치의 의견에 동의했지만 그것이 그녀의 행방에 대한 단서는 되지 않았다. 내가 정말 무얼 알고 싶은지도 혼란스러웠다. 나는 주위를 둘러보았다. 어디 있는 거야, 레일라? "그 여자 이 근처에 있어. 여기서 우리를 바라보고 있다고."

"그레이 씨, 거의 다 온 듯합니다. 곧 찾아낼 겁니다." 웰치는 나를 안심시키려 한 후 내게 에스클라바에 있냐고 물었다.

"아니." 아나와 내가 이렇게 길거리에서 노출돼 있는 것은 바람직하지 않았다.

"근접 경호팀을 꾸릴까 하는데, 인원이 얼마나 필요할까요?"

"둘이나 넷, 24시간 일주일 내내."

"알겠습니다, 그레이 씨. 아나스타샤 양에겐 알리셨습니까?"

"아직 말도 못 꺼냈어." 아나는 나를 응시하며 내 말을 듣고 있었다. 강렬하지만 속을 알 수 없는 표정으로.

"알리셔야 합니다. 하나 더 보고드리죠. 리드 부인이 총기 휴대 허가증을 발급받았어요."

"뭐?" 공포가 내 심장을 쥐어짰다.

"오늘 아침 검색하다 발견했습니다."

"그렇군. 언제?"

"어제 등록됐더군요."

"그럼 최근이군? 하지만 어떻게?"

"그녀가 서류를 위조했어요."

"신원 조사는 안 했나?"

"모든 내용이 가짜였어요. 가명을 쓰고 있었습니다."

"알았어. 그 이름과 주소를 내게 이메일로 보내고, 있으면 사진도 같이 보내."

"그러죠. 그리고 추가 경호팀 꾸리겠습니다."

"오늘 오후부터 24시간 일주일 내내야. 테일러와 공조하고." 나는 전화를 끊었다. 심각한 상황이다.

"뭐예요?" 아나가 물었다.

"웰치야."

"웰치가 누군데요?"

"내 보안 자문."

"그렇다 치고. 무슨 일이죠?"

"레일라가 석 달 전에 남편을 떠났고, 어떤 남자랑 도망갔는데, 4주 전에 그 남자가 교통사고로 죽었다는군."

"어머."

"그 정신과 의사, 그 망할 인간은 대체 뭐 하는 거야? 이런 것도 못 알아내고. 통탄할 일이야, 정말."

제기랄. 그 병원, 정신 좀 차려야 한다.

"가자." 나는 손을 내밀었고 그녀는 무심코 내 손을 잡았다가 와락 손을 뺐다.

"잠깐만요. '우리'에 대해 얘기하는 중이었잖아요. 그 여자, 당신의 로빈슨 부인에 대해서."

"그 여자는 내 로빈슨 부인이 아니야. 그 얘긴 내 집에 가서 하지."

"당신 집엔 가고 싶지 않아요. 머리 자르고 싶다고요!" 그녀가 버럭했다.

나는 휴대폰을 꺼내 살롱으로 전화를 걸었다. 그레타가 바로 전화를 받았다.

"그레타, 크리스천 그레이야. 한 시간 안에 프랑코를 내 집으로 보내. 링컨 부인에게 요청해."

"네, 그레이 씨." 그녀는 한 박자 쉬고 덧붙였다. "그러죠. 곧장 도착할 겁니다."

"됐군." 나는 전화를 끊었다. "미용사가 1시에 올 거야."

"크리스천!" 아나가 나를 노려보았다.

"아나스타샤, 레일라는 분명 정신 발작을 앓고 있어. 나를 쫓는 건지, 너를 쫓는 건지는 모르겠고, 어디까지 치달을지도 모르겠어. 네 집으로 가서 짐을 꾸리자. 그 여자 행방을 파악할 때까지 나랑 같이 지내는 게 좋겠어."

"내가 왜 그래야 하죠?"

"그래야 내가 너를 안전하게 지킬 수 있어."

"하지만……."

"넌 내 아파트로 돌아가는 거야, 내가 네 머리채를 잡고 질질 끌고 가는 한이 있어도."

"당신 과잉반응하고 있어요."

"아니야. 우리 집에 가도 의논은 계속할 수 있어. 가자."

그녀는 나를 쏘아보았다. 참 만만치 않다. "싫어요." 그녀가 말했다.

"제 발로 걸어가든지, 내게 안겨 가든지 마음대로 해. 어느 쪽이든 난 상관없어, 아나스타샤."

"어디 그러기만 해봐요."

"아, 너나 나나 알잖아, 네가 도전장을 내밀면 나는 기꺼이 그걸 받아들인다는 걸."

그녀가 가자미눈을 떴다.

아냐. 선택권을 박탈한 건 너야.

나는 그녀를 번쩍 안아 내 어깨에 걸쳤다. 지나가던 커플이 깜짝 놀라 쳐다보았지만 개의치 않았다.

"내려놔요!" 그녀는 격분해 몸부림치기 시작했다. 나는 그녀를 잡은 손에 더 힘을 넣고 그녀의 엉덩이를 탁 때렸다.

"크리스천!" 그녀가 고함을 질렀다. 그녀가 화를 냈지만 나는 눈 하나 꿈쩍하지 않았다. 어떤 남자가—아이 아버지로 보였다—놀라서 자기 아이들을 우리 앞에서 끌어냈다.

"걸어갈게요! 내 발로 걷는다고요." 그녀가 소리를 질렀다. 나는 그녀를 얼른 내려놓았다. 그녀가 재빨리 돌아서는 바람에 그녀의 머리카락이 내 어깨를 쳤다. 그녀는 쿵쾅쿵쾅 자기 아파트 방향으로 걸어갔고, 나는 그녀를 따라갔다. 사방을 경계하면서.

어디 있는 거야, 레일라?

주차된 차 뒤? 나무 뒤?

무얼 원하는 거야?

아나가 별안간 멈춰 섰다. "무슨 일 있죠?" 그녀가 다그쳤다.

"무슨 소리야?" 꼭 지금 이래야 해?

"레일라와 관련해서."

"말했잖아."

"아뇨, 안 했어요. 분명 뭔가 또 있어. 어제만 해도 당신 집에 가자고 우기지 않았잖아요. 자, 무슨 일이에요?"

눈치가 백 단이군, 스틸 양.

"크리스천! 말해요!"

"그 여자가 어제 무기 소지 허가증을 발급받았어."

171

아나의 태도가 돌변했다. 분노가 공포로 바뀌었다. "이제 총을 살 수 있겠네요." 그녀가 겁에 질려 중얼거렸다.

"아나." 나는 그녀를 내 품으로 끌어당겼다. "그 여자가 섣불리 어리석은 짓은 안 할 거야. 하지만 너와 함께 위험을 감수할 순 없어."

"난 싫어요. 당신은요?" 그녀의 목소리에 고통이 가득했다. 그녀는 내게 팔을 두르고 나를 세게 끌어안았다. 내가 걱정돼 겁에 질린 것이다.

나를 위해!

얼마 전까지만 해도 그녀가 떠날 줄 알았는데.

실감이 나지 않았다.

"돌아가자." 나는 그녀의 머리카락에 키스했다. 같이 걸어가다 나는 그녀의 어깨에 팔을 둘렀다. 그녀를 보호하려고 내 옆으로 바짝 끌어당겼다. 그녀는 내 청바지 벨트 고리에 손가락을 걸고 내게 딱 붙었다. 그녀의 손가락이 내 엉덩이를 감쌌다.

이런…… 끈끈함은 처음이다. 익숙해져야 할 것이다.

우리는 걸어서 그녀의 아파트로 돌아갔고, 나는 레일라를 경계하는 눈을 늦추지 않았다.

아나가 작은 여행가방에 짐을 싸는 동안 나는 그간 겪은 감정의 소용돌이를 곱씹었다. 저번 날 골목에서 내 감정을 들여다보았을 때, 어렴풋이 깨달은 것은 '불안감'이었다. 현재의 내 정신 상태도 같은 맥락에서 설명될 수 있었다. 내가 보기에 아나는 만만한 여자가 아니었다. 훨씬 더 당찬 데다 변덕스러웠다.

나를 떠난 이후 그녀는 얼마나 변했을까? 아니면 내가 변한 건가?

레일라로 인해 새로운 차원의 동요가 가세했다. 참으로 오랜만에, 처음으로 겪는 두려움이다. 나와 레일라의 관계로 인해 아나에게 무슨 일이 일어난다면? 그것은 내 통제권을 벗어나 있다. 거북한 일이다.

아나는 심각하고 유달리 조용하다. 그녀는 풍선을 접어 배낭 안에 넣었다.

"찰리 탱고도 가는 거야?" 나는 농담했다.

그녀는 고개를 끄덕이며 미적지근한 미소를 지었다. 두렵거나 엘레나 일로 화가 덜 풀린 것이다. 아니면 길거리에서 내 어깨에 실린 것 때문에, 혹은 2만 4천 달러 때문에 골이 났든지.

젠장, 꼽을 이유가 많기도 하군. 그녀의 머릿속을 들여다볼 수 있다면 좋으련만.

"이든이 화요일에 돌아와요." 그녀가 말했다.

"이든?"

"케이트의 오빠요. 시애틀에 집을 구할 때까지 우리와 같이 지낼 거예요."

아하, 캐버너 가의 나머지 자손 말이군. 해변족. 아나의 졸업식에서 만난 적 있다. 아나를 주물러대던 놈. "그럼 나랑 같이 지내게 되어 잘됐네. 그 친구는 좀 더 여유롭게 지낼 수 있고."

"이든이 열쇠를 가지고 있는지 모르겠어요. 그때 한번 와봐야 할 거예요. 그게 다예요." 그녀가 말했다.

나는 그녀의 가방을 들고 문을 잠그기 전 집 안을 둘러보았다. 아파트에 경보기가 설치되어 있지 않은 것이 아쉬웠다.

아우디는 테일러가 세워두기로 한 곳에 주차돼 있었다. 나는 아나에게 조수석 문을 열어주었지만 그녀는 버티고 서서 나를 쳐다보았다.

"안 타?" 나는 어리둥절해 물었다.

"내가 운전할 줄 알았는데요."

"아니, 내가 운전할 거야."

"내가 운전을 이상하게 하기라도 하나요?" 그녀가 물었다. 또 그런 말투다. "설마 내 운전면허 시험 점수까지 꿰고 있는 건 아니겠죠. 당신의 스토킹 성향을 고려하면, 그렇다고 해도 놀랄 일은 아니지만."

"차에 타, 아나스타샤." 인내심이 바닥나는 중이다.

그만. 너 때문에 돌아버릴 지경이야. 너를 안전하게 집으로 데려가고 싶어.

"알았어요." 그녀가 툭 내뱉고는 차에 탔다. 그녀가 사는 곳은 내 집과 멀지 않아 그리 오래 운전하지 않아도 된다. 작은 아우디는 시애틀의 교통 흐름 속에서 민첩하게 움직이기 때문에 즐겨 운전하곤 했는데, 이번에는 행인들 하나하나에 신경이 쓰였다. 그들 중에 레일라가 있을지 몰랐다.

"서브미시브들이 다 갈색 머리였어요?" 아나가 뜬금없이 물었다.

"응." 지금 그 얘긴 정말 하고 싶지 않았다. 갓 출항한 우리의 관계는 점점 위험한 영역으로 진입했다.

"그냥 궁금해서요." 그녀는 배낭에 매달린 태슬을 만지작거렸다. 뭘 만지작거린다는 것은 불안하다는 뜻이다.

그녀를 달래줘, 그레이.

"말했잖아. 난 갈색 머리를 좋아한다고."

"로빈슨 부인은 갈색 머리가 아니던데요."

"그래서 갈색 머리를 좋아하게 된 거야. 그 여자 이후로 금발은 질색이야."

"농담도 참." 못 믿겠다는 투다.

"그래, 농담이야." 이런 얘기 꼭 해야 해? 내 불안감은 몇 배로 불어났다. 그녀가 계속 파고들면 나의 가장 어두운 비밀을 고백하고 말 것이다.

안 돼. 그건 말할 수 없다. 그녀는 나를 떠날 것이다.

뒤도 안 돌아보고.

처음 같이 커피를 마신 후 거리를 걸어 히스먼 호텔 주차장으로 들어가던 그녀의 모습이 떠올랐다.

그때 그녀는 뒤를 돌아보지 않았다.

한 번도.

내가 사진 촬영 건으로 그녀에게 연락하지 않았다면…… 지금 내 옆에 그녀는 없을 것이다.

아나는 강인하다. 그녀가 작별을 고한다면 그것은 진심일 것이다.

"그 여자 얘기 해봐요." 아나가 내 상념을 방해했다.

무슨 소리지? 엘레나 말인가? 또? "뭘 알고 싶은 거야?" 링컨 부인에 대해 알면 알수록 기분만 더 상할 텐데.

"둘의 사업상 관계에 대해 말해줘요."

그건 좀 쉽지. "나는 투자만 하는 동업자야. 나는 딱히 미용업에 관심이 없었는데, 그 여자가 성공적으로 사업을 일구었어. 나는 그냥 투자하고 착수하는 것만 도왔지."

"왜요?"

"그 여자에게 빚을 졌으니까."

"그래요?"

"내가 하버드를 그만뒀을 때, 그 여자가 사업 자금으로 만 달러를 빌려줬지."

"중퇴했다고요?"

"나하고는 안 맞았어. 2년 다녔어. 불행하게도 그때 부모님은
이해를 못 하셨지."

"뭘 어쩌겠다고?" 그레이스가 인상을 쓴다. 뇌졸중을 일으킬 듯
한 표정이다.

"학교 그만둘래요. 제 사업을 시작할 생각이에요."

"뭘 한다고?"

"투자요."

"크리스천, 네가 투자에 대해 뭘 안다는 거니? 졸업부터 하거라."

"엄마, 다 계획이 있어요. 할 수 있다고요."

"애, 아들아, 이건 네 평생을 결정짓는 중대한 문제야."

"알아요, 아빠. 하지만 이렇게는 더 못 해요. 2년이나 더 케임브
리지에서 살고 싶지 않아요."

"학교를 옮겨. 시애틀로 돌아와."

"엄마, 장소 문제가 아니에요."

"아직 네 자리를 못 찾아서 그런 거야."

"제 자리는 저기 바깥 진짜 세상에 있어요. 학교 안이 아니라. 숨
이 막힌다구요."

"누구 사귄 적 있니?" 그레이스가 묻는다.

"없어요." 나는 능숙하게 거짓말을 한다. 하버드에 입학하기 전
나는 엘레나와 만났다.

그레이스는 눈을 가늘게 뜨고, 나는 귀 끝이 빨개진다.

"우린 이렇게 무모한 짓은 용납할 수 없다, 아들아." 캐릭은 거만
한 아버지 모드로 전환해 총공세에 나설 낌새다. 서재에서 그 뻔한

레퍼토리를 읊어댈까 걱정된다. '열심히 공부해라, 열심히 일해라, 가족이 먼저다' 강의.

그레이스가 힘주어 말한다. "크리스천, 넌 지금 네 평생을 걸고 도박을 하려는 거야."

"엄마, 아빠, 이미 끝난 일이에요. 두 분을 다시 실망시켜드린 건 죄송해요. 하지만 이미 결정한걸요. 그냥 알려드리는 거예요."

"수업료를 다 날리겠다는 거니?" 어머니는 두 손을 부여잡는다.

젠장.

"제가 갚을게요."

"어떻게? 그리고 사업은 대체 어떻게 시작할 건데? 자금이 필요한 텐데."

"그건 걱정 마세요, 엄마. 구했어요. 엄마 돈도 갚을 거예요."

"크리스천, 애야, 돈이 중요한 게 아니라⋯⋯."

내가 대학에서 배운 것은 딱 하나, 대차대조표 읽는 법뿐이다. 1인승 스컬이 내게 평화를 가져다준다는 것도.

"중퇴한 게 그리 잘못한 일 같진 않아요. 전공은 뭐였어요?" 아나의 말에 나는 다시 우리의 대화로 돌아왔다.

"정치학과 경제학."

"그 여자도 부자라 이거네요?" 아나는 엘레나가 내게 빌려준 돈에 집중했다.

"그 여잔 부자의 트로피 아내로 지루한 삶을 살았어, 아나스타샤. 남편은 목재업을 크게 하는 갑부였어." 이 얘기를 할 땐 늘 웃음이 난다. 나는 옆의 아나에게 쿡쿡 웃었다. 목재왕 링컨. 알고 보니 참으로 불쾌한 등신 자식이었지. "그자는 아내가 일하는 걸 반대했어. 통제가 심한 남자. 어떤 남자들은 그렇잖아."

"정말요? 통제가 심한 남자라고요?" 아나가 비꼬는 말투로 말했다. "구시대의 유산 같으니." 한 마디 한 마디에서 냉소가 뚝뚝 흐른다. 나는 도도한 그녀의 반응에 더 웃음이 났다.

"그 여자가 당신에게 남편 돈을 빌려줬단 말이에요?"

그랬지.

"끔찍하네요."

"그 인간도 복수를 했어."

그 등신 새끼.

내 생각은 어둠 속으로 방향을 틀었다. 당시 그자는 아내를 초주검으로 만들었다. 아내가 나와 섹스한다는 이유로. 내가 나타나지 않았다면 그자의 손에 그녀는 어떤 일을 당했을까. 진저리가 쳐졌다. 분노가 온몸을 질주하는 바람에 에스칼라 주차장 문이 열리기를 기다리는 내내 운전대를 꽉 움켜쥐었다. 주먹에서 핏기가 빠져나갔다. 그 일로 엘레나는 3개월간 입원했는데, 고소는 하지 않았다.

자제해, 그레이.

나는 운전대를 움켜쥔 손에 힘을 풀었다.

"어떻게요?" 늘 호기심이 많은 아나가 링컨의 복수를 궁금해하지 않을 리 없지.

그 이야기는 하지 않겠다. 나는 고개를 젓고는 전용 공간에 주차를 하고 나서 엔진을 껐다. "가자, 프랑코가 곧 올 거야."

엘리베이터 안에서 나는 그녀를 내려다보았다. 작은 v자가 미간에 등장해 있었다. 골똘히 생각에 잠겨서. 내가 한 말을 곱씹는 것 같다. 아니면 다른 생각일까?

"아직도 나한테 화났어?" 나는 물었다.

"정답."

"그렇군." 역시나.

테일러가 딸 소피를 만나고 돌아와 있었다. 그가 현관에서 우리를 맞이했다.

"안녕하세요, 사장님." 그가 내게 조용히 말했다.

"웰치와 연락했나?"

"네, 사장님."

"그래서?"

"모두 처리됐습니다."

"잘했군. 딸은 어때?"

"잘 있습니다. 감사합니다, 사장님."

"그래. 곧 미용사가 도착할 거야. 프랑코 데 루카."

"스틸 양." 테일러가 아나에게 인사했다.

"안녕하세요, 테일러. 따님이 있으세요?"

"네, 아가씨."

"몇 살이에요?"

"일곱 살입니다."

아나가 혼란스러운 표정을 지었다.

"딸아이는 엄마랑 삽니다." 테일러가 설명했다.

"아, 네." 그녀가 그렇게 말하자 여간 웃지 않는 테일러가 그녀에게 미소를 지었다. 나는 돌아서서 거실로 들어갔다.

테일러가 스틸 양의 호감을 얻은 것이, 혹은 그 반대의 경우가 과연 잘된 일인지 확신이 들지 않았다. 뒤에서 아나의 기척이 들렸다.

"배고파?" 나는 물었다.

그녀는 고개를 저었다. 그녀의 눈이 방 안을 훑었다. 그 악몽

같은 날, 나를 떠난 날 이후 여긴 처음일 것이다. 돌아와줘서 고맙다고 말하고 싶었지만 그녀는 아직 내게 화가 나 있다.

"전화 몇 통 걸어야 해. 편히 있어."

"알았어요."

서재 책상 위에 커다란 옷 쇼핑백이 보였다. 쇼핑백 안에 감색 깃털이 달린 아름다운 은색 가면이 들어 있었고, 옆에 놓인 작은 샤넬 쇼핑백 안에는 립스틱이 있었다. 테일러의 솜씨였다. 아나는 립스틱에 관한 내 제안을 반기지 않을 게 뻔했지만. 적어도 지금은. 나는 가면을 선반에 올려놓고 립스틱은 주머니 안에 넣고는 컴퓨터 앞에 앉았다.

오늘 아침 아나스타샤와 함께 시간을 보내면서 많은 것을 깨달았고 기분 전환도 되었다. 그녀는 잠에서 깬 이후 내내 도발적이었다. 그 고철덩이 비틀을 판 돈 때문에, 나와 엘레나의 관계 때문에. 또 누가 아침 밥값을 내느냐를 놓고.

아나는 지독하게 독립적인 데다 여전히 내 돈에는 관심이 없는 것 같았다. 받지 않고 주려 했다. 하지만 본디 그런 여자일 것이다. 신선했다. 내 서브미시브들은 선물이라면 사족을 못 썼는데. 그레이, 무슨 헛소리야? 그들이 선물을 받고 좋아했지만 그냥 자기들 역할에 충실한 것뿐이다.

나는 두 손으로 머리를 감쌌다. 난코스다. 나는 아나와 미지의 길을 가는 중이다.

엘레나에 대한 아나의 적개심은 걸림돌이다. 엘레나는 내 친구다.

아나가 질투를?

지난 과거는 어찌할 수가 없다. 엘레나가 내게 베푼 일들이 있어 아나의 적의를 능숙하게 다룰 수가 없다.

이것은 앞으로 펼쳐질 내 삶의 단면일까? 불확실성의 진흙탕 속에서 뒹굴기? 다음 플린 박사를 만날 때 흥미로운 상담 거리가 생긴 셈이다. 플린이 돌파구를 안내해줄지도 모른다.

나는 고개를 흔들고 나서 아이맥을 구동해 이메일을 확인했다. 웰치가 레일라가 위조한 무기 휴대 면허증 사본을 보내왔다. 그녀는 잔 배리라는 가명과 벨타운의 주소지를 사용했다. 사진은 그녀와 비슷했지만 내가 아는 모습보다 더 늙고 더 마르고 더 슬퍼 보였다. 마음이 언짢았다. 이 여자는 도움의 손길이 필요했다.

나는 SIP의 스프레드시트를 두 장 출력했다. 지난 3년간의 손익계산서. 손익계산서 점검은 나중으로 미루고 테일러가 승인한 근접 경호 팀원들의 이력서를 살폈다. 둘은 연방 수사관 출신이고 둘은 해군 특수부대 출신이었다. 하지만 이제 아나에게 추가 경호 이야기를 해야 했다.

하나씩 차근차근히 해, 그레이.

나는 업무상 이메일 몇 통에 답장하고 나서 아나를 찾았다.

아나는 거실에도 침실에도 없었다. 침대 옆 탁자에서 콘돔 두 개를 챙겨 그녀를 계속 찾았다. 서브 방에 있나 해서 위층으로 올라가려는데 엘리베이터 문이 열리는 소리가 들렸다. 테일러가 누군가를 맞았다. 손목시계를 보니 12시 55분이었다. 프랑코가 도착한 게 분명했다.

현관문이 열렸다. 테일러가 입을 열기 전에 내가 끼어들었다.

"내가 스틸 양을 데려오지."

"그러시죠, 사장님."

"경호 계획이 정해지는 대로 알려주게."

"그러죠, 사장님."

"그리고 가면과 립스틱 고마워."

"천만에요, 사장님." 테일러가 문을 닫았다.

위층으로 올라갔지만 아나는 보이지 않았다. 그녀의 목소리가 들렸다.

아나는 옷방 안에서 혼잣말을 하고 있었다.

저 안에서 뭐 하는 거지?

나는 심호흡을 하고 나서 옷방 문을 열었다. 그녀는 바닥에 책상다리를 하고 앉아 있었다. "여기 있었군. 난 또 도망간 줄 알았지."

그녀가 손가락을 하나 치켜들었다. 통화 중이었다. 혼잣말한 게 아니었다. 나는 문설주에 기대 그녀가 귀 뒤 머리카락을 배배 꼬는 모습을 바라보았다. 그녀의 집게손가락이 터럭을 돌돌 감기 시작했다.

"미안해, 엄마. 이제 끊어야겠어. 다시 전화할게요……." 초조해 보인다. 내가 그렇게 만든 걸까? 어쩌면 나를 피해 여기 숨은 것인지도 모른다. 혼자 있을 곳이 필요한 걸까? 그 생각에 기운이 빠졌다.

"나도 사랑해요, 엄마." 그녀는 전화를 끊고 나를 향했다. 기대하는 눈빛으로.

"어째서 여기 숨어 있는 거야?" 나는 물었다.

"숨은 건 아니에요. 절망은 했지만."

"절망?" 불안이 나를 할퀴었다. 그녀는 도망갈 생각을 하고 있다.

"이것들 말이에요, 크리스천." 그녀는 옷방에 걸린 드레스들을 쭉 가리켰다.

옷 말이야? 옷이 마음에 안 드나?

"나 들어가도 되지?" 내가 물었다.

"당신 옷방이잖아요."

내 옷방. 옷은 네 거야, 아나.

나는 그녀의 기분을 살피며 천천히 그녀의 맞은편 바닥에 앉았다. "그냥 옷일 뿐이야. 마음에 안 들면 돌려보낼게." 나는 달래기보다 체념한 투로 말했다.

"당신은 정말 상대하기 벅찬 사람이에요. 알아요?"

틀린 말은 아니다. 나는 면도하지 않은 턱을 긁적거리며 할 말을 찾았다.

"알아. 노력하고 있어." 나는 중얼거렸다.

"아주 노력하고 계시죠." 그녀가 재치 있게 받아쳤다.

"피차일반이지, 스틸 양."

"어째서 이러는 거예요?" 그녀는 우리 사이를 가리켰다.

그녀와 나를.

그녀와 나.

아나와 크리스천.

"왜인지 알잖아." 나는 네가 필요해.

"아니, 모르겠어요." 그녀는 물러서지 않았다.

나는 말문이 막혀 두 손으로 머리카락을 쓸어 넘겼다. 나더러 무슨 말을 하라는 걸까? 내게서 무슨 말을 듣고 싶은 걸까? "너처럼 마음대로 안 되는 여잔 처음이야."

"그럼 고분고분한 갈색 머리 서브미시브를 두면 되겠네요. 당신이 펄쩍 뛰어보라고 하면 '얼마나 높이요?'라고 말하는 여자. 물론, 당신이 대답하라고 허락해야 하겠지만. 말해봐요, 왜 나예요, 크리스천? 난 이해가 안 돼요."

무슨 말을 해야 할까? 그녀를 만난 이후 새로운 세상에 눈을 떴다고? 내 세상이 달라졌다고? 이제 내 세상은 다른 축을 중심으로 돌아간다. "너 때문에 세상 보는 눈이 달라졌어, 아나스타샤. 넌 내 돈을 보고 나를 원하는 게 아니잖아. 넌 내게……." 나는 그 말을 골랐다. "희망을 줬어."

"무슨 희망요?"

모든 것이 가능하다는.

"그 이상이 가능하다는." 나는 대답했다. 아나가 원하는 대로. 이제는 나도 그걸 원했다.

전력을 다해 그녀를 설득해, 그레이.

나는 그녀의 말이 옳다고 인정했다. "난 시키는 대로 하는 여자들에 익숙해. 내 말을 정확히 따르는 여자들. 하지만 이제 그건 지난 일이 됐어. 네겐 뭔가 특별한 면이 있어, 아나스타샤. 그것이 알 수 없는 깊은 심연에서 나를 부르는 것 같아. 세이렌 요정이 부르는 소리 같다고나 할까. 난 네게 저항할 수 없어. 널 잃고 싶지 않아."

후아. 미사여구가 많아, 그레이.

나는 그녀의 손을 잡았다. "도망가지 마, 부탁이야. 내게 조금만 믿음과 인내를 가져봐. 부탁해."

그녀의 다정한 미소 속에 그것이 있었다. 그녀의 연민. 그녀의 사랑. 저 표정은 온종일 쬐어도 질리지 않을 것이다. 매일매일. 갑자기 그녀가 두 손을 내 무릎을 놓는 바람에 나는 깜짝 놀랐다. 그녀가 상체를 들어 내 입술에 키스했다. "좋아요. 믿음과 인내. 그렇게 살아볼게요."

"좋아. 프랑코가 왔거든."

그녀는 머리채를 어깨 뒤로 넘겼다. "벌써 잘랐어야 했는데!" 그녀의 소녀 같은 웃음이 내게 전염됐다. 우리는 함께 일어섰다.

우리는 손을 잡고 아래층으로 내려갔다. 그녀가 무엇 때문에 화가 났었든 우리는 한고비를 넘겼다.

프랑코는 내 여자의 머리를 가지고 호들갑을 떨었다. 나는 그들을 욕실에 두고 나왔다. 머리 자르는 문제로 참견해봤자 아나가 고마워할 것 같지 않았다.

서재로 돌아왔을 때 어깨가 긴장감으로 뻣뻣했다. 온몸이 뻣뻣했다. 오늘 오전에는 내 통제 밖의 일들이 많이 벌어졌다. 그녀는 믿음과 인내를 갖겠다고 말했지만, 그녀가 말처럼 행동하는지는 두고 봐야 할 것이다.

하지만 이제껏 아나는 책잡힐 만한 행동을 한 적이 없었다.

나를 떠났을 때만 빼고.

그리고 내게 상처를 줬지…….

나는 우울한 생각을 거두고 얼른 이메일을 확인했다. 플린에게서 이메일이 한 통 도착해 있었다.

보낸 사람: 존 플린 박사
제목: 오늘 밤
날짜: 2011년 6월 11일 13:00
받는 사람: 크리스천 그레이

크리스천.
오늘 저녁 부모님 댁 자선 행사에 참석합니까?

JF

나는 즉시 답장했다.

보낸 사람: 크리스천 그레이
제목: 오늘 밤
날짜: 2011년 6월 11일 13:15
받는 사람: 존 플린 박사

안녕하신가, 존.
그럼요. 아나스타샤 스틸 양을 동반할 예정입니다.

크리스천 그레이
CEO, 그레이 엔터프라이즈 홀딩스 Inc.

그는 이런 나를 어떻게 판단할까. 내가 그의 충고를 받아들인 건 이번이 처음이다. 게다가 나는 아나의 방식대로 관계를 시도하는 중이다.

지금까지는 너무나 혼란스럽지만.

나는 고개를 흔들고 나서 인쇄한 스프레드시트와 읽어야 할 대만 조선 사업 보고서를 챙겼다.

나는 SIP의 숫자들 틈을 헤맸다. 돈이 줄줄 새고 있었다. 너무 높은 간접비, 천문학적인 대손상각, 상승하는 생산 비용. 게다가 직원들은……

뭔가가 내 시야 가장자리에서 주의를 끌었다.

아나.

그녀가 거실 입구에 서 있었는데, 어색하고 부끄러운지 한 발을 안쪽으로 꼬았다. 나를 향한 열렬한 그녀의 시선은 내 허락을 구하고 있었다.

그녀는 숨 막히게 아름다웠다. 풍성한 머리카락이 반짝거렸다.

"봐요! 좋아하실 거라고 했잖아요." 프랑코가 뒤따라 거실로 들어왔다.

"참 예쁜데, 아나." 내 칭찬은 그녀의 뺨에 매력적인 홍조를 불러냈다.

"다 끝났습니다!" 프랑코가 손뼉을 쳤다.

그만 저자를 내보낼 때다.

"고마워, 프랑코." 그자를 거실에서 내보내려는데 그자가 아나를 붙잡더니 그녀의 양 볼에 키스해 드라마틱하게 애정 표현을 했다. "다른 사람에게 머리 맡기면 절대 안 돼요, 벨리시마 아나!"

그자가 그녀를 놓아줄 때까지 나는 그자를 노려보았다. "이쪽으로." 나는 그자를 내보내려고 말했다.

"그레이 씨, 정말 보석 같은 여인이네요."

알아.

"여기." 나는 그에게 300달러를 건넸다. "신속하게 와줘서 고마워요."

"얼마든지요. 얼마든지 환영이에요." 그는 내 손을 위아래로 흔들어댔다. 천만다행으로 테일러가 그를 현관으로 안내하기 위해 나타났다.

살았다.

아나는 그 자리에 그대로 서 있었다.

"머리 길이는 손대지 않아서 다행이야." 나는 그녀의 머리카락을 한 줌 쥐어 손가락 사이에서 만지작거렸다. "아주 부드럽군." 나를 향한 그녀의 눈빛에서…… 열망이 느껴졌다. "아직도 내게 화났나?"

그녀가 고개를 끄덕였다.

아, 아나.

"대체 정확히 뭣 때문에 화난 거야?"

그녀가 눈을 흘겼다……. 그녀의 밴쿠버 집 침실이 떠올랐다. 그때 그녀는 똑같은 실수를 했었다. 하지만 그것은 오래전 일이었고 우리의 이 관계는 출발한 지 얼마 되지 않았다. 그녀는 내게 엉덩이 때리기를 허락하지 않을 것이다. 지금 당장은. 내가 아무리 원해도. 그래. 내가 아무리 아무리 원하더라도.

"목록을 원해요?" 그녀가 말했다.

"목록까지 있어?" 즐겁다.

"길어요."

"침대에서 같이 의논할까?" 아나의 엉덩이를 때리는 상상이 사타구니로 직행했다.

"아니요."

"그럼 점심 먹으면서 하지. 나 굶주렸어. 음식만 고픈 게 아냐."

"당신이 방중술(房中術)로 날 현혹하게 두지 않겠어요."

방중술!

아나스타샤, 웬 아첨이야.

그런데 기분은 좋군.

"거슬리는 게 정확히 뭐지, 스틸 양? 콕 집어 말해봐." 잊어버렸으니까.

"뭐가 거슬리냐고요?" 그녀가 코웃음을 쳤다. "당신은 내 사생활을 무참히 침범했어요. 예전 정부가 현재 일하고 있는 곳인데다가 이전 연인들을 데려가 왁싱을 받게 한 곳에 나를 데려갔으니까요. 게다가 길거리에서 나를 여섯 살 난 아이처럼 들어 옮겼어요." 그녀는 내 만행을 줄줄이 읊었다. "무엇보다, 로빈슨 부인이 당신을 만지도록 놔두었어요!"

그 여자는 나를 만지지 않았어! 맙소사. "대단한 목록인데. 하지만 한 번 더 짚고 넘어가야겠어. 그 여자는 내 로빈슨 부인이 아냐."

"그 여자는 당신을 만질 수 있잖아요." 그녀는 힘주어 말했다. 상처받아 부들부들 떨리는 목소리로.

"그 여자는 어딘지 아니까."

"그게 무슨 뜻이에요?"

"너와 나에겐 규칙이 없어. 난 규칙 없는 관계는 가져본 적이 없는데, 네가 내 몸 어디를 만질지 알 수가 없어. 그래서 불안해." 그녀는 예측을 불허했다. 그녀의 손길이 나를 무기력하게 만든다는 걸 그녀는 이해해야 했다. "너의 손길은 정말이지…… 큰 힘을 발휘해. 아주 강력한 힘."

넌 나를 만져선 안 돼, 아냐. 그냥 받아들여.

그녀는 손을 치켜들고 다가왔다.

안 돼. 어둠이 내 숨통을 조여왔다. 나는 물러섰다. "고정 한계야." 나는 속삭였다.

그녀의 얼굴에 실망감이 퍼졌다. "당신이 날 만질 수 없다면 어떤 기분일 것 같아요?"

"파괴되고 빼앗긴 기분이겠지."

그녀의 어깨가 축 처졌다. 그녀는 고개를 절레절레 저었지만 나를 향해 체념한 듯 웃었다. "왜 이게 고정 한계인지 말해줘요, 언젠가는. 부탁해요."

"언젠가는." 나는 대답했다. 그리고 불타는 담뱃불의 이미지를 머릿속에서 떨궈냈다.

"그 사생활 침해에 관한 목록에, 내가 네 은행 계좌번호를 알고 있는 것도 포함되겠군?"

"그럼요. 정말 터무니없는 일이에요."

"나는 모든 서브들의 뒷조사를 해. 보여주지." 나는 몸을 휙 돌려 서재로 향했고, 그녀는 나를 따라왔다. 잘하는 짓일까 생각하며 캐비닛에서 아나의 서류철을 꺼내 그녀에게 건넸다. 그녀는 단정히 인쇄된 그녀의 이름을 쳐다보고는 내게 무시무시한 표정을 지었다.

"네가 가져." 나는 그녀에게 말했다.

"하, 맙소사, 고맙기도 해라." 그녀는 비꼬고 나서 서류를 휘릭휘릭 넘기면서 내용을 읽었다.

"내가 클레이튼에서 일하는 것도 다 알고 있었던 거네요."

"그래."

"우연이 아니었어. 그냥 들른 게 아니었다 이거죠?"

다 털어놔, 그레이.

"그래."

"엉망진창이네요. 알아요?"

"난 그렇게 보지 않아. 난 조심할 수밖에 없어."

"하지만 이건 사적인 부분이잖아요."

"난 이 정보를 남용하지 않아. 이건 누구나 마음만 먹으면 쉽게 알아낼 수 있는 것들이야, 아나스탸사. 통제권을 갖기 위해

선 난 정보가 필요해. 그게 내가 움직이는 방식이야."

"정보를 남용하지 않긴요. 내가 원치 않았는데 내 계좌에 2만 4천 달러를 넣었잖아요."

"말했잖아. 테일러가 네 차를 처분한 값이라고. 못 믿겠지. 하지만 그게 사실이야."

"그치만 아우디는요……."

"아나스타샤. 넌 내가 버는 돈이 얼마인지 알아?"

"알 이유라도 있어요? 난 당신 은행 잔액을 알 필요가 없다고요. 크리스천."

"알아. 그것도 내가 너를 좋아하는 점 중 하나지. 아나스타샤, 나는 시간당 대략 10만 달러 정도 벌어."

그녀의 입술이 동그랗게 벌어졌다.

그리고 또다시 말문이 막혔다.

"2만 4천 달러는 아무것도 아냐. 자동차, 《테스》 책, 옷, 아무것도 아니라고."

"당신이 나라면, 기분이 어떻겠어요……. 이런 사치가 막 밀려드는데?" 그녀가 물었다.

그건 이것과 무관하다. 지금 우리가 얘기하는 대상은 내가 아니라 그녀다.

"모르겠어." 터무니없는 질문이라 나는 어깨를 으쓱거렸다.

그녀는 반편이에게 고차 방정식을 가르쳐야 하는 사람처럼 한숨을 푹 쉬었다. "기분이 별로예요. 당신은 씀씀이가 아주 너그럽지만 그 때문에 불편하다구요. 이 얘기는 당신에게 충분히 했어요."

"네게 세상을 주고 싶어, 아나스타샤."

"난 그냥 당신을 원해요, 크리스천. 온갖 부록 말고요."

"그것도 거래의 일부야. 나의 일부이지." 그것도 나야.

그녀는 조금 누그러진 듯 고개를 저었다. "뭐 좀 먹을까요?" 그녀가 말을 돌렸다.

"물론."

"내가 요리할게요."

"좋아. 냉장고에 음식이 있긴 하지만."

"존스 부인은 주말에 쉬죠?"

나는 고개를 끄덕였다.

"그럼 주말 내내 찬 음식만 먹는 거예요?"

"아니."

"그럼요?"

나는 한숨을 쉬었다. 하려는 말이 아나에게 어떻게 작용할까 궁금했다. "서브들이 요리를 하지, 아나스타샤." 몇몇은 잘하고, 몇몇은 별로고.

"아, 왜 아니겠어요." 그녀는 억지로 미소를 끌어냈다. "주인님은 뭘 먹고 싶으신가요?"

"마님이 주시는 거면 뭐든요." 나는 대답했다. 어차피 내 말은 참고하지 않을 거잖아.

그녀는 고개를 끄덕이고는 서류철을 놔두고 서재를 나갔다. 그녀의 서류철을 문서 캐비닛 안에 도로 넣을 때 수재너의 파일이 눈에 띄었다. 수재너의 요리 실력은 형편없었다. 나보다 더 엉망일 정도로. 하지만 그녀는 노력했고…… 둘이 즐거운 시간을 보냈었다.

"이거 태운 거야?"

"네. 죄송해요."

"하, 널 어쩌면 좋을까?"

"원하는 대로 하세요, 주인님."

"일부러 태운 거 아냐?"

그녀의 얼굴에 어린 홍조와 씰룩이는 입술이 끌어낸 미소만으로도 대답은 충분했다.

즐겁고도 단순한 시절이었다. 이전의 관계들은 일련의 규칙에 의해 좌우되었고 규칙은 지켜졌다. 규칙이 지켜지지 않으면 그에 상응하는 결과가 따랐다. 나는 평화로웠다. 그리고 그들이 내게 무엇을 기대하는지 알고 있었다. 그들은 나와 친밀한 관계를 맺었지만, 이전 서브미시브 중 누구도 아나만큼 전율을 일으키는 여자는 없었다. 비록 아나는 정말이지 까다로운 상대이지만.

어쩌면 이 전율은 그녀가 몹시 까다로운 상대이기 때문에 생기는 것일지도 몰랐다.

그녀와 계약서를 협의하던 때가 기억났다. 그때도 그녀는 까다로웠다.

그래. 그것이 어떤 결과를 초래했는지 봐, 그레이.

그녀를 만난 이후 그녀는 내게 줄곧 활력소였다. 그래서 이토록 그녀에게 끌리는 걸까? 이런 감정은 언제까지 이어질까? 그녀가 내 곁에 머무르는 동안엔 아마도. 내 마음은 예감하고 있으니까. 결국은 그녀가 나를 떠나리라는 것을.

모두들 다 그러듯이.

거실 쪽에서 음악이 터져 나왔다. 비욘세의 〈크레이지 인 러브〉. 아나가 내게 보내는 메시지?

나는 서재와 TV실을 잇는 복도에 서서 요리하는 그녀를 바라보았다. 그녀는 별안간 달걀을 휘젓던 손을 멈추었다. 그러고는 바보처럼 히죽히죽 웃는 게 보였다.

나는 가만가만 뒤로 다가가 두 팔로 그녀를 안았다. 그녀가 화들짝 놀랐다. 나는 "흥미로운 선곡이네" 하고 그녀의 귀에 읊조리고는 귀 뒤에 키스했다. "머리 냄새 좋다." 그녀는 꿈지럭거려 내 품을 벗어났다.

"나 아직 화 안 풀렸어요."

"언제까지 이럴 건데?" 나는 손으로 머리를 쓸어 넘겼다. 참 뜻대로 안 되는군.

"밥 먹을 때까지요." 거만하지만 장난기가 어린 말투였다.

됐어.

나는 리모컨을 집어 음악을 껐다.

"그 곡 당신이 아이팟에 넣었어요?"

나는 고개를 저었다. 레일라가 넣었다고 말하고 싶지 않았다. 아나가 다시 화를 낼지도 몰랐다.

"그때 그 여자가 당신에게 하고 싶은 말이 있었던 건 아닐까요?" 아나는 레일라가 그랬다는 걸 정확히 짚어냈다.

"이제 와 생각해보니, 뭐, 그런 것도 같군." 나는 왜 이렇게 될 줄 몰랐을까?

아나는 왜 그 곡을 아이팟에 계속 간직했는지 물었고, 나는 지울 것을 고려했다.

"어떤 노래 듣고 싶어?"

"날 놀라게 해봐요." 이건 도발이다.

좋았어, 스틸 양. 분부대로 하지요. 나는 아이팟을 스크롤해가며 몇몇 곡을 탈락시켰다. 데이비드 그레이의 〈제발 나를 용서해줘요〉를 후보에 올렸지만, 그건 너무 노골적이고 솔직히 너무 사과를 남발한다.

알겠어. 아까 아나가 그걸 뭐라고 불렀더라? 방중술? 그거야.

그걸 활용하자. 그녀를 유혹하라고, 그레이.

심통을 부리는 그녀는 이제 그만. 나는 원하는 노래를 찾아 재생을 눌렀다. 완벽해. 오케스트라가 등장하며 쿨하고 관능적인 전주가 방을 가득 채운 후 니나 시몬이 노래를 불렀다. 〈나는 당신에게 마법을 걸었어요〉.

아나는 거품기를 든 채 휙 돌아섰고, 나는 그녀의 시선을 붙잡고 그녀를 향해 움직였다.

"당신은 내 거예요." 니나가 노래했다.

넌 내 거야.

"크리스천, 제발." 내가 다가갔을 때 그녀가 속삭였다.

"제발 뭐?"

"이러지 마요."

"뭘 이러지 마?"

"이거요." 그녀가 헐떡거렸다.

"진심이야?" 나는 그녀가 거품기를 무기로 쓰기 전에 그걸 그녀의 손에서 빼앗았다.

아나. 아나. 아나.

그녀 옆에 있으니 그녀의 냄새가 났다. 나는 눈을 감고 숨을 크게 들이마셨다. 눈을 뜨니 그녀의 뺨이 숨길 수 없는 욕망에 물들어 있었다.

그리고 우리 사이에 그것이 있었다.

익숙한 인력(引力).

우리의 팽팽한 끌림.

"널 원해, 아나스타샤." 나는 웅얼거렸다. "너를 사랑해, 너를 미워해. 너랑 말싸움하는 게 좋아. 아주 새로워. 우리가 잘하고 있는 건지 알아야겠어. 나는 한 가지 방식밖에 몰라."

그녀는 눈을 감았다. "당신에 대한 내 감정은 변하지 않았어요." 그녀의 나지막한 목소리가 내 마음을 어루만졌다.

증명해봐.

속눈썹이 바르르 떨리더니 그녀의 눈길이 내 셔츠 위쪽의 드러난 피부로 날아왔다. 그녀가 입술을 깨물었다. 내가 터지는 신음을 억누를 때, 그녀의 몸이 발산하는 열기가 우리 둘을 덥혔다.

"네가 된다고 할 때까지 손대지 않을게." 내 목소리에 굶주림이 가득 실렸다. "하지만 오늘 아침에 하도 난리를 치렀더니 지금은 네 몸에 나를 묻고 우리 말고 다른 건 다 잊고 싶어."

그녀의 눈이 내 눈과 만났다. "나, 당신 얼굴을 만지고 싶어요." 그녀의 말에 나는 깜짝 놀랐다.

그래. 나는 소름이 등줄기를 따라 흐르는 것을 무시했다. 그녀의 손이 내 뺨을 어루만졌고, 나는 눈을 감고 내 까칠한 수염을 만지는 손끝의 감촉을 느꼈다.

아, 자기.

겁먹을 필요 없어, 그레이.

나는 반사적으로 얼굴을 그녀의 손에 대고 비비며 그것을 경험하고 그것을 탐닉했다. 나는 고개를 숙였다. 내 입술이 그녀의 입술로 다가가고 그녀의 얼굴은 내 얼굴을 향해 올라왔다.

"돼, 안 돼, 아나스타샤?"

"돼요." 대답이라기보다 한숨에 가까웠다.

나는 입을 그녀의 입으로 내렸다. 입술이 그녀의 입술을 쓸며 그녀를 달랬다. 그녀를 맛보았다. 그녀를 애태우자 그녀가 나를 향해 입을 벌렸다. 나는 그녀를 끌어안았다. 한 손은 그녀의 엉덩이를 감아 일어선 내 몸으로 끌어당겼고, 다른 손은 그녀의 등을 따라 올라가 보드라운 머리카락을 파고든 후 살그머니 당겼다. 그녀가 신음했다. 그녀의 혀가 내 혀와 만났다.

"그레이 사장님." 방해꾼이 등장했다.

젠장.

나는 그녀를 놓았다.

"테일러." 나는 이를 악물고 말했다. 테일러가 거실 문간에 서 있었는데, 당황한 기색이면서도 단호해 보였다.

망. 할.

내가 아파트에 혼자 있지 않을 때는 그가 자리를 피해주는 것이 우리 사이에 작동하는 암묵적 양해였다. 할 말이 무엇이든 중요한 일임이 분명했다. "서재로." 내 지시에 테일러는 방을 성큼성큼 가로질렀다. "나중에, 예약해두지." 나는 그녀에게 속삭인 후 테일러를 따라 나갔다.

"방해해서 죄송합니다, 사장님." 서재에 들어갔을 때 그가 말했다.

"그럴 만한 이유가 있어야 할 거야."

"저기, 모친께서 전화하셨습니다."

"설마 그게 이유는 아니겠지."

"아닙니다, 사장님. 모친께 전화하셔야 합니다. 오늘 저녁 행사 문제입니다."

"알았어. 그 밖엔?"

"경호팀이 도착했습니다. 총기에 대한 사장님의 평소 의견 때문에 경호팀이 무장했다는 걸 알려드려야 할 것 같아서요."

"뭐?"

"웰치 씨와 저는 예방 차원에서 그렇게 하는 것이 좋겠다고 생각합니다."

"난 총이라면 질색이야. 그걸 쓰는 일이 생기지 않길 바라자고." 내 목소리에 짜증이 실렸다. 한창 아나스타샤 스틸과 분위기 잡는 중인데. 아니, 중이었는데.

여자랑 분위기 잡는 중에 방해받은 적이 있던가?

한 번도 없었다.

그 생각에 별안간 즐거워졌다.

한 번도 겪지 않은 사춘기를 이제야 치르고 있군.

테일러는 긴장을 풀었다. 내 태도가 변했기 때문이었다.

"오늘 안드레아가 결혼한다는 거 알고 있었나?" 나는 그에게 물었다. 오늘 아침 내내 거슬렸던 문제였다.

"네." 그는 당황한 얼굴로 대답했다.

"안드레아가 내겐 말을 안 했어."

"아마 깜빡했을 겁니다, 사장님."

이 양반이 나를 감싸려는군. 나는 눈썹을 추켜올렸다.

"결혼식장은 에지워터입니다." 그가 얼른 말했다.

"안드레아가 거기서 묵나?"

"그럴 겁니다."

"신혼부부가 거기에 방을 잡았는지 몰래 알아보고, 그렇다면 방을 가장 좋은 스위트룸으로 승급해주겠나? 그 비용도 지불하고."

테일러가 미소를 지었다. "그러죠, 사장님."

"그 행운아는 대체 누구래?"

"모르겠습니다, 그레이 사장님."

안드레아가 왜 결혼한다는 걸 꽁꽁 숨겼는지 궁금했다. 그 생각은 방 안을 파고든 맛좋은 냄새에 날아가고 위장은 기대감으로 아우성을 쳤다.

"나는 아나스타샤에게 돌아가봐야겠어."

"그러시죠, 사장님."

"이게 다인가?"

"네."

"그래." 우리는 서재를 나왔다. "10분 후 그들에게 지시를 내리도록 하지." 거실로 돌아왔을 때 나는 테일러에게 말했다. 아나는 스토브 위로 몸을 숙이고 접시 두 개를 집었다.

"준비하겠습니다." 테일러는 자리를 떴고, 나는 아나스타샤와 단둘이 남았다.

"점심 먹을래요?" 그녀가 물었다.

"부탁해." 나는 그녀가 점심을 먹으려고 차려놓은 테이블 앞에 있는 등받이 없는 의자에 앉았다.

"무슨 문제라도?" 그녀는 늘 그렇듯 진지하게 물었다. 추가 경호팀에 대해 그녀에게 말해야 했다.

"아니."

그녀는 스페니시 오믈렛과 샐러드를 접시에 담느라 대답을 재촉할 겨를이 없었다. 부엌에서 능숙하고 편안하게 움직이는 그녀의 모습이 감탄스러웠다. 그녀가 내 옆에 앉을 때 나는 한 입 먹었다. 음식이 입안에서 살살 녹았다.

음. 맛있다.

"맛있는데. 와인 한 잔 마시겠어?"

"아뇨, 됐어요." 그녀는 조심스럽게 점심을 먹기 시작했다.

그래도 먹는 게 어디야.

와인은 포기다. 오늘 저녁에 마실 테니. 생각이 거기에 미치자 어머니에게 전화해야 한다는 생각이 났다. 어머니가 무슨 용건일까. 어머니는 내가 아나와 헤어진 것도, 재회한 것도 몰랐다. 오늘 저녁 아나가 무도회에 참석한다는 걸 어머니에게 알려야 했다.

나는 리모컨으로 느긋한 음악을 틀었다.

"이 곡 뭐죠?"

"캉틀루브의 〈오베르뉴의 노래〉. 흔히 '바일레로'라고들 하지."

"참 아름다운 곡이네요. 무슨 언어죠?"

"고대 프랑스어야. 정확히는 옥시탕이라고 해."

"당신 프랑스어 하죠. 무슨 뜻인지 알아요?"

"단어 몇 개는. 우리 어머니, 입버릇처럼 말씀하셨어. '악기 해라, 외국어 해라, 무술 해라'. 엘리엇은 스페인어를 해. 미아와 나는 프랑스어를 하고. 엘리엇은 기타를, 나는 피아노, 미아는 첼로를 하지."

"와. 무술은요?"

"엘리엇은 유도를 해. 미아는 열두 살 때 발을 빼고 안 하겠다고 했지만." 아나는 내가 킥복싱을 한다는 걸 안다.

"우리 엄마도 그렇게 계획성이 있었으면 좋았을 텐데."

"그레이스 박사님은 자식들의 교육 문제에 관한 한 아주 무시무시하시지."

"분명 어머님은 당신을 자랑스러워하실 거예요. 나라면 그럴걸요." 아나가 따뜻하게 말했다.

아, 자기야, 그건 몰라도 한참 모르는 소리야. 그렇게 단순한 문제가 절대 아니거든. 나는 부모님에게 큰 골칫거리였어. 학교에서 퇴학당하질 않나, 대학을 중퇴하질 않나, 관계도 맺을 줄 모르고……. 만약 어머니가 내 삶에 대한 진실을 알았다면 어떻게 됐을까.

네가 그 진실을 안다면 어떻게 될까, 아나.

그 생각은 하지 마, 그레이.

"오늘 저녁에 뭘 입을지 결정했어? 아니면 내가 가서 골라줘야 하나?"

"음…… 아직 결정 못 했어요. 그 옷들 다 당신이 골랐어요?"

"아니, 아나스타샤. 내가 고른 건 아니고. 니만 마커스 백화점의 내 퍼스널 쇼퍼에게 구매 목록과 네 치수를 주고 부탁했어. 옷은 잘 맞을 거야. 참고차 알려두는데, 오늘 저녁과 다음 며칠 동안 추가 경호를 지시했어. 레일라는 예측불허고 시애틀 거리 어디를 활보하는지 알 수 없는 상황이라. 미리 조심하는 게 현명해. 네가 혼자 밖에 안 나갔으면 좋겠어. 괜찮지?"

그녀는 좀 멍한 듯했지만 동의했다. 따지지 않고 넘어가다니 놀라웠다.

"좋아. 그럼 경호팀과 얘기하고 오지. 오래 걸리지 않을 거야."

"그 사람들이 여기 있어요?"

"그래."

그녀는 당황한 듯 보였다. 하지만 추가 경호에 반대하지 않은 게 어딘가. 우위를 점한 이 기회를 놓칠세라, 나는 빈 접시를 집어 개수대 안에 넣고 아나가 평화롭게 마저 식사를 하도록 두고 나왔다.

경호팀은 테일러의 집무실 원탁에 둘러앉아 있었다. 서로 소개가 끝난 후 나는 자리에 앉아 오늘 저녁의 행사에 대해 설명했다.

나는 지시를 끝내고 서재로 돌아와 어머니에게 전화를 걸었다.

"얘, 어떻게 지내니?" 전화기 너머에서 어머니의 열띤 목소리가 들렸다.

"저야 잘 지내죠, 어머니."

"오늘 저녁에 올 거지?"

"물론이죠. 아나스타샤도 갈 거예요."

"그래?" 어머니는 놀란 듯했지만 곧 침착해졌다. "잘됐구나, 얘야. 우리 테이블에 자리를 마련하마." 활력이 흘러넘치는 목소리. 기뻐하는 어머니의 모습이 눈에 선했다.

"그럼 이따 저녁에 뵈어요, 어머니."

"기대하마, 크리스천. 끊을게."

플린에게서 이메일이 도착했다.

보낸 사람: 존 플린 박사

제목: 오늘 밤

날짜: 2011년 6월 11일 14:25

받는 사람: 크리스천 그레이

아나스타샤와의 만남 기대하죠.

JF

당연히 그러시겠지, 존.

오늘 내가 데이트 상대를 데려간다니까 다들 난리로군.

모두들. 나도 그렇고.

아나는 서브미시브 방 침대에 가로로 누워 맥을 보고 있었다. 웹에서 뭔가를 읽느라 정신이 팔려 있다.

"뭘 하고 있어?" 내가 물었다.

그녀가 화들짝 놀랐다. 무슨 잘못을 하다 걸린 사람처럼. 나는 그녀 옆에 누워 그녀가 보던 웹페이지를 보았다. 페이지 제목이 '다중 인격 장애: 증상'이었다.

내가 문제가 많다는 건 인정하지만, 조현병은 단연코 아니다. 그녀의 아마추어 심리 분석에 웃지 않을 수 없었다. "이 사이트는 왜? 무슨 이유로?"

"조사예요. 까다로운 성격에 관한."

"까다로운 성격?"

"자체 애완동물 길들이기 프로젝트예요."

"이젠 내가 애완동물 프로젝트야? 부업도 하나봐. 과학 실험도 하겠네? 난 내가 중요인사인 줄 알았는데, 스틸 양. 상처받았어."

"이게 당신 얘기라고 누가 그래요?"

"대충 짐작으로."

"친밀한 사람들 중에 뒤죽박죽 변덕쟁이 통제광은 당신밖에 없다는 건 맞아요."

"너랑 친밀한 사람은 내가 유일한 줄 알았는데."

"네. 뭐 그렇긴 해요." 부끄러움이 그녀의 뺨을 예쁜 분홍빛으로 물들였다.

"아직 어떤 결론에 도달하진 않았나?"

그녀는 나를 살펴보려고 고개를 돌렸지만 그녀의 표정은 다정했다. "당신은 집중 심리 치료가 필요한 상태 같아요."

나는 그녀의 머리카락을 귀 뒤로 넘겨주었다. 짧게 자르지 않아 계속 이럴 수 있어서 다행이었다. "내게 필요한 건 너 같은데." 나는 대꾸했다. "이거." 그녀에게 립스틱을 건넸다.

"이걸 바르라고요?"

나는 쿡쿡 웃었다. "아니, 아나스타샤. 바르고 싶지 않으면 안 발라도 돼. 근데 네게 어울리는 색깔인지는 모르겠군."

진홍색은 엘레나의 색깔이다. 그런 말은 아나에게 하지 말자. 분명 끓어오를 테니. 좋지 않은 쪽으로.

나는 침대에 일어나 앉아 책상다리를 하고 머리 위로 셔츠를 벗었다. 이건 뛰어난 뇌파의 작용 혹은 멍청한 뇌파, 둘 중의 하나다. 두고 보면 알겠지.

"그 지도 아이디어, 마음에 들어."

그녀가 어리둥절한 표정을 지었다.

"불가침 영역 말이야." 내가 상기시켰다.

"아, 그냥 농담한 건데." 그녀가 말했다.

"난 농담 아니야."

"당신 몸에 표시하라고요, 립스틱으로?" 당황한 목소리였다.

"어차피 씻겨나가잖아."

그녀는 내 제안을 생각해보더니 슬며시 미소를 지었다.

"좀 더 오래가는 건 어때요? 매직펜이라든가?"

"차라리 문신을 할까봐."

"문신은 안 돼요!" 그녀는 웃음을 터뜨렸지만 눈은 겁을 먹고 커다래졌다.

"그럼 립스틱으로 하자고." 그녀의 웃음은 전염성이 강해 나는 그녀를 향해 활짝 웃었다.

그녀는 맥북을 닫았고, 나는 두 손을 내밀었다. "이리 와. 내 위에 앉아."

그녀는 신발을 벗고 내 위로 올라왔다. 나는 등을 대고 누워 무릎을 세웠다. "내 다리에 기대."

그녀는 내 위에 올라탔다. 새로운 도전 앞에서 흥분이 되는 기색으로.

"아주…… 신이 나 죽겠나봐." 내가 꼬집었다.

"난 정보 수집에 항상 열광하거든요, 그레이 씨. 그러니까 긴장을 풀어요. 내가 경계선이 어딘지 알 수 있도록."

나는 고개를 저었다. 이게 통해야 할 텐데. "립스틱 뚜껑 열어." 나는 명령했다.

"한 손을 줘."

그녀는 립스틱을 쥐지 않은 손을 내밀었다.

"립스틱 쥔 손 말이야!"

"지금 나한테 눈을 흘기는 거예요?"

"응."

"아주 무례하시군요, 그레이 씨. 남이 눈 흘기면 아주 난폭해지는 사람들도 있더라고요."

"너도 그러려고?" 내가 비꼬았다.

그녀는 립스틱 쥔 손을 내밀었다. 내가 벌떡 일어나 앉자 그녀는 깜짝 놀랐다. 우리의 코와 코가 마주했다.

"준비됐어?" 나는 불안감을 잠재우려 애썼지만 공포가 번지기 시작했다.

"됐어요." 그녀의 말이 여름철 산들바람처럼 불어왔다.

경계선을 넘으려는 이 순간, 어둠이 대머리수리처럼 선회하며 나를 삼키려 기다렸다. 나는 그녀의 손을 잡아 내 어깨 꼭대기로 가져갔다. 두려움이 내 가슴통을 옥죄면서 폐에서 공기를 짜냈다.

"내려가." 나는 간신히 말을 입 밖으로 토해냈다. 그녀의 손은 내 안내에 따라 겨드랑이를 돌아 가슴 옆쪽으로 내려갔다. 어둠이 목구멍으로 치솟아 숨통을 조일 듯 위협을 가했다. 아나에게서 웃음기는 사라지고 특유의 진지함과 단호한 집중력이 발동했다. 나는 그녀의 시선을 붙잡고 홍채 안 깊숙이 자리한 미묘한 생각과 감정을 읽어냈다. 그것들은 모두 나를 익사하지 않게 붙들어주고 어둠을 내쫓는 구명 부표였다.

그녀는 나의 구원자다.

나는 흉곽 밑에서 멈추었다가 그녀의 손을 움직여 복부를 가로질렀다. 립스틱이 빨간 자취를 남겼고, 그녀는 내 몸에 그림을 그렸다. 나는 가쁜 숨을 몰아쉬며 필사적으로 내 안의 두려움을 감추었다. 빨간 줄이 살을 베며 나아가는 곳마다 근육이 바짝 긴장해 당당히 일어섰다. 나는 몸을 뒤로 젖히고 긴장해 불거진 두 팔로 몸을 지탱한 채 내 안의 악마와 싸우고 그녀의 나긋한 붓질에 항복했다. 그녀가 그림을 절반쯤 그렸을 때 나는 모든 걸 내려놓고 그녀에게 전권을 넘겼다. "이제 반대편 위로." 나는 속삭였다.

아나는 이번에도 집중력을 발휘해 오른쪽 몸에 선을 그렸다. 놀랍도록 커다래진 눈. 번민이 깃든 눈. 내 시선을 붙잡은 눈. 그녀는 어깨 꼭대기에 도착해 멈추었다. "자, 됐어요." 그녀가 숨을 몰아쉬며 감정을 억누르느라 허스키해진 목소리로 말했다. 그녀가 내 몸에서 손을 뗐을 때, 나는 한숨 돌렸다.

"아니, 아직 아니야." 나는 손가락으로 목 아래쪽에 쇄골을 따라 선을 그었다. 아나는 숨을 들이마시고는 립스틱으로 그 선을 그었다. 그녀가 선을 다 그었을 때, 파란 눈이 회색 눈과 만났다.

"이젠 등."

나는 명령을 내리고 나서 그녀가 내려갈 수 있게 움직였다. 몸을 돌려 그녀를 등지고 앉아 책상다리를 했다. "여기에도 가슴에 그린 선을 따라 그려. 반대편으로 쭉." 내 목소리는 허스키했고 내 귀에도 낯설게 들렸다. 내 몸을 완전히 벗어나 아름다운 여인이 괴물을 길들이는 모습을 지켜보는 기분이었다.

안 돼. 안 돼.

이 순간을 붙잡아, 그레이.

지금을 살아.

지금을 느껴.

지금을 정복해.

나는 아나의 손안에 있었다.

내가 사랑하는 여자의 손안에.

립스틱 끝이 내 등을 가로지르는 동안 나는 웅크린 채 눈을 질끈 감고 고통을 인내했다. 고통이 사라졌다.

"목 주변에도 그려요?" 그녀의 목소리에 슬픔이 어려 있었다. 나를 달래는 목소리. 나의 구명 부표. 나는 고개를 끄덕였다. 고통이 돌아와 목덜미 머리선 아래를 파고들었다.

그러다 고통이 갑자기 사라졌다.

"다 끝났어요" 하는 그녀의 말에 에스칼라 헬기장에서 안도의 외침을 내지르고 싶었다. 나는 그녀를 마주하려 몸을 돌렸다. 그녀는 나를 바라보고 있었다. 그녀의 얼굴에서 동정의 빛을 보게 된다면 유리처럼 산산이 부서질 것 같았다……. 하지만 동정하는 기색은 없었다. 그녀는 기다리고 있었다. 인내하며, 친절히. 자제하며. 공감하며.

나의 아나.

"거기가 경계선이야." 나는 속삭였다.

"나 이거 감당할 수 있어요. 이젠 당신에게 나를 던지고 싶어요." 그녀의 눈이 반짝거렸다.

드디어!

내 안도감은 음탕한 미소로 변신했다. 나는 두 손을 내밀어 초대했다.

"자, 스틸 양, 이제 날 마음대로 해."

그녀는 환호성을 지르며 내 품 안으로 몸을 던졌다.

후아!

그녀의 습격에 휘청했지만 균형을 회복하고 몸을 틀자 그녀는 내 아래 침대에 착지해 내 팔뚝을 그러쥐었다. "아까 예약한 거 해볼까." 나는 거세게 키스했다. 내가 그녀를 탐닉하는 동안 그녀의 손가락이 내 머리카락을 움켜쥐고 당겼다. 그녀가 신음을 토해냈고, 그녀의 혀가 내 혀와 뒤엉켰다. 무모하고 자유로운 키스. 그녀는 어둠을 내쫓았고, 나는 그녀의 빛을 들이마셨다. 아드레날린이 내 열정에 불을 당겼고, 그녀는 내 키스에 키스로 응답했다. 그녀를 발가벗기고 싶었다. 나는 그녀를 일으켜 티셔츠를 머리 위로 벗겨 바닥에 내던졌다.

"널 느끼고 싶어." 내 말이 그녀의 입술을 달구는 동안 나는 그녀의 브라를 벗겨 옆으로 던졌다. 그리고 그녀를 침대에 똑바로 눕히고 젖가슴에 키스했다. 내 입술이 한쪽 젖꼭지를 희롱하는 내내 내 손가락은 다른 젖꼭지를 지분거렸다. 내가 젖꼭지를 세게 빨고 당기자 그녀가 교성을 토해냈다.

"그래. 내게 들리게 크게 질러." 나는 그녀의 피부에 숨을 토했다.

그녀가 내 아래에서 꿈틀거리는 동안 젖가슴의 관능적 숭배는 계속됐다. 젖꼭지는 내 손길에 반응해 더 길어지고 더 딱딱해졌고, 아나는 열정에 이끌려 율동적으로 몸을 비틀었다.

그녀는 여신이다.

나의 여신.

그녀의 청바지 단추를 풀 때 그녀의 두 손이 내 머리카락 속을 헤집었다. 나는 지퍼를 단번에 내리고 손을 팬티 안에 집어넣었다. 내 손가락이 쉽사리 목적지로 미끄러졌다.

망할.

그녀는 골반을 들어 내 손바닥을 맞이했고 내가 클리토리스를 문지르는 동안 내 밑에서 신음했다. 그녀는 미끌거렸고 준비가 돼 있었다. "아, 자기야." 위로 올라가 그녀를 굽어보았다. 그녀의 격렬한 표정을. "흠뻑 젖었군."

"당신을 원해요." 그녀가 보챘다.

나는 다시 그녀에게 키스했다. 내 손이 그녀 안으로 진입했다. 나는 욕심이 많다. 그녀의 모든 걸 원한다. 그녀의 모든 것이 필요하다.

그녀는 내 것이다.

내 것.

나는 일어나 앉아 청바지 자락을 쥐고 쭉 당겨 단번에 벗겨냈다. 손가락을 팬티 안에 넣고 훑었다. 그러고는 일어서서 주머니에서 은박지 팩을 꺼내 그녀에게 던진 후 내 청바지와 속옷을 벗었다.

아나는 포장지를 찢고는 옆에 눕는 나를 굶주린 눈으로 바라보았다. 그녀가 천천히 콘돔을 내게 씌웠고, 나는 그녀의 두 손을 잡아 내 등을 감싸게 했다.

"네가. 위로." 나는 명령한 후 그녀가 다리를 벌리고 내 몸 위에 앉도록 했다. "널 보고 싶어."

나는 천천히 그녀를 내 위에 앉혔다.

후. 이 여자. 느낌. 정말. 좋다. 좋다.

내가 눈을 감고 엉덩이를 수축시키자 그녀는 나를 받아들였다. 나는 길고 큰 신음을 토해냈다. "네 느낌 정말 좋아." 그녀의 손을 꽉 쥐었다. 그녀를 놓고 싶지 않다.

그녀는 상승하고 하락했다. 그녀의 몸이 내 몸을 감쌌다. 그녀가 움직일 때마다 젖가슴이 출렁였다. 나는 그녀의 손을 놓았다. 그녀는 지도를 따를 것이다. 나는 그녀의 엉덩이를 움켜쥐었다. 그녀가 두 손을 내 팔에 얹을 때 나는 위로 돌진해 그녀를 힘껏 찔렀다.

그녀가 비명을 내질렀다.

"그렇게, 자기, 나를 느껴봐." 나는 속삭였다.

그녀는 고개를 뒤로 젖히고 완벽한 대위법을 이루었다.

위. 아래. 위. 아래.

나는 공유한 리듬에 취해 그녀의 소중한 몸 구석구석을 탐닉했다. 그녀는 헐떡이고 신음했다. 나를 받아들이고, 다시 받아들였다. 눈이 감겼다. 황홀경에 고개가 뒤로 젖혀졌다. 그녀는 최고였다. 그녀가 눈을 떴다.

"나의 아나." 내 입술이 입 모양으로 말했다.

"네. 언제나." 그녀가 외쳤다.

그녀의 말은 내 영혼에 와 닿았고, 나는 정신이 아득해졌다.

나는 눈을 감고 다시 한 번 그녀에게 항복했다.

그녀는 외치며 절정에서 해방되어 나를 끌어안고 내 위로 무너져 내렸다.

"아, 자기." 나는 소진됐다.

그녀의 머리가 내 가슴 위로 굴러왔지만 나는 개의치 않았다. 그녀가 그 어둠을 잠재웠다. 나는 그녀의 머리카락을 만지작거리다 피곤한 손가락을 놀려 그녀의 등을 어루만졌다. 우리는 함께 숨을 골랐다.

"넌 참 아름다워." 나도 모르게 중얼거리고는 아나가 고개를 들었을 때 내가 그것을 소리 내어 말했다는 것을 깨달았다. 그녀는 회의적인 눈초리로 나를 바라보았다.

이 여자는 언제쯤 칭찬을 곧이곧대로 받아들일까?

나는 재빨리 일어나 앉아 그녀의 허를 찔렀다. 그녀를 끌어안자 서로의 얼굴이 다시 마주했다.

"넌. 참. 아름다워." 나는 한 마디 한 마디 힘주어 말했다.

"당신은 가끔 엄청 다정하고요." 그녀는 몸을 내밀어 내게 담백하게 키스했다.

나는 그녀를 들어 올렸다. 그녀가 얼굴을 찌푸려 그녀를 놓아주었다. 그러고는 그녀에게 다정하게 키스했다. "넌 네가 얼마나 매혹적인지 모르지?"

그녀는 민망한 표정을 지었다.

"그 많은 남자들이 널 쫓아다니는데 아무 눈치 못 챘어?"

"남자들요? 어떤 남자들?"

"목록을 만들어줘? 사진작가, 걔 너한테 미쳐 있어. 공구점 남자애, 네 룸메이트 오빠, 네 상사." 그 수상하기 짝이 없는 양

아치.

"아, 크리스천, 그건 사실이 아니에요."

"내 말 믿어. 그놈들이 널 탐내. 내 걸 탐낸다고." 나는 그녀를 꽉 끌어안았고 그녀는 팔뚝을 내 어깨에 얹고 두 손을 내 머리카락 속에 넣었다. 그러고는 즐거운 기색으로 인내하며 나를 뜯어보았다.

"내 거." 나는 주장했다.

"네. 나 당신 거예요." 그녀는 내게 관대한 미소를 지었다. "선이 아직 남아 있네요." 그녀는 손가락으로 내 어깨 위의 자국을 훑었다.

나는 소스라치게 놀라 뻣뻣하게 굳었다.

"탐험하고 싶어요." 그녀가 속삭였다.

"아파트?"

"아뇨." 그녀가 고개를 저었다. "우리가 당신 몸에 그린 이 보물지도."

뭐?

그녀가 코를 내 코에 대고 비비는 바람에 정신이 산란했다.

"정확히 무슨 뜻이야, 스틸 양?"

그녀는 손을 올려 손끝으로 내 수염을 간지럽혔다. "그냥 허락된 모든 곳을 만져보고 싶어요."

그녀의 집게손가락이 내 입술을 쓸 때 나는 그것을 이로 깨물었다.

"아야." 그녀가 소리쳤고, 나는 웃는 얼굴로 으르렁 소리를 냈다.

나를 만지고 싶다 이거군. 경계선은 이미 알려주었다.

"좋아." 나는 허락했다. 하지만 내 목소리엔 확신이 없었다.

"잠깐만." 나는 그녀를 들어 올리고 콘돔을 빼내 침대 옆 바닥에 떨어뜨렸다. "난 저거 싫어. 그린 박사에게 전화해서 네게 주사를 놔주라고 해야겠어."

"시애틀 최고의 산부인과 의사가 뛰어와줄까요?"

"난 설득력이 아주 뛰어나거든." 나는 그녀의 귀 뒤 머리카락을 쓰다듬었다. 그녀의 귀는 작고 귀여우며 세상에서 가장 아름답다. "프랑코가 네 머리에 솜씨를 제대로 발휘했군. 층 낸 게 마음에 들어."

"말 돌리지 마요." 그녀가 경고했다.

나는 그녀를 다시 들어 올려 다리를 벌리고 내 몸에 올라타게 했다. 그녀에게 시선을 고정한 채 상체를 젖혀 베개를 벴고 그동안 그녀는 세운 내 무릎에 등을 기댔다. "만져봐." 나는 중얼거렸다.

그녀는 시선을 내 눈에 고정한 채 손을 립스틱 선 바깥의 복부에 얹었다. 그녀의 손가락이 복부 근육 사이 계곡을 탐험할 때 몸이 굳었다. 내가 움찔하자 그녀가 손가락을 뗐다.

"굳이 안 해도 돼요." 그녀가 말했다.

"아니, 괜찮아. 적응하는 데 시간이 필요할 뿐이야. 오랫동안 아무도 만지지 않았던 터라."

"로빈슨 부인도요?"

젠장. 그 여자 얘긴 괜히 했다.

나는 조심스럽게 고개를 끄덕였다. "그 여자 얘기는 하고 싶지 않아. 그랬다간 네 기분이 상할 거야."

"내가 알아서 조절할 수 있어요."

"아니, 그렇지 않아, 아나. 내가 그 이름을 입에 올릴 때마다 발끈하면서 그래. 과거는 과거일 뿐이야. 그냥 사실이지. 이제

와 바꿀 순 없어. 네게 과거가 없다는 건 내겐 행운이겠지. 아니었다면 난 미쳐버렸을 거야."

"미친다고요? 지금보다 더?"

"난 너한테 미쳤어."

그녀의 얼굴에 진심 어린 미소가 활짝 피어났다. "플린 박사에게 전화할까요?"

"그럴 필요는 없을 것 같군."

그녀가 내 위에서 꼼지락거려 나는 무릎을 펴고 다리를 내렸다. 그녀는 내 시선을 붙잡은 채 손가락을 내 배에 댔다.

나는 긴장했다.

"당신을 만지는 게 좋아요."

그녀의 손가락이 배꼽으로 내려와 그곳의 털을 괴롭히다 더 아래로 모험을 떠났다.

후아.

내 물건이 꿈틀대며 환영했다.

"한 번 더?" 그녀는 음탕한 미소를 지었다.

"아, 그래. 스틸 양. 한 번 더."

나는 일어나 앉아 두 손으로 그녀의 머리를 감싸고 그녀에게 키스했다. 길고 거세게. "너 아프지 않겠어?" 나는 그녀의 입술에 대고 속삭였다.

"아뇨."

"정력적이라 좋군, 아나."

그녀는 내 옆에서 졸고 있었다. 포식했기를. 오늘 치열한 공방전 끝에 드디어 맛보는 평화로운 순간이었다.

어쩌면 이 바닐라 관계를 감당할 수 있을 것 같았다.

나는 아나를 내려다보았다. 입술은 벌어져 있고, 속눈썹이 드리운 작은 그림자가 그녀의 창백한 뺨을 가로질렀다. 그녀는 평온하고 아름다워 보였다. 잠든 그녀의 모습은 평생 바라보아도 질리지 않을 것 같았다.

하지만 그녀는 정말 환장하게 까다로웠다.

이럴 줄 누가 알았겠나?

아이러니한 것은, 내가 그걸 좋아한다는 것이다.

그녀로 인해 나에 대해 묻게 된다.

그녀로 인해 모든 것에 대해 묻게 된다.

그녀로 인해 살아갈 맛이 난다.

나는 거실로 돌아가 소파에서 서류를 챙긴 후 서재로 향했다. 아나스타샤는 자게 두었다. 지난밤 이후 지쳤을 것이다. 게다가 우리는 기나긴 무도회 밤을 앞두고 있다.

나는 책상에서 컴퓨터를 켰다. 안드레아의 수많은 장점 중의 하나가 내 연락처를 항상 최신으로 업데이트하고 내 모든 기기에 연동한다는 점이다. 그린 박사를 찾아보았더니 역시나 그녀의 이메일 주소가 나왔다. 콘돔은 신물이 났다. 가능한 한 빨리 아나를 그린 박사에게 진찰받게 하고 싶었다. 나는 박사에게 이메일을 보냈다. 하지만 월요일은 되어야 답장을 받을 것이다. 지금은 주말이니까.

나는 로스에게 이메일을 두 통 보내고 나서 전에 읽은 보고서에 몇 가지 메모를 했다. 펜을 꺼내려 서랍을 열었을 때 귀걸이가 든 빨간 상자가 눈에 띄었다. 아나와 상공회의소 갈라에 가려고 사둔 귀걸이였는데, 우리는 끝내 그 갈라에 참석하지 못했다.

그녀가 나를 떠나는 바람에.

나는 상자를 꺼내 다시 귀걸이를 살펴보았다. 그녀에게 완벽하게 어울렸다. 우아했다. 단순하면서도, 아름다웠다. 오늘 이걸 그녀가 받아줄까 궁금했다. 아우디와 2만 4천 달러 문제로 다툰 후라 아무래도 무리였다. 그래도 이걸 그녀에게 주고 싶었다. 나는 상자를 주머니에 넣고 손목시계를 확인했다. 그만 아나를 깨워야 할 시간이다. 게다가 오늘 밤을 위해 준비할 시간도 필요할 테니까.

침대 한가운데에 웅크리고 누운 그녀는 작고 외로워 보였다. 그곳은 서브의 방이었다. 그녀는 왜 여기로 올라왔을까. 그녀는 내 서브미시브가 아닌데. 아래층 내 침대에서 자야 마땅한데.

"어이, 잠꾸러기." 나는 그녀의 관자놀이에 키스했다.

"으음." 그녀가 웅얼거리고는 눈을 움직거리다 떴다.

"일어날 시간이야." 나는 소곤거리고 나서 그녀의 입술에 쪽하고 키스했다.

"그레이 씨." 그녀의 손가락이 내 수염을 쓰다듬었다. "보고 싶었어요."

"쿨쿨 잘도 자더군." 그러면서 내가 어떻게 보고 싶어?

"꿈속에서 보고 싶었다고요."

단순하고 나른한 그녀의 말이 나를 덮쳤다. 그녀는 참으로 예측불허에 매혹적이다. 뜻밖의 온기가 내 몸에 퍼지면서 웃음이 절로 나왔다. 점점 익숙해지는 감정이지만 아직은 그것을 규정하고 싶지 않았다. 새로웠다. 너무 두려웠다.

"일어나." 나는 명령하고 나서 그녀에게 준비할 시간을 주려고 방을 나왔다. 더 있다가는 그녀 옆에 누울 것 같았다.

216

나는 후딱 샤워를 하고 면도를 했다. 대개는 거울 속 머저리와 눈을 맞추지 않지만 오늘은 왠지 그 머저리가 더 행복해 보였다. 목 주변에 빨간 립스틱 얼룩이 있긴 했지만.

내 생각은 오늘 밤으로 흘러갔다. 원래대로라면 이런 행사는 따분해 질색하는데 이번에는 데이트 상대를 동반한다. 아나와 함께하는 또 다른 첫 시도. 그녀를 옆에 끼고 다니는 것으로 내 눈에 띄지 못해 안달하는 미아의 친구들을 떨쳐낼 수 있기를. 그들은 내가 아무런 관심이 없다는 걸 통 알아먹지 못했다.

아나는 이런 행사를 어떻게 여길까. 아마도 지루하게 느낄 테지. 그렇지 않기를 바라지만. 내가 활력소가 돼야 할 텐데.

면도를 마칠 무렵 좋은 생각이 떠올랐다.

몇 분 후 나는 정장 바지와 셔츠를 차려입고 위층으로 올라가 놀이방 밖에서 멈추었다.

과연 좋은 생각일까?

아나는 언제든 거부할 권리가 있다.

그녀가 나를 떠난 이후 놀이방엔 발걸음을 끊었다. 그곳은 조용했고 아늑한 불빛이 빨간 벽에 떨어져 따스한 분위기를 자아냈다. 하지만 오늘 이 방은 내게 성소가 아니었다. 그녀가 떠나고 어둠에 사로잡힌 이후 줄곧 그랬다. 여긴 눈물범벅이 된 그녀의 얼굴, 그녀의 분노, 그녀의 쓰디쓴 말들의 기억으로 얼룩져 있다. 나는 눈을 감았다.

그런 개짓거리는 이제 금물이야, 그레이.

나 노력하고 있어, 아나. 노력하고 있어.

넌 엉망진창으로 망가진 개자식일 뿐이야.

망할.

그녀가 그걸 안다면. 떠나겠지. 또다시.

나는 쓸쓸한 생각을 밀쳐내고 가슴에서 필요한 것을 꺼냈다.

그녀가 이걸 마음에 들어할까?

난 당신의 변태 섹스도 좋았어요. 화해하던 날 밤 그녀가 숨죽여 했던 그 말은 내게 위안이 되었다. 나는 아나의 고백을 가슴에 품고 돌아섰다. 처음으로 그 방에 머무르고 싶은 마음이 들지 않았다.

방문을 잠그는데 아나와 함께 이 방을 언제쯤 다시 찾게 될까, 그런 날이 올까 궁금했다. 아직은 마음의 준비가 되지 않았다. 아나는 그걸—그녀가 뭐라 불렀더라?—'고통의 빨간 방'을 어떻게 받아들일까? 두고 보면 알겠지. 그걸 두 번 다시 사용할 일이 없을 거라는 생각에 우울해졌다. 그런 생각에 잠겨 그녀가 있는 방으로 향했다. 지팡이며 벨트를 모두 없애야 할지도 몰랐다. 그러면 도움이 될지도.

나는 서브미시브 방의 문을 열고 걸음을 멈추었다.

아나가 깜짝 놀라 돌아서서 나를 마주했다. 검은 코르셋과 작은 레이스 팬티, 허벅지까지 올라오는 스타킹 차림이었다.

내 머릿속에서 모든 생각이 지워졌다.

나는 마른 입으로 응시했다.

그녀는 몽정의 현신이다.

아프로디테다.

고맙군, 캐럴라인 액튼.

"뭐 도와드릴 일이라도, 그레이 씨? 무슨 목적으로 여기까지 발걸음을 하셨을까 궁금하네요. 설마 얼빠진 얼굴로 저를 구경하시려고?" 그녀의 목소리에 우쭐대는 기색이 역력했다.

"말은 고맙지만 그냥 얼빠진 얼굴로 구경이나 하는 게 좋겠어, 스틸 양." 나는 방으로 들어갔다. "캐롤라인 액튼에게 꼭 감사 편지 보내라고 일깨워주는 거 잊지 말고."

그녀는 두 손을 들어 '어쩌라고?' 하는 자세를 취했다. 내가 누구 애기를 하는지 모르는 모양이다.

"니만 마커스 백화점의 퍼스널 쇼퍼." 내가 설명했다.

"아."

"내가 좀 정신이 없거든."

"제가 보기에도 그러네요. 뭘 원해요, 크리스천?" 그녀의 목소리에서 조바심이 느껴졌지만 나를 놀리는 것 같지는 않았다. 나는 그녀에게 보여주려고 주머니에서 은구슬을 꺼냈다. 그녀의 얼굴에 장난기가 가시고 놀라움이 번졌다.

내가 엉덩이를 때리려는 줄 아는군.

그러고 싶긴 하지만…….

하지만.

"네가 생각하는 그런 게 아냐." 나는 그녀를 안심시켰다.

"그럼 알려주든가요."

"오늘 밤 네가 이걸 넣으면 어떨까 생각했어."

그녀는 서너 번 눈을 깜빡거렸다. "이 행사에요?"

나는 고개를 끄덕였다.

"나중에 내 엉덩이 때릴 거예요?"

"아니."

그녀의 얼굴이 어두워졌다. 나는 웃지 않을 수 없었다. "때려줄까?"

그녀가 침을 꿀꺽 삼켰다. 얼굴에 갈팡질팡하는 기색이 역력했다.

"안심해, 내가 그런 식으로 손대는 일은 없을 테니." 나는 말을 멈추고 내 말이 완전히 전달되기를 기다렸다가 말을 이었다.

"이 게임 하고 싶어?" 나는 그것들을 들어 올렸다. "너무 과하면 언제든 빼면 돼."

눈빛이 짙어지면서 그녀의 입가에 작고 짓궂은 미소가 떠올랐다. "좋아요."

역시나 아나스타샤 스틸은 도전 앞에서 물러서는 법이 없다는 게 다시금 증명됐다.

나는 바닥에서 루부탱 구두를 발견했다. "착하기도 하지. 이리 와. 구두를 신으면 내가 이거 넣어줄게."

나는 손을 내밀어 그녀가 구두를 신는 걸 도와주었다. 그녀는 구두를 신고 돌아섰다. 요정 같은 말괄량이 대신 훌쭉하고 늘씬한 여인이 나타났다.

근사했다.

와, 구두로 다리가 이리 달라지다니.

나는 그녀를 침대 옆으로 데려간 후 의자를 가져와 그녀 앞에 놓았다.

"내가 고개를 끄덕이면 의자를 잡고 몸을 숙여. 알겠어?"

"네."

"좋아. 이제 입 벌려."

그녀가 입을 벌렸고, 나는 집게손가락을 그녀의 입술 사이로 넣었다.

"빨아." 나는 명령했다. 그녀는 내 손을 움켜쥐고는 욕정이 끓는 눈빛을 내게 던지며 시킨 그대로 명령을 수행했다.

맙소사.

그녀의 표정은 열렬했다. 음탕했다. 확고했다. 그녀의 혀가 내 손가락을 지분거리고 빨아댔다.

그녀의 입안에 내 물건을 넣을 걸 그랬나.

단단해졌다.

즉시.

아, 자기.

이제껏 내게 이토록 즉각적인 효과를 미쳤던 여자는 드물었다. 아나만큼 즉각적인 효과를 끌어낸 여자가 있었던가…….
그녀의 천진함을 고려하면 정말 놀라운 일이 아닐 수 없다. 그녀는 나를 만난 이후 줄곧 나를 사로잡고 있었다.

눈앞의 일에 집중해, 그레이.

내가 구슬을 입에 넣어 윤활유를 바르는 동안 그녀는 계속 내 손가락에 쾌락을 선사했다. 내가 손가락을 빼려 하자 그녀의 치아가 손가락을 꽉 물었다. 그녀가 내게 애교스러운 미소를 지었다.

아니, 그러지 마. 경고야. 내가 고개를 젓자, 그녀는 포위를 풀고 나를 놓아주었다.

나는 고갯짓으로 그녀에게 의자 위로 엎드리라고 신호했고, 그녀는 복종했다.

나는 그녀의 뒤에 엎드려 그녀의 팬티를 한쪽으로 밀친 후 펠라티오를 마치고 돌아온 내 손가락을 그녀 안으로 넣고 천천히 돌리면서 팽팽하고 촉촉한 질 벽의 감촉을 느꼈다. 그녀가 신음했다. 그녀에게 입 다물고 가만히 있으라고 말하고 싶었지만 그것은 더 이상 우리의 관계가 아니었다.

우리는 그녀의 방식대로 나아가고 있었다.

나는 손가락을 빼고 나서 구슬들을 하나씩 그녀의 안에 끼우고 조심스럽게 최대한 깊숙이 안으로 밀어넣었다. 그러고는 팬티를 제자리로 돌려놓고 나서 그녀의 먹음직한 둔부에 키스했다. 그리고 무릎을 바닥에 대고 앉아 두 손으로 그녀의 다리를 위쪽으로 쭉 훑고는 스타킹이 끝나는 허벅지 부위에 키스했다.

"네 다리는 근사해, 아주 근사해, 스틸 양."

나는 일어서서 그녀의 옆구리를 움켜잡고 엉덩이를 일어선 내 몸 쪽으로 잡아당겼다. "집에 돌아오면 이 자세로 널 가져봐야겠어, 아나스타샤. 자, 이제 일어서도 돼."

그녀가 일어섰다. 그녀는 똑바로 서자마자 호흡이 가빠졌고, 내 앞에서 몸을 이리저리 흔들었다. 그녀의 엉덩이가 일어선 내 몸을 문질렀다. 나는 그녀의 어깨에 키스하고는 팔을 뻗어 그녀를 감싼 후 손바닥을 위로 돌려 카르티에 상자를 내밀었다.

"지난 토요일 행사에 걸게 하려고 이걸 샀었지. 하지만 네가 떠나는 바람에 줄 기회를 놓치고 말았어." 나는 숨을 들이켰다. "이게 내 두 번째 기회야."

받아줄까?

그것이 내게 상징적인 의미로 다가왔다. 우리 관계를 진지하게 생각한다면 그녀는 이걸 받아들일 것이다. 나는 숨을 참았다. 그녀는 상자를 받아 뚜껑을 열고는 한참 동안 귀걸이를 응시했다.

제발 받아줘, 아나.

"예뻐요." 그녀가 속삭였다. "고마워요."

그녀가 얌전히 굴었다. 안심이 되자 웃음이 나왔다. 이 귀걸이를 하느니 마느니 하며 그녀와 싸울 필요가 없게 됐다. 나는 그녀의 어깨에 키스했다. 침대 위에 은색 새틴 드레스가 보여 입으려고 고른 옷이냐고 물었다.

"네, 저거 괜찮죠?"

"물론. 이제 준비할 시간을 주지."

"가만히 있어." 엘레나가 을러댄다.

"네, 마님." 나는 그녀 앞에 서서 무도회를 준비하는 중이다. 부모님에게는 무도회에 가지 않고 친구를 만날 거라고 말해두었다. 우리만의 은밀한 무도회를 치를 것이다. 엘레나와 나 단둘이. 그녀가 움직인다. 나는 값비싼 실크 옷감이 바스락거리는 소리를 듣고 그녀의 도발적인 향수 냄새를 들이마신다.

"눈을 떠."

나는 시키는 대로 눈을 뜬다. 그녀는 내 뒤에 서 있다. 우리는 거울 앞에 있다. 나는 그녀를 바라본다. 그녀의 앞에 선 것은 그 멍청한 애송이가 아니다.

그녀는 내 나비넥타이 끝을 잡는다. "이건 이렇게 하는 거야." 그녀는 천천히 손가락을 움직인다. 그녀의 손톱은 밝은 진홍빛이다. 나는 지켜본다. 넋 놓고.

그녀는 끝을 당기고, 나는 참으로 멋들어진 나비넥타이를 매고 있다.

"자, 네가 할 수 있나 어디 한번 보자. 이거 하면 내가 상 줄게." 그녀는 '내가 네 주인이야' 하는 진홍빛 미소를 짓는다. 분명 좋은 상일 것이다.

경호팀에게 오늘 밤 행사에 관한 지시를 반복하고 있을 때 뒤에서 그녀의 발소리가 들렸다. 남자 넷이 동시에 주의를 빼앗겼다. 테일러가 미소 지었다. 돌아보니 아나가 계단 발치에 서 있었다.

그림 같았다. 와우.

은색 드레스 차림의 그녀는 눈부시게 아름답고 무성영화 속 여주인공 같았다.

나는 그녀에게 슬렁슬렁 건너갔다. 막대한 자긍심에 취해 그녀의 머리에 키스했다. "아나스타샤, 숨 막히게 아름답군." 그녀가 그 귀걸이를 해서 기뻤다. 그녀가 얼굴을 붉혔다.

"가기 전에 샴페인 한잔할까?"

"주세요."

테일러에게 고갯짓을 하자 그가 동료 셋을 현관으로 데려갔다. 나는 내 데이트 상대에게 팔을 둘렀고, 우리는 거실로 갔다. 나는 냉장고에서 크리스탈 로제 한 병을 꺼내 땄다.

"보안팀이에요?" 아나가 물었다. 나는 거품이 보글보글 이는 액체를 샴페인 잔에 따랐다.

"밀착 경호. 테일러의 지휘를 받아. 테일러도 거기서 훈련을 받았지." 나는 그녀에게 샴페인 잔을 건넸다.

"테일러는 아주 다재다능해 보여요."

"응, 맞아. 아주 예쁘군, 아나스타샤. 건배." 나는 그녀의 잔을 향해 잔을 들었다. 그녀는 한 모금 마시고 눈을 감고 샴페인을 음미했다.

"기분이 어때?" 나는 물었다. 그녀의 뺨은 샴페인 빛깔처럼 분홍빛으로 물들었다. 그녀가 무도회를 얼마나 견뎌낼까 궁금했다.

"좋아요, 고마워요." 그녀가 수줍게 웃었다.

오늘 밤은 짜릿한 밤이 될 것이다.

"자, 이게 필요할 거야." 나는 그녀의 가면이 든 벨벳 주머니를 건넸다. "열어봐."

아나는 주머니를 열고 섬세한 은색 가면을 꺼내 깃털을 쓰다듬었다.

"가면무도회야."

"그렇군요." 그녀는 감탄하며 가면을 뜯어보았다.

"이걸 쓰면 너의 아름다운 눈이 돋보이겠지, 아나스타샤."

"당신도 써요?"

"물론. 어떤 면에서는 가면을 쓰면 자유로워."

그녀가 활짝 웃었다.

네가 놀랄 게 또 있지. "자, 네게 보여줄 게 있어." 나는 손을 내밀어 그녀를 복도로 데려가 내 도서실로 이끌었다. 어째서 진작 이 방을 그녀에게 보여주지 않을까.

"도서실이 있네요!" 그녀가 환호했다.

"맞아, 엘리엇은 여길 불알 방이라고 부르지만. 이 특별실 꽤 넓어. 오늘 네가 탐험 얘기를 꺼내서 문득 깨달았어, 네게 집을 구경시켜준 적이 없다는 걸. 지금은 시간이 없지만 우선 이 방부터 보여주려고. 그리 머지않은 미래에 네게 당구 시합 한판 청할지도 몰라."

그녀는 감탄하는 눈으로 책들과 당구대를 둘러보았다. "어디 덤빌 테면 덤벼봐요." 그러고는 희희낙락 함박웃음을 지었다.

"뭐지?" 그녀는 뭔가 꿍꿍이가 있다. 당구 칠 줄 아나본데?

"아무것도 아니에요." 그녀가 얼른 대꾸했다. 그럼 그렇지. 대답은 들은 거나 마찬가지다. 그녀는 정말이지 거짓말엔 젬병이다.

"플린 박사가 네 비밀을 벗겨버릴지도 몰라. 오늘 밤에 그분을 만날 거니까."

"그 비싼 돌팔이 의사요?"

"바로 그 사람. 그쪽도 널 만나지 못해 안달이야. 이제 갈까?"

그녀는 고개를 끄덕였다. 그녀의 눈빛이 흥분으로 반짝거렸다.

우리를 태우고 달리는 자동차 뒷좌석에는 다정한 침묵이 감돌았다. 나는 엄지손가락으로 그녀의 손가락 관절을 부드럽게 쓸었다. 그녀의 기대감이 점차 고조되는 것이 느껴졌다. 그녀는 다리를 꼬고 풀기를 반복했다. 분명 은공들이 공격을 감행하고 있을 것이다.

"그 립스틱 어디서 났어요?" 그녀가 뜬금없이 물었다.

나는 테일러를 가리키며 입 모양으로 그의 이름을 말했다.

그녀는 웃음을 푹 터뜨렸다가 웃음을 뚝 그쳤다.

그 은공들이 또.

"긴장 풀어." 나는 속삭였다. "못 참겠으면……." 나는 그녀의 손가락 관절에 하나씩 키스하고는 새끼손가락 끝을 살짝 빨고 혀로 쓰다듬었다. 아까 그녀가 내 손가락에 그랬던 것처럼. 아나는 눈을 감고 고개를 살짝 젖히고는 숨을 들이마셨다. 그녀가 눈을 다시 떴을 때, 은은히 타오르는 그녀의 눈이 내 눈과 만났다. 그녀가 짓궂은 미소로 내게 보답하자, 나는 다정한 미소로 화답했다.

"우리 이 행사에서 무얼 하게 돼요?"

"아, 만날 똑같은 것들이지."

"내게는 만날 있는 일들이 아니에요."

아무렴. 그녀가 이런 행사에 언제 와봤겠나? 나는 그녀의 관절에 다시 키스하면서 설명했다. "여러 사람들이 서로 돈 자랑을 해. 경매, 제비뽑기, 만찬, 춤. 우리 모친이 여는 파티는 정말 제대로거든."

아우디가 부모님의 집 앞에 도착한 차량의 행렬에 끼어들었다. 아나는 구경을 하려고 목을 쭉 뺐다. 나는 뒷좌석 차창 밖으로 나의 다른 아우디 Q7을 타고 뒤따르는 경호원 레이놀즈를 보았다.

"가면 써." 나는 뒤의 검은 실크 주머니에서 내 가면을 꺼냈다.

차가 진입로에 들어섰을 때, 우리는 각자 가면을 쓰고 있었다. 아나는 참으로 장관이었다. 눈이 부셨다. 그녀를 온 세상 사람들에게 자랑하고 싶었다. 테일러가 차를 세웠고, 주차원이 내 쪽 차 문을 열었다.

"준비됐어?" 나는 아나에게 물었다.

"되고말고요."

"참 아름답다, 아나스타샤." 나는 그녀의 손에 키스하고 차에서 내렸다.

나는 내 데이트 상대를 팔로 감쌌고, 우리는 어머니가 대여해 집 주변에 깔아놓은 초록빛 양탄자 위를 걸었다. 돌아보니 우리 경호원 넷이 사주경계를 하며 우리 뒤를 따라왔다. 든든했다.

"그레이 씨!" 사진기자 한 명이 우리를 소리쳐 불렀다. 나는 아나를 바짝 끌어당겨 포즈를 취했다.

"사진기자가 두 명이나요?" 아나는 신기하다는 투로 말했다.

"하나는 〈시애틀 타임스〉에서 나왔고, 다른 하나는 기념사진 촬영기사야. 나중에 우리도 한 장 사든가 하자."

우리는 줄줄이 샴페인 잔을 든 직원들을 지났다. 나는 한 잔을 아나에게 건넸다.

부모님은 매년 그렇듯 이번에도 총력전을 펼쳤다. 천막 건물, 덩굴시렁, 종이 등, 체스판 무늬 댄스플로어, 백조 얼음 조각, 현악 4중주단. 아나는 감탄하며 주변을 둘러보았다. 그녀의 눈을 통해 부모님의 관용을 확인하니 흐뭇했다. 내가 부모님의 세상에 속한 것이 얼마나 큰 행운인지 관조하면서 감사하는 기회였다.

"얼마나 많은 사람이 오는 거예요?" 그녀는 해안에 설치된 정교한 천막의 크기를 가늠하며 물었다.

"300명 정도. 어머니께 여쭤봐."

"크리스천!" 내 누이의 그다지 감미롭지 않은 높은 음성이 들려왔다. 누이가 내 목에 두 팔을 둘러 멜로드라마에서나 볼 법한 애정을 표현했다. 분홍색으로 치장한 모습이 꽤 예뻤다.

"미아." 나는 열렬한 포옹으로 보답했다. 미아는 아나를 발견하고는 순식간에 나를 잊었다.

"아나! 아, 정말 예쁘네요! 와서 내 친구들 만나봐요. 크리스천 오빠가 마침내 여자 친구가 생겼다는데도 아무도 안 믿지 뭐예요." 미아는 아나를 끌어안고 아나의 손을 잡았다. 아나는 겁먹은 표정으로 나를 슬쩍 쳐다보다 미아에게 이끌려 여자들 무리로 갔다. 그녀들은 아나에 대해 소곤거리고 있었다.

단 한 명만 빼고.

제기랄. 나는 릴리를 알아보았다. 릴리는 미아가 유치원 이후 알고 지낸 친구였는데, 버릇없고, 부유하고, 반지르르하지만 사악했다. 특권과 권한의 온갖 병폐가 구현된 화신. 한때 그녀가 나에 대한 권한을 주장한 것이 기억나 진저리가 났다.

나는 아나를 지켜보았다. 그녀는 미아의 친구들과 화기애애하게 있다가 별안간 불쾌한 듯 물러났다. 릴리가 고약하게 구는 게 분명했다. 더 이상은 용납할 수 없다. 나는 그쪽으로 건너가 아나의 허리에 팔을 감았다. "아가씨들, 내 데이트 상대 도로 찾아가도 될까?"

"만나서 반가웠어요." 아나는 내게 끌려오면서 그들에게 인사했다. 그러고는 내게 "고마워요" 하고 입 모양으로 말했다.

"릴리가 미아와 같이 있는 게 보여서. 걘 정말 못됐거든."

"당신을 좋아해서 그래요." 그녀가 말했다.

"일방적인 감정일 뿐이야. 가자. 소개해줄 사람들이 있어."

아나는 탁월했다. 완벽한 데이트 상대. 품위 있고, 우아하고, 다정하고, 남의 말에 귀 기울이고, 똑똑한 질문을 던졌다. 나를 순순히 따르는 태도도 좋았다.

그래. 그것이 특히 마음에 들었다. 신선했고, 예상을 벗어난 일이었다.

하지만 그녀는 항상 예상을 뛰어넘었다.

게다가 그녀는 남녀를 막론하고 자기에게 쏟아지는 찬탄의 눈길들을 의식하지 못한 채 내 옆에 붙어 있었다. 아마도 장밋빛으로 빛나는 뺨은 샴페인 탓이리라. 어쩌면 은구슬 때문일지도. 만약 후자가 원인이라면 그녀는 잘 숨기고 있는 것이다.

사회자가 만찬의 시작을 알렸다. 우리는 초록빛 양탄자를 따라 잔디밭을 가로질러 천막 건물로 향했다. 아나는 보트하우스를 보고 싶어 했다.

"보트하우스?" 내가 물었다.

"나중에 같이 가봐요."

"널 내 어깨에 짊어지고 가게 해준다면."

그녀가 웃음을 터뜨렸다가 뚝 멈추었다.

나는 씩 웃었다. "기분 좀 어때?"

"좋아요." 그녀의 의기양양한 말투에 나는 더 크게 웃음이 나왔다.

게임은 아직 끝나지 않았어, 스틸 양.

테일러 일행이 신중한 거리를 유지하며 우리를 따라왔다. 그들은 천막 건물 안으로 들어와 군중이 한눈에 보이는 곳에 자리를 잡았다.

어머니와 미아는 미아의 친구 한 명과 함께 이미 우리 테이블에 앉아 있었다.

어머니는 아나를 따뜻하게 맞이했다. "아나, 다시 만나 얼마나 반가운지! 오늘도 참 아름답네."

"어머니." 나는 어머니의 양 뺨에 키스했다.

"어머, 크리스천. 우리 사이에 격식 차리고 그러니!" 어머니가 나무랐다.

외조부님 두 분이 우리와 합석했다. 의례적인 포옹을 나눈 후 나는 두 분에게 아나를 소개했다.

"오, 얘가 마침내 짝을 만났네. 얼마나 멋지고, 얼마나 예쁜지! 아가씨가 우리 애 색시가 되면 얼마나 좋을까." 할머니가 열렬히 말했다.

이러시면 곤란해요, 할머니.

망할. 나는 어머니를 쳐다보았다. 도와줘요, 엄마. 할머니 좀 말려줘요.

"어머니, 이러시면 아나가 당황하잖아요." 어머니가 할머니를 말렸다.

"이 할망구 말은 무시해요, 아가씨. 이 사람은 나이 먹은 게 무슨 벼슬인지 알고 머릿속에 떠오르는 말은 주책없는 소리도 해도 되는 줄 안다니까." 할아버지가 내게 눈을 찡긋거렸다.

시어도어 트레벨리언은 내 영웅이었다. 우리에겐 특별한 유대감이 있다. 이분은 인내심을 가지고 내게 사과나무를 심고, 가꾸고, 접목하는 법을 가르쳤고, 그러는 사이 내게서 영원한 애정을 얻었다. 조용하고 강하며 친절한 분. 나를 인내하는 분.
항상.

"이리 와봐라, 꼬맹이." 트레브얀 할아버지가 말한다. "넌 말수가
없구나, 그렇지?"

나는 고개를 끄덕였다. 네. 난 말 잘 안 해요.

"그래도 괜찮아. 여기 사람들은 말이 너무 많거든. 과수원에서 할
애비 좀 도와주련?"

나는 고개를 끄덕인다. 나는 트레브얀 할아버지가 좋다. 눈이 친
절하고 너털웃음을 터뜨린다. 할아버지가 손을 내밀지만, 나는 두
손을 겨드랑이 밑에 낀다.

"좋을 대로 해, 크리스천. 가서 청사과 나무에 빨간 사과가 열리
게 해보자꾸나."

나는 빨간 사과를 좋아한다.

과수원은 크다. 나무가 있다. 또 나무. 또 나무. 하지만 하나같이
작은 나무들이다. 크지 않다. 그리고 나뭇잎이 없다. 사과도 없다.
겨울이라서. 나는 커다란 장화를 신고 모자를 쓴다. 이 모자 마음에
든다. 따뜻하다.

트레브얀 할아버지가 어떤 나무를 쳐다본다.

"이거 보이니, 크리스천? 여긴 쓴 사과가 열려. 하지만 우리가 요
나무를 속여 달고 빨간 사과가 열리게 할 수 있어. 이 나뭇가지는 빨
간 사과나무에서 따 온 거야. 내 가지치기 가위 여기 있다."

가지치기 가이. 그것은 날카롭다.

"이거 잘라볼래?"

나는 속으로 '네' 하고 말한다.

"네가 자른 이 가지로 접목을 할 거야. 이건 '사이언'이라고 불러."

시-언. 시-언. 나는 그 말을 속으로 되뇐다. 할아버지는 손칼을 집어 나뭇가지의 한쪽 끝을 날카롭게 다듬는다. 그러고는 나무의 큰 가지를 잘라낸 후 잘린 부위에 시-언을 꽂는다.

"이제 여기에 테이프를 붙이자."

할아버지는 초록색 테이프를 가져와 큰 가지에 작은 나뭇가지를 묶는다.

"그리고 상처에 녹인 밀랍을 바르지. 여기에. 이 붓을 들어라. 찬찬히. 그래, 그렇게."

우리는 접목 작업을 많이 한다.

"크리스천, 사과는 미국의 과일 중에서 오렌지 다음으로 귀중한 과일이란다. 여기 워싱턴은 오렌지가 자라기엔 햇빛이 부족한 편이지."

나른하다.

"피곤하니? 집 안으로 돌아갈래?"

나는 속으로 '네' 하고 말한다.

"접목 작업 많이 했어. 이제 올가을에 이 나무에 달고 빨간 사과가 엄청 열릴 거야. 그때 할애비가 사과 따는 것 좀 도와주렴."

할아버지는 웃으며 큼직한 손을 내밀고, 나는 그 손을 잡는다. 크고 거친 손이지만 따뜻하고 다정하다.

"가서 뜨거운 초콜릿 차 마시자."

할아버지는 주름진 미소를 지었다. 나는 시선을 미아의 데이트 상대로 돌렸다. 그는 내 데이트 상대를 살피는 듯했다. 그의 이름은 션인데, 미아의 고교 동창인 것 같았다. 나는 그의 손을 꽉 잡고 힘주어 흔들었다.

시선은 네 데이트 상대에게 붙들어둬, 션. 넌 내 누이와 함께

왔으니까. 누이에게 잘해줘. 아니면 내 손에 죽는 거야. 나는 이 모든 뜻을 험한 표정과 힘주어 잡은 손에 고스란히 담아 전달했다.

그가 고개를 끄덕이고는 침을 삼켰다. "그레이 씨."

나는 아나에게 의자를 빼주었고, 우리는 자리에 앉았다.

아버지가 무대에 섰다. 마이크를 톡톡 두드린 후 아버지는 환영사에 이어 앞에 모인 유명 인사들을 소개했다.

"매년 열리는 자선 무도회에 참석해주신 신사 숙녀 여러분 환영합니다. 오늘 밤 일정을 즐겨주시고, 아울러 '함께 대처하기' 운동본부와 함께 아름다운 선행의 자리를 마련했으니 아낌없이 지갑을 열어 후원해주시길 바랍니다. 아시겠지만, 자선은 제 아내나 제가 늘 마음에 품고 있는 것입니다."

아나의 가면 깃털이 바르르 떨더니 그녀가 고개를 돌려 나를 쳐다보았다. 혹시 내 과거를 생각하는 걸까 궁금했다. 묻지 않은 질문에 대답이라도 해야 할까?

맞다. 이 자선 행사는 나 때문에 생긴 것이다.

부모님은 불우한 내 어린 시절 때문에 이 행사를 기획했고, 지금은 수백 명의 중독자 부모와 그 자식들에게 거주지와 갱생 기회를 제공해 돕고 있다.

하지만 아나는 아무 말도 하지 않았고, 나는 그녀의 호기심을 어떻게 받아들여야 할지 몰라 반응하지 않았다.

"자, 이제 마이크를 사회자에게 넘기겠습니다. 각자 자리에서 즐겨주시기 바랍니다." 아버지는 말을 마치고 마이크를 사회자에게 넘기고는 우리 테이블로 건너와 곧장 아나에게 다가왔다. 아버지가 아나의 양 뺨에 키스하며 인사했다. 그녀가 얼굴을 붉혔다. "다시 만나 반가워요, 아나."

"신사 숙녀 여러분. 각 테이블의 대표를 뽑아주십시오." 사회자가 외쳤다.

"와, 저요, 저!" 미아가 아이처럼 의자에서 벌떡거리며 소리쳤다. "탁자 중앙에 봉투가 있을 겁니다." 사회자는 계속 말을 이었다. "각자 가장 높은 액수의 지폐에 이름을 적고 봉투 안에 넣어주세요. 자기 돈을 내도 좋고, 구걸을 해도 좋고, 남에게 빌리거나 훔쳐도 좋습니다. 대표는 봉투를 꼭 지켜주세요. 나중에 필요하니까요."

"여기." 나는 100달러 지폐를 아나에게 주었다.

"나중에 갚을게요." 그녀가 속삭였다.

참 나.

또 말다툼을 하고 싶진 않았다. 꼴사납게 소란을 떨기 싫어 아무 말 없이 그녀에게 내 몽블랑 펜을 건넸고, 그녀는 지폐에 자기 이름을 썼다.

어머니가 천막 앞쪽에 서 있는 직원 둘에게 손짓했고, 그들이 장막을 걷자 황혼에 물든 시애틀과 메이든바우어 베이의 그림 같은 풍경이 드러났다. 멋진 풍경이었다. 특히 저녁 이맘때는. 화창한 날씨가 부모님을 도와주어 다행이었다.

아나는 도시 경관과 그것의 물그림자를 감탄하는 눈으로 바라보았다.

그 광경은 내게도 새삼스러웠다. 황홀했다. 어두워지는 하늘을 배경으로 타오르는 석양빛이 수면에 어른거렸고, 저 멀리에서 시애틀의 불빛들이 아른거렸다. 그래. 황홀했다.

아나의 눈을 통해 이 모든 것들을 바라보자 숙연해졌다. 오랫동안 당연하게 여겼던 것들인데. 나는 부모님을 쳐다보았다. 아버지는 아내의 손을 꼭 잡고 있었고, 어머니는 친구들이 한 말에 웃음을 터뜨렸다. 아버지가 어머니를 바라보는 눈길……. 어머니가 아버지를 바라보는 눈길.

그들은 서로 사랑했다.

여전히.

나는 고개를 저었다. 나를 길러준 것에 새삼 감사하는 마음이 드는 것은 왜일까?

나는 행운아였다. 대단한 행운아.

직원들이 음식을 내왔다. 모두 열 명이었는데, 테이블에 코스 요리의 첫 음식을 차렸다. 아나는 가면 뒤에서 나를 훔쳐보았다.

"배고파?"

"많이요." 그녀는 진지하고 열띤 어조로 대답했다.

망할. 그녀의 대담한 발언에 다른 모든 생각들이 내 몸에서 싹 증발했다. 분명 그녀가 암시한 것은 음식이 아니었다. 할아버지가 그녀의 주의를 끌었고, 나는 자리에서 움직거리며 내 몸을 굴복시키려고 노력했다.

음식 맛 괜찮군.

하지만 부모님 집에선 늘 이랬다.

여기서 굶주린 적은 없었다.

생각이 엉뚱한 방향으로 흘러버렸다. 다행히 어머니의 대학 동창 랜스가 GEH에서 진행 중인 업무에 대한 대화로 나를 이끌었다.

나는 내게 머문 아나의 시선을 의식하면서 개발도상국의 기술경제에 관해 토론했다.

"이 기술을 그냥 넘겨줘선 안 돼!" 랜스가 비웃었다.

"왜 안 되죠? 결국 이게 다 누구를 위한 겁니까? 우리 인류는

지구상의 한정된 공간과 자원을 공유해야 합니다. 우리가 현명해질수록 기술을 더 효율적으로 사용하게 될 거예요."

"자네 같은 사람이 기술의 민주화를 추구하다니 생각지도 못한 일이군." 랜스가 웃음을 터뜨렸다.

이 양반이. 나에 대해 뭘 안다고.

랜스와의 대화는 충분히 흥미로웠지만 아름다운 스틸 양에게로 주의가 분산됐다. 그녀는 우리의 대화를 경청하면서 옆에서 움직였다. 분명 은공들이 바람직한 효과를 내고 있을 것이다.

둘이 보트하우스로 가볼까.

랜스와의 대화는 악수와 환담을 청하는 사업상의 지인들로 인해 중간중간 끊겼다. 아나를 보고 싶은 건지, 아니면 내 환심을 사려는 것인지 그들의 의중을 알 수 없었다.

후식이 나올 무렵 나는 그만 자리를 뜨기로 했다.

"나 실례 좀 할게요." 아나가 별안간 숨을 몰아쉬며 말했다. 참을 만큼 참았을 것이다.

"화장 고치려고?" 내가 물었다.

그녀는 고개를 끄덕였다. 그녀의 눈에서 절박한 애원이 엿보였다.

"내가 안내하지." 내가 나섰다.

그녀가 일어섰다. 따라 일어서려는데 미아가 일어섰다. "안 돼, 크리스천 오빠! 오빠가 아나를 데려가선 안 되지……. 내가 갈게."

내가 말할 틈도 없이 미아는 아나의 손을 잡았다.

아나는 내게 사과하듯 어깨를 으쓱거리고는 미아를 따라 천막 밖으로 나갔다. 테일러가 자기가 가겠다고 신호를 보낸 후 두 사람을 따라갔다. 아나는 자신을 따라붙는 사람이 있는지는 모를 것이다.

망할. 내가 같이 가고 싶은데.

할머니가 내게 몸을 기울여 말을 걸었다. "참 사랑스러운 아가씨야."

"알아요."

"행복해 보이는구나, 얘야."

내가? 기회를 놓쳐 시무룩해 있었는데.

"이렇게 느긋한 네 모습은 처음이야." 할머니는 내 손을 톡톡 두드렸다. 애정이 담뿍 담긴 손길에 이번만큼은 할머니의 손을 피하지 않았다.

행복해?

내가?

그 말이 과연 적절한 표현인지 가늠해보았다. 뜻밖의 온기가 마음속에 번져나갔다.

그래. 그녀는 나를 행복하게 만들었다.

새로운 감정이었다. 이런 용어로 스스로를 설명한 적은 없었다.

나는 할머니에게 미소를 지으며 할머니의 손을 꽉 쥐었다. "맞는 말씀 같아요, 할머니."

할머니의 눈이 반짝거렸다. 할머니도 내 손을 꽉 쥐었다. "개 농장으로 한번 데려오너라."

"그럴게요. 아나도 좋아할 거예요."

미아와 아나는 깔깔거리며 천막 건물로 돌아왔다. 둘이 함께 어울리는 모습, 내 가족 모두가 내 여자를 감싸주는 모습을 지켜보니 흐뭇했다. 할머니까지도 아나가 나를 행복하게 만든다고 판단하다니.

할머니 말이 틀린 건 아니지.

아나는 자리에 앉을 때 내게 음탕한 표정을 슬쩍 지었다.

아. 나는 가면 뒤에서 씩 웃었다. 아직 은구슬을 넣고 있는지 묻고 싶었지만 빼냈을 게 분명했다. 그녀는 잘하고 있다. 그걸 이렇게 오래 넣고 버틴 것만으로도. 나는 아나의 손을 잡고 경매 품목 목록을 그녀에게 주었다.

아나는 오늘 저녁의 이 순서를 좋아할 게 분명했다. 이제부터 시애틀의 엘리트들이 돈 자랑하는 시간이 펼쳐질 것이다.

"아스펜에도 집이 있어요?" 그녀가 묻자 우리 테이블의 모든 이목이 그녀에게 향했다. 나는 고개를 끄덕이고 손가락을 내 입술에 댔다.

"집이 다른 데 또 있는 거예요?" 그녀가 속삭였다.

나는 고개를 끄덕였다. 하지만 이 대화로 이 테이블 사람들을 방해하고 싶지 않았다. 지금은 우리가 자선 활동 자금을 끌어모으는 시간이었다.

사인한 마리너스 야구방망이가 1만 2천 달러에 낙찰되었을 때 박수가 터져 나왔다. 나는 몸을 기울여 말했다. "나중에 얘기할게."

그녀가 입술을 핥았고, 나의 좌절감이 다시금 고개를 들었다. "아까 너랑 같이 가고 싶었어."

그녀가 짜증이 섞인 표정을 내게 날렸다. 나랑 같은 마음이었던 모양이다. 하지만 그녀는 차분히 경매에 집중했다.

아나는 경매의 열기 속에 동참했다. 누가 무엇에 호가를 부르는지 보려고 고개를 돌리고 품목이 낙찰될 때마다 박수를 쳤다.

"다음은 콜로라도 아스펜 별장의 주말 숙박권입니다. 신사 숙녀 여러분, 크리스천 그레이 씨가 친절히 후원해주신 이 품목의 첫 호가는 얼마가 될까요?" 약간의 박수가 터지고 나서 사회자가 말을 이었다. "5천 달러 나왔나요?"

경매가 시작됐다.

아나를 아스펜에 데려가면 어떨까. 그녀가 스키를 타는지 아직 모르지만. 그녀가 스키를 타는 상상만 해도 불안했다. 춤 실력이 부족한 것으로 보아 그녀는 스키장에서 골칫덩이가 될 것 같았다. 그녀가 다치는 건 싫었다.

"더 이상 부를 분 없으십니까? 2만, 2만······." 사회자가 외쳤다. 아나가 손을 쳐들고 외쳤다.

"2만 4천 달러!"

그녀에게 명치를 한 방 얻어맞은 기분이었다.

이. 런. 썩. 을.

"아름다운 은색 옷 숙녀분께서 2만 4천 부르셨습니다. 2만 4천, 2만 4천······. 낙찰되었습니다!" 사회자가 선언하자 박수갈채가 터졌다. 우리 테이블 사람들이 모두 그녀를 향해 놀란 입을 다물지 못하는 동안 나는 걷잡을 수 없는 분노에 사로잡혔다. 그 돈은 그녀가 받아야 할 돈이었다. 나는 숨을 크게 들이마시고는 몸을 앞으로 내밀어 그녀의 뺨에 키스했다. "네 발 밑에 엎드려 경배해야 할지, 네 엉덩이를 먼지 나게 때려줘야 할지 모르겠네." 나는 그녀의 귀에 대고 딱딱거렸다.

"2번으로 해주세요, 제발." 그녀가 얼른 말했다. 숨을 가쁘게 몰아쉬며.

뭐?

잠시 어리둥절했지만 곧 깨달았다. 그 은구슬이 제구실을 한 것이다. 그녀는 굶주려 있었다. 그녀는 몹시 굶주려 있었고, 내 분노는 녹아버렸다. "힘들어 죽겠지, 응?" 내가 속삭였다. "나중에 같이 해결하자고." 나는 손가락으로 그녀의 턱을 쓰다듬었다.

그녀가 기다리도록 만들어, 그레이.

기다림은 혹독한 형벌이 될 것이다.

그 고통을 길게 늘이는 게 좋을 것이다. 사악한 생각이 떠올랐다.

가족들이 그녀에게 승리를 축하해주는 동안 그녀는 내 옆에서 꿈지럭거렸다. 나는 팔로 그녀의 의자 등받이를 감싸고는 엄지손가락으로 맨살이 드러난 그녀의 등을 어루만지기 시작했다. 다른 손으로는 그녀의 손을 잡아 손바닥에 키스하고 나서 내 허벅지에 내려놓았다. 그러고는 그녀의 손을 내 허벅지 위쪽으로 천천히 움직였다. 그녀의 손가락이 발기한 내 몸 위에 놓일 때까지.

그녀가 숨을 참는 소리가 들렸다. 가면 밑에서 충격을 받은 그녀의 눈이 내 눈과 만났다.

달콤한 아나에게 충격을 주고 또 줘도 싫증 나는 법이 없다.

경매가 계속되자 가족들의 관심은 다음 품목으로 쏠렸다. 의심의 여지없이 욕망에 의해 대담해진 아나는 놀랍게도 내 바지 속으로 들어와 나를 애무했다.

후.

나는 누구도 눈치채지 못하게 내 손으로 그녀의 손을 덮었다. 그녀는 나를 만졌고, 나는 그녀의 목덜미를 어루만졌다.

바지가 점점 조이기 시작했다.

그녀가 전세를 역전시켰어, 그레이. 또다시.

"11만 달러에 낙찰됐습니다!" 사회자의 선언이 나를 다시 현실로 끌어냈다. 낙찰된 품목은 내 부모님의 몬태나 별장 숙박권

이었는데, 실로 엄청난 경매가였다.

박수갈채가 실내를 휩쓸었고, 아나는 내게서 손을 떼고 박수 세례에 동참했다.

망할.

나도 마지못해 박수를 쳤고, 그 경매는 끝나버렸다. 나는 아나에게 집을 구경시켜주기로 했다.

"준비됐어?" 나는 그녀에게 입 모양으로 말했다.

"네." 가면 뒤에서 그녀의 눈이 반짝거렸다.

"아나!" 미아가 말했다. "시간 됐어요!"

아나가 어리둥절해 물었다. "무슨 시간요?"

"첫 댄스 경매. 자, 이리 와요!" 미아가 일어서더니 손을 내밀었다.

지랄도 참. 참으로 성가신 누이동생이다.

나는 미아를 쏘아보았다. 탁월한 섹스 방해꾼.

아나는 나를 슬쩍 쳐다보더니 킬킬거리기 시작했다.

전염됐나.

나는 재킷에 감사하며 일어섰다. "첫 댄스는 나와 하는 거야, 알겠지? 물론 댄스플로어에서가 아니고." 나는 맥박이 고동치는 그녀의 귀밑에 대고 소곤거렸다.

"기대하고 있을게요." 그녀는 모두가 보는 앞에서 내게 키스했다.

함박웃음이 나왔다. 문득 정신을 차리니 온 테이블이 우리를 바라보고 있었다.

맞아요, 여러분. 나 여자 친구 생겼습니다. 익숙해지시길.

사람들은 얼빠진 표정으로 바라보다 내 시선에 당황해 일제히 고개를 돌렸다.

"빨리 가요, 아나." 미아가 보채며 아나를 작은 무대로 이끌었고, 그곳에는 이미 여자들 몇 명이 모여 있었다.

"신사 여러분, 오늘 저녁의 하이라이트입니다!" 사회자의 우렁찬 목소리가 마이크를 타고 웅성거리는 목소리 위로 울려 퍼졌다. "줄곧 기다려왔던 순간이죠! 여기 열두 명의 아름다운 여성분들이 가장 높은 가격을 매기는 분께 첫 댄스의 기회를 드립니다!"

아나는 불편한 기색이었다. 바닥을 내려다보다 움켜쥔 손가락을 쳐다보면서 무대로 다가오는 젊은 남자들을 피해 눈길을 돌렸다.

"자, 신사 여러분, 이리들 모여서 첫 댄스 상대 후보들을 잘 봐두세요. 어여쁘고 고분고분한 열두 명의 아가씨들입니다."

미아는 언제 아나를 이 빌어먹을 광대놀음에 끌어들인 거지?

꼭 가축 시장 같군.

아무리 자선을 위한 거라지만.

사회자가 온갖 미사여구로 첫 번째 아가씨를 소개했다. 그녀의 이름은 제이다였는데, 그녀의 첫 댄스는 순식간에 5천 달러에 낙찰됐다. 미아와 아나는 이야기를 나누고 있었다. 아나는 미아의 말을 열심히 듣는 것 같았다.

제길.

미아가 무슨 말을 하는 걸까?

다음 대상은 머라이어였다. 사회자의 소개에 그녀는 민망한 것 같았다. 그럴 만도 했다. 미아와 아나는 계속 이야기를 나누었다. 내 이야기를 하는 게 분명했다.

젠장, 미아, 제발 좀 닥쳐.

머라이어의 첫 댄스는 4천 달러에 팔렸다.

아나는 나를 흘끔 보고는 미아에게로 시선을 돌렸다. 미아는 입을 다물 줄 몰랐다.

다음은 질이었고, 그녀의 첫 댄스는 4천 달러에 팔렸다.

아나가 나를 응시했다. 그녀의 눈이 가면 뒤에서 반짝였지만 무슨 생각을 하는지는 알 수 없었다.

젠장. 미아가 무슨 말을 했을까?

"자, 이제 아름다운 아나를 소개하겠습니다." 미아가 아나를 무대 가운데로 밀었고, 나는 군중의 앞쪽으로 나아갔다. 아나는 자신에게 시선이 집중되는 것을 좋아하지 않았다.

아나에게 이런 일을 겪게 하다니, 미아.

그러나 아나는 아름다웠다.

사회자가 또다시 과장되고 우스꽝스러운 소개를 늘어놓았다. "아름다운 아나는 여섯 개의 악기를 연주하고, 중국어를 유창하게 구사하며, 요가에 열심입니다. 자, 신사분들……."

그만. "1만 달러." 나는 외쳤다.

"1만 5천." 어떤 남자가 호응했다.

뭐야?

돌아보니 내 여자에게 호가를 외친 자는 플린이었다. 아나의 표현에 따르면, 비싼 돌팔이. 그의 걸음걸이는 어디에서든 눈에 띄었다. 그가 내게 점잖게 고개를 끄덕였다.

"자, 신사분들! 오늘 밤 이 자리에 과감한 꾼들이 모였군요!" 사회자가 모인 후원자들에게 외쳤다.

플린이 하려는 게임은 무엇일까? 이 판을 어디까지 끌고 가려는 거지?

천막 건물 안에서 웅성대던 목소리가 차츰 잦아들었고 군중은 우리를 지켜보며 우리의 대응을 기다렸다.

"2만." 나는 낮은 목소리로 값을 불렀다.

"2만 5천." 플린이 응수했다.

아나의 초조한 시선이 내게서 플린에게 넘어갔다. 민망한 표정이다. 솔직히 나도 그렇다. 플린이 무슨 게임을 하고 있든, 이 게임을 더는 하고 싶지 않았다.

"10만 달러." 나는 전체 청중에게 들리도록 외쳤다.

"이런 제기랄, 뭐라고?" 아나 뒤의 어떤 여자가 외쳤고, 내 주변의 사람들이 헉하고 숨을 들이켜는 소리가 들렸다.

덤벼보시지, 존.

내가 플린에게 차분한 시선을 던졌을 때, 그가 껄껄 웃으며 품위 있게 두 손을 처들었다. 항복.

"사랑스러운 아나에게 10만 달러 나왔습니다! 10만······ 10만······." 사회자가 플린에게 다시 호가를 권했지만, 그는 고개를 젓고 나서 숙였다.

"낙찰!" 사회자가 의기양양하게 외쳤고, 귀청이 먹먹해지도록 박수갈채와 환호성이 터져 나왔다. 나는 앞으로 걸어 나가 아나에게 손을 내밀었다.

내 여자를 따냈다.

그녀는 내게 안도의 웃음을 지으며 내 손에 자신의 손을 얹었다.

나는 그녀가 무대에서 내려오도록 도와주고 나서 그녀의 손등에 키스하고는 내 팔 밑에 그녀의 손을 꼈다. 우리는 야유와 축하하는 소리를 무시하고 천막 출입구로 향했다.

"저 사람 누구예요?" 그녀가 물었다.

"나중에 만날 사람. 지금은 네게 다른 걸 보여주고 싶어. 첫 댄스 경매가 끝날 때까지 20분 정도 남았어. 끝날 때쯤 댄스플로어로 돌아가야 해. 돈 내고 산 댄스니 좀 즐겨야지."

"그것도 아주 비싸게 산 댄스죠." 그녀가 꼬집었다.

"들인 돈이 전혀 아깝지 않을 댄스가 될 거야."

드디어. 그녀를 차지했다. 미아는 아직 무대에 있어 지금은 나를 방해할 수 없었다. 나는 아나를 데리고 댄스플로어로 이어지는 잔디밭을 가로질렀다. 근접 경호원 둘이 따라오고 있을 것이다. 흥청거리는 소음이 차츰 뒤쪽에서 잦아들 때쯤 나는 그녀를 데리고 두 짝 유리문을 통과해 거실로 들어갔다. 경호원들이 따라오도록 그 문은 열어두었다. 우리는 복도로 들어가서 계단을 올라 내가 어릴 때 썼던 방으로 향했다.

또 다른 첫 시도.

나는 안에서 문을 잠갔다. 경호원들은 밖에서 기다리면 된다. "여기가 내 방이었어."

아나는 방 한가운데 서서 하나하나 둘러보았다. 내 포스터, 메모판. 모든 걸. 그녀의 시선은 모든 걸 훑고 나서 내게 안착했다.

"여자를 이 방에 데려온 건 처음이야."

"한 번도요?"

나는 고개를 저었다. 사춘기의 격정이 내 몸을 질주했다. 여자가. 내 방에. 엄마가 무슨 말을 하려나?

아나의 입술이 초대하듯 벌어졌다. 가면 밑의 짙어진 눈은 나를 떠나지 않았다. 나는 그녀에게 다가갔다.

"시간이 별로 없어, 아나스타샤. 지금 이 순간 이런 느낌이라면, 오랜 시간은 필요 없겠지. 뒤로 돌아. 드레스를 벗길 테니."

그녀는 즉시 돌아섰다.

"가면은 계속 쓰고 있어." 나는 그녀의 귀에 소곤댔다.

그녀가 신음을 토해냈다. 아직 손도 안 댔는데. 오랫동안 은 구슬을 꼈던 터라 그것의 후임을 애타게 기다리고 있을 것이다. 나는 드레스의 지퍼를 내리고 그녀가 드레스를 벗게 도왔다. 물 러나서 드레스를 의자 위에 걸쳐놓고 내 재킷을 벗었다.

그녀는 코르셋을 입고 있었다.

허벅지까지 오는 스타킹.

하이힐.

그리고 가면.

저녁 내내 그녀는 내 머릿속을 휘저었다.

"너도 알지, 아나스타샤."

나는 나비넥타이를 풀고 셔츠 목 단추를 풀면서 그녀에게 다 가갔다. "네가 내 경매 품목을 샀을 때는 정말 화가 나더군. 온 갖 생각이 머릿속에 빗발쳤지. 처벌은 메뉴에서 빼버렸다는 걸 상기해야 했고. 하지만 넌 처벌을 자초했어." 나는 붙어 서서 그녀를 내려다보았다. "어째서 그런 거야?"

알아야겠어.

"자초했다고요?" 허스키한 그녀의 목소리가 욕망을 드러냈 다. "모르겠어요. 좌절감에서. 술기운에서. 좋은 취지로."

그녀는 어깨를 으쓱거렸다. 그녀의 눈이 내 입으로 향했다.

"난 다시는 네 엉덩이를 때리지 않겠다고 맹세했어. 네가 애 원하더라도."

"때려줘요, 제발."

"하지만 그때 넌 몹시 불편한 상태였어, 익숙하지 않은 상 태."

"맞아요." 그녀가 대답했다. 숨이 가빴고, 섹시했고, 기뻐하 는 것 같았다. 지금 네가 어떤 상태인지 잘 알지.

"그래서 선택권을 두는 게 좋겠어. 내가 이걸 하길 바란다면 한 가지 약속을 해줘야 해."

"뭐든지요."

"필요하면 안전신호를 말해. 그러면 널 그냥 사랑해줄 테니까, 알겠지?"

그녀가 순순히 동의했다.

나는 그녀를 침대로 데려가 이불을 한쪽으로 치우고 앉았다. 그녀는 가면과 코르셋 차림으로 내 앞에 섰다.

그녀는 선정적이었다.

나는 베개를 집어 내 옆에 놓았다.

내가 그녀의 손을 툭 당기자 그녀는 내 무릎 위로 엎어졌고, 그녀의 가슴은 베개 위에 놓였다. 나는 그녀의 얼굴과 가면 위에서 머리카락을 쓸어 넘겼다.

거기.

그녀는 눈이 부셨다.

자, 이제 양념을 칠 차례. "두 손을 등에 대."

그녀는 내 명령에 따르고는 내 위에서 꿈틀거렸다.

열심이군. 마음에 들어.

나는 넥타이로 그녀의 두 손목을 묶었다. 그녀는 무장해제됐다. 내 손안에 있다.

짜릿해.

"정말로 이걸 원해, 아나스타샤?"

"원해요." 그녀는 또박또박 욕망을 드러냈다.

하지만 여전히 미심쩍었다. 이건 선택지에서 완전히 배제됐다고 생각했는데.

"어째서?" 나는 그녀의 엉덩이를 어루만지며 물었다.

"이유가 필요해요?"

"아니, 그런 건 아니야. 그냥 널 이해하려는 거야."

이 순간에 집중해, 그레이.

그녀는 이걸 원해. 너도 원하고.

나는 다시 그녀의 엉덩이를 쓰다듬으며 준비를 했다. 그녀를 준비시켰다.

나는 그녀 위로 몸을 숙이고 왼손으로 그녀를 누른 채 오른손으로 그녀를 후려쳤다. 그녀의 멋지고 멋진 엉덩이와 허벅지가 만나지는 지점을.

그녀는 신음하며 불분명한 말을 토해냈다.

안전신호는 아니었다.

나는 다시 그녀를 때렸다.

"둘. 열둘까지 갈 거야." 나는 세기 시작했다.

나는 그녀의 엉덩이를 쓰다듬고는 다른 쪽 엉덩이를 두 번째로 내려쳤다. 그러고는 레이스 팬티를 벗겨 쭉 내렸다. 허벅지로, 무릎으로, 종아리로, 루부탱 위로 내려 바닥에 던졌다.

일어섰다.

온몸이.

그녀는 은구슬을 끼고 있지 않았으므로 나는 다시 그녀를 내려치며 횟수를 셌다. 그녀는 내 무릎 위에서 끙끙대고 몸을 비틀었다. 눈은 가면 아래에서 질끈 감겨 있었고, 엉덩이는 예쁜 분홍빛으로 물들었다.

"열둘." 나는 내려치며 속삭였다.

나는 달아오른 엉덩이를 쓰다듬고는 손가락 두 개를 그녀 안에 넣었다.

그녀는 젖어 있었다.

지독하게 젖었다.

준비가 돼 있었다.

내가 손가락을 안에서 돌리자 그녀는 신음하다 절정에 올라 울부짖었다. 내 손가락을 감싼 채, 미친 듯이.

와하. 빠르기도 하지. 타고난 관능 덩어리.

"바로 그거야, 자기." 나는 그녀의 손목을 풀었다. 그녀는 가쁜 숨을 몰아쉬었다. "난 아직 안 끝났어, 아나스타샤."

이제는 내가 배고팠다. 그녀를 원했다.

지독히.

나는 그녀를 바닥에 내려 엎드리게 하고 그녀 옆에 무릎을 대고 엎드렸다. 바지 지퍼를 내리고 나서 속옷을 홱 끌어 내려 세차게 일어선 내 물건을 꺼냈다. 그러고는 바지 주머니에서 콘돔을 꺼낸 후 내 여자에게서 손가락을 빼냈다.

그녀가 낑낑거렸다.

나는 내 물건에 콘돔을 씌웠다. "다리 벌려." 그녀가 복종했고 나는 느릿느릿 그녀 안으로 들어갔다. "이번엔 빨리 할 거야." 나는 소곤거린 후 그녀의 엉덩이를 잡고 천천히 몸을 뺐다가 다시 세게 박았다.

그녀가 비명을 질렀다. 기쁨의 비명. 흥에 겨운. 황홀감에 취한.

이것은 그녀가 원한 것이다. 그녀의 바람에 호응할 수 있어 기뻤다. 내가 찌르고 찌르자 그녀가 나를 맞이했다. 엉덩이를 뒤로 내밀며.

젠장.

이러면 생각보다 더 빨리 끝날 수도 있었다. "아나, 안 돼." 나는 경고했다. 그녀의 쾌락을 늘이고 싶었다. 하지만 탐욕스러운 이 여자는 모든 것을 힘껏 취해갔다. 게걸스럽게 응수했다.

"아나, 젠장." 목이 졸리는 듯한 비명이 터져 나왔다. 내가 사정하며 그녀를 절정으로 밀어 올리자 그녀는 오르가즘에 젖어 비명을 내질렀다. 그녀가 나를 빨아들이는 순간 나는 그녀 안으로 침전했다.

아, 끝내주게 좋다.

힘이 쭉 빠졌다.

식사 내내 이어진 밀고 당기기와 기대감 끝에 드디어……. 이것은 불가피한 일이었다. 나는 그녀의 어깨에 키스한 후 그녀에게서 빠져나와 콘돔을 제거해 침대 옆 쓰레기통에 던졌다. 어머니 집 청소부가 상상의 나래를 펼 것이다.

아나는 여전히 가면을 쓴 채 웃는 얼굴로 헐떡였다. 만족스러워 보였다.

나는 그녀 위로 몸을 숙여 어깨를 그녀의 등에 기댄 채 함께 평정을 찾았다.

"음." 나는 만족감에 취해 웅얼거리다 그녀의 티 없는 등에 쪽 하고 키스했다. "나와 춤출 의무가 있을 텐데, 스틸 양."

그녀의 목구멍 깊숙한 곳에서 만족에 젖은 응답이 흘러나왔다. 나는 상체를 일으켜 그녀를 내 무릎 위로 끌어당겼다.

"시간 없어. 가자." 나는 그녀의 머리카락에 키스했다. 그녀는 내 무릎에서 내려와 침대에 걸터앉아 매무새를 고치기 시작했고 나는 셔츠 단추를 채우고 타이를 다시 맸다.

아나는 일어나 내가 드레스를 놓아둔 곳으로 건너갔다. 그녀는 가면을 쓰고 코르셋을 착용하고 신발을 신어 관능의 화신으로 돌아갔다. 그녀가 여신인 줄은 알았지만 이건……. 그녀는 내 기대감을 뛰어넘었다.

그녀를 사랑한다.

나는 돌아섰다. 별안간 초라한 기분이 들어 침대 위의 이불을 폈다.

이불 정리가 끝날 때쯤 불편한 감정은 썰물처럼 물러갔다. 아나는 메모판에 붙은 사진을 구경하고 있었다. 전 세계에서 찍은 사진들이 많았다. 부모님은 외국에서 휴가 보내는 걸 좋아했다.

"이 사람 누구예요?" 아나가 물으며 낡은 흑백사진 속 약쟁이 창녀를 가리켰다.

"별로 중요한 사람 아냐." 나는 재킷을 걸치고 넥타이를 바로 맸다. 잊고 있던 사진. 내가 열여섯 살 때 캐릭이 주었던 사진. 몇 번 버리려 했지만 내 손으로는 도저히 없애지 못했던 사진.

"아들아, 네게 줄 게 있다."

"뭔데요?" 나는 캐릭의 서재에 있다. 이번 꾸지람은 뭘까 기다린다. 하지만 짐작조차 안 된다. 링컨 부인과의 일만 아니기를.

"요즘 좀 조용히 지내더구나. 더 차분하고 너다워졌어."

나는 표정에 속마음이 드러나지 않길 바라며 고개를 끄덕인다.

"옛날 서류를 뒤적이다 이걸 발견했다." 아버지가 내게 슬퍼 보이는 젊은 여자의 흑백사진을 건넨다. 배를 한 방 얻어맞은 것 같다.

그 약쟁이 창녀.

그는 내 반응을 살핀다. "널 입양할 때 받은 거야."

"아." 나는 말문이 막힌다.

"네가 이걸 보고 싶어 할지 몰라서. 이 사람 알아보겠니?"

"네." 나는 말을 간신히 짜낸다.

그는 고개를 끄덕인다. 할 말이 더 있는 게 분명하다.

또 뭘까?

"네 생물학적 아버지에 대한 정보는 없어. 그는 네 어머니의 삶에 아무런 자취를 남기지 않았어."

그는 내게 무슨 말을 하려 한다……. 그럼 그 빌어먹을 포주가 아니었다는 거야?

제발 그 남자만은 아니라고 말해주길.

"더 알고 싶은 게 있으면…… 내게 말하렴."

"그 남자가 혹시?" 내가 중얼거린다.

"아니. 그자는 너랑 아무 상관 없어." 아버지가 나를 안심시킨다.

나는 눈을 감는다.

천만다행이다. 천만다행. 천만다행.

"그게 다예요, 아빠? 가도 돼요?"

"그럼." 아빠는 곤혹스러워 보이지만 고개를 끄덕인다.

나는 그 사진을 쥐고 서재를 나온다. 달려간다. 달린다. 달린다. 달린다…….

그 약쟁이 창녀는 처량하고 한심한 인간이었다. 그 낡은 흑백 사진 속의 그녀는 누가 봐도 희생자처럼 보였다. 경찰이 찍은 피의자 사진 같았는데, 번호는 잘려나가고 없었다. 당시 내 부모님의 자선 활동이 있었다면 그 여자의 최후는 달라졌을까 궁금했다. 나는 고개를 흔들었다. 아나와 그 여자에 대한 이야기는 하고 싶지 않았다. "지퍼 올려줘?"

"올려줘요." 내가 드레스 지퍼를 올릴 수 있게 아나가 나를 등지고 섰다. "그럼 어째서 이 여자 사진을 메모판에 붙여놓은 건데요?"

아나스타샤 스틸, 넌 모든 걸 묻고 대답하는군.

"못 보고 지나쳤어. 내 넥타이 어때?"

그녀는 녹녹해진 눈으로 내 타이를 살펴보고는 손을 올려 똑바로 펴고 나서 양 끝을 잡아당겼다. "이제 완벽해요."

"너처럼." 나는 그녀를 안고 키스했다. "기분 좋아졌어?"

"훨씬요. 고마워요, 그레이 씨."

"고맙다니 내가 다 기쁘군, 스틸 양."

나는 네가 고마워. 만족스러워.

나는 손을 내밀었다. 내 손을 잡는 그녀의 얼굴에 수줍지만 만족스러운 함박웃음이 번졌다. 나는 잠긴 문을 열었고, 우리는 아래층으로 내려가 정원으로 나갔다. 어느 지점에서 경호원들이 따라붙었는지 모르지만 그들은 테라스로 우리를 따라와 거실의 유리 짝문을 통과했다. 흡연자들이 모여 담배를 피우다 흥미로운 눈초리로 우리를 바라보았지만 나는 아랑곳하지 않고 아나를 댄스플로어로 데려갔다.

사회자가 말했다.

"자, 신사 숙녀 여러분, 첫 댄스를 즐길 시간입니다. 그레이 씨와 그레이 박사님, 준비되셨습니까?" 캐릭이 어머니를 안고 고개를 끄덕였다. "첫 댄스 경매에 참가하셨던 신사 숙녀 여러분, 준비되셨습니까?" 나는 아나의 허리에 팔을 두르고 그녀를 내려다보았고, 그녀는 나를 향해 활짝 웃었다.

"그럼 시작할까요?" 사회자가 열정적으로 말했다. "샘, 나오세요!" 밴드 리더가 무대로 뛰어나와 밴드 쪽으로 돌아서더니 손가락을 탁 튀겼다. 〈아이브 갓 유 언더 마이 스킨(당신이 내 피부 아래에 있다는 뜻으로, '난 당신에게 빠졌다'는 의미도 된다.-옮긴이)〉을 단순하게 편곡한 곡이 흐르기 시작했다.

나는 그녀를 바짝 당겼고, 우리는 춤추기 시작했다. 그녀는 쉽게 쉽게 내 스텝에 맞춰 따라왔다. 내가 댄스플로어 위로 그녀를 빙글빙글 돌릴 때 그녀는 매혹적이었다. 우리는 사랑의 열병을 앓는 바보처럼 서로를 보며 활짝 웃었다…….

이런 감정 영원할까?

이 활력?

이 행복감?

빌어먹을 조물주여.

"이 노래 좋군." 나는 말했다. "지금 아주 딱이야."

"당신도 내 피부 아래 있었죠. 말하자면 당신 침실에서."

아나! 충격적이야.

"스틸 양, 이렇게 야한 사람인 줄 미처 몰랐어."

"그레이 씨, 나도 미처 몰랐답니다. 다 최근 겪은 경험 때문인 것 같아요." 그녀는 짓궂게 웃으며 말했다. "그게 참 교육이 됐죠."

"우리 둘 다에게 해당되는 말이지." 나는 그녀를 댄스플로어에서 한 바퀴 더 돌렸다. 노래가 끝났고, 나는 그녀가 박수를 치도록 놓아주었다.

"내가 좀 끼어들어도 될까요?" 플린이 난데없이 나타나 청했다. 조금 전 첫 댄스 광대극 때의 일에 대해 그의 해명을 들어야 했지만 나는 옆으로 비켜났다.

"얼마든지. 아나스타샤, 이쪽은 존 플린 박사셔. 존, 아나스타샤입니다."

아나는 내게 불안한 시선을 던졌고, 나는 지켜보려고 옆으로 물러났다. 플린이 두 팔을 벌리고 아나가 그의 손을 잡을 때 밴드가 〈아무도 내게서 빼앗을 수 없네〉를 연주하기 시작했다.

아나는 존의 품에서 활기차게 움직였다. 두 사람이 무슨 얘기를 하는지 궁금했다.

내 얘기하나?

젠장.

불안감이 내게 총공세를 퍼부었다.

현실을 피할 수는 없을 것이다. 내 모든 비밀을 아는 순간 아나는 나를 떠날 것이다. 그녀의 방식을 따르는 관계도 그 현실을 잠시 연기할 뿐이다.

하지만 존은 그렇게 입이 가볍지는 않을 것이다.

"안녕, 아들." 어머니가 내 암울한 상념을 끊었다.

"어머니."

"재밌는 시간 보내고 있니?" 어머니도 아나와 존을 지켜보고 있었다.

"그럼요."

어머니는 가면을 벗고 있었다. "네 젊은 친구가 큰돈을 기부했더라." 하지만 어머니의 말투에서 날 선 기색이 느껴졌다.

"네." 나는 덤덤하게 대꾸했다.

"난 쟤가 학생인 줄 알았거든."

"엄마, 얘기하자면 길어요."

뭔가 이상했다. "왜 그러세요, 어머니? 그냥 말씀하세요."

어머니는 머뭇머뭇 손을 내밀어 내 팔을 만졌다. "행복해 보이는구나, 얘야."

"행복해요."

"쟤가 네게 잘 어울리는 것 같아."

"그런 것 같아요."

"쟤가 네게 상처를 주지 말아야 할 텐데."

"왜 그런 말씀을 하세요?"

"아직 어린애라."

"어머니, 무슨 그런……."

더없이 요란한 차림새의 여자 손님이 어머니에게 다가왔다.

"크리스천, 이쪽은 내 북클럽 친구 파멜라야."

우리는 인사를 나누었지만, 나는 어머니를 다그치고 싶었다. 아나에 대해 무슨 말을 하고 싶은 걸까? 음악이 끝났다. 내 정신과 의사의 손에서 아나를 구출해야 했다.

"얘기 아직 안 끝났어요." 나는 어머니에게 경고하고는 아나와 존이 춤을 멈추고 서 있는 곳으로 건너갔다.

어머니는 무슨 말을 하고 싶었던 걸까?

"만나서 반가웠습니다, 아나스타샤." 플린이 아나에게 말했다.

"존." 나는 고개를 숙여 인사했다.

"크리스천." 플린은 내게 인사하고는 양해를 구하고 자리를 떴다. 분명 아내를 찾으러 갔을 것이다. 방금 전 어머니와 나눈 대화 때문에 마음이 심란했다. 나는 다음 춤을 추려고 아나를 품에 안았다.

"생각보다 훨씬 젊은 분이시네요." 그녀가 말했다. "게다가 아주 입도 가볍고."

망할. "입이 가볍다고?"

"아, 그럼요. 내게 모든 걸 다 털어놓던데요?" 그녀가 말했다.

제기랄. 플린이 정말 그랬다고? 나는 그가 얼마나 큰 피해를 남겼는지 아나를 떠보았다. "아, 그렇다면 네 가방을 가져오지. 이제 나랑은 상종도 하기 싫을 테니까."

아나가 춤을 멈추었다. "박사님은 내게 아무 말 안 했어요!" 그녀가 외쳤다. 나를 붙들고 뒤흔들 기세로.

아, 하느님 감사합니다.

내가 손을 그녀의 작은 등에 올렸을 때 밴드가 〈그대를 생각하며〉를 연주하기 시작했다. "그렇다면 이 춤을 즐기자고."

나는 바보가 아니다. 플린이 직업상의 기밀을 함부로 발설할 리 없었다. 아나가 내게 맞춰 걸음걸음 스텝을 옮겨가자 사기가 오르고 불안감은 물러갔다. 내가 이렇게 춤을 즐길 줄은 상상도 못 했다.

오늘 밤 아나의 모습은 나를 매료시켰다. 댄스플로어 위에서 춤추는 아나의 모습에 함께 첫 밤을 보낸 후 아파트에서 보았던 그녀의 모습이 떠올랐다. 헤드폰을 낀 채 몸을 들썩거리던 그녀. 그때 움직임은 그다지 세련되지 않았었는데. 지금 나와 함께 있는 아나는 그때와는 대조적으로 내 리드를 완벽하게 따르며 즐기고 있었다.

밴드의 연주가 〈당신은 나를 모르죠〉로 넘어갔다.

더 느린 곡이다. 감상적이다. 구슬프면서도 달콤하다.

이것은 경고다.

아나. 넌 나를 몰라.

그녀를 안고 함께 느릿느릿 몸을 움직이면서 나는 속으로 그녀에게 용서를 구했다. 그녀는 까맣게 모르는 나의 죄에 대해. 그녀는 절대 모르게 해야 할 나의 죄.

그녀는 나를 모른다.

미안해. 나는 그녀의 향기를 들이마셨다. 조금 위안이 되었다. 나는 눈을 감고 그것을 내 기억 속에 저장했다. 그녀가 떠난 후 언제든 소환할 수 있도록.

아나.

노래가 끝나자 그녀는 내게 애교스러운 미소를 지었다.

"화장실에 다녀와야 해요." 그녀가 말했다. "금방 올게요."

"다녀와." 나는 그녀가 자리를 뜨고 테일러가 따라가는 것을 보고 나서 댄스플로어 가장자리에 서 있는 다른 경호원 셋을 주목했다. 그들 중 한 명이 자리를 떠나 테일러를 따라갔다.

나는 아내와 이야기를 나누는 플린 박사를 발견했다.

"존."

"다시 인사드리죠, 크리스천. 내 아내 리안은 이미 만나셨죠."

"물론이죠. 리안." 우리는 악수를 나누었다.

"당신 부모님께선 파티의 귀재시네요." 그녀가 말했다.

"뭐 그렇죠." 나는 대꾸했다.

"실례지만 저는 이만 화장실로 달려가야겠어요. 존, 착하게 굴어요." 그녀의 경고에 나는 웃음을 터뜨렸다.

"아내는 나를 너무 잘 알아 탈이죠." 플린이 덤덤하게 말했다.

"이제 이게 다 무슨 일인지 설명 좀 해주시죠." 나는 물었다. "내 돈으로 노는 재미가 아주 쏠쏠한가봅니다?"

"맞아요, 당신 돈. 당신 주머니에서 돈 나가는 걸 구경하는 재미가 아주 쏠쏠합니다."

"그녀가 그 돈의 값어치를 하고도 남는 걸 다행으로 여겨야 할 거요."

"책임을 두려워해선 안 된다는 걸 어떻게든 당신에게 납득시켜야 했어요." 플린이 어깨를 으쓱거렸다.

"그래서 경매 때 나랑 붙어 호가를 올렸군. 나를 시험하려고? 내 두려움은 내가 책임감이 부족해서가 아니야." 나는 그에게 험악한 표정을 지었다.

"그녀는 당신을 잘 다룰 만한 재목이에요." 그가 말했다.

그건 확신할 수 없지.

"크리스천, 그냥 그녀에게 털어놔요. 그녀도 당신에게 문제가 있다는 걸 알아요. 난 그녀에게 아무 말도 하지 않았지만." 그는 두 손을 치켜들었다. "그리고 지금은 이런 대화를 나누기에 적절하지 않아요. 시간도 장소도."

"그건 그렇군."

"그녀는 어디 있죠?" 플린이 주변을 둘러보았다.

"화장실에."

"사랑스러운 아가씨예요."

나는 동의의 뜻으로 고개를 끄덕였다.

"믿음을 가져요." 그가 말했다.

"그레이 씨." 경호팀의 레이놀즈가 끼어들었다.

"무슨 일이지?" 나는 그에게 물었다.

"우리끼리 얘기하고 싶은데요."

"자유롭게 얘기해." 나는 대답했다. 이 사람은 내 정신과 의사니까, 젠장.

"엘레나 링컨이 스틸 양에게 말을 걸고 있다는 걸 테일러가 말씀드리랍니다."

제기랄.

"가봐요." 플린이 말했다. 나를 쳐다보는 그의 표정에서 그 대화를 염탐하고 싶은 마음이 읽혔다.

"나중에 봅시다." 나는 플린에게 인사하고 레이놀즈를 따라 천막 건물로 갔다.

테일러는 천막 입구에 서 있었고, 넓은 텐트 안쪽에 아나와 엘레나가 날 선 대화를 나누고 있었다. 아나가 별안간 휙 돌아

내 쪽으로 걸어왔다.

"여기 있었군." 그녀가 내게 다가왔을 때 나는 그녀의 기분을 살피며 말했다. 그녀는 나를 싹 무시하며 나와 테일러를 그대로 지나갔다.

이건 좋지 않다.

테일러를 슬쩍 쳐다보았지만 그는 무표정했다.

"아나." 나는 아나를 부르며 서둘러 그녀를 따라잡았다. "무슨 일이야?"

"당신 옛 애인에게 물어보지그래요?" 그녀가 격분해 씩씩거렸다.

나는 주변에 듣는 사람이 없는지 확인했다. "너에게 묻잖아." 내가 재차 물었다.

그녀는 나를 쏘아보았다.

내가 뭘 어쨌다고 이러지?

그녀가 어깨를 쫙 폈다. "내가 당신에게 다시 상처 준다면 나를 찾아오겠다고 그 여자가 위협하던데요. 아마도 채찍을 휘두르려나보죠." 그녀가 쏘아붙였다.

혹시 웃기려고 한 말이 아닌가 싶었지만, 말 채찍을 들고 아나를 위협하는 엘레나의 모습이라니 터무니없었다. "그 역설적 표현이 네게도 먹힌 모양인데." 나는 아나의 기분을 풀어주려고 그녀를 놀렸다.

"하나도 안 웃겨요, 크리스천!"

"그래, 네 말이 맞아. 내가 저 여자랑 얘기해볼게."

"그런 짓 하기만 해봐요!" 그녀가 팔짱을 꼈다.

나더러 어쩌라는 거지?

"들어봐요." 그녀가 말했다. "당신이 저 여자랑 사업적으로 얽혀 있다는 거 알아요. 말장난도 용서할게요. 하지만⋯⋯."
그녀는 말을 멈추고는 별안간 말문이 막힌 것처럼 씩씩거렸다.
"화장실이나 갈래요." 그녀가 딱딱거렸다. 아나가 분통을 터뜨
린다. 또.

나는 한숨을 쉬었다. 나더러 어쩌라고? "제발 화내지 마." 나
는 달랬다. "난 저 여자가 여기 온지 몰랐어. 안 온다고 했었
고." 나는 손을 들어 엄지손가락으로 그녀의 아랫입술을 쓰다
듬었다. 그녀는 거부하지 않았다. "엘레나 때문에 우리 저녁을
망치지 말자, 아나스타샤. 저 여자는 옛날이야기일 뿐이야." 나
는 그녀의 턱을 들어 그녀의 입술에 살짝 키스했다.

그녀는 한숨을 내쉬었다. 싸움은 일단락된 듯했다. 나는 그녀
의 팔꿈치를 잡았다. "너를 다시 방해하는 사람이 없도록 화장
실까지 데려다주지."

어머니가 오늘 행사를 위해 대여한 호화로운 이동식 화장실
밖에서 그녀를 기다리며 휴대폰을 꺼냈다. 그린 박사로부터 내
일 아나를 진찰할 수 있다는 이메일이 도착해 있었다.

됐군. 이건 나중에 처리하자.

나는 전화기에 엘레나의 번호를 누르고 조용한 뒷마당 구석
쪽으로 몇 걸음 걸어갔다. 첫 번째 신호음에 그녀가 전화를 받
았다.

"크리스천."

"엘레나, 대체 무슨 짓이에요?"

"그 아가씨 불쾌하고 무례하더라."

"그 아가씨 건드리지 말고 가만히 두세요."

"내 소개는 해야 한다고 생각했어." 엘레나가 말했다.

"무엇 때문에요? 여긴 오지 않을 거라고 말했잖아요. 왜 마음

을 바꾼 거예요? 서로 합의가 된 줄 알았는데."

"네 어머니가 전화해서 와달라고 부탁하길래. 아나스타샤가 궁금하기도 했고. 그 아가씨가 널 다시 상처 주진 않을지 알아야 했어."

"그 여자 건드리지 마요. 이건 내가 처음으로 맺은 평범한 관계란 말이에요. 당신이 나에 대한 괜한 걱정으로 내 관계를 망치는 걸 원치 않아요. 그 여자. 건드리지. 마요."

"크리스……."

"진심이에요, 엘레나."

"네 본모습을 저버리기로 한 거야?" 그녀가 물었다.

"아뇨, 천만에요." 나는 고개를 들었다. 아나가 나를 지켜보고 있었다. "그만 끊죠. 안녕." 나는 엘레나와의 전화를 끊었다. 내가 먼저 전화를 끊은 것은 이번이 처음 같았다.

아나가 눈썹을 추켜올렸다. "그 옛날이야기 어쩌고 있어요?"

"성질부리지, 뭐." 화제를 바꾸는 게 최선이었다. "좀 더 춤출래? 아니면 가고 싶어?" 나는 시계를 확인했다. "5분 후에 불꽃놀이가 시작될 건데."

"불꽃놀이 좋죠." 그녀가 화해하고 싶은 것 같았다.

"그럼 보고 가자." 나는 두 팔로 그녀를 끌어당겼다. "그 사람이 우리 사이에 끼어들게 하지 말자. 부탁이야."

"그 여자, 당신 걱정 많이 하던데." 그녀가 말했다.

"응. 나도 그 여자 걱정해, 친구로서."

"그 여자에게는 우정 이상 같던데요."

"아나스타샤, 엘레나와 나는……." 나는 말을 멈추었다. 무슨 말을 해야 아나를 안심시킬 수 있을까? "복잡해. 우리에겐 공통의 사연이 있어. 하지만 그뿐이야, 사연. 너에게 몇 번이나 얘기했듯이 그 여자는 좋은 친구야. 그게 다야. 제발, 그 여자는 잊어버려." 나는 그녀의 머리에 키스했고, 그녀는 더는 따지지 않았다.

나는 그녀의 손을 잡았고, 우리는 댄스플로어로 돌아갔다.

"아나스타샤." 아버지의 부드러운 목소리가 들렸다. 아버지가 우리 뒤에 서 있었다.

"다음 곡을 함께 추는 영광을 허락해주겠나?" 캐릭이 그녀에게 손을 내밀었다.

나는 아버지에게 미소를 짓고는 아버지가 내 파트너를 댄스플로어로 이끄는 모습을 지켜보았다. 밴드가 연주를 시작했다. 〈나와 함께 날아요〉.

두 사람은 곧 화기애애하게 대화했고, 나는 내 얘기를 하나 다시 궁금했다.

"안녕, 아들." 어머니가 샴페인 잔을 들고 살그머니 내게 다가왔다.

"어머니, 아까 하시려던 말씀이 뭐죠?" 나는 본론으로 곧장 들어갔다.

"크리스천, 나는……." 어머니는 말을 멈추고 걱정스러운 눈초리로 나를 보았다. 대충 얼렁뚱땅 넘어가려는 게 분명했다. 어머니는 싫은 소리 하는 걸 좋아하지 않았다.

나는 점점 더 불안해졌다. "어머니, 말해보세요."

"엘레나한테 들었는데, 너랑 아나가 헤어졌었고 그 때문에 네가 상심이 컸다면서."

뭐라고요?

"왜 내게 얘기 안 했니?" 어머니가 말을 이었다 "두 사람이 함께 사업체를 운영하는 건 알고 있지만, 그 사람한테 그 이야기를 들으니 언짢더구나."

"엘레나가 과장한 거예요. 상심은 무슨 개뿔. 말다툼한 거예요. 그게 다예요. 잠시 다툰 거라 어머니에겐 얘기하지 않았어요. 지금은 괜찮아요."

"네가 상처받는 건 생각하기도 싫다. 그 애가 올바른 이유로 너와 사귀는 것이어야 할 텐데."

"누가요? 아나요? 그게 무슨 뜻이에요, 어머니?"

"넌 부유한 남자야, 크리스천."

"그녀가 돈이나 밝히는 여자 같아요?" 어머니에게 한 방 얻어맞은 것만 같았다.

망할.

"아니, 그런 뜻은 아니고……."

"엄마. 아나는 그런 여자 아니에요." 나는 폭발하지 않으려고 애를 썼다.

"나도 그랬으면 좋겠어. 엄마는 너를 위해 신중하라는 거야. 조심거라. 많은 젊은이들이 사춘기에 아픔을 겪으니까." 어머니는 내게 다 안다는 듯한 표정을 지었다.

아, 제발. 내 가슴은 사춘기 훨씬 이전에 찢어졌다고요.

"애야, 우린 그저 네가 행복하기를 바라는 거야. 그런데 오늘 저녁 널 보니, 네가 오늘처럼 행복해 보인 적이 없다는 건 인정해야겠구나."

"네. 어머니, 걱정하시는 건 알겠지만, 아무 문제 없어요." 나는 속으로 제발 그렇기를 기도했다. "전 이만 아버지 수중에서 '돈 밝히는' 여자 친구를 구하러 가볼게요." 내 목소리는 싸늘했다.

"크리스천……." 어머니는 나를 다시 부르려 했지만, 솔직히 어머니가 꺼져줬으면 싶었다. 감히 아나를 그런 식으로 생각하다니. 그리고 엘레나는 왜 어머니에게 나와 아나에 대해 멋대로 지껄인 걸까?

"늙은 아저씨들과 춤은 그만 추지." 나는 아나와 아버지에게 선언했다.

캐릭이 하하 웃었다. "'늙은'은 빼줘라, 아들. 모두들 이 아버지를 한창때인 걸로 아는데." 아버지는 아나에게 윙크를 하고는 시무룩한 아내에게 걸어갔다.

"아버지가 널 좋아하시는 것 같은데." 나는 살의를 느끼며 투덜거렸다.

"좋아하지 않을 이유가 없지 않겠어요?" 아나가 애교 섞인 미소를 지으며 말했다.

"정확한 지적이야, 스틸 양." 내가 그녀를 포옹했을 때 밴드가 〈당신뿐이었어요〉를 연주하기 시작했다.

"나랑 춤추겠어?" 내 목소리는 낮고 허스키했다.

"기꺼이 추죠, 그레이 씨." 그녀가 대답했다. 우리는 춤을 추었고, 내 생각들도 잊혔다. 돈 밝히는 여자들도, 걱정이 지나친 부모도, 방해꾼인 옛 돔도.

265

자정에 사회자가 가면을 벗어도 좋다고 선언했다. 우리는 물가 둑에 서서 아름다운 불꽃놀이를 구경했다. 아나는 내 품에 안겨 앞에 서 있었다. 머리 위 하늘에서 화약이 터질 때마다 그녀의 얼굴에 만화경이 펼쳐졌다. 아찔한 폭발의 순간에 그녀의 얼굴에 함박웃음이 피어났다. 흐르는 헨델의 〈제사장 사독〉과 완벽하게 어울리는 광경이었다.

짜릿했다.

부모님은 원래 손님에 대해 유난을 떠는 분들이다. 그렇게 생각하니 부모님에 대한 화가 조금 누그러졌다. 쏘아 올린 마지막 로켓들이 황금색 별들로 터져 나와 해변을 밝혔다. 군중이 반사적으로 박수를 치는 가운데 불꽃 비가 하늘에서 쏟아져 내려 검은 물을 은은히 비추었다.

장관이었다.

"신사 숙녀 여러분." 환호성과 휘파람이 잦아들자 사회자가 말했다. "한 가지만 더 말씀드리고 아름다운 오늘 밤을 마무리하겠습니다. 여러분의 후원 덕분에 오늘 모금액이 총 185만 3천 달러에 이르렀습니다!" 군중에게서 환호성이 터져 나왔다. 엄청난 금액이었다. 오늘 저녁 어머니는 부유한 친구들과 손님

들로부터 돈을 모금하느라 바빴을 것이다. 나도 60만 달러를 보냈다.

박수 소리에 귀가 먹먹해졌고, 불꽃놀이 기술자들이 부지런히 작업 중인 부잔교 위에 '감사합니다. 함께 대처하기 운동본부'라는 은빛 글자에 불이 들어오며 검은 거울 같은 수면 위에 글자가 어른거렸다.

"아, 크리스천…… 정말 멋져요." 아나가 감탄했고, 나는 그녀에게 키스하고는 그만 가자고 말했다. 집에 가서 그녀를 껴안고 눕고 싶은 마음이 간절했다. 정말 고된 하루였다. 그녀를 힘들게 설득하지 않고 밤새 그녀와 함께 있고 싶었다. 우선 레일라의 행방이 묘연했다. 오늘의 이 즐거움을 계속 이어가고 싶은 마음도 있었다. 그녀와 일요일 내내 같이 있고 싶었고, 다음 주에도 그러고 싶었다.

내일 아마도 아나는 그린 박사를 만날 것이다. 그리고 날씨에 달렸지만 둘이 하늘을 날든 항해를 떠나든 같이 있고 싶었다. 그녀에게 '그레이스 호'를 보여주고 싶었다.

아나와 함께 있으면 즐거웠다.

대단히 즐거웠다.

테일러가 다가와 고개를 저었다. 군중이 흩어질 때까지 이 자리에 있는 게 좋겠다는 뜻이었다. 그도 저녁 내내 경계의 눈을 늦추지 않았으니 분명 피곤할 것이다. 나는 그의 제안에 따라 아나에게 나와 여기서 기다리자고 말했다.

"그런데 아스펜은 어쩌지?" 나는 그녀의 생각을 다른 데로 돌렸다.

"아…… 그러고 보니 낙찰받고 돈을 아직 내지 않았네요."

"수표로 보내면 돼. 내게 주소가 있으니."

"그때 당신 화 많이 났더군요."

"그래, 많이 났었어."

"모두 당신과 당신 장난감 탓이에요."

"아주 어쩔 줄 모르더군, 스틸 양. 내 기억엔 아주 만족스러운 결과였어. 그나저나, 그건 지금 어디 있어?"

"은구슬요? 가방에요."

"돌려받고 싶은데. 네 순진한 손에 남겨두기엔 너무 강력한 물건이라."

"내가 다시 어쩔 줄 몰라 할까봐 걱정되나보죠. 혹시 다른 사람과?" 그녀의 눈에 짓궂은 장난기가 반짝였다.

아냐, 이런 일로 나를 놀리지 마.

"그런 일은 없는 게 좋겠지. 하지만 아니야, 아냐, 내가 바라는 건 오로지 네 쾌락이야."

언제나.

"날 못 믿는 거예요?" 그녀가 물었다.

"전적으로 믿지. 자, 이제 돌려받을 수 있을까?"

"생각해볼게요."

스틸 양이 강경하게 나오시는군.

멀리서 DJ가 음악을 틀었다.

"춤추고 싶어?" 내가 물었다.

"나 정말 피곤해요, 크리스천. 괜찮다면 가고 싶어요."

나는 테일러에게 손짓했다. 테일러가 고개를 끄덕이고는 소매의 마이크로 다른 경호원들에게 뭐라 말했고, 우리는 잔디밭을 건넜다. 미아가 신발을 양손에 들고 우리 쪽으로 폴짝폴짝 다가왔다. "벌써 가려는 건 아니죠? 진짜 음악은 지금 막 시작했는데. 가요, 아나." 미아가 아나의 손을 잡았다.

"미아, 아나스타샤는 피곤하대. 우린 집에 갈 거야. 게다가 내일은 중요한 일이 있어."

아나는 놀란 눈으로 나를 쳐다보았다.

미아는 마음대로 못 해 입을 삐죽거렸지만 계속 조르진 않았다. "다음 주에 꼭 한번 들러요. 같이 쇼핑을 가면 어때요?"

"좋아요, 미아." 아나는 웃었지만 목소리에서 피곤함이 묻어났다. 그만 그녀를 집에 데려가야 했다. 미아는 아나에게 작별 키스를 하고 나서 나를 붙잡고 꽉 껴안았다. 그러고는 환한 얼굴로 나를 올려다보았다.

"오빠가 이렇게 행복한 걸 보니까 너무 좋다." 미아가 내 뺨에 키스했다. "잘 가. 재미있는 시간 보내." 미아는 기다리는 친구들에게로 달려갔다. 그들 중 몇몇은 댄스플로어로 발걸음을 옮겼다.

부모님이 근처에 있었다. 어머니에게 성질을 부린 게 마음에 걸렸다. "가기 전에 부모님께 작별 인사를 드려야지. 가자." 우리는 그들에게 다가갔다. 어머니는 우리를 발견하고 반색했다. 그리고 손을 내밀어 내 얼굴을 매만졌고, 나는 어머니에게 인상을 쓰지 않으려고 애썼다. "와줘서 고맙구나. 아나스타샤를 데려온 것도. 너희 둘의 모습을 보니 그저 흐뭇했어."

"잘 놀다 가요, 엄마." 나는 애썼다. 아나 앞에서 아까 나눈 대화의 연장전을 치르고 싶지 않았다.

"잘 가거라, 아들. 아나도." 캐릭이 말했다.

"또 와요, 아나스타샤. 아나가 여기 오니까 얼마나 좋은지 몰라." 어머니가 친절하게 말했다. 진심으로 하는 말 같았고, '돈 밝히는 여자' 운운할 때의 날 선 기색은 가시고 없었다. 그냥 내가 걱정돼서 조심하려는 건지도. 하지만 부모님은 아나를 전혀 모른다. 그녀는 내가 만난 여자들 중 가장 물욕이 적은 여자다.

우리는 정문으로 향했다. 아나가 두 손으로 양팔을 위아래로 쓸었다. "안 추워?" 내가 물었다.

"괜찮아요, 고마워요."

"오늘 저녁 정말 즐거웠어, 아나스타샤. 고마워."

"나도요……. 특히 어떤 부분에선." 내 어릴 적 방에서 가졌던 밀회를 암시하는 게 분명했다.

"입술 깨물지 마." 나는 경고했다.

"내일 중요한 일이 있다고 한 건 무슨 말이에요?" 그녀가 물었다. 나는 그녀에게 그린 박사가 왕진을 올 것이고 깜짝 선물도 준비했다고 말했다.

"그린 박사요?"

"그래."

"왜요?

"내가 콘돔을 싫어하니까."

"내 몸이에요." 그녀가 투덜거렸다.

"내 것이기도 해." 나는 속삭였다.

아나. 제발. 나. 콘돔. 싫어.

앞마당 위에 걸린 종이 등의 은은한 불빛에 그녀의 눈이 반짝거렸다. 그녀가 이 문제로 따지고 들까 궁금했다. 그녀는 손을 올렸고, 나는 움직이지 않았다. 그녀가 내 나비넥타이 끝을 당기자 타이가 풀렸다. 그녀는 나긋한 손길로 내 셔츠의 목 단추를 풀었다. 나는 넋이 나가서 그녀를 바라보며 꼼짝 않고 서 있었다.

"이러고 있을 때 무척 섹시해요." 나지막한 그녀의 말이 놀라웠다.

그린 박사 얘기는 그만두기로 했나보다. "널 집에 데려다줘야 해. 가자."

Q7이 멈춰 섰고, 주차원이 차에서 내려 테일러에게 키를 내주었다. 경호원 소여가 내게 봉투를 건넸다. 봉투에 아나의 이름이 적혀 있었다.

"이건 어디서 난 거지?" 나는 그에게 물었다.

"직원 중 한 명이 저에게 줬습니다, 사장님."

아나에게 반한 사람? 낯익은 손글씨였다. 테일러는 아나를 차에 태웠다. 나는 그녀 옆에 타고 나서 편지를 그녀에게 건넸다. "네게 온 거야. 직원이 소여에게 줬다는군. 네게 반한 사람이 보낸 게 분명해."

테일러는 부모님 집을 빠져나가는 차량 행렬에 합류했다. 아나는 봉투를 찢어 열고 내용을 읽어 내려갔다.

"그 여자에게 말했어요?" 그녀가 외쳤다.

"누구에게 뭘 말해?"

"내가 그 여자를 로빈슨 부인이라고 부른다는 거요."

"엘레나가 보낸 거야? 이거 참 우습군." 엘레나에게 아나를 가만두라고 말했건만. 어째서 내 말을 무시하는 거지? 아나에게 무슨 말을 한 걸까? 대체 그 여자 왜 이러는 거지? "내일 내가 처리할게. 월요일이나." 나는 편지를 읽어보고 싶었지만 아나는 그럴 기회를 주지 않았다. 그녀는 편지를 가방 안에 넣고 대신 은구슬을 꺼냈다. "다음번까지 맡아둬요."

다음번?

이건 희소식이다. 나는 그녀의 손을 꼭 쥐었고, 그녀도 차창밖 어둠을 응시하면서 내 손을 꼭 쥐었다.

520번 다리를 중간쯤 건널 때 그녀는 잠이 들었다. 나는 잠시 긴장을 풀고 한숨을 돌렸다. 오늘은 정말 많은 일이 있었다. 피곤했다. 고개를 뒤로 젖히고 눈을 감았다.

그래. 정말 대단한 하루였어.

아나와 그 수표. 그녀의 고약한 성질머리. 그 고집. 그 립스틱. 섹스.

그래. 그 섹스.

물론 아나가 내 돈을 좇는 기회주의자라는 어머니의 불안감과 적대감을 해결해야 했다.

게다가 엘레나도 있었다. 그 예의 없는 훼방꾼. 정말 그 여자를 어쩌지?

나는 차창에 비친 내 모습을 쳐다보았다. 그 누런 송장 같은 형체는 나를 마주 보다 I-5 고속도로를 빠져나와 가로등이 환한 스튜어트 거리로 접어들 때 사라졌다. 집에 거의 다 와 간다.

집 밖에 차가 멈추었는데도 아나는 계속 잠들어 있었다. 소여가 차 밖으로 뛰어나가 내 문을 열었다.

"내가 널 안아서 들어갈까?" 나는 아나의 손을 꼭 쥐며 물었다. 그녀는 잠에서 깨 나른하게 머리를 저었다. 소여가 바짝 경계한 채 앞장을 섰고, 우리는 함께 건물 안으로 들어갔다. 그동안 테일러는 차를 차고 안에 넣었다.

아나는 엘리베이터 안에서 몸을 내게 기대고 눈을 감았다.

"하루가 길었지, 아나스타샤?"

그녀가 고개를 끄덕였다.

"피곤해?"

끄덕끄덕.

"별로 말이 없네."

그녀가 다시 고개를 끄덕이는 바람에 나는 웃음이 났다.

"가자. 내가 침대에 재워주지." 내 손가락이 그녀의 손가락을 감았다. 우리는 소여를 따라 엘리베이터에서 내려 현관으로 들어갔다. 소여가 앞에서 걸음을 멈추더니 손을 쳐들었다. 나는 아나의 손가락을 쥔 손에 힘을 주었다.

무슨 일이지?

"그러죠, 테일러." 소여가 그렇게 말하더니 우리를 향해 돌아섰다. "그레이 씨, 스틸 양의 아우디 타이어를 누가 칼로 찢었고 온통 페인트를 칠해놓았답니다."

아나가 숨을 들이켰다.

뭐?

뭐든 부수기 좋아하는 생각 없는 인간이 차고 안으로 침입하는 모습이 언뜻 떠올랐다……. 이내 레일라가 기억났다.

그 여자 대체 무슨 짓이지?

소여가 계속 말했다. "테일러는 범인이 아파트 안으로 들어가 아직 안에 있을지 모른다고 걱정하고 있습니다. 확실히 확인하겠답니다."

어떻게 아무나 이 아파트에 들어온다는 거지?

"알았어. 그래서 테일러의 계획은?"

"라이언과 레이놀즈를 데리고 직원용 엘리베이터로 올라오고 있습니다. 그들이 전면수색을 하고 이상 없는지 알려줄 겁니다. 저는 두 분과 함께 대기하고요."

"고맙네, 소여." 나는 한 팔로 아나를 꼭 안았다. "오늘 하루는 갈수록 태산이로군." 레일라는 이 아파트에 절대 들어올 수 없다. 가능할까?

문득 심상치 않았던 순간들이 떠올랐다. 뭔가 내 시야 가장자리에서 움직이는 걸 보았던 순간…… 그리고 누군가 내 머리카락을 간질이는 느낌에 잠에서 깨보니 아나는 내 옆에서 깊이 잠들어 있던 순간. 설마 하는 의심이 등줄기를 타고 흘렀다.

제기랄.

레일라가 정말 여기 있을까. 확인해야 했다. 그녀가 나를 다치게 하지는 않을 것이다. 나는 아나의 머리에 키스했다. "여기서 기다리는 짓은 못 하겠어. 소여, 스틸 양을 부탁해. 이상 없다는 걸 확인할 때까지 아나를 안으로 들여보내선 안 돼. 테일러가 과잉반응하는 걸 거야. 그 여자는 아파트 안까지 못 들어와."

"안 돼요, 크리스천." 아나는 내 재킷의 깃을 움켜잡으며 나를 말렸다. "나하고 같이 있어요."

"하라는 대로 해, 아나스타샤. 여기서 기다려." 생각보다 말이 더 딱딱하게 나왔다. 그녀가 나를 놓았다. "소여?" 그는 확신하지 못하고 내 앞을 막고 서 있었다. 내가 눈썹을 추켜들자 소여가 머뭇거리다 현관문을 열고 나를 안으로 들여보낸 후 문을 다시 닫았다.

거실 밖 복도는 어둡고 고요했다. 나는 거기 서서 이상한 점은 없는지 귀를 세웠다. 들리는 것은 건물을 휘감는 바람의 한숨 소리와 부엌에서 전자기기가 웅웅대는 소리뿐이었다. 저기 아래, 거리 저편에서 경찰 사이렌 소리가 울렸지만 그것 외에 에스칼라는 여전히 고요했다. 늘 그렇듯이.

레일라가 여기 있었다면 어디에 갔을까?

언뜻 짚이는 것은 놀이방이었다. 위층으로 달려 올라가려는데 위잉, 핑 하는 직원용 엘리베이터 소리가 나더니 테일러와 다른 경호원 둘이 권총을 휘두르며 복도로 들어왔다. 액션 영화의 한 장면처럼.

"이렇게 꼭 빡빡하게 해야 해?" 나는 앞장서 들어온 테일러에게 물었다.

"필요한 예방조처일 뿐입니다, 사장님."

"저희가 신속히 둘러보겠습니다."

"그래." 나는 체념하고 대답했다. "위층은 내가 확인하지."

"저랑 같이 가시죠, 그레이 사장님." 테일러는 내 안전을 과도하게 걱정하는 듯하다.

그가 다른 둘에게 지시를 내리자 그들은 흩어져 아파트를 수색했다. 나는 모든 전등 스위치를 올렸고, 불이 들어와 거실과 복도가 환해졌다. 나는 테일러와 위층으로 향했다.

그는 철저했다. 네 기둥 침대 밑, 탁자, 놀이방의 소파도 살폈다. 서브 방과 다른 방들도 샅샅이 뒤졌다. 침입자의 흔적은 없었다. 그는 자기 방과 존스 부인의 방으로 들어갔고, 나는 아래층으로 내려갔다. 욕실과 옷방도 침실처럼 깨끗했다. 방 한가운데 서 있는데 바보가 된 듯한 기분이 들었지만 쪼그리고 앉아 침대 밑을 살폈다.

아무것도 없었다.

먼지 하나 없었다. 존스 부인은 제몫을 다하고 있었다.

발코니 문은 잠겨 있었지만 나는 그것을 열었다. 밖에 나가니 산들바람이 시원했다. 발밑에 도시가 어둡고 아련하게 펼쳐졌다. 멀리에서 달리는 차들의 소리와 바람의 희미한 신음 소리. 그것뿐이었다. 집 안으로 들어가 문을 잠갔다.

테일러가 아래층으로 돌아왔다. "집 안에 그 여자는 없습니다." 그가 말했다.

"레일라 짓일까?"

"그럴 겁니다, 사장님." 그의 입술이 일자로 꾹 다물렸다. "사장님 방을 살펴봐도 될까요?"

　이미 내가 살폈지만 설득하기 귀찮았다. "그래."

　"옷장과 벽장을 모두 살펴보고 싶습니다." 그가 말했다.

　"그러지." 나는 이 상황이 터무니없어 고개를 절레절레 흔들고 나서 아나를 찾으러 현관문을 열었다. 소여가 권총을 휙 겨누다 나인 것을 알고 내렸다.

　"이상 없어." 나는 그에게 말했다. 그는 권총을 권총집에 넣고 옆에 섰다. "테일러가 과민반응한 거야." 나는 아나에게 말했다. 그녀는 몹시 지친 모습으로 움직이지 않았고 창백한 얼굴로 나를 올려다보기만 했다. 겁을 먹은 게 분명했다. "괜찮아." 나는 그녀를 끌어안고 그녀의 머리에 키스했다. "자, 피곤하겠다. 침대로 가자."

　"너무 걱정되었어요." 그녀가 말했다.

　"알아. 우리 모두 흠칫했지."

　소여는 아파트 안으로 들어갔는지 사라지고 없었다.

　"솔직히, 당신 이전 애인들은 상대하기가 아주 버겁네요, 그레이 씨." 그녀가 주장했다.

　"응, 그런 것 같군." 정말 그랬다. 나는 그녀를 거실로 이끌었다. "테일러와 경호원들이 모든 옷장과 벽장을 확인했어. 그 여자가 여기 있는 것 같진 않아."

　"어째서 여기 있겠어요?" 아나는 혼란스러워 보였다. 나는 테일러가 샅샅이 훑었고 놀이방까지 모든 곳을 수색했다고 그녀를 안심시켰다. 술 한잔하면서 마음을 가라앉히라고 권했지만 그녀는 사양했다. 피곤하다고 했다. "가자. 내게 재워줄게. 아주 피곤해 보여."

　침실에서 그녀는 가방 안 소지품을 서랍장 위에 모두 꺼내놓왔다. "이거요" 하고 그녀가 엘레나의 편지를 내게 건넸다. "당신이 읽어보고 싶어 할지 몰라서. 난 이거 무시하고 싶지만."

나는 편지를 훑어보았다.

아나스타샤,

내가 아가씨를 잘못 판단했는지도 모르겠네. 당신이야말로 나를 확실히 잘못 판단했고. 공백을 메워야 할 필요가 있다면 전화해요. 점심 같이 해도 좋으니까. 크리스천은 내가 당신과 말 섞는 걸 원치 않는다고 했지만 내가 도움이 된다면 무척 기쁠 거예요. 날 오해하지 말아요. 난 두 사람 사이 찬성하니까. 진심이라는 걸 믿어줘요. 하지만 하늘에 맹세코, 당신이 그에게 상처를 준다면……. 그 사람, 상처는 충분히 받을 만큼 받았어요. 전화해요. (206) 279-6261

로빈슨 부인

부아가 치밀었다.

엘레나는 게임을 하려는 걸까?

"무슨 공백을 메워주겠다는 건지 모르겠군." 나는 편지를 바지 주머니에 넣었다. "테일러와 이야기를 해야겠어. 지퍼 내려줄게."

"차가 훼손된 것, 경찰에 신고할 거예요?" 그녀가 돌아서면서 물었다. 나는 머리카락을 옆으로 치우고 지퍼를 내렸다.

"아니, 경찰이 개입되는 건 원치 않아. 레일라는 도움이 필요해, 경찰 조사가 아니라. 경찰이 여기 오는 것도 싫고. 레일라를 찾는 노력을 두 배로 늘려야 할 거야." 나는 그녀의 어깨에 키스했다. "침대로 가."

나는 부엌에서 물을 한 잔 따랐다.

이게 다 무슨 일일까? 내 세상이 붕괴할 것만 같았다. 아나와 함께 막 정상 궤도로 돌아가기 시작했는데 과거가 나를 망령처럼 따라다니는 것 같았다. 레일라와 엘레나. 혹시 두 사람이 결탁한 것은 아닐까 잠시 생각했지만 그것은 망상이었다. 무슨 그런 터무니없는 생각. 엘레나는 그 정도로 미치광이는 아니다.

나는 얼굴을 문질렀다.

왜 레일라는 나를 노리는 걸까?

질투심 때문에?

그녀는 관계의 진전을 원했다. 나는 원하지 않았고.

그러지만 않았어도 나는 기꺼이 관계를 유지했을 것이다…….
우리 관계를 끝낸 것은 그녀였다.

"주인님. 하고 싶은 말이 있는데 해도 되나요?" 그녀는 매력적인 레이스 라펠라 원피스 차림으로 내 오른편 식탁에 앉아 있다.

"해봐."

"저는 주인님에 대한 감정이 깊어졌어요. 주인님이 제게 목줄을 채워줬으면 좋겠어요. 영원히 주인님 옆에 있게요."

목줄? 영원히? 나는 속으로 중얼거린다. 뭐지, 이 구닥다리 헛소리는?

"하지만 그건 이루어질 수 없는 꿈이라는 거 알아요." 그녀가 말한다.

"레일라. 나는 그런 것에 맞지 않는 사람이야. 그 얘긴 이미 끝냈잖아."

"하지만 주인님은 외로워요. 제 눈에 보이는걸요."

"외로워? 내가? 나는 그런 거 못 느껴. 내겐 일이 있어. 가족도 있고. 너도 있고."

"하지만 저는 그 이상을 원해요, 주인님."

"난 그 이상은 못 줘. 너도 알잖아."

"알아요." 그녀가 나를 보려고 고개를 든다. 그녀의 호박빛 눈동자가 나를 뜯어본다. 그녀는 네 번째 벽을 무너뜨렸다. 허락 없이 나를 쳐다본 것이다. 하지만 나는 그녀를 꾸짖지 않는다.

"난 못 해. 그런 건 내 안에 없어." 나는 항상 그녀에게 솔직했다. 이것은 그녀가 너무나 잘 아는 부분이다.

"그건 주인님 안에 있어요. 하지만 저는 주인님이 그걸 깨닫게 만들 적임자가 아닌가봐요." 그녀의 목소리가 슬프다. 그녀는 깨끗한 접시를 다시 내려다본다. "그만 우리 관계를 끝내고 싶어요."

나는 그녀의 말에 깜짝 놀란다. "진심이야? 레일라, 이건 큰 변화야. 나는 우리의 합의를 이어가고 싶어."

"이렇게는 더 못 해요, 주인님." 마지막 단어에서 그녀의 목소리가 갈라지고, 나는 말문이 막힌다. "못 해요." 그녀가 속삭이고는 헛기침을 한다.

"레일라⋯⋯." 나는 그녀의 목소리에 담긴 감정에 당황해 말을 멈춘다. 그녀는 흠잡을 데 없는 서브였다. 서로에게 잘 맞는 상대라고 생각했는데. "네가 떠난다니 아쉽군." 그 말은 진심이다. "너랑 함께하는 시간이 정말 즐거웠거든. 너도 그랬다면 좋겠어."

"저도 아쉬울 거예요. 저에겐 모든 것이 즐거움 이상이었어요. 제가 원한 건⋯⋯." 그녀가 말꼬리를 흐리더니 내게 슬픈 미소를 짓는다.

"나도 다른 감정을 갖고 싶지만." 하지만 나는 다른 감정이 없다. 영속적 관계는 필요하지 않다.

"주인님은 제게 그런 여지를 준 적이 한 번도 없었어요." 그녀의 목소리는 조용하다.

"미안해. 네 말이 맞아. 네가 원하는 대로 그만 끝내자. 그게 최선이야, 특히 네가 나에 대한 감정이 깊어졌다면."

테일러와 경호팀이 부엌으로 돌아왔다.

"레일라가 아파트에 들어온 흔적은 없습니다, 사장님."

"나도 그럴 거라 생각했어. 어쨌든 확인해줘서 고마워."

"저희가 돌아가면서 감시 카메라를 지켜볼 겁니다. 라이언부터요. 소여와 레이놀즈는 취침하겠습니다."

"그래. 좋을 대로."

"네, 그레이 사장님. 가보게들." 테일러가 세 남자를 내보냈다.

"가봐."

그들이 나간 후 테일러는 내게 돌아섰다. "차가 엉망이 됐습니다, 사장님."

"폐차?"

"그게 좋겠어요. 완전히 파손됐습니다."

"그럴 만도 해, 레일라 짓이라면."

"아침에 건물 경비원에게 얘기해서 CCTV를 확인해보죠. 경찰에 연락하실 생각이세요?"

"아니, 아직은."

"알겠습니다." 테일러가 고개를 끄덕였다.

"아나의 차는 다른 걸로 구해야겠어. 내일 아우디 측과 얘기해주겠나?"

"네, 그러죠. 어질러진 건 내일 아침에 치우겠습니다."

"고마워."

"다른 건 없으십니까, 그레이 사장님?"

"없어. 고마워. 가서 좀 쉬어."

"주무세요, 사장님."

"잘 자게."

테일러는 나가고 나는 서재로 향했다. 신경이 곤두서다 못해 펄떡거렸다. 잠을 자긴 틀렸다. 웰치에게 전화해 소식을 알릴까 생각했지만 너무 늦은 시각이었다. 재킷을 벗어 의자에 걸쳐두고 컴퓨터 앞에 앉아 그에게 이메일을 썼다.

전송 버튼을 눌렀을 때 휴대폰이 부르르 진동했다. 엘레나 링컨의 이름이 화면에 떴다.

또 뭐지?

나는 전화를 받았다. "지금 뭐 하자는 거예요?"

"크리스천!" 그녀가 깜짝 놀랐다.

"이런 시간에 전화를 한 것부터 이해가 안 가요. 난 당신과 할 애기 없어요."

그녀가 한숨을 쉬었다. "할 말이 있어……." 그녀가 말을 멈추더니 전략을 바꾸었다. "메시지나 남길까 하고 해본 거야."

"이왕 이렇게 된 김에 말해봐요. 이제 메시지 남길 필요 없으니까." 평정심을 유지하기가 무척 힘들었다.

"화났구나. 티 나. 그 편지 때문이라면, 내 말 좀 들어봐……."

"아니, 당신이 들어요. 이미 부탁했지만, 다시 한 번 말할게요. 그 여자 그냥 내버려둬요. 당신과 아무 상관 없는 여자예요. 알겠어요?"

"크리스천, 난 네가 잘되길 바라는 마음뿐이야."

"그건 나도 알아요. 하지만 진심으로 말할게요, 엘레나. 그 여자 그냥 좀 내버려두라고, 씨발. 세 번 반복해야 알아듣겠어요?

내 말 알아듣겠냐고?"

"그래. 그래. 미안해." 그녀에게서 이렇게 뉘우치는 말투를 듣기는 처음이었다. 덕분에 내 분노가 조금 사그라들었다.

"그럼 됐어요. 잘 자요." 나는 휴대폰을 책상에 내동댕이쳤다. 방해꾼 같으니. 나는 두 손으로 머리를 감쌌다.

지독하게 피곤했다.

문을 두드리는 노크 소리가 났다.

"뭐야?" 나는 소리를 질렀다. 고개를 들어보니 아나였다. 내 티셔츠 차림에 맨다리를 드러내고. 잔뜩 겁먹은 눈이었다. 호랑이 굴로 들어온 사람처럼.

아, 아나.

"너에겐 새틴이나 실크가 제격이야, 아나스타샤. 내 티셔츠를 입어도 아름답긴 하지만."

"당신이 그리워요. 침대로 와요." 그녀의 목소리는 섹시하고 유혹적이었다.

상황이 이리 개판인데 어찌 잠이 오겠나? 나는 일어나서 책상을 돌아가 그녀를 내려다보았다. 레일라가 아나를 해치려는 거라면? 그것이 성공한다면? 내가 그러고도 살아갈 수 있을까?

"네가 나한테 어떤 의미인지 알아? 나 때문에 네가 무슨 일을 당한다면……." 익숙하지만 불편한 감정이 가슴에 번져나갔다. 별안간 울컥하더니 목이 메었다.

"난 무사할 거예요." 그녀는 달래는 투로 말하고는 내 뺨을 어루만졌다. 그녀의 손가락이 내 빳빳한 턱수염을 긁었다. "턱수염이 꽤 빨리 자라네요." 그녀가 신기하다는 듯 말했다. 내 뺨에 닿는 그녀의 살가운 손길이 좋았다. 마음을 달래면서도 관능적이었다. 그것이 내 안의 어둠을 길들였다. 그녀는 엄지손가락으로 내 아랫입술을 어루만졌다. 그녀의 눈길이 손가락을 따랐다. 집중하느라 동공은 커졌고 그 작은 v자는 미간에 자리 잡고 있었다. 그녀는 내 아랫입술을 훑고 나서 턱으로, 목 중간으로, 셔츠가 열린 목 아래로 내려왔다.

뭐 하려는 걸까?

그녀는 립스틱 경계선을 따라 손가락을 움직이는 것 같았다. 나는 눈을 감고 마음을 단단히 먹었다. 이제 어둠이 내 가슴을 압박할 것이다. 그녀의 손가락이 내 셔츠를 건드렸다.

"당신은 만지지 않을게요. 셔츠만 벗길 거예요." 그녀가 말했다.

나는 눈을 뜨고 두려움을 제어하면서 그녀의 얼굴에 집중했다. 그녀를 막을 수가 없었다. 셔츠가 위로 들렸고, 그녀가 두 번째 단추를 풀었다. 셔츠를 내 피부에서 떨어뜨린 상태로 그녀의 손가락이 다음 단추로 내려갔다. 그녀는 단추를 하나씩 풀었다. 나는 움직이지 않았다. 그럴 엄두가 나지 않았다. 두려움을 억누르느라 얕은 숨을 몰아쉬었다. 내 몸이 긴장한 채 기다렸다.

나를 만지지 마.

제발, 아나.

그녀는 다음 단추를 풀고 나서 웃는 얼굴로 나를 올려다보았다. "다시 고향 땅으로 돌아왔네요."

그녀의 손가락이 한참 전에 그었던 선을 따라 움직였다. 그녀의 손가락이 내 피부를 가르지 때 횡격막에 힘이 들어갔다.

그녀는 마지막 단추를 끄르고 셔츠를 완전히 열어젖혔다. 나는 참고 있던 숨을 토해냈다. 그녀는 내 손을 잡고 소맷부리를 쥐더니 왼쪽 커프스 링크를 풀고 나서 오른쪽도 풀었다. "당신

셔츠, 벗겨도 돼요?" 그녀가 물었다.

나는 고개를 끄덕였다. 이미 항복한 상태였다. 그녀는 셔츠를 들어 올려 어깨에서 벗겨낸 후 몸에서 당겨 벗겼다. 그녀는 일을 마치고 만족스러운 표정을 지었다. 나는 웃통을 벗고 그녀 앞에 서 있었다.

서서히 긴장이 풀렸다.

그리 나쁘진 않았다.

"내 바지는 어쩔 거야?" 나도 모르게 음탕한 웃음이 터졌다.

"침실에서요. 당신과 침대로 가고 싶어요."

"정말? 지금? 스틸 양, 만족을 모르는군."

"나도 그 이유를 모르겠어요." 그녀는 내 손을 잡았다. 나는 그녀에게 이끌려 거실을 건너 복도를 통과해 침실로 들어갔다. 추웠다. 싸늘한 공기에 내 젖꼭지가 오그라들었다.

"발코니 문 열어놨어?" 나는 물었다.

"아니요." 아나는 어리둥절한 표정으로 열린 문을 쳐다보고는 내게 돌아섰다. 얼굴이 잿빛이었다. 놀란 것 같았다.

"뭐?" 나는 머리카락이 곤두섰다. 추위 때문이 아니라 두려움 때문이었다.

"아까 잠에서 깼을 때." 그녀가 속삭였다. "방 안에 누군가 있었어요. 그저 상상인 줄 알았는데."

"뭐?" 나는 방 안을 재빨리 훑어보고는 발코니로 달려가 밖을 내다보았다. 아무도 없었지만 집 안을 수색하기 전에 이 문을 잠근 기억이 어렴풋이 났다. 게다가 아나는 이 발코니에 나온 적이 없었다. 나는 그 문을 다시 잠갔다.

"확실해? 누구였어?"

"여자였던 것 같아요. 어둡기도 했고, 막 잠에서 깬 터라."

제기랄!

"옷 입어. 당장!" 나는 명령했다. 서재에 들어왔을 때 즉시 말하지 않고 뭐 한 거야. 아나를 여기서 피신시켜야 한다.

"내 옷은 다 위층에 있어요." 그녀가 울먹였다.

나는 서랍장 서랍을 열어 운동복 바지를 몇 개 꺼냈다. "이거 입어." 나는 그것들을 그녀에게 던지고 나서 티셔츠를 꺼내 재빨리 입었다.

그리고 침대 옆 탁자에서 휴대폰을 집었다.

"그레이 사장님?" 테일러가 응답했다.

"그 여자가, 씨발, 집 안에 있어." 내가 내질렀다.

"맙소사." 테일러는 전화를 끊었다.

잠시 후 테일러가 라이언과 침실로 뛰어들었다.

"아나가 이 방에서 누군가를 봤대. 여자. 서재로 나를 보러 오느라 그걸 깜빡한 모양이야." 나는 그녀를 매서운 눈으로 흘끔거렸다. "이 방에 돌아와보니 발코니 문이 열려 있었어. 아까 집 수색할 때 내가 직접 문을 잠근 기억이 나는데 말이야. 레일라 짓이야. 확실해."

"얼마나 지났죠?" 테일러가 아나에게 물었다.

"10분쯤요." 그녀가 대답했다.

"그 여잔 이 아파트를 자기 손바닥처럼 훤히 알아. 아나스타샤를 대피시켜야겠어. 그 여자가 여기 어디 숨어 있어. 그 여자를 찾아내. 게일은 언제 돌아오지?"

"내일 저녁입니다."

"여기가 안전해질 때까지 돌아오지 못하게 해, 알겠어?"

"네, 사장님. 벨레뷰로 가실 겁니까?"

"부모님까지 끌어들이고 싶진 않아. 다른 데를 예약해줘."

"네, 전화 드리죠."

"좀 과잉반응하는 것 같지 않아요?" 아나가 물었다.

"그 여자 총을 가지고 있을지도 몰라." 내가 버럭했다.

"크리스천, 그 여자는 침대 발치에 서 있었어요. 나를 쏘고 싶었다면 아마 그때 쐈을 거예요."

나는 심호흡을 했다. 지금은 폭발해서는 안 된다. "이렇게 무방비 상태에서 위험을 무릅쓸 순 없어. 테일러, 아나스타샤의 신발이 필요해." 테일러는 나갔지만, 라이언은 남아 아나를 지켰다.

나는 서둘러 옷방으로 가서 바지를 벗고 청바지와 재킷을 걸쳤다. 정장 바지 안에 넣어두었던 콘돔을 꺼내 청바지 주머니에 쑤셔 넣었다. 그리고 옷 몇 벌을 싸고 나서 뒤늦게 생각이 나 청재킷을 하나 챙겼다.

아나는 어쩔 줄 모르고 아까 그 자리에 그대로 있었다. 불안해 보였다. 내 운동복 바지가 너무 커 보였지만 지금은 그녀에게 옷 갈아입을 시간을 줄 만큼 한가하지 않았다. 나는 그녀의 어깨에 청재킷을 걸쳐주고 그녀의 손을 잡았다.

"가자."

나는 그녀를 데리고 거실로 가서 테일러를 기다렸다.

"그 여자가 여기 숨을 수 있을 것 같진 않은데요." 아나가 말했다.

"이 집은 커. 아직 다 보지도 못했잖아."

"그냥 한번 불러보면 어때요? 그 여자에게 얘기하고 싶다고 말하면 되잖아요?"

"아나스타샤. 그 여자는 불안정해. 무기를 갖고 있을지도 모른다고." 나는 욱해서 강경하게 말했다.

"그럼 그냥 도망가요?"

"일단은 그래."

"그 여자가 테일러를 쏘려고 하면요?"

맙소사. 그런 일은 없어야 할 텐데.

"테일러는 무기를 잘 알고 다룰 줄도 알아. 총이라면 그 여자보다 테일러가 빨라." 제발 그러기를.

"레이 아빠도 군대에 있었어요. 내게 총 쏘는 법을 가르쳐주셨죠."

"네가, 총을?" 나는 코웃음을 쳤다. 충격인걸. 총은 질색이다.

"네." 그녀가 모욕당한 투로 대꾸했다. "나 총 쏠 수 있어요, 그레이 씨. 그러니 조심하는 게 좋을걸요. 당신이 걱정해야 할 건 미치광이 옛 서브만이 아니라고요."

"기억해두지, 스틸 양."

테일러가 내려왔다. 우리는 그와 현관으로 나갔다. 그는 아나에게 작은 여행가방과 내 검은 컨버스 운동화를 건넸다. 그녀가 테일러를 껴안는 바람에 테일러도 나도 놀라고 말았다.

"몸조심하세요." 그녀가 말했다.

"그러지요, 스틸 양." 마음에서 우러난 걱정과 애정 표현에 테일러는 당황하면서도 기쁜 모양이었다. 내가 그에게 눈치를 주자 그는 타이를 고쳐 맸다.

"어디로 가면 되는지 알려줘."

테일러가 지갑을 꺼내더니 내게 신용카드를 건넸다. "도착하시면 이 카드를 쓰는 편이 좋겠습니다."

후아. 이 일을 정말 심각하게 보고 있군. "좋은 생각이야."

라이언이 나타났다. "소여와 레이놀즈는 아무것도 찾지 못했답니다." 그가 테일러에게 보고했다.

"그레이 씨와 스틸 양을 차고까지 모셔다드리게." 테일러가 말했다.

우리 셋은 엘리베이터에 탔다. 아나는 그 틈을 이용해 운동화를 신었다. 내 재킷과 운동복 바지를 입은 모습이 좀 우스꽝스러웠다. 그녀는 귀여워 보였지만, 나로 인해 그녀가 위험에 처했다는 걸 생각하면 전혀 웃음이 나지 않았다.

아나는 차고에서 그녀의 차를 보고는 하얗게 질렸다. 차는 엉망으로 망가져 있었다. 앞 유리창이 산산조각 난 데다 차체는 여기저기 찌그러진 자국과 싸구려 흰 페인트칠투성이였다. 그 광경에 피가 끓어올랐지만 아나를 생각해 분노를 다스렸다. 나는 그녀를 재촉해 R8에 태웠다. 그녀 옆에 올라탔을 때 그녀는 멍하니 앞만 보았다. 자기 차를 쳐다볼 엄두가 나지 않는 모양이었다.

"대신할 차가 월요일에 올 거야." 나는 그녀를 달랬다. 어떻게든 그녀의 마음을 풀어주고 싶었다. 나는 엔진을 켜고 안전벨트를 맸다.

"내 차인 줄 어떻게 알았을까요?"

한숨이 나왔다. 이런 대화는 내키지 않았다. "레일라도 아우디 A3를 가지고 있었거든. 내 서브들에게는 다 사주었어. 그게 같은 급에서는 가장 안전한 차라서."

"그럼 딱히 졸업 선물도 아닌 거네요." 그녀가 조용히 말했다.

"아나스타샤, 내 바람과 상관없이 넌 서브미시브였던 적이 한 번도 없어. 그러니까 그건 엄밀히 졸업 선물이 맞아."

나는 차를 빼서 주차장 출입구로 가서 차를 멈추고 차단봉이 올라가기를 기다렸다.

"아직도 내가 서브이길 원해요?" 그녀가 물었다.

뭐?

그때 전화가 울렸다. "나야." 전화를 받았다.

"페어먼트 올림픽 호텔. 제 이름으로 예약해두었습니다." 테일러가 알려주었다.

"고마워, 테일러. 그리고 테일러, 몸조심해."

"네, 알겠습니다." 그가 전화를 끊었다.

시애틀 거리는 으스스하게 적막했다. 새벽 3시에 운전할 때 누리는 장점 중 하나랄까. 레일라가 따라올지 몰라 부러 I-5번 도로를 타고 우회했다. 몇 분 간격으로 백미러로 뒤쪽을 살필 때마다 불안감이 뱃속을 할퀴었다.

모든 것이 내 통제 밖에 있었다. 레일라는 위험한 짓을 저지를 가능성이 있었다. 하지만 아나를 해칠 기회가 있었는데도 그러지 않았다. 그녀는 본디 순한 여자였다. 내가 알던 그녀는 예술적이고 밝고 장난기가 많았다. 그리고 그녀가 자신을 보호하기 위해 우리 관계를 끝냈을 때 나는 그런 그녀를 존경했었다. 그녀는 절대 파괴적인 사람이 아니었고 자해를 한 적도 없었다. 그런데 에스칼라에 나타나 존스 부인 앞에서 자해를 했고, 오늘 밤엔 아나의 차를 망가뜨린 것이다.

예전의 그녀가 아니었다.

그러니 그녀가 아나를 해치지 않는다는 보장도 없었다.

그런 일이 일어난다면 내가 어찌 온전히 살아갈 수 있겠나?

아나는 내 옷 안에서 헤엄을 치는 듯 작고 안쓰러운 모습으로 차창 밖을 내다보았다. 그녀는 내게 질문을 던졌지만 나는 대답할 기회를 놓쳤다. 내가 아직 서브미시브를 원하는지 그녀는 알고 싶어 했다.

어떻게 그런 걸 물을 수가 있을까?

그녀를 안심시켜, 그레이.

"아니, 이제 그런 건 원하지 않아. 그건 말 안 해도 알 거라 생각했는데."

그녀가 고개를 돌려 나를 쳐다보았다. 내 재킷을 걸치고 옹송그리니 더 작아 보였다. "난 걱정이 돼요, 혹시나, 내가 부족할까봐."

왜 지금 이 순간에 이런 말을 꺼내는 거지? "충분하다 못해 그 이상이지. 세상에, 아나스타샤, 내가 어떻게 하길 바라지?"

그녀는 내 청재킷의 단추를 만지작거렸다. "어째서 내가 떠날 거라 생각한 거예요? 플린 박사가 내게 당신에 대해 알아야 할 걸 모두 말해줬다고 내가 당신에게 말했을 때?"

하고 싶은 말이 이거였어?

어물쩍 넘어가, 그레이.

"내 타락의 끝이 어디인지 넌 짐작도 못 할 거야, 아나스타샤. 그걸 너와 공유하고 싶지도 않고."

"내가 그걸 알면 떠날 거라고 정말 생각해요? 나를 참 우습게 보는군요?"

"넌 떠날 거야." 나는 대답했다. 확신은 없었다.

"크리스천, 그럴 일은 없을 거예요. 당신 없는 삶은 상상도 할 수 없는걸요."

"날 한 번 떠났었잖아. 그런 일은 다시 겪고 싶지 않아."

그녀는 창백해져서 내 운동복 바지의 허리끈을 만지작거리기 시작했다.

맞아. 넌 내게 상처를 줬어.

나도 네게 상처를 줬고…….

"엘레나가 그랬어요, 지난 토요일에 당신을 봤다고." 그녀가 중얼거렸다.

아니야. 개소리야. "그렇지 않아." 엘레나는 대체 왜 그런 거 짓말을 한 거지?

"내가 떠난 후 그 여자를 만나러 가지 않았다고요?"

"가지 않았어. 그러지 않았다고 내가 말하잖아. 의심받는 거 별로야." 분노를 그녀에게 표출하고 있다는 생각이 들어 좀 더 나긋하게 덧붙였다. "지난 주말에는 아무 데도 가지 않았어. 자리에 앉아서 네가 준 글라이더 모형을 만들었지. 오래도 걸리더군."

아나는 손가락을 내려다보았다. 여전히 허리끈을 만지작거렸다.

"엘레나는 내가 문제가 생기면 자기한테 쪼르르 달려올 거라 생각하나본데, 그건 오산이야, 아나스타샤. 난 아무에게도 달려가지 않아. 너도 이젠 아는지 모르겠지만, 나는 그리 말이 많은 사람이 아니야."

"당신이 2년 동안 말을 하지 않았다고 아버님께 들었어요."

"아버지가 그랬어?" 우리 가족들은 도대체 입을 다물 줄 모르나?

"내가 아버님을 좀 구슬려 정보를 빼냈죠." 그녀가 고백했다.

"아버지가 또 무슨 말씀을 하셨지?"

"당신이 병원에 실려 왔을 때 진찰했던 의사가 어머님이었다고. 병원에 실려 오기 전 당신은 아파트에서 발견됐다는 것도. 그리고 피아노를 배운 게 당신에게 도움이 되었다고. 미아도요."

아기 때 미아의 모습이 떠올랐다. 부스스한 까만 머리털, 늘 상 생글거리는 미소. 그 애는 내가 돌볼 수 있는 대상, 내가 보호할 수 있는 대상이었다. "걘 생후 6개월쯤 됐을 때 우리에게 왔어. 난 신이 났었지, 엘리엇은 나보단 시큰둥했고. 형에겐 이미 투닥거릴 상대인 내가 있었으니까. 그 애는 완벽했어. 물론 지금은 아니지만."

아나가 깔깔 웃었다. 또 예상을 벗어났다. 별안간 기분이 탁 풀렸다.

"그게 재미있나봐, 스틸 양?"

"미아는 우리를 떼어놓으려고 작정한 사람 같더라고요."

"그래, 꽤 성공적이었지." 성가시기도 했고. 그 애는…… 미아니까. 내 여동생. 나는 아나의 무릎을 쥐었다. "하지만 우리 결국 성공했잖아."

나는 그녀에게 씩 웃고 나서 백미러를 살폈다. "미행당하는 것 같진 않군."

나는 다음번 램프웨이를 타고 빠져나와 시애틀 도심으로 돌아갔다.

"엘레나에 대해 뭐 물어봐도 돼요?" 정지신호 앞에 섰을 때 그녀가 물었다.

"굳이 묻겠다면." 좀 안 해줬으면 좋겠지만.

"그 여자는 당신이 감당할 수 있는 방식으로 당신을 사랑했다고 예전에 말했었잖아요. 그게 무슨 뜻이었어요?"

"뻔하지 않아?"

"난 잘 모르겠어요."

"그때 난 통제가 되지 않았어. 남이 손대는 걸 참을 수가 없었지. 지금도 못 참듯이. 호르몬이 치솟는 열네 살, 열다섯 살 사춘기 소년이라 힘든 시기를 보냈어. 그 뜨거운 열기를 배출하는 길을 그 여자가 알려준 거야."

"미아 말로는 당신이 싸움꾼이었다던데."

"맙소사, 대체 우리 집 사람들은 어찌 그리 입이 가볍대?" 우리는 다음 빨간불 앞에 멈췄다. 나는 그녀에게 눈을 흘겼다. "너 때문이야. 네가 사람들을 살살 구슬려 정보를 빼내서 그래."

"그 정보는 미아가 자진해서 줬어요. 미아가 술술 다 털어놨다고요. 당신이 경매에서 날 낙찰받지 못하면 주먹다툼을 벌일 거라고 걱정했어요."

"아, 그럴 위험은 없었어. 다른 사람이 너랑 춤추도록 내가 놔두지 않았을 테니까."

"플린 박사에게는 양보했잖아요."

"그 사람은 항상 예외야."

나는 페어먼트 올림픽 호텔 진입로로 들어갔다. 주차원이 허둥지둥 우리를 맞이하러 달려왔고, 나는 그를 향해 차를 세웠다.

"가자." 나는 아나에게 말하고는 짐을 꺼내러 차에서 내렸다. 열심인 그 젊은이에게 키를 던져주었다. "테일러라는 이름으로."

로비는 조용했다. 어떤 여자가 개를 데리고 있는 것 외에는. 이 시간에? 이상했다.

프런트 직원이 우리의 숙박 절차를 처리했다. "짐 옮길 직원이 필요하신가요, 테일러 씨?"

"아뇨. 테일러 부인과 내가 알아서 하죠."

"캐스케이드 스위트룸입니다, 테일러 씨. 11층이에요. 벨보이가 가방을 들어드릴 겁니다."

"괜찮아요. 엘리베이터는 어디죠?"

그녀가 손으로 가리켰다. 엘리베이터를 기다릴 때 나는 아나에게 괜찮냐고 물었다. 그녀는 지친 듯 보였다.

"흥미진진한 저녁이었어요." 그녀가 평소처럼 별일 아니라는 듯이 말했다.

테일러는 그 호텔의 커다란 스위트룸을 예약해두었는데, 놀랍게도 침실이 두 개나 딸려 있었다. 테일러는 내가 서브미시브와 따로 자는 걸 감안해 우리도 따로 잘 거라고 생각한 걸까. 그것은 아나에게 적용되지 않는다고 그에게 귀띔해야 할지도.

"자, 테일러 부인. 그대는 어떨지 모르겠지만, 난 정말 한잔해야겠어." 아나는 나를 따라 큰 침실로 들어왔고, 나는 오토만(둥글거나 네모난 모양의 의자 겸 수납 상자-옮긴이)에 짐가방을 내려놓았다.

큰 거실로 돌아갔다. 벽난로에서 불이 타닥타닥 타올랐다. 아나가 두 손을 대고 불을 쬐는 사이 나는 바에서 술을 따랐다. 그녀는 사랑스러운 소년처럼 보였다. 불빛에 그녀의 머리카락이 구릿빛으로 밝게 빛났다.

"아르마냐크 브랜디 어때?"

"주세요."

나는 불가에서 그녀에게 브랜디 잔을 건넸다. "참 대단한 하루였지, 응?" 나는 그녀의 반응을 살폈다. 드라마에 나올 법한 일을 겪었으니 지금쯤 무너지거나 눈물을 터뜨릴 법도 한데 그러지 않은 그녀가 놀라웠다.

"난 괜찮아요." 그녀가 말했다. "당신은 어때요?"

신경이 곤두섰다.

불안했다.

화가 났다.

내게 위안이 되는 것은 딱 하나.

너야, 스틸 양.

내 만병통치약.

"이걸 마시고 나서 네가 너무 피곤하지 않다면 너를 침대로 데려가 네 안에서 나를 잊고 싶어." 나는 무리수를 던지고 있다. 그녀는 지금 기진맥진한 상태일 테니.

"그건 조정하기 나름이겠죠, 테일러 씨." 그녀는 내게 수줍은 미소로 응답했다.

아, 아나. 넌 나의 영웅이야.

나는 신발과 양말을 벗었다. "테일러 부인, 입술 그만 깨물어." 나는 소곤거렸다. 그녀는 아르마냐크를 한 모금 마시고 눈을 감았다. 그리고 흥얼거리며 술맛을 음미했다. 감미롭고 그윽한 데다 너무나 섹시한 소리였다.

내 사타구니가 깨어났다.

그녀는 정말이지 특별했다.

"넌 정말 끊임없이 나를 놀라게 해, 아나스타샤. 오늘 같은, 아니 어제 같은 하루를 보내고도 징징거리거나 비명을 지르며 도망가지 않다니. 정말 감탄했어. 넌 아주 강인해."

"당신이라는 아주 흡족한 이유가 있으니 머무를 수밖에요." 그녀가 속삭였다.

이상한 감정이 가슴속에 차올랐다. 그 어둠보다 더 무서웠다. 더 컸다. 더 강력했다. 상처를 줄 만한 힘을 지니고 있었다.

"말했잖아요, 크리스천, 난 아무 데도 가지 않는다고. 당신이 이전에 무슨 일을 했든. 당신에 대한 내 감정 알잖아요."

아, 진실을 알게 되면 넌 도망하고 말 거야.

"호세가 찍은 내 사진 어디에 걸 거예요?" 그녀의 말이 내 주의를 딴 데로 돌렸다.

"그거야 봐서." 나는 대꾸했다. 그녀의 신속한 말 돌리기 실력에 어안이 벙벙했다.

"뭘 봐서요?"

"상황을 봐야지." 그것은 그녀가 내 곁에 머물지 말지에 달렸다. 그녀가 더 이상 내 것이 아니라면 그것들은 쳐다볼 엄두가 나지 않을 것이다.

만약에. 만약에 그녀가 더 이상 내 것이 아니라면.

"아직 전시회가 끝나지 않았잖아. 그러니 지금 당장 결정할 필욘 없지." 화랑 측이 언제 그것들을 배달해줄지 알 수 없었다. 당장 배달해달라고 요청했는데도.

그녀는 실눈을 뜨고는 나를 뜯어보았다. 내가 무얼 숨기는 것처럼.

그렇다. 내 두려움. 나는 그것을 숨기고 있다.

"어디 최대한 엄한 표정을 지어보시지, 테일러 부인. 그래도 난 말 안 할 거야." 내가 놀렸다.

"당신을 고문해서 진실을 캐낼 거예요."

"이런 이런, 아나스타샤, 지키지도 못할 약속을 해서는 안 되지."

그녀는 다시 실눈을 떴지만 이번에는 즐거운 빛을 띠었다. 그녀는 유리잔을 난로 선반 위에 올려놓고는 내 것을 가져가 옆에 놓았다. "정말 그런지 어디 알아봐야겠어요." 그녀가 당차게 말했다. 그러고는 내 손을 잡고 나를 침실로 이끌었다.

아나가 앞장서고 있다.

서재에서 그녀가 나를 덮쳤을 때 이후 처음 있는 일이다.

이끄는 대로 따라가, 그레이.

그녀는 침대 발치에서 멈춰 섰다.

"날 여기까지 데려왔군, 아나스타샤. 이젠 어쩔 작정이지?"

그녀는 나를 올려다보았다. 반짝거리는 눈에 사랑이 가득했다. 나는 마른침을 삼키고 그녀의 모습을 그저 감탄했다. "먼저 당신 옷부터 벗길 거예요. 아까 하던 거 마저 해야죠."

온몸에서 숨이 싹 빠져나갔다.

그녀는 내 재킷의 깃을 잡고 살그머니 내 어깨에서 재킷을 벗겨낸 후 돌아서서 오토만 위에 놓았다. 그녀의 향기가 내게 와 닿았다.

아나.

"자, 이제 당신 티셔츠." 그녀가 말했다. 나는 더 담대해졌다. 그녀가 나를 만지지 않을 것을 알기에. 지도를 그리자는 그녀의 생각은 주효했다. 내 가슴과 등에는 아직 립스틱 얼룩이 조금 남아 있었다. 내가 두 팔을 치켜들고 한 발짝 물러나자 그녀는 티셔츠를 내 머리 위로 당겨 벗겼다.

그녀의 입술이 벌어지면서 그녀의 눈이 내 상체를 감상했다. 나는 그녀를 만지고 싶어 조바심이 났지만 그녀의 느릿하고 달콤한 유혹을 즐겼다.

그녀의 방식대로 해보는 거야.

"이제는?" 내가 중얼거렸다.

"여기에 키스하고 싶어요."

그녀는 한쪽 볼기뼈에서 다른 쪽 볼기뼈까지 내 배를 손톱으로 쭉 그었다.

미치겠다.

온몸의 피가 남쪽으로 쏠리는 통에 몸에 힘을 주어야 했다. "말리지 않을게." 내가 속삭였다. 그녀는 내 손을 잡고 내게 누우라고 말했다.

바지를 입고?

그러지.

나는 이불을 걷고 앉았다. 눈은 아나에게서 떼지 않고 이제 아나가 무엇을 할지 기다렸다. 그녀는 어깨를 움직거려 내 재킷을 바닥에 떨구었다. 내 운동복 바지도. 그녀를 움켜잡고 침대에 던지지 않기 위해 자제력을 총동원해야 했다.

어깨를 당당히 펴고 눈으로는 내 눈을 붙잡은 채 그녀는 입고 있는 내 티셔츠 자락을 쥐더니 티셔츠를 머리 위로 휙 당겨 벗어버렸다.

벌거벗고 내 앞에 선 그녀는 아름다웠다. "넌 아프로디테야, 아나스타샤."

그녀는 두 손으로 내 얼굴을 감싸 쥐고 몸을 숙여 내게 키스했다. 더 이상 참을 수가 없었다. 그녀의 입술이 내 입술에 와 닿는 순간 나는 그녀의 엉덩이를 잡았다. 그녀를 침대로 끌어당기자 그녀가 내 밑으로 들어왔다. 서로 키스를 나누는 동안 나는 그녀의 두 다리를 벌리고 두 허벅지가 만나는 곳에 안착했다. 내가 아끼는 그곳에. 그녀는 열렬히 내게 키스했고, 그 열정에 나는 피가 끓었다. 그녀의 입이 게걸스레 탐식했고, 그녀의 혀는 내 혀와 뒹굴었다. 그녀는 아르마냐크와 아나의 맛이 났다. 내 두 손은 그녀의 몸에 머물렀다. 한 손으로는 그녀의 머리를 감쌌고, 다른 손으로는 주무르고 그러쥐며 그녀의 몸을 더듬어 올라갔다. 젖가슴을 감싸 쥐고 젖꼭지를 비틀자 젖꼭지가 손가락 사이에서 단단해졌다.

내겐 이게 필요해. 이런 접촉이 절실해.

그녀는 신음하며 골반을 기울여 청바지 안에서 단단해진 내 음경을 압박했다.

망할.

나는 숨을 들이마셨다. 그리고 키스를 멈추었다.

지금 뭐 하는 거야?

그녀는 헐떡거리며 타는 듯한 눈빛으로, 애원하는 눈빛으로 나를 올려다보았다.

그녀가 더 원했다.

나는 엉덩이를 움츠려 일어선 내 몸을 그녀에게 밀어붙이며 그녀의 반응을 관찰했다. 그녀는 눈을 감고 관능에 젖은 감사의 신음을 토해내고는 내 머리카락을 움켜쥐었다. 내가 다시 한 번 시도하자 그녀가 내게 달라붙었다.

후아.

격렬한 느낌이 일었다.

그녀의 이가 내 턱을 긁었다. 그녀가 내 입술과 내 혀를 요구했다. 그녀와 내가 완벽한 대칭을 이루어 축축한 키스를 나누며 서로에게 몸을 비벼대자 감미로운 마찰이 일어나 서로에게 달콤한 고문을 선사했다. 우리 사이에서, 서로 접촉한 지점에서 열기가 피어나 훨훨 타올랐다. 그녀의 손가락이 내 팔뚝을 움켜잡았다. 그녀의 호흡이 점점 가빠졌다. 그녀가 헐떡거리며 손을 내 등 아래쪽으로 움직여 청바지 속으로 넣더니 엉덩이를 움켜잡아 나를 자기 쪽으로 끌어 내렸다.

사정할 것 같았다.

안 돼.

"내 정력을 바닥낼 셈이야, 아나?" 나는 무릎을 대고 엎드려 바지를 끌어 내렸다. 발기한 몸을 풀어주고 주머니에서 콘돔을 꺼내 침대에 누워 헐떡이는 그녀에게 건넸다.

"너는 날 원해. 나도 죽도록 원하고. 어떻게 하는지 알지?"

그녀는 굶주린 손가락을 놀려 은박 포장을 찢어 열고 콘돔을 빳빳해진 내 물건에 씌웠다.

그녀는 너무나 열심이었다. 그녀가 다시 눕는데 씩 웃음이 났다.

만족을 모르는 아나.

나는 코로 그녀의 코를 훑고 나서 천천히 그녀의 안으로 침전해 그녀를 취했다.

그녀는 내 것이다.

그녀가 내 두 팔을 움켜잡고 고개를 뒤로 젖혔다. 그녀의 입이 열리더니 쾌락의 동그라미를 그렸다. 나는 부드럽게 다시 그녀 안으로 미끄러졌다. 팔과 손으로 그녀의 얼굴을 감싼 채.

"너와 있으면 모든 걸 잊을 수 있어. 넌 최고의 치료제야." 나는 다시금 천천히 그녀에게서 빠져나왔다가 천천히 안으로 들어갔다.

"제발, 크리스천, 더 빠르게요." 그녀가 나를 맞이하려고 골반을 밀었다.

"아, 안 돼, 자기. 지금은 이렇게 천천히 해야 해."

제발. 이렇게 천천히 하자.

나는 그녀의 아랫입술을 빨았다. 그녀가 내 머리카락을 움켜쥔 손가락을 뒤틀고 나를 끌어안으며 천천히 부드럽게 움직이는 내게 몸을 맡겼다. 계속, 계속, 계속. 그녀가 치닫기 시작했다. 두 다리가 빳빳해지더니 그녀가 고개를 뒤로 젖히며 절정에 올라 나를 정상으로 끌어올렸다.

"오, 아나." 나는 그녀의 이름을 외쳤다. 그녀의 이름은 내 입술에서 기도문이 되었다. 그 생소한 느낌이 돌아와 가슴속을 채우다 못해 밖으로 뛰쳐나가려 위협했다. 그것의 정체는 알고 있었다. 이제껏 쭉 알고 있었다. 그녀에게 말하고 싶었다. 사랑한다고.

하지만 그럴 수 없었다.

그 말이 재가 되어 목구멍 안에 갇혀버렸다.

나는 그것을 삼켜버리고 머리를 그녀의 배에 얹고 두 팔로 그녀를 감쌌다. 그녀의 손가락이 내 머리카락 속에 있었다. "아무리 널 가져도 질리지 않아. 날 떠나지 마." 나는 그녀의 배에 키스했다.

"난 아무 데도 안 가요, 크리스천. 근데 생각해보니 당신 배에 키스하고 싶었던 것 같아요." 그녀가 말했다. 조금 뚱한 목소리였다.

"누가 널 말리겠어."

"못 움직이겠어요. 기운이 다 빠졌어요."

나는 그녀 옆에 쭉 뻗고 누워 이불을 우리 위로 끌어올렸다. 그녀는 광채가 났지만 지친 듯 보였다.

그녀를 재워, 그레이.

"이제 자, 착한 아나." 나는 그녀의 머리카락에 키스하고 그녀를 안았다.

다시는 그녀를 놓아주고 싶지 않았다.

환한 햇살에 잠에서 깼다. 햇빛이 창문을 가린 얇은 커튼을 뚫고 비쳐들었고, 아나는 옆에서 깊이 잠들어 있었다. 간밤에 늦게 잠들었음에도 활력이 돌았다. 그녀와 같이 자면 늘 단잠을 잤다.

나는 침대를 빠져나와 청바지와 티셔츠를 집어 입었다. 계속 침대에 있으면 분명 그녀를 깨우고 말 것이다. 가만히 두기에는 너무 유혹적인 여자다. 지금은 그녀를 푹 자게 둬야 했다.

나는 큰 거실로 가서 접이 책상 앞에 앉아 가방에서 노트북을 꺼냈다. 급선무는 그린 박사였다. 그린 박사에게 이메일을 보내 호텔로 와서 아나를 진찰해줄 수 있는지 물었다. 15분 정도 시간을 내겠다는 답장이 왔다.

됐다.

그린 박사에게 시간을 정해주고 나서 내 배의 부선장 맥에게 전화를 걸었다.

"그레이 씨."

"맥. 오늘 오후에 그레이스 호를 쓸까 해서."

"오늘 날씨 좋습니다."

"좋아. 베인브리지 섬으로 가고 싶은데."

"배 준비하겠습니다."

"좋아. 같이 점심때쯤 보자고."

"같이요?"

"응, 여자 친구를 데려갈 거야. 아나스타샤 스틸."

맥이 잠시 머뭇거리다 대답했다. "기대하겠습니다."

"나도 기대하지."

나는 전화를 끊었다. 아나에게 그레이스 호를 보여줄 생각에 설렜다. 아나는 항해를 좋아할 것이다. 찰리 탱고를 타고 쑥 솟아올라 하늘을 날 때도 좋아했으니.

상황을 알려주려고 테일러에게 전화를 했지만 음성 메시지로 연결됐다. 잠이 들었거나 보고한 대로 아나의 망가진 아우디를 차고에서 꺼내는 중일 것이다. 문득 아나에게 차를 바꿔줘야 한다는 데 생각이 미쳤다. 테일러가 아우디 중개인에게 연락을 했는지 궁금했다. 오늘은 일요일이니 아마 안 했을 테지만.

전화기가 부르르 진동했다. 어머니의 문자였다.

애야, 어젯밤 너와 아나스타샤를 만나 반가웠다.
언제나 그렇듯이 후원 고맙구나, 너도 아나스타샤도.
엄마가 X

어머니의 '돈 밝히는 여자' 발언에 아직 속이 쓰렸다. 어머니는 아직 아나를 잘 모르는 게 분명했다. 하긴, 아나를 만난 것이 고작 세 번뿐이니. 툭하면 여자들을 집에 데려오는 건 엘리엇이다……. 내가 아니라. 어머니도 적응하는 게 쉽지 않았을 것이다.

"엘리엇, 애야, 네 여자들은 정이 들라치면 어느새 지난 과거가 되는구나. 속상해서 원."

"정 주지 마세요." 엘리엇이 뭘 먹으면서 어깨를 으쓱거린다. "난 정 안 줘요." 나 들으라고 지껄이는 소리다.

"그러다 큰코다칠 거야, 엘리엇." 어머니가 미아에게 마카로니 치즈 접시를 건네며 말한다.

"그러든가 말든가, 엄마. 그래도 나는 여자를 집에 데려오긴 하잖아요." 그가 내게 무시하는 시선을 던진다.

"내 친구들 중에 크리스천 오빠랑 결혼하고 싶어 하는 애들 엄청 많아. 걔들한테 물어봐." 미아가 버럭 나를 두둔한다.

으엑. 생각만 해도 불쾌하다. 미아의 까탈 맞은 중2 꼬마 친구들이라니.

"너 시험 공부 해야 하지 않아, 멍충아?" 나는 엘리엇에게 가운뎃
손가락을 든다.

"공부라. 난 빼줘, 애송아. 오늘 밤에 외출할 거야." 그가 으스댄
다.

"아들들! 그만! 오늘은 너희들이 대학에서 돌아온 첫날이잖니.
오랜만에 만나놓고 왜들 이래. 말싸움은 그만해. 어서 먹어라."

나는 마카로니 치즈를 한 입 먹는다. 오늘 밤 나는 링컨 부인을
만나러 갈 것이다…….

벌써 9시 40분이다. 나는 아나와 먹을 아침을 주문했다. 적어
도 20분은 걸릴 것이다. 어머니의 문자는 당분간 제쳐두기로 하
고 이메일로 돌아갔다.

막 10시를 넘겼을 때 룸서비스가 도착했다. 나는 그 청년에게
음식을 전부 카트의 보온 서랍에 보관해달라고 부탁한 후 그가
상을 다 차렸을 때 그를 내보냈다.

아나를 깨울 시간이었다.

그녀는 아직 곤히 잠들어 있었다. 베개 위에 흐트러진 머리카
락은 마호가니 빛깔의 터럭 뭉치 같았고, 피부에서는 빛이 났
다. 곤히 잠든 얼굴이 보들보들하고 귀여웠다. 나는 그녀 옆에
누워 그녀를 바라보며 구석구석 모든 걸 흡수했다. 그녀가 눈을
깜빡거리다 떴다.

"안녕."

"안녕." 그녀는 뺨이 장밋빛으로 물들어 이불을 턱까지 끌어
올렸다. "언제부터 날 보고 있었어요?"

"자는 네 모습은 아무리 봐도 안 질려, 아나스타샤. 겨우 5분

밖에 안 봤지만." 나는 그녀의 관자놀이에 키스했다. "그런 박사가 곧 올 거야."

"아."

"잘 잤어?" 나는 물었다. "분명 잘 자는 것 같더군. 코까지 곤걸 보면."

"난 코 안 골아요!"

나는 씩 웃으며 그녀의 궁금증을 풀어주었다. "그래, 코 안 골더라."

"샤워했어요?"

"아니. 널 기다렸어."

"아. 그렇구나. 지금 몇 시예요?"

"10시 15분. 더 일찍 깨울 마음은 도저히 안 들더군."

"당신은 마음 같은 건 없다고 하지 않았나요?"

그건 사실이었다. 하지만 그 말을 못 들은 척했다.

"아침 주문했어. 네 것으로 팬케이크와 베이컨. 가자, 일어나. 여기 혼자 있으니까 점점 외로워지더라."

나는 그녀의 엉덩이를 찰싹 때리고 침대에서 내려와 그녀가 일어나도록 두었다.

식당에 가서 카트에서 음식 접시를 꺼내 식탁에 차렸다. 자리에 앉아 토스트와 스크램블드에그를 후딱 먹어치웠다. 커피를 따르면서 아나에게 얼른 오라고 재촉할까 생각했지만 그러지 않기로 하고 〈시애틀 타임스〉를 펼쳤다.

아나가 지나치게 큰 가운을 걸친 채 식당으로 들어와 내 옆에 앉았다.

"다 먹어. 오늘은 힘이 좀 필요할 테니까." 내가 말했다.

"어째서요? 나를 아예 침실에 묶어둘 참이에요?" 그녀가 놀렸다.

"그 생각도 구미가 당기긴 하지만, 오늘은 나가야 할 것 같아. 신선한 공기 좀 마시자." 그레이스 호 생각을 하니 신이 났다.

"그래도 안전하겠어요?" 그녀가 비꼬는 투로 말했다.

"우리가 가는 데는 안전해." 그녀의 말에 맥이 좀 풀렸다. "그 건 농담할 만한 사안이 아니지."

널 안전하게 지키고 싶어.

그녀의 입이 다물려 특유의 일자를 그렸다. 그녀는 아침 식사를 내려다보았다.

먹어, 아나.

그녀는 내 마음을 읽기라도 한 것처럼 포크를 쥐고 음식을 뜨기 시작했다. 그 모습에 마음이 좀 가라앉았다.

몇 분 후 노크 소리가 났다. 나는 손목시계를 보았다.

"훌륭한 의사 선생님이 등장하셨군." 나는 문을 열어주러 나갔다.

"안녕하세요, 그린 박사님. 들어오시죠. 급히 연락드렸는데 와주셔서 감사합니다."

"그레이 씨, 그간의 노력이 헛수고가 되지 않게 해주시니 저야말로 고맙죠. 환자는 어디 있나요?" 그린 박사는 일 얘기로 직행했다.

"아침 먹고 있어요. 곧 준비하고 나올 겁니다. 침실에서 기다리실래요?"

"그게 좋겠네요."

나는 그녀를 큰 침실로 안내했다. 곧 아나가 들어와 내게 못마땅한 시선을 던졌다. 나는 못 본 척 문을 닫고 그녀를 그린 박사에게 맡겼다. 그녀가 있는 대로 성질을 부릴지도 몰랐다. 하지만 피임약을 멋대로 끊은 게 누군데. 내가 콘돔 싫어하는 거 다 알면서.

휴대폰이 부르르 진동했다.

드디어.

"안녕, 테일러."

"안녕하세요, 그레이 씨. 전화하셨습니까?"

"무슨 소식 없나?"

"소여가 주차장 CCTV를 뒤졌는데 차를 망가뜨린 건 레일라가 분명한 것 같습니다."

"제기랄."

"네, 사장님. 웰치에게 상황을 설명해줬고 그 아우디는 치웠습니다."

"좋아. 아파트 CCTV는 확인해봤나?"

"지금 하고 있습니다만, 아직까지는 아무것도 나오지 않았습니다."

"그 여자가 어떻게 안으로 들어왔는지 알아내야 해."

"네, 사장님. 그 여자 지금은 여기 없습니다. 샅샅이 수색을 했지만, 그 여자가 다시는 들어오지 못한다는 확신이 들 때까진 피해 계셔야 할 겁니다. 자물쇠는 모두 교체했습니다. 비상계단의 것까지."

"비상계단. 그걸 깜빡했군."

"어렵지 않은 작업입니다."

"아나를 그레이스 호에 데려가려고. 필요할 때까지 거기 있을 생각이야."

"사장님이 가시기 전에 먼저 그레이스 호를 수색하고 싶은데요."

"그러지. 1시 전엔 도착하지 않을 거야."

"짐은 수색이 끝나는 대로 저희가 호텔에서 가져오겠습니다."

"그래."

"그리고 대체할 자동차 문제로 아우디 측에 연락을 해두었습니다."

"그래. 진행 상황 보고해줘."

"그러죠, 사장님."

"아, 그리고 테일러, 앞으로는 침실 하나짜리 스위트룸으로 해줘."

테일러가 머뭇거렸다. "잘 알겠습니다, 사장님. 더 하실 말씀 없으십니까?"

"한 가지 더. 게일이 출근하면 스틸 양의 옷과 물건을 모두 내 방으로 옮겨달라고 해주겠나?"

"그러죠, 사장님."

"고마워."

나는 전화를 끊고 신문을 마저 읽으려고 식탁에 다시 앉았다. 이번에도 아나는 음식에 거의 손을 대지 않았다.

근본은 잘 안 변해, 그레이. 근본은 잘 안 변해.

30분 후 아나와 그린 박사가 침실에서 나왔다. 아나는 의기소침해 보였다. 우리는 의사와 인사를 나누었고, 나는 스위트룸 문을 닫았다.

"다 괜찮지?" 나는 그녀에게 물었다. 그녀는 복도에 시무룩하게 서 있다가 고개를 끄덕였지만 나를 쳐다보지 않았다. "아나스타샤, 왜 그래? 그린 박사가 뭐라고 했어?"

그녀가 고개를 저었다. "7일 후면 해도 될 거라고."

"7일?"

"네."

"아나, 무슨 일이야?"

"걱정할 건 없어요. 제발, 크리스천. 그냥 모르는 척해요."

대개는 그녀의 생각을 가늠할 수 없지만 지금은 뭔가 언짢은 게 분명했다. 그녀가 언짢으면 나도 언짢다. 어쩌면 그린 박사가 나를 멀리하라고 했는지도 모른다. 나는 그녀의 턱을 올렸다. 우리의 눈이 마주하도록. "말해." 내가 재촉했다.

"할 얘기 없어요. 옷 입을래요." 그녀는 내 손에서 턱을 뺐다.

망할. 무슨 일이지?

나는 냉정함을 유지하려고 손으로 머리를 쓸었다.

레일라가 무서워서 그러나?

아니면 의사에게 나쁜 소식이라도 들었나?

그녀는 순순히 말하는 법이 없다.

"샤워하자." 내가 먼저 말을 걸었다. "그러죠." 그녀는 동의했지만 건성이었다. "이리 와." 나는 그녀의 손을 잡고 욕실로 향했고, 아나는 마지못해 따라왔다. 내가 샤워기를 틀고 옷을 벗는 동안 그녀는 시무룩하게 욕실 한가운데 우두커니 서 있었다.

아나, 대체 왜 그러는 거야?

"뭣 때문에 화가 난 건지 모르겠군. 잠이 모자라 뚱한 건지 뭔지." 나는 그녀의 목욕 가운을 풀면서 말했다. "그래도 말 좀 해줘. 자꾸 상상력이 발동되는데, 그건 별로라서."

그녀는 내게 눈을 흘기고는 내가 나무라기 전에 말했다. "피임약을 안 먹었다고 박사님에게 혼났어요. 임신했을지도 모른다고 했어요."

"뭐?"

임신!

자유낙하하는 기분이다. 썩을.

"임신 아니에요. 박사님이 테스트를 했거든요. 충격을 좀 받았을 뿐이에요. 내가 그리 멍청했다니 믿을 수가 없어서."

아, 하느님 감사합니다.

"임신 아닌 게 확실해?"

"네."

나는 숨을 훅 토해냈다. "됐군. 그런 건 아주 거북한 소식이야."

"당신이 어떤 반응을 보일지 몰라 걱정했어요."

"내 반응? 아, 당연히, 나야 안도했지. 너를 임신시켰다면 부주의와 무례의 극치였을 거야."

"그럴 거면 차라리 금욕하는 게 낫죠." 그녀가 딱딱거렸다.

무슨 소리지?

"오늘 아침엔 기분이 별로인가보네."

"충격받아서 그래요. 그뿐이에요." 그녀는 다시 부루퉁하게 말했다.

나는 그녀를 품으로 끌어당겼다. 그녀는 화가 나서 뻣뻣하게 굴었다. 나는 그녀의 머리카락에 키스하고 그녀를 꼭 안았다. "아나, 난 이런 것에 익숙하지 않아. 본능대로 하자면 너를 때려주고 싶지만, 네가 그걸 원할 것 같진 않아서."

내가 때려주면 그녀는 엉엉 울지도 몰랐다. 여자들은 실컷 울고 나면 오히려 기분이 좋아진다던데.

"아뇨, 그건 싫어요. 이게 더 도움이 되죠." 아나는 두 팔로 나를 더 꼭 끌어안았다. 그녀의 따스한 뺨이 내 가슴에 닿았다. 나는 턱을 그녀의 정수리에 얹었다. 우리는 그렇게 하염없이 서 있었고, 그녀는 천천히 내 품에서 누그러졌다.

"가자, 샤워하게." 나는 그녀의 가운을 벗겼고, 그녀는 나를 따라 따끈한 물 안으로 들어왔다. 기분이 좋았다. 아침 내내 꿉꿉했는데. 나는 샴푸를 칠하고 샴푸 병을 아나에게 건넸다. 그녀는 기분이 풀린 듯했다. 샤워꼭지는 우리 둘이 쓰기에 충분할 만큼 컸다. 그녀는 물줄기에 몸을 맡기며 사랑스러운 얼굴을 젖히고 머리를 감기 시작했다.

나는 물비누를 집어 손에 비누 거품을 낸 후 아나를 씻기기 시작했다. 좀 전에 그녀가 화를 낸 것이 마음에 걸렸다. 책임감이 느껴졌다. 간밤에 그녀는 지친 몸으로 힘든 시간을 보냈다. 그녀가 머리를 헹구는 동안 나는 그녀의 어깨, 팔, 겨드랑이, 등, 그리고 젖가슴을 마사지하고 씻겼다. 그러고 나서 그녀를 돌려세우고는 배 위아래, 다리 사이, 엉덩이를 씻겼다. 그녀가 만족한 소리를 냈다.

내 미소가 더 커졌다.

더 낫군.

나는 그녀를 돌려세워 마주했다. "자." 나는 그녀에게 물비누를 건넸다. "립스틱 자국 다 닦아줘."

그녀의 눈이 동그래지고 얼굴엔 진지하고 열렬한 표정이 나타났다.

"선을 많이 넘어가면 안 돼." 내가 덧붙였다.

"알았어요."

그녀가 통을 눌러 비누를 손에 짠 후 손을 비비자 풍성한 거품이 일었다. 그녀는 두 손을 내 어깨에 대고는 살살 둥그런 원을 그리며 선을 씻어 내기 시작했다. 나는 눈을 감고 심호흡을 했다.

견딜 수 있을까?

숨이 가빠지고 공포가 목구멍으로 솟구쳤다. 그녀가 내 옆구리 쪽으로 내려갔다. 그녀의 민첩한 손가락이 부드럽게 내게 봉사했다. 하지만 견디기 힘들었다. 작은 면도날이 피부를 베는 것만 같았다. 온몸의 근육이 팽팽히 긴장했다. 나는 속이 빈 청동상처럼 서서 숫자를 세며 어서 끝나기를 기다렸다.

시간이 영원처럼 굼뜨게 흘러갔다.

나는 이를 악물었다.

별안간 그녀의 손이 내 몸에서 떨어지는 바람에 나는 더 놀라고 말았다. 눈을 뜨니 그녀는 손에 물비누를 다시 덜고 있었다. 그녀가 나를 올려다보는 순간 나는 그녀의 눈 속에 어른거리는 내 고통을 보았다. 그것은 그녀의 사랑스럽고 걱정하는 얼굴에도 어려 있었다. 그것은 동정이 아니라 연민이었다. 나의 고통은 그녀의 고통이었다.

아, 아나.

"준비됐어요?" 그녀가 잠긴 목소리로 물었다.

"응." 나는 공포에 패배하지 않으리라 결심하고 눈을 감았다.

그녀의 두 손이 내 옆 몸에 와 닿는 순간 나는 얼어붙었다. 두려움이 위장과 가슴, 목구멍까지 차오르며 모든 걸 내쫓자 어둠만이 남았다. 고통스러운 허무감이 아가리를 크게 벌려 나를 통째로 삼켰다.

아나가 훌쩍이는 소리에 나는 눈을 떴다.

그녀가 울고 있었다. 눈물은 따듯한 폭포수에 가려졌지만 코는 분홍빛이었다. 연민이 그녀의 얼굴을 타고 줄줄 흘러내렸다. 그녀의 연민, 그녀의 분노. 그렇게 그녀는 내 죄를 씻어 내렸다.

안 돼. 울지 마, 아나.

나는 망가진 사내에 불과해.

그녀의 입술이 바르르 떨렸다.

"아니, 그러지 마. 울지 마."

나는 두 팔로 그녀를 꼭 끌어안았다. "제발 나 때문에 울지
마."

그녀가 흐느끼기 시작했다. 엉엉. 나는 손으로 그녀의 얼굴을
감싸고 고개를 숙여 그녀에게 키스했다. "울지 마, 아나. 제발."
나는 그녀의 입에 대고 소곤거렸다.

"오래전 일 때문이야. 네 손길을 닿길 바라면서도 그걸 감당
할 수가 없어. 너무 버거워. 제발, 제발 울지 마."

"나도…… 당신 만지고 싶어요……." 그녀는 흐느끼는 중간
중간 말했다. "당신은 상상도 못 할 만큼. 당신이 이렇게, 아파
하고 두려워하는 걸 보니까, 크리스천, 내 마음이 너무 아파요.
당신을 정말 사랑해요."

나는 엄지손가락으로 그녀의 아랫입술을 쓰다듬었다. "나도
알아. 알아."

그녀는 눈을 가늘게 뜨고 나를 쳐다보았다. 좌절한 표정으로.
내 말에 확신이 없다는 걸 알기 때문이었다.

"당신은 사랑할 수밖에 없는 사람인걸요. 그거 몰라요?" 물
이 우리 위로 쏟아져 내렸다.

"아니, 난 모르겠어."

"당신은 그런 사람이에요. 난 알아요." 그녀가 힘주어 말했
다. "그건 당신 가족도 알아요. 엘레나와 레일라도. 이상하게
표현해서 그렇지 그들도 그걸 알아요. 당신은 가치 있는 사람이
에요."

"그만해."

더는 견딜 수 없었다. 나는 손가락을 그녀의 입에 대고 고개를 저었다. "그런 말 듣고 싶지 않아. 난 하찮은 인간이야, 아나스타샤." 네 앞에 서 있는 나는 길 잃은 소년일 뿐이야. 사랑받지 못한. 나를 보호해야 할 유일한 사람이 나를 버렸어. 나는 괴물이니까.

그게 나야, 아나.

나는 그런 놈이야.

"나는 껍데기만 남은 인간이야. 마음 같은 건 없어."

"아니, 있어요." 그녀가 열렬히 외쳤다. "그리고 난 그 마음을 원해요. 그 마음 전부를. 당신은 좋은 사람이에요, 크리스천. 정말 좋은 사람. 그걸 의심하지 마요. 당신이 해온 일들을 봐요. 이제까지 이룬 것." 그녀는 다시 흐느꼈다. "내게 해준 걸 봐요. 나를 위해 당신이 저버린 것들. 난 알아요. 나에 대한 당신의 감정이 어떤 것인지."

그녀의 새파란 눈에는 사랑과 연민이 가득했다. 그 눈은 우리가 처음 만났을 때처럼 또다시 나를 무방비 상태로 발가벗겼다.

그녀는 나를 꿰뚫어 본다. 나라는 사람을 안다.

"당신도 날 사랑하잖아요." 그녀가 말했다.

내 폐부 안의 산소들이 일제히 증발했다.

시간이 멈추었다. 몸속의 피가 귓속에서 고동치는 소리, 그리고 물줄기에 그 어둠이 멀리멀리 휩쓸려 내려가는 소리만이 들려왔다.

대답해, 그레이. 그녀에게 진실을 말해.

"맞아." 나는 속삭였다. "사랑해."

그것은 내 영혼이 쏟아낸 진실하고 어두운 고백이었다. 그 말을 소리 내어 말하자 그것이 명확히 모습을 드러냈다. 물론 나는 그녀를 사랑했다. 물론 그녀도 그것을 알고 있었다. 나는 그녀를 사랑했다, 처음 만난 순간부터 줄곧. 잠든 그녀를 바라본 순간부터. 그녀가 내게, 오직 내게만 자신을 내어준 순간부터. 나는 중독됐다. 만족을 모르는 중독자. 그것이 내가 그녀의 태도를 감내하는 이유였다.

나는 사랑에 빠졌다. 지금 내 감정은 그렇게 증언했다.

그녀는 즉시 반응했다. 찬란한 미소가 그녀의 아름다운 얼굴을 환히 밝혔다. 그녀는 숨 막히게 아름다웠다. 그녀가 내 머리를 끌어 내려 내 입에 키스했고, 모든 사랑과 애정을 내게 쏟아 냈다.

그것은 나를 겸손하게 만들었다.

나를 압도했다.

뜨거웠다.

내 몸이 반응했다. 하나밖에 모르는 유일한 방식으로.

나는 그녀의 입에 신음하면서 두 팔로 그녀를 보듬었다. "아, 아냐, 널 원해. 여기서 말고."

"네." 그녀의 열띤 대답이 내 입에 닿았다.

나는 물을 잠그고 그녀를 샤워 부스 밖으로 이끌었다. 목욕 가운으로 그녀를 감싸주고 내 허리에 수건을 두른 후 더 작은 수건을 집어 그녀의 머리를 닦기 시작했다.

좋았다. 그녀를 돌보는 일.

더욱이 그녀가 순순히 따르니 더 좋았다.

그녀가 서 있는 동안 나는 그녀의 머리에서 물기를 닦았다. 고개를 드니 그녀가 개수대 위 거울로 나를 바라보고 있었다. 우리의 눈이 만났고, 나는 그녀의 사랑스러운 모습에 매료됐다.

"내가 보답해도 돼요?" 그녀가 물었다.

어쩌려는 걸까?

내가 고개를 끄덕이자 아나는 다른 수건을 집었다. 그녀는 까치발로 서서 수건을 내 머리에 덮고 문지르기 시작했다. 그녀가 편히 하도록 고개를 숙여주었다.

음음. 기분 좋다.

그녀가 손톱을 세워 세게 문질렀다.

어이쿠.

나는 바보처럼 헤 웃었다. 소중한 사람이 된 기분이 들어서. 고개를 들어 그녀를 쳐다보니 그녀도 빙그레 웃으며 수건 사이로 나를 흘끔거렸다. "누가 이렇게 해준 건 참 오랜만이야. 아주 오랜만." 나는 말했다. "사실 누가 내 머리를 닦아준 적이 있는지도 모르겠군."

"그레이스가 해주지 않았어요? 어렸을 때 머리 안 말려줬어요?"

나는 고개를 저었다. "아니, 어머니는 첫날부터 내 경계선을 존중했어. 힘들어하시긴 했지만. 나는 어릴 때부터 자립심이 강했지."

아나는 무슨 생각을 하는지 잠시 움직이지 않다가 말했다. "음, 영광이네요."

"아무렴, 스틸 양. 아니면 내가 영광인 건가."

"두말하면 잔소리죠, 그레이 씨."

그녀는 젖은 수건을 앞쪽 세면대로 던지고는 새 수건을 집었다. 그녀가 내 뒤에 섰을 때 우리의 눈이 커다란 거울 속에서 다시 마주쳤다.

"다른 것 해봐도 돼요?"

우린 네 방식대로 하고 있는 거야.

나는 고개를 끄덕였다. 그녀가 수건으로 내 왼팔을 쓸자 피부에 매달린 물방울들이 모두 사라졌다. 그러고는 시선을 들어 열띤 눈으로 나를 바라보다 몸을 숙여 내 이두박근에 키스했다.

숨이 턱 막혔다.

그녀는 다른 팔도 닦고 나서 오른팔 이두박근을 따라 깃털처럼 가볍게 쪽쪽 키스했다. 그녀가 별안간 내 뒤로 사라지는 바람에 그녀가 무얼 하는지 보이지 않았다. 그녀는 립스틱 선을 지켜가며 내 등을 닦았다.

"등은 다 해." 나는 용감하게 제안했다. "수건으로." 나는 숨을 크게 들이마시고 눈을 감았다.

아나는 시키는 대로 내 등을 재빨리 닦았다. 다 닦더니 내 어깨에 쪽 하고 가볍게 키스했다.

나는 숨을 훅 내쉬었다. 그리 나쁘지 않았다.

그녀가 두 팔로 나를 감싸고는 내 배를 닦았다.

"이것 들어요." 그녀가 내게 얼굴 수건을 건넸다. "조지아에서의 일 기억나요? 내 손이 당신 손에 잡혀 내 몸을 만진 일." 그녀는 거울 속에서 내게 두 팔을 두르고 나를 응시했다. 머리에 수건을 쓴 그녀는 성경 속 인물 같았다.

동정녀 마리아.

그녀는 충분히 나긋하고 충분히 상냥했지만 더 이상 처녀는 아니었다.

그녀가 수건을 든 내 손을 잡고 움직였다. 내 가슴을 가로지르며 동그란 자국 하나를 닦았다. 수건이 나를 건드리는 순간 나는 얼어붙었다. 정신이 아득해져 몸이 그 손길을 견디도록 단속해야 했다. 나는 잔뜩 긴장한 채 그녀 앞에 서서 움직이지 않았다. 두려움과 사랑, 매혹이 뒤섞인 복잡한 감정에 숨이 가빠지기 시작했고, 내 눈은 그녀의 손가락을 따랐다. 그녀는 내 손을 안내해 내 가슴의 물기를 닦아냈다.

"이제 몸이 다 마른 것 같아요." 그녀가 손을 떨구었다.

우리의 눈은 거울에 비친 서로에게 묶여 있었다.

너를 원한다고, 네가 필요하다고 나는 그녀에게 말했다.

"나도 당신이 필요해요." 그녀가 짙어진 눈으로 말했다.

"널 사랑하게 해줘."

"네." 그녀가 대답했다. 나는 그녀를 안고 입술을 그녀의 입술에 댄 채 그녀를 침실로 데려갔다. 그녀를 침대에 눕히고 무한한 애정과 다정함으로 내가 얼마나 그녀를 존중하고 소중히 여기며 보물처럼 아끼는지 보여주었다.

얼마나 그녀를 사랑하는지.

나는 새롭게 거듭났다. 새로운 크리스천 그레이로. 나는 아나스타샤 스틸과 사랑에 빠졌다. 그녀도 나를 사랑한다. 나를 사랑한다니 제정신인가 싶지만 당장은 그저 감사할 따름이다. 기운이 다 빠졌다. 행복하다.

그녀 옆에 누워 가능성이 열린 세상을 상상했다. 아나의 피부는 매끄럽고 따뜻했다. 폭풍이 지나간 고요함 속에서 서로를 바라보는 동안 내 손은 끊임없이 그녀의 몸을 어루만졌다.

"당신도 부드럽게 할 수 있네요." 그녀의 눈이 기쁨으로 반짝거렸다.

너랑 할 때만.

"흠……. 그런 것 같군, 스틸 양."

그녀가 씩 웃자 하얗고 고른 치아가 드러났다. "특히 처음에, 음, 했을 땐 이렇지 않았어요."

"정말?" 나는 그녀의 머리카락을 한 줌 쥐어 집게손가락에 감았다. "내가 네 순결을 빼앗았을 때 말이야?"

"당신이 빼앗았다고 생각하진 않아요. 내 순결은 내 자유의지로 당신에게 준 거예요. 나도 당신을 원했어요. 게다가 내 기억이 정확하다면 나도 약간은 즐겼던 것 같네요." 그녀의 미소는 수줍지만 따뜻했다.

"나도 그랬어, 내 기억이 맞다면, 스틸 양. 우린 서로를 기쁘게 해야 하니까. 그럼 이제 넌 내 것이라는 뜻이군. 완전히."

"네, 그래요. 예전부터 궁금한 게 있어요."

"물어봐."

"친아버지, 누군지 알아요?"

전혀 뜻밖의 질문이었다. 나는 고개를 저었다. 이 여자 나를 또 놀라게 한다. 이 똑똑한 두뇌 안에선 대체 무슨 일이 벌어지는 건지 짐작조차 안 된다. "그건 몰라. 그 여자의 포주였던 놈이 아닌 게 다행이지."

"어떻게 알아요?"

"아버지가…… 캐릭이 해준 말이 있어."

그녀는 나를 재촉하듯 기대하는 표정을 지었다. "정보에 몹시도 굶주렸군, 아나스타샤." 나는 한숨을 내쉬고 고개를 절레절레 저었다. 그 시절의 일은 그리 떠올리고 싶지 않은 기억이었다. 그 기억과 악몽을 분리시키기가 어려웠기 때문이다. 하지만 그녀는 물러서지 않았다. "그 포주가 약쟁이 창녀의 시체를 발견하고 경찰에 전화했어. 그자가 신고했을 땐 이미 죽은 지 나흘이나 지난 후였지. 그자는 문을 탁 닫고 나갔어. 나를 그 여자와, 시체와 남겨두고."

엄마는 바닥에서 잠이 들었다.

엄마는 오랫동안 잠을 자고 있다.

엄마가 깨지 않는다.

엄마를 불러본다. 엄마를 흔든다.

엄마는 깨지 않는다.

나는 진저리를 치고 말을 이었다. "경찰이 나중에 그놈을 신문했어. 나랑은 하등 관계가 없다고 펄쩍 뛰며 부인했다더군. 캐릭은 그놈이 나와는 전혀 닮지 않았다고 했어."

천만다행이지.

"그 사람이 어떻게 생겼는지 기억나요?"

"아나스타샤, 그때의 일은 내가 자주 돌이키는 기억이 아니야. 물론, 어떻게 생겼는지 기억하지. 영원히 잊지 못할 거야." 구토 욕구가 솟구쳤다. "다른 이야기하면 안 돼?"

"미안해요. 기분 상하게 할 생각은 없었어요."

"옛날이야기야, 아나. 나로서는 생각하고 싶지 않은 이야기."

그녀는 죄책감을 느꼈는지 지나친 질문을 했다는 걸 깨닫고는 화제를 바꾸었다. "그나저나 깜짝 선물이 있다니, 그게 뭐예요?"

아하. 기억하고 있었군. 이건 내가 얼마든지 다룰 수 있지. "나가서 신선한 공기 좀 쐴까? 보여주고 싶은 게 있어."

"좋아요."

됐어! 나는 그녀의 엉덩이를 찰싹 때렸다. "옷 입어. 청바지면 돼. 테일러가 입을 만한 걸로 몇 벌 챙겨줬을 거야."

나는 침대에서 벌떡 일어났다. 아나를 데리고 항해에 나설 생각에 마음이 설렜다. 그녀는 속옷을 입는 나를 물끄러미 바라보왔다.

"일어나라니까." 내가 다그쳤는데도 그녀는 씩 웃기만 했다.

"나 멋진 경치 감상 중인데요."

"머리 말려."

"명령조네요, 언제나." 그녀가 말했고, 나는 몸을 숙여 그녀에게 키스했다.

"그건 절대 안 바뀌어, 자기. 난 자기 병나는 거 싫어."

그녀가 눈을 흘겼다.

"내 손바닥이 근질근질한데, 스틸 양."

"그 소리 들으니 반갑네요, 그레이 씨. 당신의 기가 슬슬 꺾이는 게 아닌가 싶었거든요."

오호. 스틸 양이 보내는 중의적 신호.

나를 도발하지 마, 아나. "그렇지 않다는 걸 기꺼이 보여줄 용의가 있어, 네가 원한다면." 나는 가방에서 스웨터를 꺼내고 휴대폰을 챙긴 후 나머지 소지품을 쌌다.

일을 마치고 나니 아나는 옷을 입고 머리를 말리고 있었다.

"물건 챙겨. 안전해지면 오늘 밤 집에 가는 거고, 그렇지 않으면 여기서 다시 묶으면 돼."

아나와 나는 엘리베이터를 탔다. 노부부가 옆으로 비켜 우리에게 자리를 내주었다. 아나는 나를 올려다보고는 큭 웃었다. 나는 그녀의 손을 꽉 쥐고 그 키스가 기억나 씩 웃었다.

아, 계약서는 개뿔.

"당신이 그 기억을 영영 잊지 못하게 해줄게요." 그녀가 내게만 들리도록 소곤거렸다. "우리의 첫 키스."

당장 그 일을 재연해 노부부를 충격에 빠뜨리고 싶은 충동이 들었지만 그냥 그녀의 뺨에 쪽 하고 가볍게 키스했다. 그녀가 낄낄거렸다.

우리는 프런트에서 체크아웃을 하고 나서 손을 잡고 로비를 건너 주차원에게 걸어갔다.

"어디 가는 거예요, 정확히?" 주차원을 기다릴 때 아나가 물었다.

나는 흥분을 숨기려고 코 옆을 톡톡 두드리고 윙크했다. 그녀의 얼굴이 함박웃음으로 환해졌다. 나만큼이나. 나는 몸을 숙여 그녀에게 키스했다. "네가 나를 얼마나 행복하게 만드는지 알아?"

"그럼요. 정확히 알죠. 당신 덕에 나도 행복한걸요."

주차원이 내 R8를 몰고 나타났다.

"멋진 차네요, 손님." 그가 내게 키를 건네며 말했다. 나는 그에게 팁을 주었고, 그는 아나에게 문을 열어주었다.

나는 차를 몰아 4번가로 접어들었다. 햇살은 찬란하고, 옆에는 내 여자가 앉아 있고, 카오디오에서는 멋진 음악이 흘렀다.

어떤 아우디 A3를 앞지를 때 불현듯 아나의 망가진 차가 기억났다. 레일라도, 얼마 전 그녀가 벌인 미친 행각도 까맣게 잊고 있었다. 아나는 기분 전환하는 데 그만이다.

그녀는 단순한 기분 전환거리가 아니야, 그레이.

그녀에게 다른 걸 사줘야겠다.

그래. 색다른 거. 아우디 말고.

볼보.

아니야. 그건 아버지가 가지고 있어.

BMW.

아니야. 그건 엄마가 가지고 있어.

"우회로를 타야겠어. 오래 걸리지 않을 거야." 나는 그녀에게 알렸다.

"그래요."

우리는 사브 전시장에 멈춰 섰다. 아나는 영문을 몰라 어리둥절한 표정이었다. "네 차 새로 사야지."

"아우디가 아니고요?"

천만에. 내 서브들이 받은 차를 네게 사줄 순 없지. "넌 좀 다른 걸 좋아할 것 같아서."

"사브요?" 좋은 모양이다.

"그래. A9-3. 가자."

"외국 차에 너무 약한 거 아니에요?"

"독일과 스웨덴 차가 세계에서 가장 안전해, 아나스타샤."

"이미 내 차로 아우디 A3를 주문한 줄 알았는데요."

"그거야 취소하면 되지. 가자." 나는 차에서 내려 그녀 쪽으로 돌아가 차 문을 열어주었다. "빚진 졸업 선물 갚는 거야."

"크리스천, 이러지 않아도 돼요."

나는 이래야만 되겠다고 선언한 후 자동차 전시장 안으로 들어갔다. 판매원이 예행연습이 잘된 미소로 우리를 맞이했다. "저는 트로이 터니안스키라고 합니다. 사브를 찾으십니까, 손님? 중고로?" 그가 한 건 올릴 수 있겠다 싶은지 손을 비볐다.

"새 걸로." 나는 그에게 말했다.

"염두에 둔 모델이라도 있으십니까?"

"9-3 2.0T 스포츠 세단."

아나가 내게 묻는 듯한 시선을 날렸다.

물론, 시운전은 이미 해봤지.

"탁월한 선택이십니다, 손님."

"어떤 색이 좋아, 아나스타샤?" 내가 물었다.

"음, 검정?" 그녀가 어깨를 으쓱거렸다. "진짜 이러지 않아도 되는데."

"검정은 밤에 잘 안 보이잖아."

"당신도 검은 차 있잖아요."

여기서 내 얘기가 왜 나와. 나는 그녀에게 매서운 표정을 지었다.

"그럼 샛노란색으로 하죠." 그녀가 말했다. 머리카락을 어깨 뒤로 휙 넘기는 모양새가 또 발끈한 것 같았다.

나는 그녀에게 인상을 썼다.

"그럼 어떤 색으로 했으면 좋겠어요?" 그녀가 가슴에 팔짱을 꼈다.

"은색이나 흰색."

"그러면 은색." 그녀는 그렇게 말하고는 아우디로 족하다고 꿋꿋이 버텼다.

터니안스키가 판매가 날아갈 위기를 직감하고 별안간 끼어들었다. "사모님께는 컨버터블이 좋지 않을까요?"

아나는 안색이 밝아졌고 판매원은 두 손을 부여잡았다.

"컨버터블?" 나는 눈썹을 추키며 물었다. 그녀의 뺨은 민망해 붉어져 있었다.

스틸 양은 컨버터블을 좋아한다. 그녀가 좋아하는 것을 알게 되다니 횡재라도 한 기분이었다. "컨버터블의 안전도 통계는 어떻죠?" 나는 판매원에게 물었고, 그는 가히 브로슈어 분량의 온갖 통계와 자료를 읊어댔다. 아나 쪽을 흘끔 보니 그녀는 치아가 다 보이도록 입꼬리가 귀에 걸려 있었다. 터니안스키는 서둘러 책상으로 건너가 새 모델 컨버터블 9-3의 재고량을 컴퓨터로 확인했다.

"무엇에 그리 취했는지 몰라도, 같이 좀 취하지, 스틸 양." 나는 그녀를 끌어당겼다.

"당신에 취했어요, 그레이 씨."

"정말? 흠뻑 취한 것처럼 보이긴 해." 나는 그녀에게 키스했다. "차 받아줘서 고마워. 지난번보다 훨씬 더 쉬웠어."

"뭐, 이건 아우디 A3는 아니잖아요."

"그건 네게 어울리는 차가 아니었어."

"마음엔 들었는데."

"손님, 9-3 말씀하셨죠? 비벌리 힐스 대리점에 하나 있는데요. 이틀 안에 배달해드리죠."

한 건 올린 터니안스키는 금방이라도 하늘을 날 듯했다.

"옵션은 최상급으로?"

"그럼요."

"좋아요." 나는 그에게 신용카드를 건넸다.

"이쪽으로 오시죠. 손님 성함이⋯⋯." 터니안스키가 신용카드의 이름을 흘끔거렸다. "그레이입니다."

"내일 가져다줄 수 있소?"

"노력해보죠, 그레이 씨." 그는 고개를 끄덕였고, 우리는 서류를 작성하기 시작했다.

"고마워요." 출발할 때 아나가 말했다.

"별말씀을, 아나스타샤."

엔진을 켤 때 에바 캐시디의 혼이 담긴 슬픈 목소리가 R8 안을 채웠다.

"이거 누구예요?"

"에바 캐시디."

"목소리가 참 아름답네요."

"응. 그랬지."

"아."

"젊을 때 죽었어." 너무 젊을 때.

"아." 아나가 내게 안타까운 표정을 지었다.

아나가 오늘 아침을 먹는 둥 마는 둥 한 게 기억나 그녀에게 배고프지 않냐고 물었다.

나 꼼꼼한 남자야, 아나.

"고프죠."

"그럼 점심부터 먹자."

엘리엇 애비뉴를 따라 달려 엘리엇 베이 정박지로 향했다. 플린의 말이 옳았다. 해보니까 그녀의 방식도 괜찮은 것 같았다. 아나를 쳐다보니 그녀는 음악에 취해 지나가는 밖의 풍경을 구경하고 있었다. 만족감이 밀려왔다. 그리고 오늘 오후의 일정을 생각하니 신이 났다.

정박지 주차장에 차들이 즐비했지만 나는 한 곳을 찾아냈다. "여기서 먹자. 문 열어줄게." 아나가 차에서 내리려고 움직거려 얼른 말했다. 우리는 팔짱을 끼고 부둣가를 향해 걸었다.

"배가 참 많네요." 그녀가 말했다.

한 척은 내 배야.

우리는 산책로에 서서 저 멀리 푸젯 사운드 위에 떠 있는 범선들을 바라보았다. 아나가 재킷을 여몄다.

"추워?" 나는 그녀를 내 팔 밑으로 바짝 끌어당겼다.

"아니요. 그저 풍경을 즐기는 중이에요."

"하루 종일 봐도 즐거울 것 같지. 자, 이쪽으로."

우리는 점심을 먹으러 부둣가 식당 겸 술집인 'SP 플레이스'

로 향했다. 나는 안에 들어가 클로드 바스티유의 형제인 단테를 찾았다.

"그레이 씨!" 그가 먼저 나를 발견했다. "오늘 오후엔 웬일로 발걸음을 다?"

"단테, 안녕하신가?" 나는 아나를 바의 스툴로 안내했다. "이 아름다운 숙녀는 아나스타샤 스틸."

"SP 플레이스에 잘 오셨습니다." 단테가 아나에게 활짝 웃었다. 그의 검은 눈이 호기심으로 반짝거렸다. "한잔하셔야죠? 뭐로 드릴까요, 아나스타샤?"

아나가 무도회에서 그랬던 것처럼 내게 주문을 미뤘다. 마음에 들었다.

"난 맥주로 하지. 시애틀에서 애덤스 익스플로러를 마실 수 있는 덴 여기밖에 없어."

"맥주요?"

"그래."

"익스플로러 두 병 줘요, 단테."

단테는 고개를 끄덕이고 바 위에 맥주를 올려놓았고, 나는 그녀에게 여기 해산물 차우더가 맛있다고 말했다. 단테는 우리가 주문한 음식을 받아 적더니 내게 윙크를 했다.

맞아, 지금 나랑 있는 이 여자는 내 친척이 아니야. 처음 있는 일이지.

나는 아나에게 주의를 돌렸다. "어떻게 사업을 시작하게 된 거예요?" 그녀가 묻고는 맥주를 한 모금 마셨다.

나는 그녀에게 사업을 시작해 지금에 이르기까지의 이야기를 간략하게 들려주었다. 엘레나의 돈을 밑천 삼아 위험을 감수한 신속한 투자로 자본금을 구축한 일, 망하기 직전인 기업을 처음 인수한 일. 그 회사는 그래핀 기술을 활용해 휴대폰 동력 장치를 개발하는 기업이었는데, 연구개발비가 회사 자산을 잠식한 상태였고, 그들이 보유한 특허는 이용 가치가 있었다. 회사 핵심 인재인 프레드와 바니는 계속 고용했는데, 두 사람은 현재 내 회사의 양대 주력 엔지니어로 활약 중이다.

"내 말 듣고 있지?" 내가 물었을 때 차우더가 나왔다. 그녀가 내가 하는 일에 관심을 보여 기분이 좋았다. 내가 일 얘기를 하면 부모님마저도 하품을 참곤 했다.

"근사해요." 그녀가 말했다. "당신에 관한 건 뭐든 근사해요, 크리스천."

나는 그녀의 말에 사기가 올라 이야기를 이어나갔다. 어떻게 더 많은 기업을 사고팔았고, 어떻게 내 신조와 맞는 회사는 보유하고 맞지 않는 회사는 쪼개 팔았는지.

"인수 합병이군요." 그녀가 읊조렸다.

"정확해. 2년 전엔 조선업으로 진출했고, 식품 제조업에도 발을 들여놓았어. 아프리카 시범 부지에서 생산량이 높은 농업 신기술에 도전하고 있어."

"세상을 먹여 살리기라도 하게요?" 아나가 놀렸다.

"응, 어떤 면에서는."

"동포애가 넘치시네요."

"그럴 능력이 되니까."

"이거 맛있네요." 아나는 다시 차우더를 숟가락에 가득 퍼먹었다.

"내가 좋아하는 음식 중 하나야." 내가 대꾸했다.

"항해도 좋아한다면서요." 아나가 밖의 범선들을 가리켰다.

"응. 꼬마 때부터 여기 다녔어. 엘리엇이랑 여기 요트 학교에서 항해술을 배웠지. 요트 몰 줄 알아?"

"아뇨."

"그럼 몬테사노 출신의 아가씨는 무얼 하며 놀지?" 나는 맥주를 한 모금 마셨다.

"독서요."

"어김없이 책 이야기로 돌아가는군, 응?"

"그럼요."

"레이 아빠와 네 엄마는 어쩌다 그렇게 된 거야?"

"서서히 사이가 멀어진 것 같아요. 엄마는 엄청 낭만적인 사람이고, 레이 아빠는, 음, 더 실용적인 편이라. 엄마는 평생 워싱턴에 살아서 모험을 하고 싶어 했죠."

"그래서 모험을 좀 하셨나?"

"스티브를 만났죠." 그의 이름이 거론된 것 자체로 입맛이 떨어진다는 듯 그녀의 표정이 어두워졌다. "엄마는 그 사람 얘기는 절대 안 하지만."

"오호."

"네. 엄마에겐 결코 행복한 시간이 아니었나봐요. 엄마도 레이 아빠를 떠난 걸 후회하는 것 같아요."

"넌 레이 아빠랑 살았잖아."

"맞아요. 레이 아빠에겐 내가 필요했어요. 엄마가 나를 필요로 하는 것보다 더."

우리는 자유롭고 편히 이야기를 나누었다. 아나는 얘기를 잘 들어주고 자기 이야기도 쉽게 털어놓았다. 내가 자기를 사랑한다는 걸 알기 때문일 것이다.

나는 아나를 사랑한다.

거봐. 별로 아프지 않잖아, 안 그래, 그레이?

그녀는 텍사스와 베이거스에서 살 때 더위로 얼마나 고생했는지 이야기했다. 워싱턴의 선선한 기후가 더 좋다고 했다.

그녀가 워싱턴에서 살기를 바라는 마음이 들었다.

그래. 나랑 같이.

이사 갈까?

그레이, 앞서가도 너무 앞서가는구나.

그녀를 요트 항해에 데려가자.

나는 손목시계를 보고는 맥주를 쭉 들이켰다. "이제 갈까?"

우리는 점심 값을 계산하고 밖의 따사로운 여름 햇살 속으로 나갔다. "네게 보여줄 게 있어."

우리는 손을 잡고 슬렁슬렁 걸어 정박지에 정박한 비교적 작은 배들을 지났다. 그레이스 호가 정박된 곳으로 접근하자 작은 배들 사이에서 우뚝 솟아 있는 그레이스 호가 보였다. 기대감이 나를 휘감았다. 배를 몰고 바다에 나간 지 한참 된 데다 이번엔 내 여자를 데리고 나갈 것이다. 우리는 큰 산책로를 벗어나 부잔교로 들어가서 더 좁은 수상 플랫폼으로 내려갔다. 나는 그레이스 호 앞에서 멈춰 섰다. "오늘 오후에 이걸 타고 나가려고. 내 배야."

나의 쌍동선. 내 자긍심이자 내 기쁨.

아나가 감탄했다.

"내 회사가 만든 배지. 바닥부터 꼭대기까지 세계 최고 조선공들의 손에 설계됐고, 시애틀에 있는 내 조선소에서 건조되었어. 하이브리드 전기 구동장치에 비대칭 소형수하용골, 사다리꼴 주돛……."

"항복!" 아나가 두 손을 치켜들었다. "무슨 말인지 하나도 모르겠어요, 크리스천."

휩쓸리지 마, 그레이.

"좋은 배라는 말씀." 나는 찬탄을 숨길 수 없었다.

"정말 멋진 배 같네요, 그레이 씨."

"물론이지, 스틸 양."

"이름이 뭐죠?"

나는 그녀의 손을 잡고 배 측면에 박힌 '그레이스'라는 장식체를 보여주었다. "어머님 이름을 딴 거예요?"

"응. 그게 이상해?"

그녀는 딱히 할 말이 없는지 어깨를 으쓱거렸다.

"난 우리 어머니 아껴, 아나스타샤. 배에 어머니 이름을 붙이지 말란 법도 없잖아?"

"아니, 그런 게 아니에요. 난 그냥……."

"아나스타샤, 그레이스 트레벨리언-그레이는 내 생명을 구했어. 모두 다 어머니 덕이야."

그녀의 얼굴에서 미소가 사라졌다. 무슨 생각을 하는지 궁금했다. 그동안 내가 어머니를 사랑하지 않는다고 생각하게끔 오해를 산 것일지도 몰랐다.

그러고 보니 나에게는 마음이 없다는 말을 아나에게 한 적이 있었다. 하지만 조각난 내 마음 한구석에는 내 가족을 위한 자리가 항상 있었다. 엘리엇의 자리마저도.

다른 누군가에게 내줄 자리가 있을지 확신은 없었다.

그런데 아나에게 맞는 자리가 있었다.

그녀는 그 자리를 채우다 못해 넘쳐흘렀다.

나는 그녀를 향한 내 감정이 범람하지 않도록 애쓰며 마른침을 삼켰다. 그녀는 죽었던 내 마음을 되살렸고 나를 부활시켰다.

"타보고 싶어?" 감상적인 말이 튀어나올 것만 같아 나는 얼른 물었다.

"네, 태워줘요."

나는 내 손을 잡고 따르는 그녀를 데리고 후갑판으로 이어지는 건널 판자를 올랐다. 맥이 나타났다. 그가 큰 선실의 미닫이문을 여는 바람에 아나가 깜짝 놀랐다.

"그레이 씨! 어서 오세요." 우리는 악수를 나누었다.

"아나스타샤, 이쪽은 리엄 맥코넬. 리엄, 이쪽은 내 여자 친구 아나스타샤 스틸."

"처음 뵙겠습니다." 그녀가 리엄에게 말했다.

"맥이라고 부르세요. 승선을 환영합니다, 스틸 양."

"아나라고 불러주세요."

"상태가 좀 어떤가요, 맥?" 내가 물었다.

"신나게 달릴 준비됐습니다, 사장님." 맥이 환히 웃었다.

"그럼 항해를 떠나보죠."

"직접 가지고 나가시게요?" 맥이 물었다.

"물론." 나는 대답했다. 천금 같은 기회를 놓칠 수야 없지.

"한 바퀴 후딱 돌아보고 올까, 아나스타샤?"

"네, 좋아요."

우리는 미닫이문 안으로 들어갔다. 아나는 안을 둘러보았다. 감탄하는 기색이 역력했다. 내부 장식은 시애틀에 거주하는 스웨덴 디자이너의 솜씨였다. 깔끔한 선과 옅은 오크 빛깔이 선실에 밝고 신선한 분위기를 자아냈는데, 나는 이 분위기를 그레이스 호 전체에 도입했다. "여긴 응접실. 옆은 주방." 나는 그쪽을 가리켰다. "욕실은 양쪽에 하나씩 있어." 나는 하나씩 가리키고 나서 그녀를 내 방으로 통하는 작은 문 안으로 이끌었다. 아나는 침대를 보고 감탄했다. "여긴 선주 선실. 여기 들어온 여자

는 네가 처음이야. 가족을 빼면." 나는 그녀에게 키스했다. "가
족들은 셈에서 제외. 이 침대에서 개막식을 치르면 어떨까." 나
는 그녀의 입에 대고 속삭였다. "지금 말고. 가자, 맥이 곧 밧줄
을 풀 거야." 나는 아나를 데리고 응접실로 돌아갔다. "사무실
은 저기고, 이 앞에 선실이 두 개 더 있어."

"그럼 이 배에서 몇 명이나 잘 수 있어요?"

"침상은 모두 여섯 개야. 이 배에 탄 건 가족들뿐이었지만. 난
혼자 항해하는 걸 좋아해. 하지만 네가 여기 있는 한은 아니야.
네게서 눈을 뗄 수 없으니까." 나는 서랍장에서 선홍색 구명조
끼를 꺼냈다.

"이거." 나는 그것을 그녀에게 입히고 끈을 조여주었다.

"당신은 나를 묶는 걸 좋아하는군요?"

"어떤 식으로든." 나는 그녀에게 윙크했다.

"변태 같으니."

"나도 알아."

"나의 변태 애인." 그녀가 놀렸다.

"그래, 나 네 거야."

나는 버클을 다 채운 후 조끼 옆을 잡고 그녀에게 쪽 하고 키
스했다. "언제나." 나는 그녀가 대꾸하기 전에 그녀를 놔주었
다. "가자." 우리는 선실을 나와 상갑판과 조종실로 통하는 계
단을 올랐다.

배 아래 부잔교에서 맥이 뱃머리 줄을 풀고 있었다. 그가 배
위로 성큼 뛰어올랐다.

"당신의 밧줄 기술, 여기서 배웠나봐요?" 아나가 순진한 척
천연덕스럽게 물었다.

"감아매기 매듭을 익혔지. 스틸 양, 호기심이 동하는 모양인

데. 호기심을 보여주니 좋군. 밧줄로 뭘 할 수 있는지 기꺼이 시
범을 보여주지."

내 말에 화가 났는지 아나가 입을 꾹 다물었다.

앗.

"속았죠." 그녀가 고소하다는 듯 깔깔 웃었다.

이런, 당했다. 나는 실눈을 떴다. "넌 나중에 상대해주지. 지
금은 내 배를 운전해야 하니까." 나는 조종석에 앉아 버튼을 눌
러 55마력 쌍둥이 엔진을 가동했고, 송풍기를 껐다. 맥은 상갑
판을 따라 난간을 붙잡고 걸어가서 선미 줄을 풀러 후갑판 아래
로 뛰어내렸다. 그가 내게 팔을 흔들었다. 나는 해안 경비대에
연락해 출항 준비가 됐음을 알렸다.

나는 잠든 그레이스 호를 깨웠다. 기어를 올리고 스로틀을 풀
었다. 나의 아름다운 배가 선석에서 천천히 미끄러져 나갔다.

아나는 부두에 모여 서서 우리의 출항을 지켜보는 몇몇 사람
들에게 손을 흔들었다. 나는 지그재그로 나아가던 중 직선 구간
에서 그녀를 끌어당겼다.

"이거 봐봐." 나는 VHF를 가리켰다. "이게 무전기야. 우리
GPS, 우리 AIS, 레이더."

"AIS가 뭐죠?"

"항로를 식별하는 장치. 이건 측심기. 조타륜 잡아."

"네, 네, 선장님!" 그녀가 내게 거수경례를 했다.

나는 천천히 배를 몰아 정박지를 빠져나갔다. 아나의 손은 내
손과 조타륜 사이에 있었다. 우리는 탁 트인 바다를 향해 방향
을 틀어 큰 아치형을 그리며 푸젓 사운드를 건넌 후 북서쪽 올
림픽 반도와 베인브리지 섬을 향해 나아갔다. 바람은 15노트로
약했지만 돛을 펴면 그레이스 호는 질주할 것이다. 참으로 기분

이 좋았다. 나는 선박에 관한 모든 요소를 체득해가며 이 배의 설계를 도왔다. 이것은 내가 평생 연마한 기술이 녹아 있는 배였다. 짜릿했다.

"항해 시간이야." 나는 아나에게 말했다. 흥분을 감출 수 없었다. "자, 네가 조종해봐. 항로 유지하고."

아나가 질겁했다.

"엄청 쉬워. 조타륜을 꽉 잡고 뱃머리 너머 수평선에서 눈 떼지 마. 해낼 수 있어. 항상 그랬으니까. 돛이 올라갈 때 그 인력이 느껴질 거야. 현 상태를 유지하기만 해. 내가 이런 신호를 보내면—나는 목을 긋는 동작을 보였다—엔진을 꺼. 이 버튼." 나는 엔진을 끄는 버튼을 가리켰다. "알겠지?"

"알았어요." 하지만 그녀는 자신이 없는 듯했다. 이 여자는 분명 해낼 것이다. 항상 그렇듯이. 나는 재빨리 그녀에게 키스하고는 큰 돛을 올리려고 상갑판으로 뛰어내렸다. 맥과 힘을 합치자 크랭크가 쉽게 돌아갔다. 돛이 바람에 앞으로 불룩 돌진했다. 아나를 쳐다보니 그녀는 배를 일정하게 유지하고 있었다. 맥과 나는 앞돛을 올렸다. 돛이 돛대 위로 올라가 날개를 펴고 바람을 맞아들여 동력으로 이용했다.

"꽉 잡고 엔진 꺼!" 나는 포효하는 바람과 파도 소리 위로 소리치고는 그녀에게 손짓했다. 아나가 버튼을 누르자 웅웅거리는 엔진 소리가 멈췄다. 우리는 나는 듯 북서쪽으로 바다를 내달렸다.

나는 조타륜 앞의 아나에게 돌아갔다. 바람에 휘날리는 머리카락이 그녀의 얼굴을 감쌌다. 신이 나는지 뺨은 기쁨으로 달아올라 있었다. "어때?" 나는 바람과 바다 소리 위로 외쳤다.

"크리스천! 정말 환상적이에요."

"스피나커(순풍용으로 앞에 다는 삼각형의 큰 돛-옮긴이)가 오를 때까지 기다려." 나는 스피나커를 올리는 맥을 턱으로 가리켰다.

"흥미로운 색깔이네요." 아나가 외쳤다.

나는 그녀에게 '알지?' 하는 윙크를 날렸다. 맞아, 내 놀이방 색깔이야.

바람이 스피나커를 밀어붙이자 그레이스 호는 앞으로 힘껏 돌진하며 우리에게 짜릿한 항해를 선사했다. 아나가 스피나커에서 내게로 시선을 돌렸다. "비대칭 돛을 달면 속력이 붙지." 내가 외쳤다. 내 바람대로 20노트가 되려면 바람이 도와줘야 했다.

"정말 멋져요." 그녀가 외쳤다. "지금 얼마나 빨리 달리고 있어요?"

"15노트 정도."

"어느 정도인지 전혀 모르겠어요."

"시속 27킬로미터 정도 돼."

"겨우? 훨씬 빠르게 느껴지는데."

아나는 반짝반짝 빛이 났다. 그녀의 기쁨은 전염성이 강했다. 나는 조타륜을 쥔 그녀의 손을 꽉 움켜쥐었다. "너 참 예쁘다, 아나스타샤. 부끄러워 얼굴이 빨개진 게 아니라 달아오른 뺨이 보기 좋아. 호세가 찍은 사진 속의 너처럼 보여."

그녀가 내 품에서 몸을 돌려 내게 키스했다. "여자를 기쁘게 해주는 법을 잘 아네요, 그레이 씨."

"우리의 목표는 서로의 기쁨이잖아, 스틸 양." 그녀는 뱃머리를 향해 몸을 돌렸고, 나는 그녀의 머리카락을 쓸어 넘기고 목덜미에 키스했다. "네가 행복한 걸 보니 좋다." 나는 그녀의 귀에 소곤댔다. 우리는 푸젯 사운드를 질주해 건넜다.

우리는 베인브리지 섬 헤들리 스핀 인근의 작은 만에 닻을 내렸다. 맥과 나는 함께 작은 고무보트를 내렸다. 맥은 그걸 타고 뭍으로 가 포인트 먼로에 사는 친구를 만나러 갈 예정이었다. "한 시간 후에 뵙죠, 그레이 씨." 그는 작은 보트로 내려가 아나에게 손을 흔들어 인사하고 선외 모터를 작동시켰다.

나는 아나가 서 있는 후갑판으로 뛰어가 그녀의 손을 잡았다. 맥이 석호를 향해 멀어지는 것을 굳이 바라볼 필요는 없었다. 그보다 더 급한 볼일이 있었다.

"이제 뭐 하죠?" 아나가 물었을 때 나는 그녀를 선실로 이끌었다.

"다 계획이 있어, 스틸 양." 나는 음심이 다 드러나도록 서둘러 그녀를 선실로 데려갔다. 그녀가 미소를 지었고, 나는 그녀의 구명조끼를 재빨리 벗겨 바닥에 내던졌다. 그녀는 조끼를 벗고 나서 나를 빤히 쳐다볼 뿐 아무 말도 하지 않고 이로 아랫입술만 잘근잘근 씹었는데, 고의적인 것인지 무의식적인 유혹인지 알 수 없었다.

그녀와 사랑을 나누고 싶었다.

내 배에서.

또 다른 첫 시도.

손끝으로 그녀의 얼굴을 어루만지다 천천히 손을 그녀의 턱으로, 목으로, 흉골로, 블라우스의 잠긴 첫 단추로 내렸다. 그녀의 눈은 내 눈에서 떠날 줄 몰랐다. "널 보고 싶어." 나는 그 단추를 풀었다. 그녀는 꼼짝하지 않고 서 있었고, 호흡이 점차 가빠졌다.

그녀는 내 마음대로 할 수 있는 내 것이었다. 내 여자.

나는 물러나 그녀에게 여유 공간을 주었다. "네가 벗어봐." 내가 속삭였다. 그녀의 입술이 벌어지고 눈은 욕망으로 타올랐다. 그녀가 달팽이처럼 느릿느릿 단추를 풀고는 다음 것을 풀었는데, 그 굼뜬 속도에 조바심이 났다.

미치겠군.

그녀는 나를 놀리고 있었다. 깍쟁이.

마지막 단추가 풀렸을 때 그녀는 블라우스 자락을 벌리고는 어깨를 움직거려 블라우스를 바닥에 떨어뜨렸다.

그녀는 하얀 레이스 브라를 차고 있었는데, 팽팽히 일어선 젖꼭지가 레이스를 압박했다. 끝내주는, 정말 끝내주는 광경이었다. 그녀의 손가락이 배꼽을 지나 청바지 맨 위 단추를 만지작거렸다.

아가씨, 신발부터 벗어야지.

"잠깐. 앉아봐." 나는 침대 발치를 가리켰고, 그녀는 복종했다.

나는 엎드려 신발 끈을 풀고 나서 다른 운동화 끈도 푼 후 운동화를 벗기고 양말도 벗겼다.

그녀의 발을 잡아 보드라운 엄지발가락 바닥에 키스하고 나서 치아로 간지럽혔다.

"아!" 그녀가 토해낸 숨소리가 내 음경에 음악처럼 와 닿았다.

그녀가 하고 싶은 대로 하게 둬, 그레이.

나는 일어서서 손을 내밀어 그녀를 침대에서 일으켰다. "계속해." 나는 그녀에게 무대를 내주고 쇼를 즐기려고 물러섰다.

그녀는 내게 음탕한 시선을 던지며 아까처럼 느릿느릿 청바지 단추를 풀고 지퍼를 내렸다. 그리고 양 엄지손가락을 허리춤에 걸더니 골반을 흔들거리며 청바지를 천천히 다리 아래로 끌어 내렸다.

그녀는 끈 팬티 차림이었다.

끈 팬티.

와우.

그녀가 브라 끈을 풀어 팔 아래로 내린 후 브라를 바닥에 떨어뜨렸다.

그녀를 만지고 싶었다.

주먹을 꽉 쥐고 충동을 억눌렀다.

그녀는 끈 팬티를 스르륵 내려 발목으로 떨어뜨리고는 발을 들어 팬티를 벗고 내 앞에 섰다.

천생 여자.

그녀를 원했다.

그녀의 전부를.

그녀의 몸을, 그녀의 마음을, 그녀의 영혼까지도.

넌 그녀의 마음을 가졌어, 그레이. 그녀는 너를 사랑해.

나는 내 스웨터 자락을 쥐고 머리 위로 벗고 나서 티셔츠도 벗었다. 신발과 양말도 벗었다. 그녀의 눈은 내 눈을 떠나지 않았다.

그녀의 눈빛이 이글거렸다.

나는 청바지를 벗으려고 손을 움직였다. 그녀의 손이 내 손을 덮었다. "내가 할게요." 그녀가 속삭였다.

청바지를 후딱 벗어버리고 싶었지만 그녀에게 씩 웃었다. "좋으실 대로."

그녀는 내게 다가와 청바지 허리춤을 쥐고는 끌어당겼다. 나는 그녀 쪽으로 한 걸음 가까이 끌려갔다. 그녀는 단추를 풀었지만 지퍼는 내리지 않았다. 대신 지퍼에서 아래쪽으로, 내 음경이 밀어 올려 불룩 솟은 능선을 대담하게 더듬었다. 나는 본능적으로 엉덩이를 움츠려 일어선 놈을 그녀의 손으로 밀어붙였다. "점점 더 대담해지는데, 아냐. 아주 용감해." 나는 두 손으로 그녀의 얼굴을 감싸 쥐고 그녀에게 키스했다. 내 혀가 그녀의 입안으로 침투하는 동안 그녀는 두 손을 내 엉덩이에 대더니 청바지 허리춤 바로 위 피부에 두 엄지손가락으로 동그라미를 그렸다.

"당신도 그런걸요." 그녀가 내 입술에 대고 소곤댔다.

"목표가 코앞이야."

그녀는 청바지 앞섶을 열고 손을 바지 안에 넣어 내 음경을 쥐었다. 나는 감사의 신음을 토해냈다. 내 입술이 그녀의 입술을 찾았다. 그녀를 끌어안자 그녀의 보드라운 피부가 내 피부에 닿았다.

어둠이 물러갔다.

그녀는 내 몸 어디를 만져야 하는지 알고 있었다.

나를 어떻게 만져야 하는지도.

그녀의 손이 나를 움켜쥐더니 세게 쥐어짰다. 그리고 위아래로 움직이며 내게 쾌락을 선사했다. 나는 손동작을 몇 번 참다 속삭였다. "아, 널 원해, 미치도록." 나는 물러서서 바지와 속옷을 벗고 준비된 그녀의 알몸 앞에 섰다.

그녀의 시선이 내 몸을 훑으며 미간에 v자가 나타났다.

"뭐 잘못됐어, 아냐?" 나는 그녀의 뺨을 살며시 쓰다듬었다.

"아니에요. 사랑해줘요, 지금."

나는 그녀를 감싸 안고 뜨겁게 키스했다. 내 손가락이 그녀의 머리카락 속에서 뒤엉켰다. 그녀의 입은 아무리 마셔도 질리지 않았다. 그녀의 입술. 그녀의 혀. 나는 그녀를 뒷걸음질 치게 해 둘의 몸을 침대에 눕혔다. 그녀 옆에 누워 코로 그녀의 턱선을 훑으며 숨을 깊이 들이마셨다.

과수원. 사과. 여름과 감미로운 가을.

그녀는 이 모든 것들의 현신.

"네 향기가 얼마나 그윽한지 알아, 아나? 불가항력이야." 내 입이 그녀의 목으로 쭉 내려가 젖가슴을 가로질러 키스하고 그녀의 정수를 빨아들이며 몸 아래쪽으로 여행을 떠났다.

"정말 아름다워." 나는 젖꼭지를 부드럽게 빨았다.

그녀가 신음을 토해내고 침대 위로 활처럼 휘었다.

그 소리에 내 몸이 더 단단해졌다. "목소리 들려줘, 자기." 나는 젖가슴을 쥐었다가 허리 쪽으로 이동하며 손가락 아래 있는 매끄러운 피부의 감촉을 즐겼다. 내 손이 그녀의 옆구리를 지나 엉덩이, 그 아래 무릎까지 내려가는 동안 나는 젖가슴을 빨고 키스했다. 그녀의 무릎을 잡아 두 다리를 들어 올려 내 허리에 감았다.

그녀가 숨을 들이켰고, 나는 그녀의 반응을 탐닉했다.

나는 몸을 굴려 그녀를 내 위로 올렸다. 그리고 옆 탁자에서 콘돔을 집어 그녀에게 건넸다.

그녀는 기쁜 얼굴로 얼른 내 허벅지 위에 앉아 발기한 놈을 쥐고 고개를 숙여 끝에 키스했다. 그녀의 머리카락이 커튼처럼 내 음경 주위에 드리우며 그녀의 입이 나를 삼켰다.

젠장. 에로틱했다.

그녀는 나를 삼키고, 세게 빨고, 이로 훑었다.

나는 신음하며 엉덩이를 움츠려 그녀의 입안으로 더 깊이 들어갔다.

그녀는 나를 놓아주고 은박 포장을 찢어 콘돔을 단단해진 내 음경에 씌웠다. 나는 그녀가 균형을 잡도록 두 손을 내밀었고, 그녀는 내 손을 잡고 천천히, 아주 느릿느릿 내 위에 앉았다.

아, 세상에.

너무 좋았다.

나는 눈을 감고 고개를 젖혔고, 그녀는 나를 탐했다. 나는 그녀에게 몰두했다.

그녀는 신음했고, 나는 두 손으로 그녀의 옆구리를 잡아 그녀를 위로 올렸다가 내릴 때 그녀 속으로 돌진하며 그녀를 탐식했다. "아, 자기." 나는 속삭였다. 더 원했다. 많이 많이 원했다.

나는 상체를 일으켰다. 우리의 코가 마주했다. 나는 그녀의 엉덩이를 허벅지로 감싸고는 그녀 안으로 깊이 침투했다. 그녀가 숨을 들이켜며 내 두 팔을 움켜쥘 때 나는 그녀의 머리를 감싸고 그녀의 아름다운 눈을 응시했다. 사랑과 욕망으로 반짝이는 눈을.

"오, 아나. 너로 인해 이걸 느껴." 나는 날뛰는 열정에 몸을 맡긴 채 그녀에게 키스했다.

"아, 사랑해요." 그녀가 중얼거리고는 눈을 감았다.

아나는 나를 사랑한다.

나는 몸을 굴려 그녀 위로 올라갔고, 그녀의 다리가 내 허리를 감았다. 나는 그녀를 내려다보며 경이감에 사로잡혔다.

나도 사랑해. 네가 상상조차 못 할 만큼.

나는 천천히, 부드럽게, 살살 움직이기 시작했고, 그녀가 간직한 보물들을 하나하나 음미했다.

이게 나야, 아나.

나의 전부야.

그리고 너를 사랑해.

나는 두 팔로 그녀의 머리를 감싸고 그녀를 내리눌렀고, 그녀는 손가락으로 내 팔과 머리, 엉덩이를 어루만졌다. 나는 그녀의 입에, 턱 중앙과 옆 턱에 키스했다. 그리고 그녀를 높이, 높이 밀어 올렸다. 절정의 턱밑까지. 그녀의 몸이 덜덜 떨리기 시작했다. 그녀가 숨을 헐떡거렸다. 다 왔다.

"그거야, 자기. 그만 놓아버려. 제발. 아나."

"크리스천." 그녀는 울부짖으며 나를 감싼 채 절정에 올랐고, 나는 사정했다.

오후의 햇살이 현창을 뚫고 선실 천장에 물그림자를 던져놓았다. 여기 물 위는 대단히 평온했다. 둘이 세계를 항해하면 어떨까. 아나와 나, 단둘이.

그녀는 내 옆에서 잠이 들었다.

나의 아름답고 열정적인 여인.

아나.

이 두 글자의 파괴력을 실감했던 때가 기억났다. 하지만 이제 보니 그 글자는 치유의 힘도 가지고 있었다.

그녀는 네 실체를 몰라.

나는 천장을 향해 인상을 썼다. 이 생각은 내게 들러붙어 나를 괴롭혔다. 왜지?

그녀에게는 정직하고 싶기 때문이리라. 플린은 내가 그녀를 믿고 그녀에게 털어놔야 한다고 했지만, 나는 그럴 용기가 없었다.

그녀는 떠날 것이다.

아니야. 나는 그 생각을 떨쳐내고 몇 분 더 그녀 옆에 누워 그

시간을 즐겼다.

"맥이 곧 돌아올 거야." 우리 사이에 내린 평화로운 침묵을 깨려니 아쉬웠다.

"으음." 그녀는 웅얼거리다 눈을 뜨고 미소를 지었다.

"나도 오후 내내 너와 여기 누워 있고 싶지만, 맥이 고무보트 묶는 걸 도와줘야 해." 나는 그녀의 입술에 키스했다. "아니, 지금 너 무척 아름답다. 헝클어진 모습이 섹시해. 너를 더 원하게 만들어."

그녀가 내 얼굴을 어루만졌다.

그녀가 나를 보았다.

아니야. 아나, 넌 나를 몰라.

나는 마지못해 침대를 빠져나왔고, 그녀는 돌아누워 엎드렸다.

"당신도 그렇게 나쁘지 않아요, 선장님." 내가 옷을 입을 때 그녀가 감사하는 투로 말했다.

나는 신발을 신으려고 그녀 옆에 걸터앉았다.

"선장이라고, 어?" 내가 중얼거렸다. "나는 이 배의 주인이야."

"당신은 내 마음의 주인이에요, 그레이 씨."

원래는 다른 방식으로 네 주인이 되고 싶었지만, 이것도 괜찮아. 이렇게 계속할 수 있을 것 같았다. 나는 그녀에게 키스했다. "갑판에 가 있을게. 욕실에 샤워기 있으니까 씻고 싶으면 씻어. 필요한 거 있어? 마실 거라도?"

그녀가 재미있어 죽겠다는 표정을 지었다. 희생양은 물론 나였다.

"뭐야?"

"당신요."

"내가 뭐?"

"댁은 누구고, 우리 크리스천을 어떻게 한 거죠?"

"그 사람 별로 멀리 가 있지 않아." 뱃속에서 불안감이 꿈틀대며 담쟁이덩굴처럼 심장을 돌돌 감아 옥죄었다. "그 사람 금방 다시 만나게 될 거야, 얼른 일어나지 않으면." 내가 그녀의 엉덩이를 찰싹 때리자 그녀가 웃음과 비명을 동시에 터뜨렸다.

"사람 걱정시키기는." 그녀가 걱정한 시늉을 했다.

"내가? 너야말로 사람 헷갈리게 해, 아나스타샤. 남자가 그걸 어떻게 알아먹나?" 나는 그녀에게 가볍게 키스했다. "이따가 봐, 자기." 나는 그녀가 옷을 입게 두고 나왔다.

5분 후 맥이 돌아왔다. 우리는 함께 보트를 선미 쪽 삭구에 고정했다.

"친구는 어떻게 지내요?" 나는 물었다.

"팔팔해요."

"더 있다 오지 그랬어요." 내가 말했다.

"그랬다간 돌아가는 항해를 놓치게요?"

"그렇군."

"그건 안 되죠. 난 이 숙녀분과 오래 못 떨어져요." 맥이 그렇게 말하고는 그레이스 호의 선체를 톡톡 두드렸다.

나는 빙그레 웃었다. "그렇군."

휴대폰이 부르르 진동했다.

"테일러." 나는 전화를 받았다. 아나가 선실 미닫이문을 열었다. 그녀는 구명조끼를 들고 있었다.

"안녕하세요, 그레이 사장님. 아파트는 안전합니다." 테일러가 말했다.

나는 아나를 끌어당겨 그녀의 머리카락에 키스했다. "그거 좋은 소식이군."

"모든 방을 다 뒤졌습니다."

"그래."

"지난 사흘간의 CCTV 녹화 영상도 확인했어요."

"응."

"거기 잡혔어요."

"정말인가?"

"윌리엄스 양이 계단으로 올라오는 장면."

"비상구 계단 말이지?"

"네. 열쇠를 가지고 있었고, 모든 층을 걸어 올라왔습니다."

"그랬군." 와, 거의 등산을 했겠군.

"자물쇠 모두 교체했습니다. 돌아오시는 편이 더 안전할 듯 합니다. 짐은 가져왔습니다. 오늘 저녁에 돌아오실 건가요?"

"응."

"언제쯤에요?"

"오늘 밤."

"잘 알겠습니다, 사장님."

나는 전화를 끊었다. 맥이 엔진을 가동했다.

"돌아갈 시간이야." 나는 아나에게 가볍게 키스하고 구명조끼를 입혔다.

아나는 열정와 의욕이 넘치는 갑판원이었다. 맥이 조타륜을 잡는 동안 우리는 함께 주돛과 밧줄, 스피나커를 들어 넣었다. 그녀에게 삼겹 매듭을 가르쳐주었는데, 그녀가 서투르게 낑낑대는 걸 보니 자꾸 웃음이 터져 참기 힘들었다.

"언젠가는 당신도 묶어버려야겠어요." 그녀가 예고했다.

"그러자면 먼저 나를 잡아야 할걸, 스틸 양." 누군가에게 묶였던 때가 까마득한 옛날처럼 느껴졌다. 이제는 내가 그것을 원하는지도 혼란스러웠다. 그녀의 손길에 내가 얼마나 무기력한지 생각하자 진저리가 쳐졌다. "그레이스 호 더 자세히 구경시켜줄까?"

"좋아요. 이 배는 정말 아름다워요."

아나는 내 품에 안겨 조타륜 앞에 서 있었다. 이제 곧 정박지로 들어갈 참이었다. 그녀는 너무나 행복해 보였다.

그러니 나도 행복했다.

그녀는 그레이스 호에 매료되었다. 내가 보여준 모든 것들에. 엔진실에까지도.

재밌었다. 숨을 크게 들이마시자 공기 중의 소금기가 내 영혼을 세척해주었다.

문득 한 구절이 생각났다. 내가 좋아하는 체험기 《인간의 대지》에 나오는 구절이었다. "세상만큼이나 오래된 항해에 관한 시(詩)가 있대." 나는 그녀의 귀에 소곤거렸다.

"인용구처럼 들리네요."

"맞아. 앙투안 생텍쥐페리."

"아, 나 《어린 왕자》 정말 좋아해요."

"나도 그래."

나는 그레이스 호를 몰고 정박장 안으로 들어가 천천히 방향을 틀어 후진해 선석에 배를 넣었다. 우리를 구경하던 사람들이 흩어질 때쯤 맥이 부잔교 위로 뛰어내려 선미 줄을 두 밧줄걸이에 묶었다.

"돌아왔군." 나는 아나에게 말했다. 늘 그렇듯 그레이스 호를 떠나기가 망설여졌다.

"고마워요. 정말 완벽한 오후였어요."

"나도 그랬어. 너를 항해 학교에 등록시키면 어떨까. 그럼 며칠 동안 바다에 나갈 수 있을 거야, 단둘이."

세계 일주를 해도 좋고, 너랑 나랑 둘이서.

"그거 마음에 드는데요. 그럼 그 침실에서 개막식을 치르고 또 치르겠네요."

나는 그녀의 귀밑에 키스했다. "흠…… 기대할게, 아나스타샤." 그녀는 좋아서 꼼지락거렸다. "가자. 이제 아파트는 이상 없어. 돌아가도 돼."

"호텔에 있는 물건들은 어쩌고요?"

"테일러가 벌써 챙겨갔어. 오늘 일찍. 보안팀과 그레이스 호를 수색한 후에."

"그 불쌍한 사람은 잠도 안 잔대요?"

"자긴 자. 그 사람은 그저 자기 일을 하는 거야, 아나스타샤. 본인이 잘하는 일. 제이슨은 정말이지 횡재야."

"제이슨요?"

"제이슨 테일러."

아나가 살짝 미소를 지었다.

"테일러를 좋아하는구나." 내가 말했다.

"그런 것 같아요. 테일러가 당신을 아주 잘 보필하는 것 같아요. 그래서 좋아하는 거예요. 친절하고 믿음직한 데다 충직하고. 삼촌 같은 매력이 있어요."

"삼촌?"

"네."

"삼촌이라."

아나가 깔깔 웃었다. "아유, 크리스천, 어른답게 굴어요, 제발."

뭐라고?

그녀가 나를 꾸짖는다.

왜?

내가 소유욕이 강해서? 유치하다고 볼 수도 있겠다.

어쩌면. "노력하고 있어." 내가 대답했다.

"그게 바로 당신이죠. 아주 당신다워요." 그녀가 천장을 쳐다보며 말했다.

"네가 눈을 흘겼을 때 어떤 일이 있었는지 기억나는군, 아나스타샤."

"당신이 착하게 군다면, 그 기억을 재연해볼 수도 있어요."

"착하게 군다면? 참 나, 스틸 양. 어째서 내가 그 기억을 재연하길 바란다고 생각해?"

"내가 그 말을 했을 때 당신 눈이 크리스마스 전등처럼 반짝거렸으니까요."

"넌 나를 너무 잘 알아." 내가 말했다.

"더 잘 알고 싶어요."

"나도 너를 잘 알고 싶어, 아나스타샤. 이제, 가자." 내가 아나를 데리고 부잔교를 내려갈 수 있게 맥이 건널 판자를 내렸다. "고마워요, 맥." 나는 맥과 악수했다.

"언제든 환영입니다, 그레이 씨. 안녕히 가세요. 아나, 만나서 반가웠어요."

"좋은 하루 보내세요, 맥. 고맙습니다." 아나는 조금 수줍어하는 것 같았다.

아나와 나는 맥을 그레이스 호에 남겨두고 산책로를 따라 올라갔다.

"맥은 어디 출신이에요?"

"아일랜드. 북아일랜드 출신."

"당신 친구예요?"

"맥? 내 밑에서 일하는 거지. 그레이스 호를 만들 때 도와줬어."

"친구 많아요?"

친구가 왜 필요하지?

"딱히 그렇진 않아. 일하느라. 친구를 사귀는 데 힘쓰진 않아. 다만……." 나는 말을 멈추었다. 엘레나를 입에 올리고 싶지 않았다. "배고파?" 나는 물었다. 음식 얘기가 더 안전한 화제일 것이다.

아나가 고개를 끄덕였다.

"차를 세워둔 곳에서 식사할 수 있을 거야. 가자."

아나와 나는 SP 옆 비스(Bee's)라는 작은 이탈리아 식당에 자리를 잡고 앉았다. 그녀가 메뉴를 살피는 동안 나는 시원한 프라스카티를 홀짝거렸다. 그녀가 무얼 읽는 걸 보니 기분이 좋았다.

"왜요?" 아나가 고개를 들더니 물었다.

"너 아주 예쁘다, 아나스타샤. 야외활동이 잘 맞나봐."

"사실 바닷바람에 약간 탔어요. 하지만 오늘 오후 정말 즐거웠어요. 완벽한 오후였어요. 고마워요."

"천만의 말씀."

"뭐 하나 물어봐도 돼요?"

"뭐든, 아나스타샤. 알잖아."

"별로 친구가 없는 것 같은데, 이유가 뭐예요?"

"말했잖아. 시간이 별로 없어. 사업상 동료들은 있어. 우정과는 아주 다르지만. 하지만 가족이 있으니까 그걸로 충분해." 나는 어깨를 으쓱거렸다. "엘레나는 예외고."

다행히 아나는 엘레나 얘기를 그냥 넘겼다.

"함께 어울리면서 스트레스를 발산할 또래 남자 친구 없어요?"

없어. 엘리엇뿐이야.

"넌 내가 스트레스를 어떻게 발산하는지 알잖아, 아나스타샤." 목소리가 작아졌다. "그동안 줄곧 일하고 사업체를 구축하느라. 일만 해, 가끔 항해와 비행을 하고." 물론 섹스도 하고.

"대학에서도요?"

"별로."

"그럼 그냥 엘레나뿐?"

나는 끄덕였다. 무슨 말을 하고 싶어 이러지?

"외로웠겠네요."

레일라가 한 말이 떠올랐다. "하지만 주인님은 외로워요. 제 눈에 보이는걸요." 나는 인상을 썼다. 외로움을 느낀 것은 아나가 떠났을 때뿐이었다.

만신창이가 됐었다.

그 느낌은 두 번 다시 겪고 싶지 않았다.

"뭐 먹을 거야?" 나는 화제를 돌리고 싶어 물었다.

"리소토로 하죠."

"잘 골랐어." 나는 웨이터를 손짓해 불렀다.

우리는 주문을 했다. 아나는 리소또, 나는 펜네.

웨이터가 물러갔을 때 아나는 손가락을 꼬며 허벅지를 내려다보았다. 뭔가 신경이 쓰이는 모양이었다. "아나스타샤, 무슨 일이야? 말해봐."

그녀는 나를 쳐다보며 계속 꼼지락거렸다. 뭔가 신경 쓰이는 게 분명했다. "말해." 나는 명령했다. 그녀가 불안해하는 건 질색이다.

그녀는 허리를 쭉 펴고 똑바로 앉았다. 심각하다는 뜻이다.

제길. 이번엔 또 뭐지?

"이것만으로 당신이 만족하지 못할까봐 걱정돼서요. 스트레스를 발산하는 데."

뭐? 또 이 얘기로군. "내가 언제 부족하다고 눈치 준 적 있나?"

"아니요."

"그럼 왜 그런 생각을 한 거야?"

"난 당신이 어떤지 아니까요. 당신이 무얼, 음, 필요로 하는지." 그녀는 쭈뼛거리는 목소리로 말하고는 어깨를 움츠리며 가슴에 팔짱을 꼈다. 몸을 종이처럼 접고 싶은 것처럼.

"내가 어떻게 해야 해?" 내가 속삭였다.

나 노력하고 있어, 아나. 정말 노력한다고.

"아뇨, 오해하지 마요." 그녀가 별안간 생기를 띠었다. "당신은 정말 잘해줬어요. 고작 며칠 함께했지만, 당신에게 본모습과 다른 사람이 되라고 강요하고 싶진 않아요."

그녀의 말에 안도감이 들었다. 하지만 그녀는 핵심을 놓치고 있었다. "나는 여전히 나야, 아나스타샤. 망가질 대로 망가진…… 50가지 빛깔의 인간." 나는 적당한 말을 골랐다. "맞아, 나는 통제하려는 욕구와 싸워야만 해. 하지만 그건 내 천성이고, 내가 인생을 어떻게 살아왔는가 하는 문제야. 맞아, 난 네가 특정한 방식으로 행동해주길 바라지만, 네가 그러지 않을 때 그건 우리 둘에게 도전이자 기분전환이 되잖아. 우리는 내가 하고 싶은 걸 하고 있어. 어제 너는 터무니없는 낙찰을 받고 나서 내가 엉덩이를 때릴 수 있게 해주었잖아."

어젯밤의 도발적인 돌발 사건이 잠시 내 뇌리를 점령했다.

그레이!

나는 목소리를 낮추고 내 감정을 애써 설명했다. "난 네게 벌을 주는 게 좋아. 그 충동은 영원히 사라지지 않을 거야. 하지만 난 노력하고 있고, 생각만큼 그리 힘들지도 않아."

"그건 싫지 않았어요." 그녀가 나지막이 말했다. 내 어린 시절 방에서 가진 우리와 밀회를 말하고 있었다.

"알아. 나도 그랬어."

나는 숨을 크게 들이마시고 진심을 털어놓았다. "아나스타샤, 이 모든 게 내겐 새로워. 지난 며칠은 내 인생 최고의 날들이었어. 난 아무것도 바꾸고 싶지 않아."

그녀의 얼굴이 밝아졌다. "내게도 최고의 날들이었어요. 하나도 빠짐없이."

나도 모르게 안도감이 실린 미소가 터져 나왔다.

그녀가 물었다. "그럼 나를 오락실로 데려가고 싶진 않고요?"

망할. 나는 마른침을 삼켰다. "응, 그러고 싶지 않아."

"어째서요?"

나는 고해실에 있었다. "거기 갔을 때 네가 떠났으니까. 너를 다시 떠나게 할 만한 것들은 피하기로 했어. 네가 떠났을 때 내가 얼마나 비참했는지 설명했잖아. 그런 기분 두 번 다시 느끼고 싶지 않아. 너에 대한 내 마음은 이미 말했어."

"하지만 그건 공정하지 않은 것 같아요. 끊임없이 내 기분을 살핀다면 당신이 긴장을 풀 수가 없잖아요. 당신은 나를 위해서 모든 변화를 감수했는데, 난…… 나도 어떤 식으로든 보답해야 할 것 같아요. 모르겠어요. 그래도 한번 시도는 해도 좋을 것 같아요, 역할극 같은 것." 그녀가 얼굴을 붉혔다.

"아냐, 그건 지나친 보답이야. 제발, 제발, 그런 생각은 그만 둬. 우리 함께한 지 일주일밖에 안 됐어. 우리에게 좀 더 시간을 주자. 네가 떠나고 지난주 내내 우리에 대해 많이 생각했어. 우린 시간이 필요해. 넌 나를 신뢰해야 하고, 나 역시 너를 신뢰해야 해. 어쩌면 곧 우리는 다른 욕망에 탐닉할지 모르지만, 지금 난 지금의 네 모습이 좋아. 네가 이처럼 행복하고, 이렇게 느긋하고 태평한 게 좋아. 내가 한몫했다는 걸 아니까. 난 한 번도……." 나는 말을 멈추었다.

나를 포기하지 마, 아나.

플린 박사의 잔소리가 들렸다. "뛰기 전에 걷기부터 해야지." 나도 모르게 그걸 소리 내어 말하고 말았다.

"뭐가 그렇게 재밌어요?" 그녀가 물었다.

"플린. 항상 그 말을 하거든. 그 사람 말을 인용하게 될 줄은 몰랐군."

"플린주의네요."

나는 하하 웃었다.

"정확해."

웨이터가 전채 요리를 내오는 바람에 우리의 대화는 진지한 이야기를 멈추고 좀 더 가벼운 여행 이야기로 넘어갔다. 아나가 가고 싶은 나라들, 내가 다녀온 나라들. 아나와 이야기를 나누다보니 내가 얼마나 행운아인가 하는 생각이 들었다. 부모님은 우리를 데리고 유럽으로, 아시아로, 남아메리카로 전 세계를 돌아다녔다. 특히 아버지는 여행을 자식 교육의 핵심 중 하나라고 생각했다. 물론 그럴 만한 형편도 되었다. 아나는 미국을 벗어난 적이 없어서 유럽을 가보고 싶어 했다. 그녀를 모든 곳에 데려가고 싶었다. 함께 세계를 항해하자고 하면 그녀는 어떻게 생각할까?

혼자 앞서가지 마, 그레이.

우리는 수월한 교통 흐름 속에서 에스칼라로 향했다. 아나는 지나는 밖의 풍경을 감상하며 차 안에 흐르는 음악에 맞춰 발을 탁탁 두드렸다.

조금 전 나눈 우리 관계에 대한 진지한 대화가 뇌리를 맴돌았다. 한 가지는 분명했다. 내가 바닐라 관계를 감당할 수 있는지 자신은 없지만 그래도 시도는 해볼 생각이었다. 그녀에게 원치 않는 것을 강요하고 싶지 않았다.

하지만 그녀도 하고 싶어 해, 그레이.

그렇다고 말은 했지.

그녀는 그것을 빨간 방이라고 불렀고, 거기에 가고 싶다고 했다.

나는 고개를 저었다. 이번엔 플린 박사의 충고를 따르기로 했다.

뛰기 전에 걷기부터 하자, 아나.

차창 밖을 흘끔 보았을 때, 언뜻 긴 갈색 머리의 젊은 여자가 보여 레일라가 생각났다. 레일라는 아니었지만 에스칼라에 다가갈수록 나는 거리를 살피며 레일라를 찾기 시작했다.

대체 그 여자는 어디 있는 걸까?

에스칼라 주차장으로 들어갈 때 운전대를 잡은 손에 힘이 잔뜩 들어가고 긴장감에 모든 근육이 팽팽해졌다. 레일라의 행방이 묘연한 상황에서 아파트로 돌아가는 것이 과연 잘하는 짓인지 고민이 됐다.

주차장 안에 소여가 있었는데, 내 차의 주차 구역을 서성거리는 모습이 우리 안의 사자 같았다. 불필요한 행동이 분명했지만, 아우디 A3가 사라진 것을 보니 안심이 됐다. 내가 엔진을 껐을 때 소여가 아나에게 문을 열어주었다.

"안녕하세요, 소여." 그녀가 말했다.

"스틸 양. 그레이 씨." 소여가 인사했다.

"이상 없나?" 나는 그에게 물었다.

"없습니다." 그 대답이 나올 줄 알았지만 참 성가신 상황이다. 나는 아나의 손을 잡았고, 우리는 엘리베이터 안으로 들어갔다.

"혼자 밖에 나가면 안 돼. 알겠어?" 나는 아나에게 주의를 주었다.

"알았어요." 엘리베이터 문이 닫힐 때 그녀가 대답했다. 뭐가 좋은지 또 그녀의 입이 씰룩거렸다.

"뭐가 그렇게 우스워?" 그녀가 이리 순순히 동의하다니 어안이 벙벙했다.

"당신요."

"나?" 긴장감이 풀리기 시작했다. 이 여자가 나를 놀리네? "스틸 양? 내가 뭐가 우스운데?"

"입 비쭉거리지 마요."

내가 입을 비쭉거렸다고?

"왜?"

"내가 입술을 비쭉거릴 때 당신에게 일어나는 일이 내게도 일어나니까요." 그녀가 이로 아랫입술을 잘근잘근 씹었다.

"정말?" 나는 다시 묻고 나서 고개를 숙여 그녀에게 가볍게 키스했다. 내 입술이 그녀의 입술에 닿는 순간 욕망의 불꽃이 튀었다. 그녀가 흡 숨을 들이켜는 소리가 들렸고, 그녀의 손가락이 내 머리카락을 파고들었다. 나는 입술을 댄 채 그녀를 움켜잡아 엘리베이터 벽에 밀어붙였다. 내 손이 그녀의 얼굴을 감쌌다. 그녀의 혀는 내 입안에, 내 혀는 그녀의 입안에 있었다. 그녀는 원하는 것을 취해갔고, 나는 내가 가진 모든 것을 내주었다.

폭발할 것 같았다.

그녀와 섹스하고 싶었다. 당장.

나는 내 안의 모든 불안을 그녀에게 쏟아냈고, 그녀는 그것을 모두 받아들였다.

아나…….

익숙한 핑 소리와 함께 엘리베이터 문이 열렸다. 나는 간신히 얼굴만 떼고 엉덩이와 단단해진 놈으로 그녀를 벽에 계속 찍어 눌렀다.

"후아." 나는 폐부에 공기를 빨아들였다.

"후아." 그녀가 헐떡이며 대답했다.

"네가 날 이렇게 만들어, 아나." 나는 엄지손가락으로 그녀의 아랫입술을 훑었다. 아나의 시선이 현관 쪽으로 날아갔다. 보나 마나 테일러였다.

그녀가 내 입꼬리에 키스했다. "당신은 날 이렇게 만들어요, 크리스천." 나는 물러서서 그녀의 손을 잡았다. 그녀를 엘리베이터에서 덮친 것은 히스먼 호텔 이후 처음이다.

정신 바짝 차려, 그레이.

"가자." 내가 말했다.

엘리베이터를 나오니 옆쪽에 테일러가 서 있었다.

"잘 있었나, 테일러?"

"그레이 사장님, 스틸 양."

"어제 저는 테일러 부인이었어요." 아나가 테일러에게 빙그레 웃으며 말했다.

"어감이 괜찮네요, 스틸 양." 테일러가 대답했다.

"나도 그렇게 생각해요."

무슨 시답잖은 소리들이야?

나는 아나와 테일러에게 인상을 썼다. "두 사람 대화 끝났으면, 이제 보고를 받고 싶은데." 아나와 테일러가 시선을 교환했다. "이따가 봐. 먼저 스틸 양에게 할 말이 있어서." 나는 테일러에게 말했다.

그가 고개를 끄덕였다.

나는 아나를 침실로 데려가서 문을 닫았다. "직원들과 시시덕대지 마, 아나스타샤."

"시시덕거린 게 아니에요. 그저 친하게 대한 것뿐이지. 분명 달라요."

"직원들과 친하게 지내지도 말고 시시덕대지도 마. 나는 그런 거 싫어."

그녀가 한숨을 쉬었다. "미안해요." 그녀는 머리카락을 어깨 너머로 넘기고 손가락을 내려다보았다. 나는 시선이 마주치도록 그녀의 턱을 잡아 고개를 들었다. "내가 얼마나 질투가 심한지 알잖아."

"질투를 왜 하고 그래요, 크리스천. 당신은 내 몸과 내 영혼을 가졌잖아요." 나를 바라보는 그녀의 눈빛에 그만 정신이 멍해졌다. 별안간 바보가 된 기분이 들었다.

그녀의 말이 옳다.

내가 과민했다.

나는 담백하게 키스했다. "오래 걸리지 않을 거야. 편안하게 있어." 나는 테일러의 사무실로 갔다. 내가 들어가자 그가 일어섰다.

"그레이 사장님, 저기……."

나는 한 손을 들었다. "됐어. 사과해야 할 사람은 나니까."

테일러는 놀란 듯했다.

"어찌 돼나가?" 내가 물었다.

"게일은 오늘 밤 늦게나 출근할 겁니다."

"그렇군."

"에스칼라 관리부에 윌리엄스 양이 아파트 열쇠를 가졌다고 말해두었습니다. 그들도 알아야 할 것 같아서요."

"그들의 반응은?"

"경찰에 연락하려는 걸 제가 막았습니다."

"좋아."

"자물쇠는 모두 교체했습니다. 도급업자가 비상계단 문을 손보러 올 겁니다. 이제 윌리엄스 양은 열쇠를 가지고도 밖에서 들어올 수 없을 겁니다."

"수색 중에 발견한 건?"

"없습니다. 그녀가 숨은 곳은 특정할 수 없지만, 지금 여기 없는 건 확실합니다."

"웰치와 상의해봤나?"

"간략히 상황을 알렸습니다."

"고맙군. 아나는 오늘 밤 여기서 지낼 거야. 그게 더 안전할 거 같아."

"저도 그리 생각합니다."

"아우디는 취소해. 아나에게 사브를 사주기로 했으니까. 곧 이리로 배달될 거야. 특급 배송 요청했으니까."

"알겠습니다, 사장님."

침실로 돌아갔을 때 아나는 옷방으로 통하는 문간에 서 있었다. 얼이 빠진 모습이었다. 나는 옷방 문 뒤로 고개를 넣어 살폈다. 그녀의 옷들이 모두 여기 있었다.

"아, 다 옮겨놨군." 생각대로 게일이 아나의 옷을 정리해놓은 모양이다. 나는 어깨를 으쓱거렸다.

"어떻게 된 거래요?" 그녀가 물었다.

나는 방금 테일러에게 들은 레일라와 아파트에 대한 이야기를 그녀에게 간단히 전해주었다. "레일라가 어디 있었는지 알면 좋을 텐데. 그 여자는 지금 도움이 필요한데 우리를 용케 피해 다니고 있어."

아나는 두 팔을 내게 두르고 나를 끌어안아 진정시켰다. 나도 그녀를 품에 안고 그녀의 정수리에 키스했다.

"레일라를 찾으면 어떻게 할 거예요?"

"플린 박사에게 맡겨야지."

"그 여자 남편은요?"

"그 작자는 그 여자에게서 손 뗐어." 그 등신. "가족은 코네티컷에 있고. 레일라는 지금 세상 속에 혼자 내쳐진 외톨이야."

"슬프네요."

아나의 연민은 끝이 없다. 나는 그녀를 더 꽉 안았다. "네 물건을 여기 둬도 괜찮지? 나는 너랑 방 같이 쓰고 싶어."

"괜찮아요."

"너랑 같이 자고 싶어. 너랑 같이 자면 악몽을 안 꿔."

"악몽을 꿔요?"

"응." 그녀가 나를 더 꽉 안았다. 우리는 옷방 안에서 부둥켜안고 서 있었다.

잠시 후 그녀가 말했다. "내일 출근할 때 입을 옷을 챙기려던 참이었어요."

"출근한다고!" 나는 그녀를 놓았다.

"네, 출근." 그녀는 당황해 말했다.

"하지만 레일라가 돌아다니고 있잖아." 위험하지 않을까? "출근하지 않았으면 좋겠는데."

"말도 안 돼요, 크리스천. 난 일하러 가야 해요."

"안 돼, 못 가."

"취직한 지 얼마 안 됐고, 난 그 일 좋아해요. 출근할 거예요."

"안 돼, 못 가." 내가 널 돌봐주면 돼.

"당신이 밖에 나가 세상의 주인으로 호령하는 동안 나는 여기서 할 일 없이 손가락이나 빨고 있으라고요?"

"솔직히 말하자면, 그래."

아나는 모든 힘을 끌어내려는 듯 눈을 감고 이마를 문질렀다. "크리스천, 나 출근할 거예요."

"안 돼, 못 해."

"아니. 할. 거. 예. 요." 그녀가 단호하게 딱 잘라 말했다.

"안전하지 않아." 네게 무슨 일이 생기면 어떡해?

"크리스천, 나 일해야 해요. 나도 먹고살아야죠. 괜찮을 거예요."

"아니, 먹고살기 위해 일할 필요 없어. 그리고 괜찮을지 어떻게 알아?"

망할. 이래서 내가 서브미시브를 좋아하는 것이다. 그녀가 그

망할 계약서에 서명만 했어도 이런 말다툼은 일어나지 않았을 텐데.

"세상에, 크리스천, 레일라는 침대의 발치에 서 있었어요. 그런데도 나를 해치지 않았다고요. 그리고 나는 일해야 해요. 당신에게 신세 지고 싶지 않아요. 학자금 대출도 갚아야 하고요."

그녀는 양손으로 허리를 짚었다.

"난 네가 출근하지 않았으면 좋겠어."

"당신이 이래라저래라 할 문제가 아니에요, 크리스천. 당신이 결정할 문제가 아니라고요."

망할.

이 여자 이미 결정했다.

물론 이 여자 말이 옳다.

머리를 쓸어 넘기며 성질을 죽이려 애쓰는데 한 가지 생각이 떠올랐다. "소여랑 같이 가."

"크리스천, 그럴 필요 없어요. 지금 이러는 거 비합리적이라고요."

"비합리적?" 내가 딱딱거렸다. "소여랑 같이 가. 아니면 정말 비합리적으로 널 여기 붙들어둘 테니까."

"정확히 어떻게요?"

"아, 방법이야 어떻게든 찾아내지, 아나스타샤. 몰아가지 마." 폭발하기 일보 직전이다.

"알았어요!"

그녀가 두 손을 치켜들며 소리쳤다.

"좋아요, 소여와 같이 갈게요, 그래야 당신 기분이 나아진다면."

그녀에게 키스하고 싶었다. 아니면 엉덩이를 때려주거나. 아니면 섹스하거나. 나는 앞으로 나아갔다. 그녀는 즉시 한 걸음

물러나며 나를 바라보았다.

그레이! 네가 가엾은 여자를 겁먹게 했어.

나는 숨을 크게 들이마시고는 아나에게 아파트를 구경시켜주겠다고 제안했다.

그녀가 동의하며 내민 내 손을 잡았다. 나는 그녀의 손을 꼭 쥐었다.

"널 겁줄 생각은 아니었어." 사과를 시도했다.

"아무렴요. 난 도망갈 준비하고 있었고요."

"도망가?"

네가 그녀를 너무 몰아붙이니까 그렇지, 그레이.

"농담이에요!" 그녀가 외쳤다.

하나도 안 웃겨, 아나.

나는 한숨을 내쉬고는 그녀를 데리고 아파트를 돌았다. 내 방 옆의 빈방을 보여주고 나서 위층으로 올라가 여분의 방들, 체력 단련실, 직원 숙소 등을 보여주었다.

"정말 여기 안 들어가고 싶어요?" 놀이방을 지날 때 그녀가 수줍은 척 물었다.

"열쇠가 없어." 나는 아까 티격태격한 것 때문에 아직 기분이 언짢았다. 그녀와 말다툼하는 건 질색인데 그녀는 평소처럼 또 결사항전으로 나왔다.

하지만 그녀에게 무슨 일이 생기면?

그건 내 잘못이다.

내가 할 수 있는 것은 소여를 경호원으로 그녀에게 붙여주는 것뿐이다.

아래층에서 그녀에게 TV실을 보여주었다.

"엑스박스가 정말 있네요." 그녀가 깔깔 웃었다. 그녀가 소리 내어 웃을 때면 기분이 좋아진다. 그녀의 웃음소리에 기분이 풀어졌다.

"응, 근데 나 완전 못 해. 엘리엇에게 항상 깨져. 네가 처음에 이 방을 내 오락실이라고 생각한 거 재밌었어."

"나를 재밌는 사람이라고 봐주니 기쁘네요, 그레이 씨."

"너 원래 재밌어, 스틸 양. 성질을 안 부릴 때 말이지만."

"당신이 비이성적으로 구니까 성질을 내죠."

"내가? 비이성적이라고?"

"네, 그레이 씨. 아예 '비이성적'을 중간 이름으로 쓰지그래요?"

"나 중간 이름 없는데."

"그럼 '비이성적'이 딱이네요."

"그 의견엔 공감 못 하겠는데, 스틸 양."

"플린 박사의 전문적 의견이 궁금하네요."

이 여자와 장군 멍군 주고받으니 참으로 재밌었다.

"트레벨리언이 중간 이름인 줄 알았는데." 그녀가 물었다.

"아니, 그건 성이야. 트레벨리언-그레이."

"하지만 그렇게 쓰진 않잖아요."

"너무 기니까. 가자."

나는 그녀를 테일러의 사무실로 데려갔다. 우리가 들어가자 그가 일어섰다. "안녕, 테일러. 아나스타샤에게 집 구경시켜주는 중이야."

그는 우리 둘에게 고개를 끄덕였다. 아나는 방을 두리번거렸는데, 방 크기와 줄줄이 이어진 CCTV 모니터에 놀란 것 같았다. 다른 곳으로 이동했다. "여긴 와봤을 거야." 나는 도서실 문을 열었다. 아나가 당구대를 살펴보았다.

"한판 할래요?" 그녀가 도발했다.

스틸 양이 시합을 걸어왔다. "좋아. 해본 적은 있고?"

"몇 번요." 그녀가 시선을 돌리며 말했다.

"거짓말에 참 소질 없군, 아나스타샤. 이전에 해본 적이 없거나, 아니면……."

"게임 한판 하자는데 겁나나봐요?" 그녀가 내 말을 잘랐다.

"너 같은 꼬마 아가씨를 겁낼까?" 픽 코웃음이 났다.

"내기해요, 그레이 씨."

"자신만만하시군, 스틸 양?" 이건 이제껏 본 적 없는 아나의 새로운 면모다.

어디 해보자고, 아나.

"뭘 걸 건데?"

"내가 이기면 나를 오락실로 다시 데려가줘요."

젠장. 진심인가본데.

"내가 이기면?" 내가 물었다.

"그건 당신이 골라요." 그녀는 담담한 척 어깨를 으쓱거렸지만, 그녀의 눈은 장난기로 번뜩였다.

"좋아, 거래 성사." 설마 밀리진 않겠지? "뭐로 할래? 포켓볼? 스누커, 아니면 캐럼?"

"포켓볼로 할게요. 다른 경기는 규칙을 모르니까."

나는 책꽂이 아래 장에서 포켓볼 공들을 꺼내 초록빛 당구대 위 삼각틀 안에 놓고 맞췄다. 그리고 아나의 키에 맞을 만한 큐대를 골랐다. "초구 치겠어?" 그렇게 말하며 그녀에게 초크를 건넸다.

그녀를 내 앞에 바짝 엎드리게 하는 거야.

흠. 그걸 상으로 받아내야겠어.

두 손을 묶인 채 내 앞에 엎드려 내 페니스에 봉사하는 그녀의 모습이 눈앞에 떠올랐다. 그래. 그거 괜찮네.

"좋아요." 그녀가 큐대에 초크를 묻히면서 상냥하게 말했다. 그녀는 입을 꾹 다물고 속눈썹 사이로 나를 빤히 바라보면서 남은 가루를 천천히 일부러 훅 불었다.

내 페니스가 그걸 감지했다.

후끈한데.

그녀는 큐볼(큐대로 치는 흰 공―옮긴이)을 놓고는 능숙한 손짓으로 대차게 때려 삼각형으로 집합한 공들을 흩어놓았다. 구석의 노란 9번 띠공이 상단 오른쪽 포켓으로 쏙 들어갔다.

아, 아나스타샤 스틸, 정말 사람 놀라게 하는 재주가 있군.

"내가 띠공으로 할게요." 내게 그런 내숭 떠는 미소를 짓다니 배짱도 좋지.

"좋으실 대로." 이거 재밌겠는걸.

그녀는 당구대 주변을 돌며 다음 목표를 찾았다. 새로운 아나의 출현. 마음에 들었다. 공격적이고, 승부욕을 불태우며, 자신만만한 그녀. 지독히 섹시했다. 그녀가 당구대 위로 몸을 숙이고 팔을 쭉 뻗자 블라우스가 올라가며 블라우스 밑자락과 청바지 사이로 피부가 살짝 드러났다. 그녀가 큐볼을 때리자 빨간 띠공이 항복했다. 그녀는 나를 한 번 흘끔거리며 당구대를 다시 돌아가더니 몸을 숙이고 다시 저편으로 팔을 뻗었다. 엉덩이가 하늘로 솟았다. 그녀가 보라색 공을 포켓에 넣었다.

흠. 계획을 수정해야겠어.

잘하는데.

그녀는 파란 공을 넣었지만 초록색 공은 실패했다.

"아나스타샤, 하루 종일 여기 서서 네가 당구대 위로 몸을 숙이고 팔 뻗는 걸 구경해도 질리지 않겠어."

그녀가 얼굴을 붉혔다.

됐어!

내가 아는 아나가 돌아왔다.

나는 스웨터를 벗어두고 당구대에 남은 공들을 분석했다.

쇼타임, 그레이.

색공을 최대한 넣기로 했다. 만회해야 했다. 3번 공을 넣고 나서 오렌지색 공을 노리고 큐볼을 때렸다. 오렌지색 공이 돌진해 아래 왼쪽 포켓으로 쏙 들어갔지만, 그만 흰 공이 뒤따라 들어갔다.

제기랄.

"아주 초보적인 실수를 하셨네요, 그레이 씨."

"아, 스틸 양, 나는 어리석은 일개 인간일 뿐이오. 그대 차례인 것 같은데." 나는 당구대를 가리켰다.

"일부러 지려는 건 아니죠?" 그녀가 고개를 갸웃거리며 말했다.

"아니, 생각해둔 상품을 타려면 이기고 싶거든, 아나스타샤. 하지만 난 항상 이기고 싶어."

엎드린 그녀가 해주는 오럴섹스. 아니면……

그녀에게 출근 금지령을 내리는 건 어떨까. 흠……. 그녀에겐 직장을 잃을 수도 있는 내기였다. 그랬다간 좋은 소리는 못 듣겠지만.

그녀가 실눈을 떴다. 저 여자가 무슨 생각을 하는지 알 수만 있다면 기꺼이 돈을 지불할 용의가 있었다. 그녀가 공들의 배치를 자세히 보려고 당구대 위로 몸을 바짝 숙였다. 그녀의 블라우스 앞섶이 벌어지며 젖가슴이 보였다.

일어선 그녀의 얼굴에 미소가 번졌다. 그녀는 내 옆으로 와서 몸을 숙이고는 왼쪽 엉덩이를 들더니 오른쪽 엉덩이도 들었다. 그리고 반대편으로 돌아가 다시 몸을 숙여 내게 미끼를 보여주었다. 그녀는 상체를 숙이면서 슬쩍 나를 쳐다보았다.

"무슨 속셈인지 다 알아." 내가 속삭였다.

그런데 내 페니스는 좋아 죽어, 아나.

대성공.

나는 슬슬 기지개를 켜는 그놈 때문에 자세를 고쳤다.

그녀는 몸을 일으키더니 고개를 한쪽으로 기울인 채 천천히 큐대를 위아래로 쓸었다. "아, 그저 어디로 칠까 보던 중이에요."

미쳐. 작정을 하고 유혹하네.

그녀는 몸을 숙여 큐볼로 오렌지색 띠공을 살짝 건드려 띠공이 포켓과 나란히 되도록 하고는 테이블 밑에서 나머지 공을 꺼내 배치를 끝냈다. 그녀가 흰 공을 조준할 때 블라우스 아래로 불룩한 젖가슴이 보였다. 나는 숨을 들이켰다.

공이 빗나갔다.

됐어.

그녀가 아직 당구대 위에 엎드려 있을 때 나는 그녀의 뒤로 가서 한 손을 그녀의 엉덩이에 댔다. "나를 조롱하려고 이걸 흔드는 건가, 스틸 양?" 그러고는 그녀의 엉덩이를 찰싹 때렸다.

맞아도 싸지.

그녀가 숨을 헉 들이켰다.

"잘 아네요." 그녀가 소곤거렸다.

오호, 아나. "소원을 빌 때는 신중해야지, 자기야."

나는 큐볼로 빨간 공을 맞췄고, 공은 왼쪽 상단 포켓에 들어갔다. 다음은 노란 공으로 오른쪽 상단 포켓을 노리기로 했다. 큐볼을 살짝 쳤다. 큐볼이 노란 공을 맞췄지만, 공은 포켓 코앞에서 멈추었다.

제기랄. 놓쳤다.

아나는 내게 환히 웃었다. "빨간 방아, 우리가 간다." 그녀가
약을 올렸다.

나는 당신의 변태 섹스도 좋았어요.

그 말 진심이었네.

사람 헷갈리게. 나는 그녀에게 어서 치라고 손짓했다. 그녀를
놀이방으로 데려가고 싶지 않았다. 지난번 거기 갔을 때 그녀가
나를 떠났다.

그녀는 초록색 띠공을 포켓에 넣었다. 내게 승리의 미소를 짓
더니 오렌지색 공도 넣었다.

"어느 포켓에 넣을지 말해." 내가 투덜거렸다.

"왼쪽 위." 그녀는 내 앞에서 엉덩이를 흔들어대며 말했다.
그녀가 샷을 날렸지만 검은 공은 목표 지점을 한참 빗나갔다.

얏호.

나는 얼른 남은 색공 두 개를 넣었다. 나도 검은 공만 남았다.
나는 큐대에 초크를 바르며 아나를 보았다. "내가 이기면, 네
엉덩이를 때려주지. 그리고 이 당구대에서 널 가질 거야."

그녀의 입술이 벌어졌다.

좋아. 그녀가 흥분했다. 하루 종일 내가 그렇게 해주길 바랐
잖아. 그녀가 뭐라고 했더라? 내 기가 꺾였다고?

어디 두고 보자고.

"오른쪽 위." 나는 선언하고 몸을 숙여 샷을 날렸다. 큐대가
흰 공을 치자 공은 당구대 위로 쭉 흘러가 검은 공을 때렸고, 검
은 공은 오른쪽 상단 포켓을 향해 또르르 굴러갔다. 공이 잠시
가장자리에서 멈칫해 나는 숨을 죽였지만, 공은 목표물 안으로

통쾌하게 떨어졌다.

좋았어!

아나스타샤 스틸, 넌 내 거야.

나는 벙벙하게 서 있는 그녀에게 건너갔다. 그녀는 좀 풀이 죽어 보였다. "졌다고 설마 난동을 부린다거나 하진 않겠지, 응?" 내가 물었다.

"그거야 내 엉덩이를 얼마나 세게 때리느냐에 따라 달렸죠." 그녀가 중얼거렸다. 나는 그녀의 큐대를 빼앗아 당구대 위에 놓고 나서 블라우스에 손가락을 걸어 그녀를 휙 당겼다. 그녀가 내게 끌려왔다.

"네가 잘못한 일을 세어보기로 할까, 스틸 양." 나는 손을 들어 그녀의 비행을 하나씩 꼽았다. "하나, 직원에 대한 내 질투심을 유발한 것." 그녀의 눈이 커다래졌다. "둘, 일 문제로 나와 말다툼을 벌인 것. 셋, 지난 20분간 네 먹음직한 둔부를 내 앞에서 흔들어댄 것."

나는 고개를 숙여 내 코를 그녀의 코에 문질렀다. "청바지 벗어. 이 매력적인 셔츠도. 당장." 나는 그녀의 입술에 살짝 키스하고는 도서실 문 쪽으로 건너가서 문을 잠갔다.

"당신이 해요." 그녀는 숨을 몰아쉬었다. 목소리가 여름철 산들바람처럼 여렸다.

"오, 스틸 양. 귀찮은 일이긴 하지만 그 도전에 선뜻 응하도록 하지."

"당신은 대부분의 도전을 받아들이잖아요, 그레이 씨." 그녀가 입술을 깨물었다.

아나의 응수.

"왜, 스틸 양. 또 도전하려고?"

나는 책꽂이 안 붙박이 책상에서 플라스틱 자를 찾았다.

딱 좋아.

오늘 그녀는 온종일 내게 이런 면이 부족하다고 노골적으로 눈치를 줬다. 이건 어떻게 대처하는지 보겠어. 나는 자를 보란 듯이 쳐들어 낭창낭창 휘어지는 걸 보여준 다음 뒷주머니 안에 찔러 넣고 그녀에게 건너갔다.

신발 벗어.

나는 엎드려 그녀의 컨버스 운동화를 벗기고 나서 양말도 벗겼다. 그리고 그녀의 청바지 위 단추를 풀고 지퍼를 내렸다. 그녀를 올려다보면서 천천히 청바지를 끌어 내렸다. 그녀의 눈은 내 눈을 떠나지 않았다. 그녀가 발을 들어 청바지를 벗었다. 그녀는 하얀 끈 팬티를 입고 있었다.

끈 팬티.

난 네 팬이야.

내 연장도 그렇고……

나는 그녀의 허벅지 뒤쪽을 움켜잡고 코로 팬티 앞쪽을 훑었다. "아주 거칠게 하고 싶어, 아나. 심하다 싶으면 그만하라고 말해." 나는 속삭이고 나서 레이스 사이로 클리토리스에 키스했다.

그녀가 신음했다.

"안전신호요?" 그녀가 중얼거렸다.

"아니, 안전신호 말고. 그냥 그만하라고 말해. 그럼 멈출 테니까. 알겠어?"

나는 다시 키스하고 코를 허벅지 정점에 있는 작지만 강력한 꽃봉오리에 대고 둥글게 비볐다. "대답해."

"네, 네, 알겠어요."

"넌 온종일 내게 힌트를 흘리고 복잡한 신호를 보냈어, 아나스타샤. 내 기가 꺾인 게 아니냐면서. 그게 무슨 뜻인지 잘 모르겠어. 얼마나 진심에서 한 말인지도 모르겠지만, 같이 알아보자고. 아직 오락실에는 가고 싶지 않으니까 이렇게 해보자. 약속해, 싫으면 싫다고 말하겠다고."

"말할게요. 안전신호 말고." 그녀는 나를 안심시키려는 것 같다.

"우린 연인이야, 아나스타샤. 연인 사이엔 안전신호가 필요 없어." 나는 얼굴을 찡그렸다. "그렇지?" 이것은 내가 전혀 모르는 영역이다.

"필요 없을 것 같아요." 그녀가 대답했다. "약속할게요."

내가 너무 지나칠 경우 그녀가 내게 말할 거라는 확신이 필요했다. 그녀의 표정은 진지하고 욕망으로 가득했다. 나는 단추를 모두 풀어 블라우스 자락이 완전히 벌어지도록 했다. 드러난 젖가슴이 자극적이었다. 몹시도. 그녀는 환상적이었다. 나는 그녀 뒤로 팔을 뻗어 큐대를 집었다.

"게임 잘하던데, 스틸 양. 솔직히 놀랐어. 검은 공 한번 넣어봐."

그녀는 입을 꾹 다물고 반항하는 표정으로 당구대 위로 몸을 숙여 큐볼을 집어 공을 배치했다. 그동안 나는 그녀 뒤에 서서 손을 그녀의 오른쪽 허벅지에 댔다. 그녀의 몸이 긴장했다. 내 손가락은 볼기로 이동했다가 허벅지로 다시 내려가며 그녀를 가볍게 희롱했다.

"당신이 계속 이러면 빗맞힐 수밖에 없잖아요." 그녀가 잠긴 목소리로 불평했다.

"맞든 말든 상관없어. 네 이런 모습을 보고 싶을 뿐. 옷을 약간만 입고 내 당구대 위에 엎드려 있는 모습. 이 순간 네가 얼마나 섹시한지 알기나 해?"

그녀는 얼굴이 빨개져서 흰 공을 만지작거리며 공들을 배치하려 했다. 나는 그녀의 엉덩이를 쓰다듬었다. 끈 팬티를 입은 덕분에 그녀의 아름다운 볼기가 고스란히 보였다.

"왼쪽 위." 그녀가 큐대 끝으로 큐볼을 쳤다. 그 순간 나는 그녀의 엉덩이를 후려쳤다. 그녀가 비명을 질렀다. 하얀 공이 검은 공에 키스했지만 검은 공은 쿠션을 맞고 튀어 포켓을 빗나갔다.

나는 다시 그녀의 엉덩이를 쓰다듬었다. "아하, 다시 시도해야겠네. 집중해야지, 아나스타샤."

더 해달라고 애원하는 것처럼 엉덩이가 내 손 밑에서 꿈틀댔다.

그녀가 생각보다 훨씬 더 즐기는 것 같아서 나는 공을 다시 배치하려고 당구대 끝으로 걸어갔다. 검은 공을 다시 놓고 하얀 공은 그녀 쪽으로 굴려 보냈다.

그녀가 공을 잡아 다시 배치하기 시작했다.

"워워." 내가 경고했다. "잠깐 기다려."

너무 빨리 하지 마, 스틸 양.

나는 돌아가 그녀 뒤에 다시 섰다. 하지만 이번에는 그녀의 왼쪽 허벅지와 엉덩이를 쓰다듬었다.

아나의 엉덩이 좋아.

"잘 겨냥해." 나는 속삭였다.

그녀는 신음을 토해내며 머리를 당구대 위에 댔다.

벌써 포기하면 안 되지, 아나.

그녀는 숨을 크게 들이마시고 고개를 들어 오른쪽으로 움직이고, 나는 그녀를 따라 움직였다. 그녀는 다시 당구대 위로 몸을 숙이고 팔을 뻗어 큐볼을 쳤다. 큐볼이 녹색 베이즈 위를 날 때 나는 다시 그녀의 엉덩이를 내려쳤다. 검은 공은 빗나갔다.

"아, 안 돼!" 그녀가 탄식했다.

"한 번 더 해봐. 이번에도 놓치면 진짜 혼날 줄 알아."

나는 검은 공을 다시 놓고 천천히 돌아와 그녀의 뒤에 서서 아름다운 엉덩이를 어루만졌다. "넌 할 수 있어." 내가 소곤댔다.

그녀가 둔부를 내 손바닥 쪽으로 밀어대는 바람에 나는 장난스럽게 엉덩이를 찰싹 때렸다.

"후끈하지, 스틸 양?"

그녀가 신음으로 대답했다.

"자, 이건 없애버릴까." 나는 끈 팬티를 그녀의 다리 아래로 끌어 내려 벗겨낸 후 그녀의 청바지 위에 떨어뜨렸다. 그리고 그녀의 뒤에 엎드려 볼기에 차례로 키스했다. "샷 쳐, 자기야."

그녀는 동요했다. 서투른 몸짓으로 더듬더듬 큐볼을 집어 배치하고 쳤지만 성급하게 날린 샷은 빗나갈 수밖에 없었다. 그녀는 눈을 질끈 감고 내가 때리기를 기다렸지만 나는 몸을 숙여 그녀를 당구대 위로 찍어 눌렀다. 그녀의 손에서 큐대를 빼앗아 옆으로 밀어버렸다.

이제 진짜 재미를 볼 시간이다.

"빗맞혔네." 나는 그녀의 귀에 대고 속삭였다. "두 손을 테이블 위에 대."

발기한 음경이 바지와 몸싸움을 벌였다.

"좋아. 이제 네 엉덩이를 때려줄 거야. 네가 다시는 그러지 않게." 나는 겨냥하기 쉽도록 그녀의 옆쪽으로 이동했다. 그녀는 끙끙거리며 눈을 감았다. 그녀의 숨소리가 갈수록 거세졌다. 나는 한 손으로 그녀의 엉덩이를 쓰다듬고 다른 손으로는 그녀를 누르며 그녀의 머리카락을 움켜쥐었다.

"다리 벌려." 그녀에게 말한 후 주머니에 꽂힌 자로 손을 뻗었다. 그녀가 머뭇거렸다. 나는 자로 그녀를 내려쳤다. 자가 볼기를 때리는 순간 짝 하고 만족스러운 소리가 울려 퍼졌다. 그녀가 숨을 삼킬 뿐 아무 말도 하지 않아 다시 내려쳤다.

"다리." 내가 명령했다. 그녀는 복종했고 나는 다시 그녀를 때렸다. 그녀는 눈을 질끈 감고 고통을 받아들일 뿐 그만하라고 하지 않았다.

아, 자기.

나는 엉덩이를 내려치고 또 내려쳤고, 그녀는 신음했다. 자에 닿은 피부가 분홍빛으로 변해갔고, 내 청바지는 발기한 놈을 막 아내느라 팽팽하다 못해 터질 듯 용기했다. 나는 그녀를 때리고 또 때렸다. 빠져들었다. 그녀에게 빠져들었다. 그녀에게 소유되었다. 그녀는 나를 위해 이것을 하고 있었다. 나는 이것이 좋았다. 그녀를 사랑했다.

"멈춰요." 그녀가 말했다.

나는 반사적으로 자를 떨어뜨리고 그녀를 놓아주었다.

"충분해?" 그가 속삭였다.

"네."

"이제 너랑 섹스하고 싶어." 나는 잠긴 목소리로 속삭였다.

"좋아요." 그녀가 청했다.

그녀도 이걸 원한다.

그녀의 엉덩이는 분홍빛이었다. 그녀가 폐부로 공기를 빨아들였다.

나는 바지 앞섶을 열고 음경을 풀어주었다. 그리고 손가락 두 개를 그녀 안으로 넣어 빙빙 돌리며 준비된 그녀의 몸을 탐닉했다.

나는 콘돔을 후딱 착용하고 그녀 뒤에 자리 잡은 후 천천히 그녀 안으로 밀고 들어갔다. 아, 좋아. 여긴 단연코 내가 세상에서 가장 좋아하는 곳이다.

그녀의 엉덩이를 붙잡은 채 천천히 나왔다가 거세게 안으로 돌진하자 그녀가 비명을 내질렀다.

"또 할까?" 내가 물었다.

"네." 그녀가 헐떡였다. "난 괜찮아요. 모든 걸 잊어요. 나를 데려가줘요."

오, 아나, 기꺼이.

나는 다시 그녀 안으로 돌진한 후 느릿하지만 힘을 실어 리듬을 탔고, 그녀를 취하고 취하고 취했다. 그녀가 신음하고 교성을 지르는 동안 나는 그녀를 소유했다. 머리부터 발끝까지. 내 거야.

그녀의 몸짓이 빨라졌다. 절정 밑에 다다랐다. 나는 속도를 올리며 그녀의 교성에 귀 기울였다. 마침내 그녀는 나를 감싼채 오르가즘에 도달했다. 그녀가 비명을 터뜨리며 나를 데리고 절정에 올랐고, 나는 그녀의 이름을 부르며 내 영혼을 그녀 안에 쏟아냈다.

나는 가쁜 숨을 몰아쉬며 그녀 위로 무너졌다. 감사와 겸허함이 내 마음에 가득 찼다. 나는 그녀를 사랑했다. 그녀를 원했다. 언제나.

나는 그녀를 품으로 당겼다. 우리는 바닥으로 침전했고, 나는 그녀를 가슴에 품었다. 그녀를 다시는 보내고 싶지 않았다. "고마워"라고 속삭이고 나서 그녀의 얼굴에 부드러운 키스를 연발했다. 그녀가 눈을 뜨더니 나른하고 만족스러운 미소를 지었다. 나는 그녀를 더 꼭 끌어안고 그녀의 뺨을 어루만졌다. "뺨이 당구대에 쓸려 붉어졌군."

네 엉덩이랑 잘 어울려.

내 다정한 손길에 그녀의 미소가 더 활짝 피어났다. "어땠어?" 내가 물었다.

"좋았어요, 이를 악물어야 할 만큼." 그녀가 말했다. "거친 게 좋아요, 크리스천. 부드러운 것도 좋고요. 당신과 함께라면 좋아요."

나는 눈을 감고 내 품 안의 아름다운 여인에 감탄했다. "넌 진리야, 아나. 아름답고 영리하고 당차고 재미있고 섹시해. 나는 날마다 신의 섭리에 감사해, 그날 캐서린 캐버너가 아니라 네가 인터뷰하러 온 것을." 나는 그녀의 머리카락에 입을 맞추었다. 그녀가 하품을 해 웃음이 났다. "내가 네 기운을 뺐구나. 가자. 목욕하고 침대로 가자."

나는 일어서서 그녀를 일으켜 세웠다. "내가 안아서 데려갈까?"

그녀는 고개를 저었다.

"미안하지만 옷을 입는 게 좋겠어. 복도에서 누구와 마주칠지 몰라."

나는 욕실에서 물을 틀고 목욕 오일을 듬뿍 덜어 흐르는 물에 탔다.

아나가 옷 벗는 걸 도와주고 나서 그녀가 탕에 들어갈 때 손을 잡아준 후 재빨리 뒤따라 들어갔다. 마주 보고 욕조의 양쪽 끝에 앉아 있는 동안 욕조 안은 점차 따끈한 물과 향기로운 거품으로 가득 찼다.

나는 물비누를 집어 아나의 왼발에 바르고 마사지하기 시작했다. 내 엄지손가락이 그녀의 발등을 문질렀다.

"아, 정말 기분 좋다." 그녀가 눈을 감고 고개를 젖혔다.

"좋다." 그녀가 기뻐하니 나도 좋았다. 그녀의 머리카락은 정수리 쪽에 느슨하게 한데 묶여 있었는데 터럭이 몇 가닥 삐져나와 있었고, 촉촉한 피부는 그레이스 호에서 오후를 보낸 터라 구릿빛이 돌았다.

그녀는 숨 막히게 아름다웠다.

혼란스러운 이틀이었다. 레일라의 일탈, 엘레나의 방해, 그리고 내내 일관되고 강인한 아나. 나는 겸허해졌다. 그녀가 나를 겸허하게 만들었다. 무엇보다 그녀와 행복감을 공유하는 것이 좋았다. 행복해하는 그녀를 보고 싶었다. 그녀의 기쁨은 내 기쁨이었다.

"하나만 부탁해도 돼요?" 그녀가 중얼거리며 한쪽 눈을 떴다.

"물론. 뭐든 괜찮아, 아나. 알잖아."

그녀가 똑바로 앉아 어깨를 폈다.

이런, 안 돼.

"내일 출근할 때, 소여는 나를 사무실 현관까지만 데려다주고 퇴근할 때 데리러 오면 안 돼요? 제발, 크리스천. 제발요." 그녀가 말을 줄줄이 쏟아냈다.

나는 마사지를 멈추었다. "합의가 된 줄 알았는데."

"제발요."

대체 왜 이 문제에 이리 마음을 쓰는 걸까?

"점심시간은 어쩌고?" 나는 그녀의 안전이 다시 걱정돼 물었다.

"도시락 싸면 돼요. 그러면 밖에 나갈 필요가 없으니까. 부탁이에요."

"너한테는 안 된다는 말을 하기가 어려워." 나는 인정하고 그녀의 발등에 키스했다. 내가 바라는 것은 아나의 안전이었다. 레일라가 아직 잡히지 않은 상황에서 과연 아나가 안전할지 확신이 들지 않았다.

아나의 크고 파란 눈이 나를 향했다.

"밖에 안 나갈 거지?"

"안 나갈게요."

"알았어."

그녀가 미소를 지었다. 고마워하는 것 같았다. "고마워요."

그녀가 무릎을 세우는 바람에 물이 욕조 옆으로 쏟아졌다. 그녀는 두 손을 내 팔뚝에 얹고 내게 키스했다.

"천만의 말씀, 스틸 양. 엉덩이는 어때?"

"쓰려요. 하지만 그리 심하진 않아요. 물이 닿으니 가라앉네요."

"네가 멈추라고 말해줘서 기뻐."

"내 엉덩이도 기쁘대요."

나는 빙긋 웃었다. "침대로 가자."

나는 양치질을 한 후 침실로 돌아갔다. 아나는 침대에 누워 있었다.

"액튼 양이 잠옷은 준비해두지 않았나?" 나는 물었다. 내가 알기로 실크와 새틴 잠옷이 몇 벌 있었다.

"모르겠어요. 난 당신 티셔츠 입는 게 좋아요." 대답하는 그녀의 눈꺼풀이 아래로 감겼다.

이런, 지쳤나보다. 나는 몸을 숙여 그녀의 이마에 키스했다.

일을 해야 하는데 아나와 같이 있고 싶었다. 오늘은 하루 종일 아나와 함께 즐거운 시간을 보냈다.

오늘이 끝나지 않았으면.

"일을 해야 하는데, 널 혼자 놔두기가 싫어. 네 노트북으로 사무실에 로그인해도 될까? 내가 여기서 일하면 방해되겠어?"

"내 노트북도 아닌걸요." 그녀는 웅얼거리더니 눈을 감았다.

"네 거 맞아." 나는 소곤거리고 나서 그녀 옆에 앉아 맥북 프로를 켰다. 사파리를 클릭해 내 이메일 계정에 로그인한 후 이메일들을 살피기 시작했다.

이메일들을 모두 살핀 후 테일러에게 이메일을 보내 내일 소여가 아나를 따라갔으면 좋겠다고 알렸다. 결정하지 못한 것은 아나가 직장에 있는 동안 소여가 대기할 장소였다.

그건 아침에 결정하자.

나는 일정을 점검했다. 아침 8시 30분에 구매부에서 로스, 버네사와 분쟁 광물에 관한 미팅이 있었다.

피곤했다.

아나는 내가 옆에 앉을 때 이미 곤히 잠들었다. 나는 그녀의 가슴이 오르내리는 것을 바라보았다. 얼마 안 되는 기간에 그녀는 내게 더없이 소중한 존재가 되었다.

"아나, 널 사랑해." 나는 속삭였다. "오늘 고마워. 푹 자." 그리고 나는 눈을 감았다.

시애틀 아침 뉴스가 에인절스와 마리너스의 시합을 알리며 나를 깨웠다. 고개를 드니 아나가 깨어 나를 바라보고 있었다. "잘 잤어요?" 그녀가 활짝 웃는 얼굴로 말하고는 손가락으로 내 턱수염을 어루만지다 내게 키스했다.

"잘 잤어." 이렇게 오래 자다니 놀라웠다. "보통 알람이 켜지기 전에 깨는데."

"좀 일찍 맞춰져 있던데요." 아나가 볼멘소리를 했다.

"그렇군, 스틸 양. 이제 일어나야지." 나는 그녀에게 키스하고 침대에서 일어났다.

옷방에서 운동복을 입고 아이팟을 챙겼다. 나가기 전에 아나를 살폈더니 그녀는 다시 잠들어 있었다.

파란만장한 주말을 보냈으니 그럴 만도 했다. 나처럼.

그래. 정말 대단한 주말이었어.

인사차 키스하고 싶은 충동을 누르고 그녀를 자게 두었다. 창밖을 내다보니 하늘이 우중충했지만 비가 내리는 것 같지는 않았다. 체육관보다는 밖에서 뛰기로 했다.

"그레이 씨?" 라이언이 현관에서 나를 맞이했다.

"잘 잤나, 라이언."

"네. 나가십니까?" 그는 나를 따라오려는 것 같았다.

"난 괜찮아, 라이언. 고마워."

"테일러 씨가…….."

"안 그래도 돼." 나는 엘리베이터로 들어갔다. 현관에 남은 라이언은 결정을 재고하는 듯 갈등하는 표정이었다. 레일라는 아침 일찍 움직이는 타입이 아니었다……. 아나처럼. 나는 안전할 것이다.

밖에 나오니 보슬비가 내렸다. 상관없었다. 〈비터스윗 심포니〉가 귀청을 때리는 가운데 출발해 4번가를 달렸다.

지난 며칠간 일어난 일들의 장면이 어지러이 머릿속을 맴돌았다. 무도회에서의 아나. 배 위에서 아나. 호텔에서의 아나.

아나. 아나. 아나.

내 삶은 송두리째 뒤바뀌었다. 내가 나인지조차 확신할 수 없을 만큼.

엘레나의 말이 떠올랐다. '네 본모습을 저버리기로 한 거야?'

내가 그랬다고?

"나는 변하지 않아…….." 노랫말이 내 머릿속에 울려 퍼졌다.

그녀와 함께 있는 것이 좋았다. 그것만은 분명했다. 그녀가 내 집에 있는 것이 좋았다. 그녀가 계속 머물러주기를 바랐다. 영원히. 그녀는 내 단조로운 삶에 유머와 숙면, 활력, 사랑을 가져왔다. 그녀를 만나기 전까지는 내가 외롭다는 것조차 몰랐었는데.

하지만 그녀는 내 집으로 이사하는 걸 원치 않을 것이다. 올까? 레일라의 행방이 묘연한 상황이니 일단은 내 집에 있는 것이 현명했다. 하지만 레일라를 찾고 나면 아나는 다시 가려 할 것이다. 그녀를 붙들어둘 수 없을 것이다. 내 마음이 아무리 원한다고 해도. 설령 머문다고 해도 내 본모습을 알고 나면, 그녀는 나를 떠나 다시는 만나주지 않을 것이다.

아무도 괴물을 사랑하지는 않는다.

그리고 그녀가 떠나면⋯⋯.

지옥이겠지.

나는 더 거세게, 더 빨리 내달렸다. 복잡한 생각들이 날아가고 내 감각이 터질 듯한 폐부와 땅바닥을 두드리는 나이키 운동화만 감지할 때까지.

조깅을 하고 돌아오니 존스 부인이 부엌에 있었다. "안녕, 게일."

"그레이 씨, 안녕하세요."

"테일러에게 레일라 얘기 들었죠?"

"네, 사장님. 그 여자 어서 찾아야 할 텐데요. 도움이 필요한 여자예요." 게일은 걱정하는 기색이 역력했다.

"맞아요."

"스틸 양이 와 계시더군요." 그녀가 묘한 미소를 슬쩍 지었는데, 아나 얘기를 할 때면 늘 그랬다.

"레일라가 위협이 되는 한 쭉 여기 있어야죠. 오늘 아나의 도시락이 필요해요."

"알겠습니다. 아침으로 무얼 드시겠어요?"

"스크램블드에그, 토스트."

"준비하죠."

나는 샤워를 마치고 옷을 입었다. 그만 아나를 깨워야 했다.

그녀는 아직 곤히 잠들어 있었다. 나는 그녀의 관자놀이에 키스
했다. "자, 잠꾸러기. 일어나." 그녀의 눈이 떠졌다가 다시 감겼
다. 그녀가 숨을 크게 들이켰다.

"뭐야?"

"당신이 침대로 돌아왔으면 좋겠어요."

유혹하지 마.

"정말 만족을 모르는군, 스틸 양. 구미가 당기긴 하지만, 8시
반에 회의가 있어서 곧 나가야 해."

아나는 시계를 보고는 놀라더니 나를 옆으로 밀치고 침대에
서 벌떡 일어나 욕실로 뛰어갔다. 나는 별안간 괴력을 발휘하는
그녀의 모습이 재밌어 고개를 절레절레 흔들며 콘돔 몇 개를 바
지 주머니에 넣고는 아침을 먹으러 부엌으로 갔다.

앞일은 모르는 거야, 그레이. 아나스타샤 스틸과 함께할 땐
만반의 준비를 하는 게 좋을 것 같았다.

존스 부인이 커피를 만들고 있었다.

"조금 후에 스크램블드에그 준비됩니다, 그레이 씨."

"네. 아나는 조금 후에 올 겁니다."

"아가씨도 스크램블드에그로 준비할까요?"

"아나는 팬케이크와 베이컨이면 될 거예요."

게일이 부엌 카운터에 마련한 내 자리에 커피 잔과 아침 식사
를 내왔다.

10분 후 아나가 내가 사준 옷들을 입고 나타났다.

실크 블라우스와 회색 스커트. 달라 보였다.

세련됐다.

우아하고.

그녀는 아름다웠다. 서투른 학생이 아닌 자신만만하고 젊은

직장인 여성.

나는 그녀를 반기며 끌어안았다. "예쁘네." 그리고 그녀의 귀 뒤에 키스했다. 한 가지 아쉬운 점은 그녀가 이런 차림으로 상사와 시간을 보내야 한다는 것이었다.

그 생각은 버려, 그레이. 이건 그녀가 선택한 거야. 그녀는 일하고 싶어 해.

내가 아나를 놓아주었을 때 게일이 카운터에 아나의 아침을 차렸다. "안녕하세요, 스틸 양." 존스 부인이 말했다.

"아, 고맙습니다. 안녕하세요." 아나가 대답했다.

"그레이 씨에게 듣기로는 오늘 도시락을 싸 가신다면서요. 뭘 드시고 싶으세요?"

그녀가 나를 슬쩍 쳐다보았다.

맞아, 자기야. 나 진심이었어. 절대 외출은 안 돼.

"샌드위치 하나. 샐러드랑. 아무거나 상관없어요." 그녀는 존스 부인에게 감사의 미소를 지었다.

"얼른 도시락 싸드릴게요, 아가씨."

"부탁이에요, 존스 부인. 그냥 아나라고 부르세요."

"아나."

"난 가봐야 해. 테일러가 와서 소여랑 같이 널 직장에 데려다줄 거야."

"문까지만 따라오는 거예요." 그녀가 강조했다.

"그래, 문까지만." 그러기로 합의했으니까. "그래도 조심해." 나는 목소리를 낮춰 덧붙였다. 그리고 서서 그녀의 턱을 잡고 그녀에게 가볍게 키스했다. "나중에 봐."

"일 잘하고 와요." 그녀가 뒤에서 소리쳤다. 진부한 말이었지만 기분이 좋았다.

평범한 사람이 된 것 같다.

엘리베이터 안에서 테일러가 나를 맞이하고 보고했다. "SIP 맞은편에 커피숍이 하나 있습니다. 소여는 거기서 낮 동안 대기하면 될 듯합니다."

"지원 인력이 필요할 땐? 화장실로 침투하거나 하면."

"그땐 레이놀즈나 라이언을 보내죠."

"그래."

안드레아는 결혼식 때문에 출근하지 않았다. 깜빡했다. 하지만 내일 출근한다니 신혼여행을 제대로 가지 않은 모양이었다. 내가 사무실에 도착했을 때 안드레아를 대신할 여자, 이름이 기억나지 않는 여자가 〈보그〉의 페이스북 페이지를 뒤적이고 있었다. "근무 시간엔 소셜미디어 금지인데" 하고 퉁명스럽게 한마디 했다.

신입 사원이 흔히 저지르는 실수였다. 하지만 주의는 줘야 했다. 이 여자는 이미 여기 직원이니 말이다.

그녀가 깜짝 놀랐다. "정말 죄송합니다, 그레이 씨. 들어오신 줄도 모르고. 커피 한잔 드릴까요?"

"그래. 그러든가. 마키아토."

나는 문을 닫고 책상 앞에 앉아 컴퓨터를 켰다. 사브 중개인에게서 아나의 차가 오늘 도착한다는 이메일이 도착해 있었다. 나는 테일러가 배달을 처리하도록 그 이메일을 테일러에게 전달했다. 오늘 저녁 아나에게 멋진 깜짝 선물이 될 것이다. 나는 아나에게 이메일을 보냈다.

보낸 사람: 크리스천 그레이

제목: 직장 상사
날짜: 2011년 6월 13일 08:24
받는 사람: 아나스타샤 스틸

안녕, 스틸 양.
우여곡절이 많았지만 내게 멋진 주말을 선사해줘서 고마워.
네가 떠나지 않았으면 해. 언제까지나.
잊지 말라고 하는 말인데, SIP 소식은 4주 동안은 공개 금지야.
이 이메일은 읽는 즉시 지워.
이만.

크리스천 그레이
그레이 엔터프라이즈 홀딩스 Inc의 CEO 겸 당신 상사의 상사의
상사

안드레아의 메모를 확인했다. 대타의 이름은 몬태나 브룩스
였다. 그녀가 노크를 하고 커피를 가져왔다.

"로스 베일리는 조금 늦지만 버네사 콘웨이는 대기 중입니
다."

"로스 올 때까지 기다리라고 해요."

"네, 그레이 씨."

"그리고 결혼 선물로 뭐가 좋을지 생각 좀 해보고."

브룩스는 당황한 듯했다. "그건 얼마나 잘 아는 사람인가
에 달렸죠. 그리고 얼마나 함께 시간을 보내고 싶은 사람인지,
또……."

장광설은 사양이다. 나는 손을 치켜들었다. "서면으로 제출

해요. 내 비서에게 줄 선물이니까."

"작성한 혼수용품 목록이 있나요?"

"뭐?"

"상점의 혼수용품 목록 같은 거요."

"모르겠어. 알아봐요."

"네, 그레이 씨."

"그거면 됐어요."

그녀가 나갔다. 안드레아가 내일 돌아오기에 망정이지.

잭 하이드에 관한 웰치의 보고서가 받은 편지함에 들어 있었다. 로스를 기다리는 동안 그것을 훑어보았다.

로스, 버네사와의 회의는 금방 끝났다. 버네사와 그녀의 팀은 공급업체들을 대상으로 철저한 회계 감사를 실시하고 있었는데, 석석과 철망간중석은 볼리비아에서, 탄탄룸은 호주에서 수배하자는 의견을 내놓았다. 비용은 더 들지만 그것이 미증권거래위원회의 눈 밖에 나지 않는 길이었다. 우리가 회사로서 마땅히 해야 할 일이기도 했다.

그들이 나갈 때 나는 이메일을 확인했다. 아나의 이메일이 한 통 있었다.

보낸 사람: 아나스타샤 스틸

제목: 상사 노릇

날짜: 2011년 6월 13일 09:03

받는 사람: 크리스천 그레이

친애하는 그레이 씨에게,

들어와서 같이 살자고 부탁하는 건가요? 물론 그레이 씨가 보유한 전설적인 스토킹 능력의 증거들은 앞으로 4주 동안 발설 금지라는 거, 명심하고 있습니다.

수표를 '함께 대처하기' 앞으로 써서 당신 아버님에게 보내야 하나요? 이 이메일은 삭제하지 마시기를. 부디 답장해주세요.

ㅅㄹㅎㅇ xxx

아나스타샤 스틸
편집자 잭 하이드의 비서, SIP

내가 그녀에게 같이 살자고 부탁하고 있는 건가?
제길.
그레이, 이건 대담하고 급작스러운 변화야.
내가 그녀를 돌봐줄 수도 있는데. 전적으로.
그녀는 내 것이어야 한다. 완전한 내 것.
내 마음은 이미 대답을 내놓았다.
내 대답은 예스.
그 외에 그녀의 다른 질문과 응답은 모두 무시하기로 했다.

보낸 사람: 크리스천 그레이
제목: 내가 상사 노릇을 해?
날짜: 2011년 6월 13일 09:07
받는 사람: 아나스타샤 스틸

그래, 그렇게 해줘.

크리스천 그레이

CEO, 그레이 엔터프라이즈 홀딩스 Inc.

그녀의 답장을 기다리는 동안 잭 하이드에 관한 웰치의 보고서를 마저 읽었다. 겉으로 보기에 잭 하이드는 신상에 별문제가 없었다. 성공한 데다 돈도 잘 벌고 있었다. 소시민 출신으로 똑똑하고 야망이 많은 듯한데 밟아온 직업 이력이 석연치 않았다. 뉴욕에서 출판업계에 입문해 전국의 다양한 출판사를 섭렵한 사람이 시애틀로 왔다고?

말이 되지 않았다.

어떤 관계든 길게 이어가지 못하는 듯했고, 비서는 그의 밑에서 3개월을 버티지 못했다.

아나가 그와 일하는 시간이 길지 않을 거라는 뜻이었다.

보낸 사람: 아나스타샤 스틸

제목: 플린주의

날짜: 2011년 6월 13일 09:20

받는 사람: 크리스천 그레이

크리스천,

뛰기 전에 걷기로 한 건 어떻게 됐어요?

오늘 밤 얘기 좀 할 수 있어요?

목요일에 뉴욕에서 열리는 학회에 가라는 지시를 받았어요.

수요일 밤에 하룻밤 자고 와야 한다는 뜻이에요.

알려줘야 할 것 같아서요.

A x

아나스타샤 스틸
편집자 잭 하이드의 비서, SIP

그녀는 나와 함께 살고 싶어 하지 않는다. 원하던 소식이 아
니었다.

뭘 기대한 거야, 그레이?

그래도 오늘 저녁에 이야기하자고 하니 아직 희망은 있었다.
하지만 그녀는 빌어먹을 뉴욕에 가고 싶어 한다.

이런 제기랄.

그녀 혼자 가는 걸까.

아니면 하이드와 같이?

보낸 사람: 크리스천 그레이
제목: **뭐?**
날짜: 2011년 6월 13일 09:21
받는사람: 아나스타샤 스틸

그래, 오늘 저녁에 이야기해.
혼자 가?

크리스천 그레이
CEO, 그레이 엔터프라이즈 홀딩스 Inc.

부하 직원이 3개월 이상 버티지 못한다면 잭 하이드는 막돼
먹은 상사가 분명했다. 나란 인간이 머저리이기는 하지만 안드
레아는 내 밑에서 1년 반 가까이 일하고 있지 않나.

나는 안드레아가 결혼하는 것도 몰랐다.

그건 정말이지 부아가 치미는 일이다. 하지만 안드레아 전에는 헬레나가 나와 일했다. 헬레나는 나와 2년 동안 일하다가 지금은 인사부에서 엔지니어들을 채용하는 업무를 했다.

나는 아나의 답장을 기다리는 동안 보고서의 마지막 장을 읽었다.

그럼 그렇지. 예전 출판사에서 무마된 추행이 세 건, SIP에서도 공식 주의 처분이 두 건 있었다.

세 건이나?

후레자식. 내 이럴 줄 알았지. 왜 이게 인사 파일에 없었던 걸까?

술집에서 그놈이 아나에게 들이대던 꼴이라니. 놈은 그녀의 사적 공간을 침범했다. 그 사진작가처럼.

보낸 사람: 아나스타샤 스틸

제목: 월요일 아침부터 굵은 글씨로 호통치지 마요!

날짜: 2011년 6월 13일 09:30

받는 사람: 크리스천 그레이

이 이야기 오늘 밤에 해도 되죠?

A x

아나스타샤 스틸

편집자 잭 하이드의 비서, SIP

어물쩍 넘어가시겠다 이거로군, 스틸 양.

이건 그놈과 여행을 가는 문제다.

알 만하다.

오늘 아침 그녀는 환상적이었다.

놈이 계획했겠지. 틀림없다.

보낸 사람: 크리스천 그레이

제목: 호통이 뭔지 아직 모르는군

날짜: 2011년 6월 13일 09:35

받는 사람: 아나스타샤 스틸

대답해.

만약 같이 일하는 그 밥맛이랑 같이 가는 거라면, 내 대답은 '안돼'야. 내 눈에 흙이 들어가기 전엔.

크리스천 그레이

CEO, 그레이 엔터프라이즈 홀딩스 Inc.

전송 버튼을 누르고 나서 로스에게 전화했다.

"크리스천." 그녀가 즉시 응답했다.

"SIP에 불필요한 지출이 많아. 출혈이 커서 지혈 조치를 해야겠어. 비본질적이고 지엽적인 경비에 대해선 지불 정지 조치해. 여행, 호텔, 접대 등등. 출장비 처리 전면 중지. 특히 사원급. 절차는 자네가 잘 알 테지."

"정말요? 그런다고 절약되는 돈이 크진 않을 거예요."

"로치에게 전화해. 그냥 그렇게 해. 당장."

"이번에 왜 그러시는 건데요?"

"그냥 해, 로스."

그녀가 한숨을 쉬었다. "정 그러시다면. 그거 계약서에 넣을까요?"

"응."

"알겠습니다."

"고마워." 나는 전화를 끊었다.

됐어. 이것으로 아나와 뉴욕 출장 건은 해결될 것이다. 뉴욕엔 내가 데려가고 싶다. 그녀가 어제 한 말로는 그녀는 뉴욕에 가본 적 없다.

핑 소리에 함께 아나의 답장이 들어왔다.

보낸 사람: 아나스타샤 스틸
제목: 아뇨, 호통이 뭔지 모르는 건 **당신**이죠
날짜: 2011년 6월 13일 09:46
받는 사람: 크리스천 그레이

그래요, 잭이랑 가요.

가고 싶어요. 내겐 아주 신나는 기회예요.

게다가 뉴욕은 아직 못 가봤단 말이에요.

괜히 쌍지팡이 짚고 나서지 마요.

아나스타샤 스틸
편집자 잭 하이드의 비서, SIP

답장을 하려는데 노크 소리가 들렸다. "뭐야?" 내가 으르렁

됐다.

몬태나가 문 뒤에서 고개만 쑥 디밀었는데, 그 모양이 유달리 신경에 거슬렸다. 들어오든가 말든가 할 것이지. "그레이 씨, 안드레아의 목록 말인데요……."

나는 잠시 그녀가 무슨 말을 하는지 몰라 어리둥절했다.

"'크레이트 앤 배럴'에 있어요." 그녀가 싱글벙글 웃으며 말했다.

"알았어." 나더러 어쩌라고 그걸 알려주는 거야?

"아직 선택 가능한 품목과 가격을 목록으로 정리해봤어요."

"이메일로 보내요." 나는 이를 악물고 말했다. "커피 한 잔 더 가져오고."

"네, 그레이 씨." 그녀는 빌어먹을 날씨 얘기라도 나눈 것처럼 싱글벙글한 얼굴로 문을 닫았다.

이제 스틸 양에게 답장할 수 있겠군.

보낸 사람: 크리스천 그레이
제목: 아니, 호통이 뭔지 모르는 건 **너**야
날짜: 2011년 6월 13일 09:50
받는 사람: 아나스타샤 스틸

아나스타샤.
쌍지팡이든 뭐든, 제길, 그건 내 알 바 아냐.
내 대답은 '**안 된다**'는 거야.

크리스천 그레이
CEO, 그레이 엔터프라이즈 홀딩스 Inc.

몬태나는 두 번째 마키아토를 내 책상에 놓았다. "10시에 실험실에서 바니, 프레드와 회의 있으십니다."

"고마워. 내 커피는 내가 가져가도록 하지." 내가 들어도 내 목소리는 퉁명스러웠다. 지금 이 순간 특정한 파란 눈의 여인이 온 신경을 붙잡고 놓아주질 않으니 어쩔 수 없었다. 몬태나가 나가고 나는 커피를 한 모금 마셨다.

젠장. 쓰벌.

커피가 펄펄 끓었다.

나는 커피 잔과 커피, 모든 걸 떨구었다.

돌겠네, 정말.

내 몸과 자판은 용케 피했는데, 빌어먹을 바닥에 모조리 쏟아졌다.

"브룩스 씨!" 내가 소리쳤다. 맙소사, 안드레아가 정말 그리웠다.

몬태나가 문 뒤에서 고개만 쑥 디밀었다. 들어온 것도 아니고. 나간 것도 아니고. 그 정신 사납고 요란한 립스틱도 여전했다.

"커피를 바닥에 떨어뜨렸잖아. 커피가 펄펄 끓는 바람에. 이 거 좀 치워요."

"어머, 그레이 씨. 정말 죄송합니다."

그녀는 난장판을 살펴보러 허둥지둥 들어왔고, 나는 그녀에게 뒤처리를 맡기고 방을 나왔다. 혹시 일부러 그랬나 하는 생각이 문득 들었다.

그레이, 너 피해망상이야.

나는 휴대폰을 챙겨 들고 계단으로 가기로 했다.

바니와 프레드가 실험실 탁자 앞에 앉아 있었다.

"안녕들 하신가."

"그레이 씨." 프레드가 말했다. "바니가 돌파구를 찾았어요."

"그래?"

"네. 커버요."

"3D 프린터로 해결하면 됩니다. 짜잔."

그는 내게 경첩이 달린 소형 플라스틱 커버를 건넸다. 태블릿에 맞게 제작된 커버였다. "이거 괜찮은데." 내가 말했다. "이것 때문에 주말 내내 일했겠군." 나는 바니를 쳐다보았다.

그가 어깨를 으쓱거렸다. "딱히 할 일도 없고 해서요."

"바깥바람도 쐬고 그래, 바니. 어쨌든 수고했어. 보여줄 건 이게 다인가?"

"이건 응용이 쉬워서 휴대폰 커버로도 만들 수 있습니다."

"그것도 보고 싶어."

"준비하죠."

"좋아. 다른 건?"

"시장님이 방문하실 때 3D 프린터를 보여드리면 좋을 듯합니다."

"시장님 앞에서 쇼 한번 제대로 해보죠." 프레드가 말했다.

"비밀 누설은 없을 거예요." 바니가 덧붙였다.

"괜찮을 것 같군. 발표 잘 봤어. 이만 나는 위층으로 돌아가지."

엘리베이터를 기다릴 때 이메일을 확인했다. 아나에게서 답장이 와 있었다.

보낸 사람: 아나스타샤 스틸

제목: 피프티 셰이드

날짜: 2011년 6월 13일 09:55

받는 사람: 크리스천 그레이

크리스천,
정신 바짝 차려요.

난 잭이랑 자러 가는 게 **아니에요**. 백만금을 준대도 그런 일은 없어요.

난 당신을 **사랑해요**. 그런 건 사람들이 서로 사랑할 때나 일어나는 일이에요.

서로 **신뢰하는 사이**에서요.

난 당신이 다른 사람이랑 **자거나 엉덩이를 때리거나 섹스하거나 채찍을 휘두를** 거라고 생각 안 해요.

당신을 **믿고 신뢰**하니까요.

부디 내게도 똑같은 호의를 베풀어줘요.

아나

아나스타샤 스틸
편집자 잭 하이드의 비서, SIP

이런 젠장! SIP에서는 이메일을 검열한다고 그녀에게 이미 말해두었는데.

엘리베이터가 몇 번 중간에 섰는데, 열불이 나서 간신히, 정말 간신히 참았다. 직원들이 타고 내릴 때마다 반색하면서도 입을 꾹 다물어 침묵이 감도는 것이 신경에 거슬렸다. 내가 엘리베이터에 있다는 이유로.

"안녕하세요, 그레이 씨."

"안녕하세요, 그레이 씨."

나는 고개를 끄덕여 인사를 대신했다.

인사할 기분이 아니었다.

점잖은 미소 밑에서 피가 부글부글 끓었다.

내 방으로 돌아오자마자 아나의 사무실 전화를 확인해 그녀에게 전화를 걸었다.

"잭 하이드 사무실, 아나 스틸입니다." 그녀가 전화를 받았다.

"내게 보낸 마지막 이메일 당장 지우고 직장 이메일 사용 시 언어 구사에 신중해주겠어? 말했잖아, 거기 이메일 검열당하고 있다고. 나도 나름대로 피해 대책을 강구할 테니까." 나는 딱딱거린 후 전화를 끊어버렸다.

바니에게 전화했다.

"그레이 씨."

"SIP 서버에서 9시 55분 아나스타샤 스틸이 내게 보낸 이메일과 내가 그녀에게 보낸 이메일 전부 삭제해주겠나?"

전화기 저편이 잠잠했다.

"바니?"

"음. 물론이죠, 그레이 씨, 잠시 방법을 궁리했습니다. 방법을 찾았습니다."

"그래. 끝내고 알려줘."

"네, 사장님."

전화기에 불이 들어왔다. 아나스타샤.

"뭐야?" 내 말투는 누가 들어도 퉁명스러웠다.

"당신이 좋아하든 말든 난 뉴욕에 갈 거예요."

"꿈도 꾸지 마."

침묵.

"아나?"

그녀가 일방적으로 전화를 끊었다.

젠장. 또야.

지금 누가 누구한테?

방금 내가 먼저 그러긴 했지만, 그건 요점이 아니다.

그녀가 술에 취해 내게 전화했을 때 먼저 전화를 끊었던 일이 기억났다.

나는 두 손으로 얼굴을 감쌌다.

아나. 아나. 아나.

사무실 전화가 울렸다.

"그레이."

"그레이 씨, 바니입니다. 생각보다 훨씬 쉬웠어요. 그 이메일은 SIP 서버에 없었습니다."

"고마워, 바니."

"별말씀을요, 그레이 씨."

어찌 됐든 해결은 됐다.

문을 두드리는 소리가 났다.

이번에 또 뭐지?

몬태나가 문을 열었는데, 카펫 청소기와 휴지를 들고 있었다.

"나중에." 내가 딱딱거렸다. 저 여자, 더는 못 참겠다. 그녀가 재빨리 후진해 방에서 나갔다. 나는 숨을 크게 들이마셨다. 오늘은 일진이 사나웠다. 아직 점심시간도 안 됐는데. 아나에게서 이메일이 한 통 더 왔다.

보낸 사람: 아나스타샤 스틸
제목: 무슨 짓을 한 거예요?
날짜: 2011년 6월 13일 10:43
받는 사람: 크리스천 그레이

내 일에 관여하지 않겠다고 말해요.
이 학회에 꼭 가고 싶다고요.
애초에 당신에게 부탁하지 말았어야 했어요.
거슬리는 이메일은 지웠어요.

아나스타샤 스틸
편집자 잭 하이드의 비서, SIP

나는 즉시 답장을 보냈다.

보낸 사람: 크리스천 그레이
제목: 무슨 짓을 한 거야?
날짜: 2011년 6월 13일 10:46
받는 사람: 아나스타샤 스틸

난 그냥 내 것을 지키는 거야.
네가 무모하게 보낸 이메일은 이제 SIP 서버에서 지워졌어. 내가
보낸 이메일도 마찬가지고.
그건 그렇고 난 너를 절대적으로 믿어. 그 자식은 못 믿지만.

크리스천 그레이

CEO, 그레이 엔터프라이즈 홀딩스 Inc.

그녀의 답장이 득달같이 날아왔다.

보낸 사람: 아나스타샤 스틸
제목: 어른답게 굴어요
날짜: 2011년 6월 13일 10:48
받는 사람: 크리스천 그레이

크리스천,
내 상사에게서 나를 보호할 필요 없어요.
그 사람이 내게 접근한다 쳐도 나는 싫다고 할 거예요.
끼어들지 말아요. 그건 여러모로 옳지도 않고 지나친 통제예요.

아나스타샤 스틸
편집자 잭 하이드의 비서, SIP

'통제'는 내 천성이야, 아나. 이건 '비합적'이니 '이상하다'느
니 하는 말과 함께 이미 네게 한 줄 아는데.

보낸 사람: 크리스천 그레이
제목: 내 대답은 **'안 된다'**야
날짜: 2011년 6월 13일 10:50
받는 사람: 아나스타샤 스틸

아나.

402

네가 원치 않은 관심에 얼마나 '효율적으로' 대처하는지는 이미 봤어. 내 기억에 따르면 너와의 즐거운 첫날밤도 그 덕분에 보낼 수 있었고. 적어도 그 사진작가는 너를 좋아하는 마음이나 있었지. 반면 이 후레자식은 그렇지도 않아. 여자 꽁무니나 쫓아다니는 놈이라고. 분명 널 유혹할 거야. 이놈의 이전 개인 비서와 그 이전 비서가 어떻게 되었는지 놈에게 물어보든가.

이 일로 너와 싸우고 싶지 않아.

뉴욕에 가고 싶으면 내가 데려갈게. 이번 주말에라도 갈 수 있어. 거기에 아파트도 있으니까.

크리스천 그레이
CEO, 그레이 엔터프라이즈 홀딩스 Inc.

그녀는 즉답하지 않았고, 그사이에 전화들이 걸려왔다.

레일라에 관한 새 소식은 없었다. 나는 웰치와 현 상황에서 경찰을 개입시켜야 할지 말지 의논했다. 경찰에 연락하기가 여전히 망설여졌다.

"그 여자는 근처에 있어요, 그레이 씨." 웰치가 말했다.

"영리한 여자야. 지금까지 우리를 잘 피해 다닌 걸 보면."

"사장님 댁과 SIP, 그레이 하우스 모두 감시하고 있습니다. 그 여자 다시는 우리 눈을 피해 빠져나갈 수 없을 겁니다."

"그래야 할 텐데. 그리고 하이드에 관한 보고 고마워."

"천만에요. 원하시면 더 깊이 파보죠."

"지금으로선 괜찮아. 그 일로 다시 연락하게 될 것 같지만."

"그러세요, 사장님."

"그만 이만." 나는 전화를 끊었다.

수화기를 내려놓기도 전에 다시 전화벨이 울렸다. "어머님이 전화하셨습니다." 몬태나가 노래하듯 지저귀어댔다.

젠장. 죽어라 죽어라 하는군. 아직 엄마에겐 화가 덜 풀린 상태다. 아나가 돈을 밝힌다느니 한 말 때문에.

"연결해." 내가 툴툴댔다.

"크리스천, 아들아." 어머니가 말했다.

"안녕, 어머니."

"애야, 엄마가 토요일에 한 말에 대해 사과하려고 전화했어. 내가 보기에 아나 같은 사람들은……. 엄만 이 모든 게 너무 갑작스러워."

"괜찮아요." 사실 괜찮지 않다.

어머니는 내 대답이 건성으로 들렸는지 잠시 침묵을 지켰다.

일생의 여성과 이미 말다툼 중인데, 또 다른 일생의 여성과 말다툼을 벌이고 싶지 않았다. "어머니?"

"미안하다, 애야. 토요일이 네 생일이잖니. 그래서 파티를 열까 하고."

컴퓨터 화면에 아나의 이메일이 떴다.

"엄마, 지금은 곤란해요. 끊을게요."

"그래, 전화하렴." 어머니의 목소리에서 서운한 기색이 느껴졌지만 지금은 신경 쓸 여력이 없었다.

"네, 그럴게요."

"안녕, 크리스천."

"안녕." 나는 전화를 끊었다.

보낸 사람: 아나스타샤 스틸

제목: FW: 점심 약속, 혹은 성가신 부록

날짜: 2011년 6월 13일 11:15
받는 사람: 크리스천 그레이

크리스천,

당신이 내 직장 일에 참견하고 내 부주의한 메일에 몸을 사리느라 바쁜 동안 나는 링컨 부인에게 이메일을 받았어요. 난 그 여자 만나고 싶은 생각이 조금도 없어요. 있다고 치더라도 난 이 건물을 나갈 수가 없잖아요. 그 여자가 어떻게 내 이메일 주소를 알아냈는지 모르겠네요. 내가 어떻게 했으면 좋겠어요? 여기 그 이메일 첨부해요.

친애하는 아나스타샤. 점심을 같이하고 싶은데요. 우리가 첫 단추는 잘못 끼웠지만, 난 바로잡고 싶어요. 이번 주에 한가한 시간 있어요?

엘레나 링컨

아나스타샤 스틸
편집자 잭 하이드의 비서, SIP

하, 오늘 하루는 정말이지 갈수록 태산이다. 엘레나는 대체 왜 이러는 걸까? 게다가 아나는 평소처럼 서슬 퍼렇게 결투를 신청한다.

언쟁이 이토록 피곤한 일인 줄 미처 몰랐다. 이렇게 사람의 사기를 꺾고, 이렇게 근심거리가 될 줄은. 그녀는 내게 화를 내고 있다.

보낸 사람: 크리스천 그레이
제목: 성가신 부록
날짜: 2011년 6월 13일 11:23
받는 사람: 아나스타샤 스틸

나한테 화내지 마. 난 진심으로 너를 위해 이러는 거니까.
네게 무슨 일이 생긴다면 나 자신을 용서하지 못할 거야.
링컨 부인은 내가 처리하지.

크리스천 그레이
CEO, 그레이 엔터프라이즈 홀딩스 Inc.

성가신 부록? 오늘 아나와 헤어진 후 처음으로 웃음이 났다.
입담이 좋은 여자였다.

나는 엘레나에게 전화했다.

"크리스천." 다섯 번째 연결음에 그녀가 전화를 받았다.

"현수막을 제작해서 그걸 비행기에 매달고 당신 사무실 앞에
서 곡예 비행이라도 해야 알아듣겠어요?"

그녀가 웃음을 터뜨렸다. "내 이메일 말이야?"

"네, 아나가 보내줬어요. 부탁할게요. 그 여자 가만 놔둬요.
당신 만나고 싶지 않대요. 나도 그 마음 이해하고 존중하고요.
당신 때문에 지금 내 인생이 진짜 꼬이고 있다고."

"걔 마음을 이해한다고?"

"네."

"걔야말로 네가 너 자신에게 얼마나 가혹한지 알아야 할 거
야."

"아뇨. 아나는 아무것도 알 필요 없어요."

"지친 목소리구나."

"당신이 내 뒤를 캐고 내 여자 친구를 따라다니는 데 지쳤어요."

"여자 친구?"

"네. 여자 친구. 받아들여요."

그녀가 길고 거센 한숨을 내쉬었다.

"엘레나. 제발."

"알았어, 크리스천. 뿌린 대로 거둔다는 것 명심하고."

무슨 개소리야?

"그만 끊죠." 내가 대답했다.

"안녕." 그녀가 화난 말투로 말했다.

"안녕." 나는 전화를 끊었다.

내 일생의 여인들이 골치를 썩인다. 나는 의자를 돌려 창밖을 내다보았다. 빗줄기가 거셌다. 우중충한 하늘이 내 마음을 대변했다. 내 삶이 복잡해졌다. 모든 것과 모든 사람이 애초에 내가 지정한 범위 안에 머물 때는 삶이 더 쉬웠건만. 그런데 아나로 인해 모든 것이 바뀌었다. 이것은 전혀 새로운 국면이었고, 모든 사람들이, 내 어머니마저도 내게 화를 내거나 내 화를 돋우는 것만 같았다.

몸을 돌려 컴퓨터를 마주하자 아나에게서 이메일이 한 통 더 와 있었다.

보낸 사람: 아나스타샤 스틸

제목: 이따가

날짜: 2011년 6월 13일 11:32

받는 사람: 크리스천 그레이

오늘 밤에 얘기해도 되죠?
지금 일해야 하는데 당신이 끊임없이 방해하는 바람에 집중할 수가 없네요.

아나스타샤 스틸
편집자 잭 하이드의 비서, SIP

좋아, 귀찮게 하지 않을게.
마음 같아선 그녀의 사무실로 가서 그녀를 아주 근사한 곳에 데려가 점심을 먹고 싶었다. 하지만 그녀가 그다지 달가워하지 않을 것 같았다.
나는 한숨을 푹 내쉬고 안드레아의 혼수용품 목록을 정리한 이메일을 열었다. 항아리, 프라이팬, 접시 등등. 딱히 끌리는 것은 없었다. 대체 안드레아는 왜 내게 결혼한다는 얘길 하지 않았는지 궁금증이 도졌다.
기분이 울적해 플린의 병원으로 전화를 걸어 오늘 오후 진료 약속을 잡았다. 진작에 갔어야 했는데 기한을 넘겨버렸다. 몬태나를 불러 결혼 축하 카드와 점심을 사다달라고 부탁했다. 설마 이번에는 망치지 않겠지.

점심을 먹고 있는데 테일러에게서 전화가 왔다.
"테일러."
"그레이 사장님, 모두 이상 없습니다."
아드레날린이 몸속으로 퍼져나가며 심장이 폭주했다.

아나.

"무슨 일이지? 아나는 괜찮은 거야?"

"괜찮습니다, 사장님."

"레일라에 관한 새 소식은?"

"없습니다."

"그럼 무슨 일이지?"

"아나 양이 유니언 스퀘어 식품점에 다녀왔다고 보고드리려고요. 사무실로 무사히 돌아왔습니다."

"알려줘서 고마워. 다른 건?"

"사브가 오늘 오후에 배달될 겁니다."

"알았어." 나는 전화를 끊고 펄펄 날뛰는 분노를 잠재우려고 온 힘을 기울였다. 실패했다. 나오지 말라고 내가 분명 말했는데.

레일라가 아나에게 총구를 겨눌지도 몰랐다.

왜 그걸 이해 못 하지?

나는 그녀에게 전화를 걸었다.

"잭 하이드 사무실입니다······."

"안 나가겠다고 다짐했잖아."

"잭이 점심 심부름을 보냈어요. 안 된다고 할 수가 없었어요. 나에게 감시 붙였어요?" 그녀가 어이없다는 투로 말했다.

나는 그녀의 질문은 무시했다. "이래서 내가 출근하지 말라고 한 거야."

"크리스천, 제발요. 당신 때문에 숨 막힐 것 같아요."

"숨이 막힌다고?"

"그래요. 그만 좀 해요. 오늘 저녁에 얘기해요. 안됐지만 오늘 야근해야 해요, 뉴욕에 못 가는 바람에."

내가 그녀를 숨 막히게 한다고?

그럴지도 모르지…….

나는 그녀를 보호하고 싶을 뿐이다. 레일라가 아나의 차에 무슨 짓을 했는지 본 이상 어쩔 수 없다.

그녀를 너무 밀어붙이지 마, 그레이.

그녀는 떠날 것이다.

플린의 진료실에서 진짜 통나무 장작불이 타올랐다. 6월인데. 혀를 날름거리는 불길 속에서 장작이 타닥타닥 타는 동안 우리는 이야기를 나누었다.

"그녀가 일하는 회사를 인수했다고요?" 플린이 눈썹을 추켜올리며 물었다.

"네."

"아나의 말에도 일리가 있어요. 그녀가 숨이 막힌다고 한 것도 놀랄 일은 아니죠."

나는 의자 안에서 움직거렸다. 듣고 싶지 않은 소리였다. "어차피 출판업으로 진출하려던 참이었어요."

플린은 무표정하게 아무런 기색 없이 내가 말하기를 기다렸다.

"지나친 것 같기도 하고. 그런가요?" 내가 인정했다.

"네."

"그녀가 못마땅해하더군요."

"그녀의 마음에 들려고 계획한 겁니까?"

"아뇨. 그럴 의도는 없었어요. 어쨌든 SIP는 현재 내 소유가 됐지만."

"그녀를 보호하려는 마음도 알겠고, 왜 그러는지 이유도 알아요. 하지만 이건 평범한 수준을 벗어난 반응이에요. 은행 잔액이 넉넉하시니 얼마든지 가능한 일이지만, 계속 이런 식으로 나가면 스스로 그녀를 내쫓는 꼴이 될 겁니다."

"그럴까봐 걱정입니다."

"크리스천, 지금 당신에겐 상대해야 할 시급한 문제가 있어요. 레일라 윌리엄스……. 네, 그녀를 찾아내시면 제가 도와드리죠. 또한 엘레나에 대한 아나의 적대감……. 아나의 그런 감정은 이해하실 테고요." 그가 내게 예리한 시선을 던졌다.

나는 그에게 선뜻 동의하고 싶지 않아 어깨를 으쓱거렸다.

"더 큰 문제가 있는데 말을 안 하는군요. 여기 도착했을 때부터 내게 말해주길 기다리고 있는데. 지난 토요일에 난 그걸 보았어요."

나는 그가 무슨 말을 하는 건지 알 수 없어서 그를 빤히 쳐다보았다. 그는 끈질기게 앉아 기다렸다.

그걸 토요일에 보았다고?

경매 말인가?

댄스?

제길.

"나는 아나를 사랑합니다."

"말해줘서 고마워요. 알고 있었지만."

"아하."

"그녀가 당신을 떠난 후 당신이 나를 찾아왔을 때 내가 알려줄 수도 있었죠. 당신 스스로 알아내서 기쁩니다."

"내게 이런 감정이 가능할 줄 몰랐어요."

"가능하고말고요." 그가 버럭했다. "그것이 내가 당신의 반응에 관심이 많은 이유예요. 당신을 사랑한다고 그녀가 당신에게 말했을 때 당신이 보인 반응 말입니다."

"슬슬 이해가 되는 것 같기도 하군요."

그가 미소를 지었다. "잘됐네요. 다행입니다."

"그간 나는 내 삶의 다양한 측면들을 잘 구분해왔어요. 일. 가족. 성생활. 그것들이 각각 내게 어떤 의미가 있는지 이해했죠. 그런데 아나를 만난 후론 그게 그리 간단하지 않아요. 완전히 낯설어요. 내 능력 밖의 일, 내 통제 밖의 일 같아요."

"사랑에 빠지면 다 그렇습니다." 플린이 미소를 지었다. "그리고 자신에게 너무 가혹하게 굴지 말아요. 당신의 예전 여자는 총을 가지고 달아났고, 당신의 관심을 끌려고 당신 가정부 앞에서 자살을 기도했죠. 게다가 아나의 자동차를 망가뜨렸고요. 당신은 아나와 당신의 안전을 위해 필요한 조처를 취했어요. 최선을 다한 거죠. 당신이 몸이 여러 개도 아니고, 아나를 가둬둘 수도 없어요."

"그러고 싶어요."

"그렇겠지요. 하지만 그럴 순 없어요. 이론의 여지가 없습니다."

나는 고개를 저었지만 플린의 말을 옳다는 걸 알고 있었다.

"크리스천, 내 생각엔 말이죠, 사실 진작에 든 생각인데, 당신은 한 번도 사춘기를 겪은 적이 없어요. 정서적 측면에서 말이죠. 그러다 이제야 사춘기를 치르고 있는 겁니다. 당신은 눈에 띄게 혼란스러워하고 있어요." 그가 계속했다. "항불안제는 거부하시니, 일전에 이야기한 '이완 기법'을 시도해보면 어떨까 하는데요."

아, 그런 개짓거리는 싫은데. 나는 눈을 흘겼다. 하지만 내가 생각해도 나는 지금 토라진 10대 청소년처럼 행동하고 있었다.

그가 이런 말을 할 만도 했다.

"크리스천, 지금 당신 혈압 얘기를 하고 있는 거예요, 내 혈압이 아니고."

"알았어요." 나는 손을 치켜들어 항복을 표시했다. "행복한 상상 많이 많이 하죠." 기껏 비꼬았더니 존은 오히려 안도하고 시계를 쳐다보았다.

나에게 행복한 상상은 무엇일까?

과수원에서 보낸 어린 시절.

항해나 비행. 언제나.

엘레나와 함께하곤 했었지.

하지만 지금은 아나와 함께하면 어디에서든 행복했다.

아나의 안.

플린이 웃음을 참으며 말했다. "시간 됐네요."

아우디 뒷좌석에서 아나에게 전화를 걸었다.

"여보세요." 그녀의 목소리는 조용하고 여렸다.

"안녕. 일 언제 끝나?"

"7시 30분쯤요."

"밖에서 기다릴게."

"알았어요."

천만다행이었다. 자기 아파트로 돌아간다고 할 줄 알았는데.

"나 아직 화 안 풀렸어요. 하지만 그게 다예요." 그녀가 소곤거렸다. "할 얘기가 많아요."

"알아. 7시 30분에 봐."

"끊어야겠어요. 나중에 봐요." 그녀가 전화를 끊었다.

"여기서 아나를 기다리지." 나는 테일러에게 말하고는 SIP의 정문을 흘끔 쳐다보았다.

"알겠습니다, 사장님."

그래서 나는 앉아 빗소리를 들었다. 빗방울이 차 지붕을 불규칙하게 두드리며 내 생각을 삼켜버렸다. 내 행복한 상상을 삼켜버렸다.

한 시간 후 SIP 문이 열리더니 그녀가 나타났다. 테일러가 차에서 내려 건물 문을 열어주자 그녀는 비를 피하려고 고개를 숙이고 우리 쪽으로 뛰어왔다.

그녀가 어떻게 나올까, 무슨 말을 할까 생각하는데 그녀가 허겁지겁 차로 들어와 내 옆에 앉았다. 그녀가 머리를 흔들자 물방울들이 내 몸과 뒷좌석 위로 후드득 흩어졌다.

그녀를 안고 싶었다.

"안녕." 그녀가 말했다. 그녀의 불안한 시선이 내 시선과 마주쳤다.

"안녕." 나는 대답하고 손을 내밀어 그녀의 손을 꼭 쥐었다.

"아직도 화 안 풀렸어?" 내가 물었다.

"모르겠어요."

나는 그녀의 손을 내 손에 대고 손가락 관절 하나하나에 키스했다. "거지 같은 날이었어."

"네, 나도요." 그녀의 어깨가 축 처졌다. 차 안에서 긴장이 풀렸는지 한숨을 푹 내쉬었다.

"네가 여기 있으니까 더 좋다." 나는 엄지손가락으로 그녀의 손가락 관절을 주르륵 쓰다듬었다. 테일러가 우리를 집으로 데려가는 동안 오늘의 불운은 사그라들고 긴장도 풀리기 시작했다.

그녀는 여기 있다. 무사하다.

그녀는 내 옆에 있다.

테일러가 에스칼라 밖에 차를 세웠다. 내가 순간 어리둥절한 사이 그녀가 벌써 문을 열었다. 나는 얼른 그녀를 따라 내렸고, 우리는 비를 피해 건물 안으로 뛰어들었다. 나는 그녀의 손을 잡고 함께 엘리베이터를 기다렸다. 혹시 몰라 판유리 너머 밖의 거리를 살폈다.

"레일라는 아직 못 찾았나봐요."

"못 찾았어. 웰치가 찾고 있어."

우리는 엘리베이터 안으로 들어갔고 문이 닫혔다. 아나는 나를 올려다보았다. 요정 같은 얼굴, 동그래진 눈으로. 고개를 돌릴 수가 없었다. 우리의 시선에는 나의 열망과 그녀의 욕구가 담겨 있었다. 그녀가 입술을 핥았다. 유혹의 몸짓.

별안간 끌림의 힘이 일어나 우리를 연결했다. 정전기처럼, 우리를 둘러쌌다.

"느껴져?" 내가 속삭였다.

"네."

"아, 아나." 우리를 갈라놓는 한 치의 공간도 참을 수 없었다. 나는 팔을 뻗어 그녀를 내 팔 밑에 붙이고 그녀의 머리를 기울였다. 내 입술이 그녀의 입술을 찾았다. 그녀의 신음이 내 입안으로 들어왔고, 그녀의 손가락이 내 머리카락을 파고들었다. 어느새 나는 그녀를 엘리베이터 벽으로 밀어붙였다. "너랑 말싸움하기 싫어." 그녀를 원했다. 모든 걸. 바로 여기서. 지금 당장. 우리 사이가 괜찮다는 걸 확인하고 싶었다.

아나는 즉시 응답했다. 우리의 키스에 그녀의 갈망과 열정이 풀려났다. 그녀의 혀가 갈급하게 요구했다. 그녀의 몸이 부풀어 내 몸을 압박하며 위안을 구했다. 나는 그녀의 치마를 들어 올렸다. 내 손가락 끝이 그녀의 허벅지를 훑었다. 레이스와 따스한, 따스한 살결의 감촉이 느껴졌다. "세상에, 스타킹을 신었구나." 허스키한 목소리로, 엄지손가락으로 그녀의 스타킹 선을 가로질렀다. "이거 보고 싶어." 나는 그녀의 허벅지 윗부분이 보이게 치마를 위로 끌어올렸다.

그 광경을 즐기려고 물러서서 엘리베이터 버튼을 눌렀다. 숨이 가빴다. 원했다. 그녀는 여신처럼 서서 나를 응시했다. 짙고 관능적인 그녀의 눈이 나를 압도했고, 그녀가 폐부로 공기를 들이마실 때마다 젖가슴이 오르내렸다.

"머리 풀어." 아나가 머리끈을 잡아 풀자 머리카락이 풀려 어깨 밑으로 떨어져 가슴께에서 물결쳤다. "셔츠 맨 위 단추 두 개 풀어." 나는 점점 더 단단해졌다. 그녀의 입술이 벌어졌다. 그녀가 손을 위로 들어 천천히, 너무 천천히 첫째 단추를 풀었다. 그리고 한 박자 뜸을 들이다 손가락을 둘째 단추로 내려 그것을 풀었다. 느긋하게. 나를 더 애태우다 마침내 보드랍고 봉긋한 젖가슴을 드러냈다.

"네가 지금 얼마나 유혹적인지 알아?" 내 목소리에서 욕망이 꿈틀댔다.

그녀는 치아로 아랫입술을 지그시 누르고는 고개를 저었다.

폭발할 것 같았다. 눈을 감고 몸을 기울였다. 앞으로 걸어가 그녀의 얼굴 양쪽 벽에 두 손을 짚었다. 그녀가 얼굴을 들었다. 그녀의 눈이 내 눈과 만났다.

나는 더 가까이 몸을 기울였다. "너도 아는 것 같은데, 스틸 양. 날 미치게 만드는 거 너도 좋아하잖아."

"내가 당신을 미치게 만들어요?"

"모든 면에서, 아나스타샤. 넌 세이렌 요정, 여신이야." 나는 손을 내려 그녀의 무릎 위쪽을 움켜잡아 내 허리께로 당겨 올렸다. 그리고 천천히 몸을 숙여 그녀의 몸을 내리눌렀다. 발기한 내 몸이 그녀의 신성한 허벅지 정점에 앉았다. 나는 그녀의 목에 키스했다. 내 혀가 그녀를 맛보고 탐닉했다. 그녀는 두 팔을 내 목에 감고 뒤로 활처럼 휘며 몸을 내게 밀착했다.

"이제 널 가질 거야." 나는 신음하며 그녀를 더 높이 들었다. 주머니에서 콘돔을 꺼내고 바지 앞섶을 열었다. "꼭 잡아."

그녀의 팔이 내 목을 단단히 감았다. 내가 콘돔을 보여주자 그녀가 한 귀퉁이를 물었고, 나는 그것을 당겼다. 우리는 함께 포일 포장을 찢어 열었다.

"잘했어."

나는 잠깐 뒤로 물러나 망할 콘돔을 끼웠다. "맙소사, 앞으로 엿새를 어떻게 참지."

콘돔이 다 떨어졌다.

나는 엄지로 그녀의 속옷을 쓸었다.

레이스. 좋아.

"네가 아끼는 팬티가 아니었으면 좋겠는데." 그녀는 거친 숨소리로 대답했고, 나는 엄지손가락을 팬티 뒤쪽 솔기 안으로 넣어 팬티를 찢었다. 나의 행복한 상상이 눈앞에 출몰했다.

나는 그녀의 시선을 붙잡고 그녀를 취했다. 천천히.

젠장, 느낌이 너무 좋잖아.

그녀가 등을 뒤로 젖히며 눈을 감고 신음했다.

나는 후진했다가 다시 그녀 안으로 천천히 들어갔다.

이걸 원했어.

이게 필요했어.

거지 같은 하루를 보냈으니.

그녀는 달아나지 않았다.

여기 있다.

나를 위해.

내 곁에 있다.

"넌 내 거야, 아나스타샤." 내 말이 그녀의 목에 철썩였다.

"그래요, 당신 거예요. 언제쯤 그 사실을 받아들일 거예요?" 그녀의 목소리가 한숨 소리 같았다. 내가 듣고 싶었던 소리. 들어야만 하는 소리. 나는 그녀를 빠르고 격렬하게 취했다. 그녀가 필요했다. 그녀의 나지막한 교성과 헐떡이는 숨소리, 내 머리카락을 움켜쥔 손길에서 그녀도 나를 원한다는 것을 느낄 수 있었다. 나는 그녀에게 빠져들었다. 그녀가 걷잡을 수 없이 고조되는 것이 느껴졌다. "아, 자기." 나는 신음했고, 그녀는 나를 감싸고 사정했다. 그녀가 울부짖는 순간 나도 따라 절정에 올라 그녀의 이름을 속삭였다.

그녀를 안고 키스하자 점차 정신이 돌아왔다.

서로의 이마가 맞닿아 있었고, 그녀의 눈은 감겨 있었다. "아, 아나. 난 네가 정말 필요해." 나는 눈을 감고 그녀의 이마에 키스했다. 그녀를 발견한 것에 감사했다.

"나도요, 크리스천." 그녀가 속삭였다. 나는 엘리베이터 키패드에 비밀번호를 입력했다. 엘리베이터가 덜컥 작동했다. "우리가 어디 있는지 테일러가 궁금해하겠군." 나는 짓궂게 웃었고, 그녀는 속절없이 헝클어진 머리 매무새를 고쳤다. 몇 번 시도하다 포기하고 머리를 뒤로 한데 묶었다.

"그만하면 됐어." 나는 그녀를 달래며 바지 지퍼를 올리고 나서 나중에 버릴 생각으로 콘돔과 망가진 팬티를 주머니 안에 넣었다.

엘리베이터 문이 열렸을 때 테일러가 기다리고 있었다.

"엘리베이터에 문제가 있었어." 나는 그녀와 밖으로 나가며 말했지만 테일러의 눈은 피했다. 아나는 잽싸게 침실로 들어갔다. 기운이 솟는 모양이었다. 나는 부엌으로 갔다. 존스 부인이 저녁을 준비하고 있었다.

"사브 도착했습니다, 그레이 사장님." 테일러가 나를 따라 부엌으로 들어와 말했다.

"그래. 내가 아나에게 말하지."

"사장님." 테일러는 미소를 짓더니 게일과 시선을 교환한 후 돌아서서 나갔다.

"안녕, 게일." 나는 그들의 시선을 무시하고 재킷을 벗으며 말했다. 재킷을 카운터 스툴에 걸쳐두고 카운터 앞에 앉았다.

"안녕하세요, 그레이 씨. 저녁 거의 다 됐어요."

"냄새 좋은데."

배고파 죽을 지경이었다.

"두 분을 위해 코코뱅(닭고기를 와인에 담가 조리한 프랑스 요리-옮긴이)을 만들었어요." 그녀는 옆으로 다정한 시선을 내게 슬쩍 던지며 보온 서랍에서 접시 두 개를 꺼냈다. "스틸 양이 내일 여기 계실 건지 궁금하네요."

"있을 거예요."

"그럼 내일 도시락 준비하죠."

"그래요."

아나가 들어와 부엌 카운터에 앉았고, 존스 부인은 우리에게 저녁밥을 내왔다.

"맛있게 드세요, 그레이 씨. 아나." 존스 부인은 부엌을 나갔다.

나는 냉장고에서 샤블리를 한 병 꺼내 한 잔씩 따랐다. 아나는 음식에 덤벼들었다. 배가 많이 고픈 모양이었다.

"너 먹는 거 보면 기분 좋아."

"알아요." 그녀는 닭고기 한 점을 입에 쑥 넣었다. 나는 활짝 웃고 와인을 한 모금 마셨다. "오늘 재밌었던 일 얘기해봐요." 그녀는 씹던 것을 삼키고 말했다.

"오늘 태양광 전지 태블릿 디자인이 나왔어. 그걸로 다양한 응용이 가능해. 태양광 전지 휴대폰도 만들 수 있지."

"기대가 많이 되나봐요?"

"아주 많이. 개발도상국에서 저렴하게 생산해 유통할 수 있을 거야."

"조심해요, 당신의 박애주의가 또 발동했으니까." 그녀는 놀리는 투로 말했지만 표정은 따뜻했다. "그럼 당신이 부동산을 보유한 곳은 뉴욕과 아스펜이 다예요?"

"응."

"뉴욕 어디요?"

"트라이베카."

"그 얘기 좀 해줘요."

"아파트야. 잘 쓰진 않아. 나보다 가족들이 주로 사용하지. 네가 가고 싶다면 언제든 데려가줄게."

아나는 일어서서 접시를 모아 개수대에 넣었다. 설거지를 하려는 것 같았다. "그냥 둬. 게일이 할 거야." 그녀는 아까 차에 탈 때보다 더 행복해 보였다.

"더 온순해졌군, 스틸 양. 그럼 우리 오늘 얘기 좀 해볼까?"

"더 온순해진 사람은 당신인 것 같은데요. 내가 당신을 잘 길들이고 있는 것 같아요."

"날 길들여?" 나는 코웃음을 쳤다. 나를 길들일 생각을 하다니 재밌다.

그녀가 고개를 끄덕였다. 진심이로군.

나를 길들인다니.

엘리베이터 밀회 후 나는 확실히 더 온순해졌다. 그때 그녀는 더 적극적으로 호응했었는데, 그걸 뜻하는 걸까?

"그래, 그럴지도 모르지, 아나스타샤."

"잭에 대해선 당신 말이 맞았어요."

그녀는 부엌 카운터 위로 몸을 내밀며 나를 진지하게 바라보았다.

등골이 서늘해졌다. "그놈이 무슨 수작을 부린 거야?"

그녀가 고개를 저었다.

"아뇨. 다신 그러지 않을 거예요, 크리스천. 오늘 내가 당신 여자 친구라고 말하니까 물러났어요."

"확실해? 그 자식 해고할 수도 있어."

그놈은 끝났어. 쫓아내야겠어.

그녀가 한숨을 쉬었다. "내 싸움은 내가 알아서 하게 놔둬요. 끊임없이 지레짐작하고 나를 보호하려고 하지 마요. 그거 숨 막혀요, 크리스천. 당신이 끊임없이 개입하면 난 절대 성장할 수 없어요. 난 자유가 필요해요. 나 역시 당신 일에 참견할 생각은 꿈에도 없으니까."

"난 널 안전하게 지키려는 거야, 아나스타샤. 네게 무슨 일이라도 생기면, 난⋯⋯."

"알아요, 왜 당신이 나를 보호하려는 충동을 강하게 느끼는지. 이해해요. 한편으로는 좋기도 해요. 내가 원하면 당신은 언제나 내 옆에 있으리라는 것도 알아요. 나도 당신에게 그럴 테

니까. 하지만 우리가 앞으로 함께할 수 있다는 희망을 가지려
면 당신은 나를 신뢰하고 내 판단을 신뢰해야 해요. 맞아요, 나
가끔 틀릴 때도 있어요. 실수해요. 하지만 그러면서 배워야죠."
열렬한 애원이었다. 그녀의 말이 옳았다.

이건 그냥…… 단지…….

플린의 말이 기억났다. 계속 이런 식으로 나가면 스스로 그녀
를 내쫓는 꼴이 될 겁니다.

그녀는 차분하고 단호하게 몸을 내게 내밀어 내 두 손을 잡
아 자기 허리에 감았다. 그리고 살포시 두 손을 내 팔에 얹었다.
"내 일에 간섭해선 안 돼요. 그건 잘못된 거예요. 그렇게 백기
사처럼 죽기 살기로 돌진할 필요 없어요. 모든 걸 통제하고 싶
은 당신 마음은 알지만, 그 이유도 이해하지만, 그래선 안 돼요.
그건 불가능한 목표니까요. 놓아줄 줄도 알아야 해요." 그녀가
내 얼굴을 쓰다듬었다. "당신이 그럴 수 있다면, 그래 준다면,
당신과 여기서 살게요."

"정말?"

"네."

"하지만 넌 나를 몰라." 나는 불쑥 내뱉었다. 별안간 겁이 났
다. 나도 모르게 그런 말이 나왔다.

"당신은 좋은 사람이에요, 크리스천. 당신에 대해 무슨 말을
들어도 내가 겁먹고 떠나는 일은 없을 거예요."

과연 그럴까. 그녀는 내가 왜 이러는지 전혀 모른다.

그녀는 그 괴물을 모른다.

그녀가 다시 내 뺨을 어루만지며 나를 달래려 했다. "하지만
나를 너무 압박해선 안 돼요."

"노력은 해보지, 아나스타샤. 네가 그 바람둥이 자식과 뉴욕

에 가는 걸 두고 볼 순 없었어. 그놈 명성이 아주 자자하더군. 그놈 밑에서 석 달 이상 버틴 비서가 없을뿐더러 전부 회사를 그만뒀거든. 너한테 그런 일이 생겨선 안 되잖아. 네가 다친다는 생각만 해도 소름이 끼쳐. 끼어들지 않겠다고 약속할 순 없어, 네가 위험을 향해 간다면 말이야." 나는 숨을 크게 들이마셨다. "널 사랑해, 아나스타샤. 널 보호하기 위해서라면 힘닿는 데까지 뭐든 할 거야. 너 없는 삶은 상상조차 할 수 없어."

명연설이야, 그레이.

"나도 당신 사랑해요, 크리스천." 그녀는 내 목에 두 팔을 감고 키스했다. 그녀의 혀가 내 입술을 간지럽혔다.

뒤에서 테일러의 헛기침 소리가 들렸다. 나는 아나를 옆에 끼고 일어섰다.

"무슨 일이지?" 나는 테일러에게 물었다. 말이 생각보다 더 날카롭게 나왔다.

"링컨 부인이 올라오고 계십니다, 사장님."

"뭐?"

테일러가 내게 사과하듯 어깨를 으쓱거렸다.

나는 고개를 절레절레 흔들었다.

"음, 이것 참 재밌게 돌아가는군." 나는 툴툴대고는 아나에게 씁쓸한 미소를 지었다. 아나는 내게서 테일러에게 시선을 돌렸는데, 테일러의 말이 믿기지 않는다는 얼굴이었다. 테일러는 아나에게 고개를 끄덕이고는 나갔다.

《심연》 2권으로 이어집니다.

옮긴이 황소연

말 수집가. 글 노동자. 연세대학교를 졸업하고 출판 기획자를 거쳐 전문번역가로 활동하고 있다. 옮긴 책으로 《호오포노포노의 비밀》, 《인생의 베일》, 《가진 자와 못 가진 자》, 《브루클린으로 가는 마지막 비상구》, 《사랑은 지옥에서 온 개》, 《위대한 작가가 되는 법》, 《셰익스피어도 결코 이러지 않았다》, 《모든 것을 기억하는 남자》 등이 있다.

DARKER
심연
1

2018년 1월 24일 초판 1쇄 인쇄
2018년 2월 1일 초판 1쇄 발행

지은이 | E L 제임스
옮긴이 | 황소연
발행인 | 이원주

책임편집 | 박윤희
책임마케팅 | 조아라

발행처 (주)시공사
출판등록 1989년 5월 10일(제3-248호)

주소 | 서울특별시 서초구 사임당로 82(우편번호 06641)
전화 | 편집(02)2046-2852·마케팅(02)2046-2883
팩스 | 편집·마케팅(02)585-1755
홈페이지 www.sigongsa.com

ISBN 978-89-527-7996-0(04840)
       978-89-527-6643-4(set)

이 도서의 국립중앙도서관 출판예정도서목록(CIP)은 서지정보유통지원시스템 홈페이지(http://seoji.nl.go.kr)와 국가자료공동목록시스템(http://www.nl.go.kr/kolisnet)에서 이용하실 수 있습니다. (CIP제어번호: CIP2018002043)